Der Huf des Teufels

Bent Ohle studierte Dramaturgie und Drehbuch an der Hochschule für Film und Fernsehen in Potsdam-Babelsberg. Für seine veröffentlichten Kurzgeschichten und Romane ist er mit Preisen ausgezeichnet worden. Er arbeitet heute als freier Autor und lebt mit seiner Familie in Braunschweig.

Die Zitate aus »Max und Moritz« stammen aus »Das farbige Wilhelm Busch Hausbuch«, erschienen 1976 im Lingen-Verlag, Köln.

BENT OHLE

Der Huf des Teufels

LANDKRIMI

emons:

Bibliografische Information der Deutschen Bibliothek
Die Deutsche Bibliothek verzeichnet diese Publikation in der Deutschen Nationalbibliografie; detaillierte bibliografische Daten sind im Internet über http://dnb.d-nb.de abrufbar.

MIX
Papier aus verantwortungsvollen Quellen
FSC® C083411
FSC www.fsc.org

Umschlagmotive: iStockphoto.com/Elnur,
fotolia.com/moleskostudio, sxc.hu/Billy Alexander
Klappeninnenseiten: iStockphoto.com/jcrosemann
Umschlaggestaltung: Franziska Emons/Tobias Doetsch
Gestaltung Innenteil: César Satz & Grafik GmbH, Köln
Druck und Bindung: CPI – Clausen & Bosse, Leck
Printed in Germany 2013
ISBN 978-3-95451-177-8
Landkrimi
Originalausgabe

Für Susi, Cussi und Lisei

Ach, was muß man oft von bösen
Kindern hören oder lesen!!
Wie zum Beispiel hier von diesen,
Welche Max und Moritz hießen (…)

Menschen necken, Tiere quälen,
Äpfel, Birnen, Zwetschen stehlen (…)

Aber wehe, wehe, wehe!
Wenn ich auf das Ende sehe!!

Wilhelm Busch, »Max und Moritz«

Erster Streich

Max und Moritz dachten nun:
Was ist hier jetzt wohl zu tun?

Eins

Der Flügel schnitt durch die graue, scheinbar schwerelose Masse vor dem Fenster. Als das Flugzeug aus der Wolke heraustrat, tauchte es in einen mit weißen Schneeflocken gefüllten Luftraum.

Shelly sah aus ihrem kleinen, an den Rändern beschlagenen Fenster. Durch das dichte Treiben des Schnees hindurch erkannte sie unter sich ein paar vereinzelte Lichter. Sie hörte das Sirren des Fahrwerks, das wie der Bohrer eines Zahnarztes klang, und dann ein abschließendes Rumpeln. Das Flugzeug schwankte etwas, und sie legte beide Hände an ihren Gurt. Nur noch wenige Minuten, und es war geschafft. Der Vogel, der sie in das neue Land gebracht hatte, wäre gelandet.

Sie nahm ihre Sonnenbrille vom Kopf, schob sie wie ein Visier vor ihre Augen und spürte dabei den Blick ihres Nachbarn, ignorierte ihn jedoch. Sie hatten nicht ein Wort miteinander gewechselt auf dem neunstündigen Flug. Shelly hatte einige unmissverständliche Signale ausgesandt, die deutlich machten, dass sie einer Unterhaltung – welcher Art auch immer – abgeneigt war. Der Mann schob die FAZ, die er während der letzten zwei Stunden gelesen hatte, zurück in das kleine Netz im Sitz vor ihm und richtete seine Krawatte, die er irgendwo über dem Atlantik geöffnet hatte, neu. Er war Vielflieger und ohne großes Gepäck, nur mit einem kleinen schwarzen Rollkoffer und einem Kaschmirmantel unterwegs. Auf seinem iPad hatte er während des Fluges irgendwelche Statistiken durchgearbeitet, aber das hatte Shelly nicht wirklich interessiert. Sie war auf sich selbst konzentriert gewesen, hatte ihre Entscheidung im Kopf immer wieder hin- und hergedreht und -gewendet. Sie dachte an jede mögliche Konsequenz, die daraus folgen könnte. Ihr Handy hatte sie aus Vorsicht erst gar nicht angeguckt.

Die dicken Schneeflocken hatten sich inzwischen in grieselige kleine Partikel verwandelt, die kreuz und quer durch die Luft stoben. Jetzt konnte man auch die Landebahn erkennen, und kurze Zeit später setzten sie mit einem zweifachen Quietschen auf. Der Pilot lenkte die Boing in einer Linkskurve in Richtung Terminal. Sie hielten an, der Schlauch der Gangway saugte sich wie ein riesiger Wurm an den Rumpf des Flugzeugs, und dann ging die Hektik los. Alle sprangen auf, nachdem man das hundertfache Klicken der Gurte vernehmen konnte, machten sich über die Gepäckablagen her und verpackten sich umständlich in der Enge in ihre Jacken und Mäntel. Shelly hatte nur eine warm gefütterte Steppjacke dabei, die sie bis unters Kinn zuzog. Dann setzte sie eine abgewetzte Baseballkappe auf, die sie schon seit über zwanzig Jahren besaß. Auf ihrer Stirn prangte nun der Stern von Texas.

Bis Shelly an der freundlich grüßenden Stewardess vorbei nach draußen trat, hatte es aufgehört zu schneien. Durch die kleinen Fenster des schwarzen Schlauchs, in dem sie nun stand, sah Shelly, dass der Himmel teilweise aufriss und ungleichmäßige türkisblaue Felder zwischen den grauen Wolken freilegte. Die feine Schneedecke auf dem Boden hielt sich noch, wurde von einem böigen Wind aber ständig verweht. Den Frühlingsanfang in Deutschland hatte Shelly sich etwas anders vorgestellt.

Sie ging die Gangway hinunter und wurde dabei von den meisten Passagieren überholt. In der Gepäckhalle wollte sie die Frachtpapiere aus ihrer hellen Rindsledertasche, die sie über der Schulter trug, herauskramen, doch sie konnte die verdammten Unterlagen einfach nicht finden. Das Gepäckband war von den Reisenden umringt, die aufgeregt ihre Koffer, Taschen und Beutel suchten, nur Shelly stand etwas abseits und wühlte in ihren wenigen Habseligkeiten herum. Genervt steckte sie ihre Sonnenbrille auf den Mützenschirm und suchte weiter. Kaugummi, Lippenstift, Konzertkarten, Taschentücher, eine Rohrschelle, ein Stimmgerät, zwei gerissene Gitarrensaiten, eine kaputte Armbanduhr, eine Zahnpastatube, ein USB-Stick, zwei Ringe und am Boden etwas texanischer Sand. Mehr nicht. Ihr Koffer war inzwischen auf dem Gepäckband gelandet und zog immer einsamer seine Kreise. Shellys Sitznachbar verließ die Halle in Richtung Ausgang und warf ihr einen letzten prüfenden Blick zu. Verzweifelt ließ sie ihre Tasche sinken, atmete frustriert aus und ging zur Gepäckausgabe. Als ihr Koffer sich an ihr vorbeischob, griff sie zu, verlor dabei allerdings ihre Sonnenbrille, die auf das Band fiel und langsam davonglitt. Shelly fluchte, stellte ihren Koffer auf und zog den Teleskopgriff heraus. Da tippte ihr jemand auf die Schulter.

»Entschuldigung?«

Shelly fuhr erschrocken herum und sah sich ihrem Sitznachbarn gegenüber, der noch einmal zurückgekommen war.

»Das ist Ihnen eben aus der Tasche gefallen«, sagte er und hielt Shelly zwei gefaltete Blätter hin.

»Oh my gosh«, sagte sie erleichtert und nahm sie entgegen. »Vielen Dank, die hab ich schon überall gesucht.«

Der Mann lächelte. »Sie sollten so was nicht einfach in der Gesäßtasche aufbewahren.«

»Sie haben recht.«

Er verabschiedete sich freundlich, und Shellys schlechtes Gewissen meldete sich lautstark. Sie hätte ihn nicht so auf Distanz halten dürfen. Zurückzukommen, um ihr die Papiere zu geben, war nett von ihm, ganz besonders nachdem sie neun Stunden lang die Unansprechbare gespielt hatte. Sie schenkte ihm ein dankbares Lächeln. Kaum dass der Kaschmirmantel verschwunden war, fuhr ihre Sonnenbrille wieder bei ihr vorbei. Shelly setzte sie auf, warf ihre Tasche über die Schulter, nahm ihren Koffer und machte sich auf die Suche nach dem Frachtschalter.

»Was ist denn ein Pinto?«, fragte die Mitarbeiterin hinter dem Tresen stirnrunzelnd. »Ein Auto?«

»Ein Pferd.«

»Ein Pferd?«, wiederholte sie laut und lachte ungläubig.

Shelly verzog keine Miene, und ihre Brillengläser spiegelten nur die Neonröhren in dem kleinen Raum wider. Der Mitarbeiterin verging das Lachen.

»Ja, also, Tiere kommen zunächst in die Frachthalle, wo sie auch untersucht werden.«

»Wie komme ich da hin?«

Die Dame griff unter den Tresen und holte einen Lageplan des Flughafens hervor. Sie markierte den Weg mit einem Rotstift. »Dort melden Sie sich dann bitte mit den Papieren«, sagte sie abschließend.

»Wo finde ich denn die Autovermietung?«

»Die befindet sich hier den Gang runter in Terminal A.«

»Gut, danke.«

Shelly spazierte hinaus und begab sich zum Sixt-Schalter. Obwohl Flughäfen so etwas wie einen uniformen Look hatten, war hier alles fremd für sie. Die Sprache zu sprechen, erleichterte ihr das Ankommen jedoch erheblich.

Hinter dem orangefarbenen Schalter mit der schwarzen Aufschrift blickte ein junger Mann in einem schwarzen Sakko vom Bildschirm auf. Er trug ein Namensschild auf der Brust. *Herr Tiesberg,* stand dort zu lesen. In den USA hätte auf dem Schild sein Vorname gestanden, dachte Shelly.

»Was kann ich für Sie tun?«

»Mein Name ist Kutscher. Ich hatte ein Auto und einen Pferdeanhänger reserviert.«

»Einen was?«

»Einen Pferdeanhänger.«

»Moment bitte«, sagte er und vertiefte sich in den Bildschirm, während er mit flinken Fingern die Tastatur bediente. »Kutscher, sagten Sie?«

»Ja, richtig. Wie die Kutsche.«

»Ah, da habe ich ihre Reservierung. Stellplatz 81.«

Er blickte auf und schien zu überlegen, ob er sie attraktiv genug fand, um sich selbst darum zu kümmern. Shelly war zweiundvierzig, sah aber gut zehn Jahre jünger aus. Sie hatte braun gebrannte Haut vom Leben und Arbeiten unter der heißen texanischen Sonne, lange wildhonigfarbene Haare und blendend weiße Zähne, wie sie nur Amerikaner hatten.

»Ich bringe Sie hin«, sagte er freudestrahlend und kam hinter seinem Schalter hervor. »Darf ich Ihnen den Koffer abnehmen?«

Shelly ließ den Griff los und folgte ihm hinaus auf den Parkplatz. Sie erreichten einen schwarzen Jeep Cherokee. An der Anhängerkupplung hing ein kleiner, mit zwei Rädern untersetzter Blechkasten.

»Da sind wir«, verkündete der junge Mann stolz.

Shelly blieb entkräftet stehen.

»Was ist das?«

»Ihr Wagen.«

»Und wie klein, glauben Sie, muss das Pferd sein, das ich damit transportiere?«

»Ich … nun ja …«

»Transportieren Sie Pferde in Deutschland üblicherweise mit so etwas?«, fragte Shelly und machte dabei einen Schritt auf ihn zu.

»Nein … ich denke nicht.«

»Sehen Sie, das denke ich auch. Wir beide haben nun folgendes Problem: Ich habe ein Pferd. Und Sie haben einen Anhänger, der gerade groß genug für einen Schimpansen ist. Was machen wir also?«

»Ich verstehe das auch nicht. Am besten sehe ich noch mal im Computer nach.«

»Wenn Sie meinen, dass das hilft.«

Zurück am Schalter zitterten seine Finger ein wenig, als er die Daten eingab.

»Tja, hier steht: Jeep Cherokee und ein Pferdeanhänger.«

»Nur wissen wir jetzt, dass es keiner ist.«

»Ja«, sagte der junge Mann.

»Ich hatte aber einen reserviert. Besorgen Sie mir also bitte so schnell wie möglich einen Pferdeanhänger. Mein Pferd wartet in der Frachthalle darauf, abgeholt zu werden.«

Wieder begann er zu tippen, doch ihm brach nur der Schweiß aus bei dem, was der Computer ausspuckte. Er entschuldigte sich für einen Moment und ging zu seinem Kollegen am Schalter nebenan. Sie flüsterten miteinander und warfen Shelly verstohlene Blicke zu. Dann nahm er sein Handy und telefonierte. Vorsichtshalber blieb er in gebührlichem Abstand zu ihr stehen.

»Es tut mir furchtbar leid, aber es muss hier ein Missverständnis vorliegen«, sagte er schließlich. »Wir haben keinen Pferdeanhänger.«

»Das ist schlecht.«

»Ja, ich habe deswegen auch schon mit der Zentrale telefoniert, und wir möchten Ihnen anbieten, den Jeep für nur die Hälfte des Preises zu mieten.« Er zeigte sein schönstes Lächeln.

»Das ist nett. Und mein Pferd mache ich dann am Außenspiegel fest oder wie?«

Er lachte verlegen. Shelly überlegte, ob sie ihre Anonymität aufgeben und sich zu erkennen geben sollte. Das hatte schon in so manchen Fällen geholfen. Als Promi standen einem alle Türen offen, doch der junge Mann konnte sicherlich keinen Anhänger herzaubern. Stattdessen holte sie ihr Handy heraus und rief Sebastian Renter an, ihren Grundstücksverwalter hier in Deutschland.

»Herr Renter, hier spricht Shelly Kutscher. Ich bin gerade in Hannover angekommen und brauche dringend einen Pferdeanhänger. Meine Autovermietung hat mich hängen lassen. Hätten Sie vielleicht eine Möglichkeit, mir weiterzuhelfen?«

»Frau Kutscher! Herzlich willkommen erst mal. Ja, also Pferdeanhänger habe ich jetzt nicht. Aber … warten Sie, eventuell könnte ich einen Bekannten fragen. Darf ich Sie gleich zurückrufen?«

»Das wäre nett.«

Sie legten auf. Fünf Minuten später erklärte Renter, dass er den Besitzer eines Gestüts in Shellys Nähe kontaktiert habe, und der würde einen Anhänger für sie bereitstellen. Renter stellte sich seinerseits zur Verfügung, sie abzuholen.

»Super, vielen Dank«, sagte sie in den Hörer und wandte sich dann wieder an den Sixt-Mitarbeiter: »Behalten Sie den Jeep und die Schimpansenwanne.«

***

»Hey, Jungs, führt ihr ihn erst mal ein bisschen rum, damit er sich hier akklimatisieren kann, und reitet ihn anschließend warm? Sara kommt dann gleich dazu. Wir gehen vorher nur noch kurz zur Turnierleitung rauf, ja?« Simon Langensalza hielt Fürst Metternich, den großen Hannoveraner Hengst, am Halfter. Das Pferd streckte seinen Kopf über Simons Schulter und wurde von ihm beiläufig an den Nüstern gestreichelt. Leif und Lasse, die beiden jungen Männer, mit denen er sprach, waren Auszubildende auf seinem Gestüt und würden bald ihren Abschluss zum Pferdewirt bei ihm machen. Sie übernahmen das Tier von Simon. Sara, Langensalzas Tochter und Fürst Metternichs Reiterin, zurrte ihr Haarband fester und gab dem Tier einen Klaps auf den Hinterlauf.

»Bis gleich, Großer.«

Das Springreiten fand auf dem Landgestüt Celle statt, eine traditionsreiche Veranstaltung, die Reiter und Zuschauer aus ganz Deutschland und Europa anlockte.

»Sollen wir ihn …«, begann Leif, als jemand hinter ihnen hupte. Leif griff in die Trense des Hengstes und zog ihn etwas zur Seite, damit der riesige schwarze Sportwagen passieren konnte.

»Oh, da kommt der große Favorit! Spielt sich auf wie'n verdammter Weltstar, dieser Hofstätter«, sagte Simon und sah wie alle anderen Leute um sie herum zu, wie Hofstätter seinen Porsche Panamera über den Parkplatz lenkte.

»Der hat sein Pferd vergessen«, spottete Leif und kniff die Augen zusammen.

»Nee, Aladdin hat er hier im Stall stehen. Ein absolutes Spitzenpferd«, meinte Simon.

»Blöder Fatzke«, sagte Lasse.

»Pass auf, dass er dich nicht hört. Der Typ ist ziemlich aufbrausend und kann ganz gut austeilen. Hab ihn mal wütend gesehen. Der Kerl, der ihn angemacht hat, lag danach im Krankenhaus«, sagte Simon.

»Mir doch egal, soll er mal kommen.«

»Reg dich ab. Bei mir in der Ausbildung lernt ihr, wie man sich auf dem Reitplatz zu verhalten hat. Ich mag ihn auch nicht, aber hier wird alles sportlich entschieden, verstanden? Sarah gewinnt nachher einfach gegen ihn. Das trifft ihn am meisten.« Er umarmte seine Tochter und zog sie weiter. »Ihr macht das schon, Jungs. Und bleibt cool.«

Leif und Lasse sahen sich nur kurz an und blickten dann wieder dem Sportwagen hinterher.

Eine halbe Stunde später ritt Leif Fürst Metternich auf dem Abreitplatz ein. In den Pfützen lagen zersplitterte Eiskrusten, die sich im Frost der vergangenen Nacht gebildet hatten. Weißer Dampf stieg den Tieren aus den Nüstern. Lasse stand etwas abseits und tippte konzentriert auf seinem iPhone herum. Er wählte eine Nummer, ließ es dreimal klingeln und legte dann auf. Entspannt lehnte er sich an ein Gatter, und nach kaum zehn Minuten entdeckten seine Augen Herrn Berger. Er trug Jeans und schwarze Aigle-Gummistiefel zu einer schwarzen Steppjacke, die seinen Bauchansatz nicht mehr verstecken konnte. Seine Zeit als Reiter war längst abgelaufen, fand Lasse. Aber als Geschäftspartner wollte er ihn nicht missen. Berger blickte einige Sekunden über den Platz, nahm alles in Augenschein und kam schließlich mit gesenktem Kopf zu Lasse herübergestapft. Seine Hände hatte er in den Jackentaschen vergraben. An irgendetwas fingerte er dort herum, während er leise mit Lasse sprach.

»Was hast du für mich?«

»Hab vorhin Hofstätter gesehen. Hätte kotzen können.«

»Tja, an den kommt keiner ran heute.«

»Ich denke doch. Der Teppichflieger wird nicht antreten, das garantiere ich.«

Berger sah ihn verwundert und abschätzend zugleich an, so als zweifelte er an Lasses Zurechnungsfähigkeit.

»Doch, doch. Aladdin wird aus dem Turnier ausscheiden. Hundertprozentig. Sie können vorne liegen, wenn Sie wollen.«

»Wie viel?«

»Für den Teppichflieger ... fünftausend.«

»Fünf? Nun mal schön langsam, Junge.«

»Nein, nein. Fünf, oder es gibt kein Geschäft.«

Sie sahen sich in die Augen. Berger konnte kaum glauben, wie abgebrüht dieser Kerl war. So abgebrüht, dass er eine Gänsehaut bekam. Der Junge war ihm unheimlich. Aber nützlich.

»In Ordnung. Wenn's nicht klappt, gibt's kein Geld.«

»Wie gesagt, ich garantiere es.«

Berger nickte. Er drehte sich um und ging. Aus dem Augenwinkel prüfte er, ob ihn jemand gesehen hatte. Aber das war nicht der Fall. Trotzdem stellten sich seine Nackenhaare auf, als er Lasse den Rücken zuwandte.

»Macht'n Augenblick Pause, Jungs«, sagte Simon eine halbe Stunde später zu Leif und Lasse, während er seiner Tochter beim Einreiten zusah. Die beiden ließen sich das nicht zweimal sagen und gingen. Simons Handy begann zu vibrieren. Er zog es aus seiner Brusttasche und blickte auf das Display. Dort stand: »Herr Renter ruft an.«

Simon runzelte die Stirn und nahm das Gespräch entgegen.

»Hallo?«

»Hallo, Herr Langensalza? Hier spricht Renter, von Immobilien Renter. Ich verwalte ...«

»Ja, ja, ich weiß schon, Herr Renter. Ich bin gerade bei einem Turnier, und es ist wirklich ungünstig. Worum geht es?«

»Entschuldigen Sie, aber es ist gewissermaßen ein Notfall. Eine Kundin von mir steht mit einem Pferd in Hannover am Flughafen und hat keine Transportmöglichkeit. Sie kommt gerade aus Übersee. Ich dachte, vielleicht hätten Sie einen Anhänger, den ich ...«

»Ja, sicher. Gehen Sie zu Herrn Jülich, der wird Ihnen weiterhelfen. Ich rufe ihn gleich an.«

»Oh, das ist wirklich nett, tausend Dank. Frau Kutscher wird sich sehr freuen. Über das Finanzielle können wir ja dann reden.«

»Ja, ja, ich muss jetzt Schluss machen.«

»Alles klar, Wiederhören.«

Simon legte auf und rief sofort seinen Stallmeister Jülich an. Sarah kam zu ihm geritten. Fürst Metternich schnaubte, an seinen Barthaaren hingen kleine Kondenstropfen.

»Wie geht er?«

»Ich weiß nicht, die Hinterhand rechts gefällt mir nicht richtig. Ist ein bisschen fest irgendwie.«

»In Ordnung. Wir lassen Katja gleich mal draufgucken. Sie muss jeden Moment da sein.«

Nach einem kurzen Gang über den Platz erreichten Leif und Lasse eine der Würstchenbuden. Eine hagere Frau mit aufgekrempelten Ärmeln und einem Drachentattoo bediente sie.

»Ich hätte gern eine Bratwurst und ein Malzbier«, sagte Lasse. »Was willst du?«

»Nur'n Wasser.«

Die Dame kümmerte sich um die Bestellung.

»Malzbier?«, fragte Leif argwöhnisch.

»Ja, ich hab da eine Idee.«

»Aha.«

»Erzähl ich dir gleich, erst mal will ich was essen.«

Sie setzten sich in die Sonne, die inzwischen genug Kraft hatte zu wärmen, und Lasse biss heißhungrig von der Bratwurst ab. Mit vollem Mund setzte er die Flasche an und trank drei große Schlucke. Leif nippte unterdessen an seinem Wasser und wartete darauf, dass sein Freund ihm sagte, was er ausgebrütet hatte. Er wusste, dass ein Deal mit Berger zustande gekommen war, das Treffen war ihm nicht entgangen.

Lasse kaute zu Ende, fuhr mit der Zunge im Mund herum und nahm abschließend noch ein paar Schlucke Malzbier. Er rülpste leise.

»Wir können heute fünftausend machen.« Er sah Leif erwartungsvoll an.

»Soso. Warum so viel?«

»Ich hab ihm gesagt, dass wir den Teppichflieger ausschalten.« Lasse ließ seine Augenbrauen auf und ab hüpfen und grinste breit.

»Und du weißt natürlich auch, wie du das anstellen willst?«

»Sicher. Deshalb das Malzbier.«

Leif blickte auf die fast leere Flasche, die von einigen Sonnenstrahlen durchflutet wurde. Sie leuchtete braun, fast rötlich, wie geronnenes Blut. Man konnte einige Fingerabdrücke darauf schimmern sehen. Leif dachte, dass die Polizei sie darüber schnell identifizieren könnte.

Lasse hob die Flasche und trank sie aus. »Braunes Glas ist der Schlüssel, Alter. Mit deinem blöden Wasser geht das nicht. Aber hiermit.«

»Ich versteh immer noch nichts. Könntest du mich bitte aufklären?«

Lasse schob sich näher an Leif heran und stützte sich dabei mit seinen Ellbogen auf den Tisch, dass die Leisten knarrten. »Braun sieht man einfach nicht.«

Mit einer ruckartigen Armbewegung fegte er die Flasche samt Pappteller vom Tisch. Es klirrte, und die Flasche zersprang auf dem Boden.

»Oh, nein! Scheiße, tut mir leid«, rief Lasse laut und sprang auf. Die Dame mit dem Drachentattoo blickte müde auf die Scherben und zog ein altes verbeultes Kehrblech und einen zerfransten Handbesen unter dem Tresen hervor. Lasse kniete schon am Boden, als sie kam. Er scharrte die Bruchstücke mit dem Pappteller zusammen, und Leif sah, wie sein Freund sich einige Scherbensplitter aussuchte und sie in seiner Jackentasche verschwinden ließ.

»Tut mir wirklich leid«, sagte er.

»Ja, ja, einfach mal besser aufpassen! Ihr Jungs seid zu nervös, ständig am Rumzappeln.«

»*Du* hast mich so nervös gemacht«, meinte Lasse mit gesenkter Stimme.

Die Frau hielt inne und sah ihn irritiert an.

»Ja, ich hab grad meinem Freund gesagt, wie verdammt gut du aussiehst.«

»Verarschen kann ich mich alleine.«

»Nein, ganz im Ernst. Ich steh total auf deine Uniform und so. Die schmutzige Schürze, das Tattoo. Macht mich total scharf. Dazu deine alte, ledrige Haut und deine falschen Zähne. Ich steh auf so was.«

Die Frau fuhr brüskiert zurück. Sie starrte Lasse an, der sich langsam erhob. Er grinste über das ganze Gesicht, aber seine Augen blitzten eiskalt. Ängstlich entfernte sich die Frau. Lasse trat ganz gelassen zurück an den Tisch.

»Komm, Alter, Showtime!«

»Was hast du zu ihr gesagt?«, wollte Leif wissen.

Lasse sah zur Würstchenbude hinüber. Die Frau stand mit dem Rücken zu ihm hinter dem Tresen, doch ihre zuckenden Schultern verrieten, dass sie weinte.

»Ich hab ihr ’n Kompliment gemacht. Ich glaub, sie ist ganz gerührt.«

Lasse zog seinen Freund am Ärmel.

»Lass uns gehen.«

Sie gingen in die Stallungen, wo die Reiter ihre Pferde für die Einsätze im Turnier vorbereiteten. Die Tiere wurden gebürstet, gehalftert und gesattelt, bandagiert und getränkt. Aladdin stand fertig gesattelt und gezäumt im Gang vor der letzten Box links hinten im Stall. Bernd Hofstätter war Besitzer einer kleinen Zucht in der Nähe von Burgdorf, außerdem besaß er eine erfolgreiche Logistikfirma für den Pferdetransport. Aladdin war sein Paradepferd und hier im Landgestüt zum Beritt untergebracht. Er und sein Sohn Tillmann standen bei dem Tier und unterhielten sich. Tillmann war der Reiter, und es sah so aus, als würde der Vater seinem Sohn gerade ein paar gute Tipps und eine Marschroute für den Wettkampf vorgeben. Das Pferd war vollkommen ruhig. Fast so, als wüsste es, wie sicher es heute gewinnen würde.

»Na dann los«, flüsterte Lasse, und Leif verließ den Stall wieder. Lasse ging in eine leere Box und tat so, als wäre er dort beschäftigt. Kurze Zeit später ertönte die Alarmanlage eines Autos.

»Ist das der Porsche?«, hörte er Tillmann fragen. Als Antwort vernahm Lasse nur die eiligen Schritte von Hofstätter und gleich darauf auch die von Tillmann.

Im Stall war zu diesem Zeitpunkt nur eine Handvoll Menschen mit ihren Pferden beschäftigt. Die meisten konzentrierten ihre Aufmerksamkeit ganz auf ihre Tiere. Eine Reiterin, die bereits auf ihrem Pferd saß, blickte amüsiert aus einem Fenster.

»Da laufen die beiden. Wenn's um ihr Auto geht, sind sie fast so schnell wie ihr Gaul«, feixte sie, und einige lachten. Lasse nutzte den Moment der Ablenkung und stahl sich zu Aladdin hinüber. Der kannte das Geräusch des Porsche wohl schon, denn der nervige Alarmton störte ihn überhaupt nicht. Lasse näherte sich dem Tier, und schon drehten sich dessen Ohren in seine Richtung. Aladdin warf ihm einen unaufgeregten Blick zu.

»Alles gut. Feines Tier. Alles gut.« Lasse streichelte den Hengst am Hals, ging nach hinten, fuhr mit seiner Hand über das dunkel glänzende Fell und ließ sie über Aladdins Hinterhand bis zur Fessel hinabgleiten. Draußen piepte es noch immer. Die Reiterin stand jetzt in ihrem Sattel und fasste für die anderen zusammen, was sie sah. Lasse bückte sich, holte die Splitter aus seiner Jackentasche und nahm ein paar Brocken von der feuchten Erde vom Abreitplatz auf, die hier überall verstreut lagen. Daraus formte er einen kleinen Klumpen und ließ die Splitter darin verschwinden. Dann nahm er den Huf des Pferdes hoch. Aladdin schaute nach hinten, beschwerte sich aber nicht. Seine Ohren waren aufmerksam gespitzt. Ganz behutsam klebte Lasse den Brocken unter den Huf, direkt auf den Hufstrahl des Pferdes, wo die Splitter am schnellsten eindringen konnten. Ebenso vorsichtig ließ er den Huf wieder herunter. Er sah das Pferd an, das den Hinterlauf entspannt hängen ließ, und schlich sich zurück in die Box. Kaum war er drin, ging der Alarmton aus, und fast gleichzeitig hörte man ein lautes Wiehern von Aladdin. Der hatte den Hinterlauf belastet, trat nun mit allen vieren voll auf und drückte sich die Splitter so immer tiefer in den Huf hinein. Er warf unruhig seinen Kopf hoch, dass sich die Zügel spannten.

»Hey, kann sich mal einer um das Pferd kümmern?«, rief die Reiterin.

Aladdin wurde immer nervöser und trampelte aufgeregt herum. Seine Hufe klapperten laut auf dem Steinboden. Als zwei Männer sich dem Pferd nähern wollten, trat Lasse aus der Box, eilte zu Aladdin und packte ihn mutig am Halfter. Der Hengst sah ihn aus großen panischen Augen an. Ein Ruck mit dem Kopf hätte Lasse fast umgeworfen, doch er hielt fest. In dem Moment betraten Hofstätter und sein Sohn den Stall und kamen Lasse zu Hilfe. Während sie den Hengst beruhigten, lieferte einer der beiden Männer hinter ihnen die entlastende Begründung für das Verhalten des Tieres: »Dieses Gepiepe hat ihn ganz verrückt gemacht.«

Der andere sagte: »Aber der junge Mann hier hat schnell reagiert.«

Hofstätter wandte sich Lasse zu, während Tillmann das Pferd endgültig beruhigte.

»Vielen Dank, junger Mann! Er hätte sich sonst verletzen können«, sagte er und reichte Lasse die Hand.

»Kein Problem. Alles gut. Was war denn mit dem Auto?«

»Ach, keine Ahnung. Bei dem ganzen Trubel hier kann das schon mal passieren. Neulich ist unsere Hündin vorn gegen die Stoßstange gelaufen, und das Ding ging los. Empfindlich wie ein Frauenzimmer.« Hofstätter lachte, und alle stimmten ein. Nur Tillmann nicht.

»Papa, sollen wir ihn durchchecken lassen?«

»Ist jetzt keine Zeit mehr dafür. Du reitest ihn ein, und dann sehen wir mal.«

***

Sebastian Renter besaß einen recht großen Garten, in dem immer wieder Abfälle anfielen oder für den er Erde, Rindenmulch und Pflanzen heranschaffen musste. Aus diesem Grund hatte er sich beim Autokauf für eine Anhängerkupplung entschieden und sich einen Nachzieher zugelegt, ähnlich dem, den Herr Tiesberg für Shelly vorrätig gehabt hatte. Jetzt aber mit einem Pferdeanhänger zu fahren, war ein ganz anderes Gefühl. Schon als er vom Hof des Gestüts gefahren war, war ihm der Schweiß ausgebrochen. Nun, auf dem Flughafengelände, wo es ohnehin unübersichtlich und eng war, spürte er sein Herz im Hals pochen. Sein Oberhemd war am Rücken völlig durchnässt, und unter seinen Achseln hatten sich tellergroße Schweißflecken gebildet. Natürlich hatte er in seiner Aufregung die Cargo-Abfahrt verpasst und so einmal umsonst um den Flughafen herumkurven müssen, bevor er endlich vor dem richtigen Gebäude parken konnte.

Er stieg aus, ging den kurzen Weg zum Eingang und betrat die Halle durch die automatische Schiebetür. Es war niemand zu sehen. Alle Schalter waren unbesetzt. Irgendwo von draußen hörte er Rufe, das Heulen von Turbinen und ein merkwürdiges Geklapper.

»Hallo?«, rief er, und seine Stimme wurde in einem kleinen Echo zurückgeworfen. »Hallo!«

Niemand antwortete. Er ging zum Tresen und suchte vergebens nach einer Klingel. Ein Telefon läutete. Vielleicht lockt das ja einen Mitarbeiter hervor, dachte er. Doch das Läuten hörte wieder auf, und nichts geschah.

»Ist da jemand?«, rief er nach hinten. Noch immer bekam er keine Antwort. Er wollte gerade wieder gehen, als eine Tür aufsprang und eine Frau vom Flughafenpersonal hereinstürzte. Sie beachtete ihn überhaupt nicht, riss nur den Hörer von einem der Telefone und atmete schwer wie nach einem Zirkeltraining in die Muschel.

»Hallo, Security? Wir brauchen hier Hilfe in der Frachthalle. Auf dem Rollfeld *vor* der Frachthalle. Schicken Sie ein paar Männer, gleich!« Sie legte auf und wollte sich wieder davonmachen.

»Entschuldigung?«, rief Renter.

»Ich kann im Moment nur schlecht … Was wollen Sie denn?«

»Ich will Frau Kutscher abholen.«

Da regte sich plötzlich etwas in ihrem Gesicht.

»Sie sind das?«

»Ja.«

»Kommen Sie mit«, sagte sie so, als würde sie kein Nein zulassen, und eilte voraus. Renter hastete hinter ihr her, durch zwei Sicherheitsschleusen und ein geöffnetes Tor hindurch. Sonnenlicht blendete ihn. Die Geräusche wurden immer lauter. Sie betraten das hell betonierte Rollfeld am linken Ende des Flughafenareals. Überall fuhren hier diese kleinen orangefarbenen Fahrzeuge, kreuz und quer, sodass man aufpassen musste, nicht überfahren zu werden. Noch weiter links erstreckte sich unter der Anflugschneise der Flugzeuge eine weitläufige Rasenfläche.

»Da hinten!«, schrie die Frau ihm durch den Lärm hindurch zu. Sie deutete auf eine Gruppe von Flughafenangestellten, die in ihren blauen Uniformen scheinbar ziellos über den Rasen liefen. Renter kamen sie vor wie eine Herde panischer Schafe, die sich hierher verirrt hatten. Und dann kam hinter der Gebäudeecke plötzlich ein braun-weiß geflecktes Pferd hervorgeprescht. Auf ihm, ohne Sattel reitend, saß Shelly. Sie hielt die Zügel in der rechten Hand und lenkte das Tier souverän an ihren Verfolgern vorbei, um sie herum und wieder von ihnen weg.

»Holen Sie sie endlich da weg! Sie kann hier nicht einfach rumreiten!«, schrie die Mitarbeiterin neben Renter.

»Warum tut sie das?«, fragte er.

»Sie meinte, ihr verdammter Gaul bräuchte Auslauf. Hat ihn einfach genommen und ist mit ihm rausgeritten. Die ist völlig durchgedreht!«

Während sie das sagte, wurden sie auch schon von drei in Schwarz gekleideten Männern von der Security umringt, die hinter ihnen aus dem Gebäude getreten waren.

»Was gibt's?«, rief der eine. Er war fast zwei Meter groß, hatte eine Glatze und einen Vollbart. Die Dame streckte nur ihren Arm aus und zeigte auf Shelly. Sofort legten die Männer Hand an ihre Elektroschocker und wollten lossprinten.

»Halt! Nein! Ich mach das schon. Ich hole sie«, schrie Renter und lief los. Die blaue Gruppe wurde immer langsamer und unkoordinierter, als er näher kam. Er hob die Arme und winkte. »Hallo, Frau Kutscher! Anhalten! Ich bin Herr Renter!«

Shelly zog leicht an den Zügeln, und das Pferd stand. Sie äugte in seine Richtung und setzte sich wieder in Bewegung.

»Frau Kutscher! Bitte halten Sie an! Ich bin Herr Renter«, rief er wieder.

»Gut, dass Sie endlich kommen«, rief sie zurück.

Renter blickte nach rechts, von wo die Gruppe auf sie zugestolpert kam. Er hob beschwichtigend eine Hand. »Alles in Ordnung! Ich hole sie ab!«

Fünf Minuten später standen die drei Männer von der Security und ein Großteil der Mitarbeiter in einem Halbkreis um sie herum und sahen zu, wie sie das Pferd in den Anhänger beförderten. Shelly ließ sich davon kaum beeindrucken, sie schimpfte nur unablässig vor sich hin, während sie Pancake in den Anhänger führte. Der ließ das alles in noch größerer Ruhe mit sich geschehen.

»Neun Stunden Flug für so ein Tier, was denken die sich eigentlich?« Sie nuschelte noch etwas auf Englisch hinterher, was aber kaum zu verstehen war.

»Können wir?«, fragte Renter, als Shelly die Klappe geschlossen hatte.

»Sehr gern«, erwiderte sie energisch.

»Vielen Dank noch mal für Ihr Verständnis und Ihre Geduld«, sagte Renter kleinlaut zu der Gruppe.

»Nehmen Sie sie bloß mit, diese Irre«, zischte einer, der immer noch ganz aus der Puste war.

»Frau Kutscher, könnten Sie vielleicht fahren?«, fragte Renter, dem die Aufregung doch ein wenig an die Substanz ging.

»Sicher.« Shelly stiefelte auf die Fahrerseite, öffnete die Tür und nahm dabei Mütze und Brille ab. »Möchte vorher noch jemand ein Autogramm?«, fragte sie hämisch. Jetzt erst erkannten einige von ihnen, wer Shelly war.

Ein kleiner Mann von der Security hob vorsichtig den Arm. Sofort wurde er von seinem Kollegen mit der Glatze angerempelt und nahm den Arm ganz schnell wieder runter.

»Gut, dann bis nächstes Mal«, sagte Shelly und stieg ein. Sie startete den Motor und ließ ihn einmal laut aufjaulen, bevor sie davonrollten.

Die Flughafenleute sahen dem Gespann geplättet hinterher.

»Das war Marshall Stone«, sagte der kleine Security-Mann mit piepsiger Stimme.

»Halt doch endlich die Klappe«, wies ihn sein Kollege zurecht. »Die war gemeingefährlich.«

»Marshall Stone!«, piepste er erneut.

Zwei

Sie hatten den Flughafen auf der Zufahrtsstraße verlassen und waren auf der Messeautobahn in Richtung Osten gefahren. Renter wies Shelly an, die Ausfahrt Burgdorf zu nehmen; anschließend folgten sie der B 188 Richtung Wolfsburg und Gifhorn. Die Sonne hatte sich gegen alle Wolken durchgesetzt und warf ihr helles, warmes Licht über der Landschaft aus. An den Bäumen konnte man die ersten Knospen erkennen, die Äcker waren frisch aufgeworfen, und die Stoppelfelder leuchteten unter einem blauen Himmel. Trecker waren unterwegs, frische Spuren auf der Landstraße zeichneten ihre Fahrtroute nach. In nahezu jedem Ort entlang ihrer Strecke sah man Pferdekoppeln, Weiden und Ställe. Das hier war ein weicheres, fruchtbareres Land als in Shellys Heimat. Immer wieder passierten sie Waldstücke, die die für texanische Verhältnisse kleinen Felder einrahmten oder die Landstraßen flankierten. Aber es war zweifellos ein Pferdeland. Und genau das ließ Shelly sich nicht fremd fühlen, während sie mit ihrem Pferd hinter sich durch die Landschaft glitt. Vielleicht war es auch die Tatsache, dass ihre familiären Wurzeln hier lagen. Es kam ihr fast so vor wie ein Nachhausekommen. Renter beschrieb ihr viele Eigenheiten dieses Landstrichs, klärte sie über den Anbau von Kartoffeln und Spargel, Braunkohl und Grünkohl auf und war ein wenig erleichtert, dass er die Anwesenheit der Wohnwagen, die alle zwei-, dreihundert Meter entlang der niedersächsischen Spargelstraße in Feldwegen parkten, nicht genauer erläutern musste.

An einer Kreuzung bogen sie in Richtung Norden auf die B 214 ab und folgten dem Verlauf, bis die Abfahrt Fischbach sie wieder nach Osten führte.

Dann erreichten sie den kleinen Ort, an dessen Grenze man noch die Reste einer mittelalterlichen Befestigungsmauer erkennen konnte. Über den rot und schwarz gedeckten Häusern ragte die Kirchturmspitze mit dem goldenen Wetterhahn empor. Sie bogen nach rechts ab und folgten einer kleinen Straße, vorbei an Einfamilienhäusern, bis die Abstände zwischen den Grundstücken immer größer wurden und schließlich nur noch Wald um sie herum war. Hier begann ein abgewetztes Kopfsteinpflaster, und die Straße wölbte sich in der Mitte auf. Sie fuhren über eine Brücke. Die Aller glitt ruhig und stetig unter ihnen hinweg. Linker Hand konnte man die Einfahrt zum »Gestüt Fischbach« erkennen. Ein hohes schmiedeeisernes Tor führte in einen von Fachwerkhäusern und Stallungen eingerahmten Innenhof.

»Hier habe ich den Anhänger aufgetrieben. Herr Langensalza war so nett und hat ihn mir ausgeliehen.«

»Dann stehe ich wohl in seiner Schuld«, meinte Shelly.

»Nachbarschaftshilfe«, sagte Renter. »Ihr Grundstück ist gleich hinter der nächsten Brücke.«

Tatsächlich fuhren sie nur noch ein kleines Stück. Rechter Hand reichte der Wald mit seinen noch kahlen Zweigen bis fast an die Straße heran. Auf der anderen Seite erstreckten sich nach Norden hin die Weiden und einige Koppeln des Gestüts. Lindenbäume standen an der Straße und warfen zarte Schatten auf das von Gras durchwachsene Pflaster. Sie überfuhren die kleine gewölbte Brücke.

»So, da vorn ist es. Der Kutscher-Hof. Ihr Hof«, sagte Renter, und man konnte ein gewisses Schwärmen in seiner Stimme mitschwingen hören. Shelly verlangsamte die Fahrt und hielt vor dem Grundstück an. Eine brusthohe, mit unregelmäßigen Steinen besetzte Mauer grenzte den Hof und das Haus zur Straße hin ab. Ein schwarz gestrichenes eisernes Tor versperrte die Durchfahrt auf den Hof. Das Fachwerkhaus leuchtete weiß. Die Balken waren erst vor Kurzem gestrichen worden. Renter hielt Shelly den Schlüssel hin.

»Möchten Sie aufschließen?«

Shelly nickte und nahm den Bund entgegen.

»Es ist der messingfarbene für das Tor«, sagte Renter, und Shelly stieg aus. Die Luft war frisch, kühl und roch süßlich. Sie entriegelte das Schloss und schob die Torflügel auf. Der Hof war mit grauen Pflastersteinen ausgelegt. Der lang gezogene alte Stall, der parallel zur Straße und etwas nach links versetzt hinter dem Haus verlief, war noch nicht vollständig renoviert worden.

Shelly setzte sich wieder in den Wagen und fuhr in die Mitte des Hofes. Noch bevor Renter ihr das Haus zeigen konnte, holte sie Pancake aus dem Anhänger. Er sah sich sein neues Zuhause eindringlich an, hielt seine Nüstern in die leichte Brise und stellte seine Ohren zu jedem Geräusch, das er vernahm, auf.

»Wollen Sie ihn nicht anbinden? Der Stall ist noch nicht fertig, da kann er nicht rein.«

»Der haut nicht ab, keine Angst.«

Shelly stellte sich vor die Haustür. Über ihr, in einem waagerecht verlaufenden Holzbalken, waren zwei Namen geschnitzt. Robert und Ellen Kutscher. Shelly konnte es kaum fassen. Sie war so weit zurückgereist in ihrer Geschichte, ihren Wurzeln so nah, dass ihr die Tränen kamen.

»Sind das Ihre Urgroßeltern?«, fragte Renter hinter ihr. Sie nickte stumm und wischte sich die Augen. »Wollen wir reingehen?«

»Ja, bitte.«

»Sie haben die Schlüssel.«

»Ach so, ja.«

Shelly öffnete. Die Luft im Haus war abgestanden, aber nicht unangenehm. In der gesamten unteren Etage waren Eichendielen verlegt, die Wände weiß gestrichen. Shelly trat ein und erreichte über einen kleinen Garderobenbereich ein weitläufiges Wohn- und Esszimmer. Ganz links führte eine offene Treppe ins obere Stockwerk. Der Raum wurde durch den Eingang in einem Verhältnis von drei zu zwei geteilt. An die kleinere rechte Seite schloss sich die Küche an, sodass dieser Teil des Wohnraums als Esszimmer genutzt werden konnte. Die größere linke Seite besaß eine Terrassentür, die über eine Holzterrasse geradezu in den Garten führte.

»Ich hoffe, es gefällt Ihnen«, meinte Renter.

»Ja, tut es. Ich hatte schon Angst, dass ich es ganz schrecklich finden würde.«

»Ich auch«, gestand Renter. »Ich hab Ihnen einfach ein paar Glühbirnen in die Fassungen gedreht, sonst hätten Sie gar kein Licht gehabt.«

»Danke.« Shelly ging langsam durch ihr neues Heim und nahm

alles in Augenschein. Renter stand noch im Flur und bemerkte nicht, wie Pancake seinen Kopf durch die Tür steckte. Das Pferd stupste ihn mit den Nüstern in den Rücken, und Renter erschrak dermaßen, dass er einen kurzen Aufschrei hören ließ. Shelly kam besorgt aus der Küche.

»Herr Renter, alles okay?«

»Ja, es ist nur Ihr Pferd ...«

»Oh, hallo, Pancake, willst du auch mal gucken? Keine Angst, der tut nichts.«

***

Sara hatte zeitlich einen sehr guten Ritt gemacht, doch leider einmal am letzten Hindernis gerissen. Mit den vier Strafpunkten war sie unter die letzten sechs Reiter gekommen. Jetzt waren nur noch drei Pferde am Start. Picobello mit seinem Reiter Siersgaard trabte auf den Parcours. Er ging das Springen ähnlich schnell an wie Sara. Die Taktik war fast überall dieselbe. Man musste Aladdin über die Zeit schlagen. Keines der Pferde hatte eine solche Sprungkraft wie der Hengst von Hofstätter. Und so preschte Siersgaard mit seinem Fuchs über die Hindernisse. Doch das hohe Tempo wurde auch ihm zum Verhängnis. Beim Doppeloxer kamen Pferd und Reiter nicht hoch genug in den Sprung, und Picobello riss mit den Vorderläufen gleich zwei der rot-weißen Stangen. Ein Raunen ging durch das Publikum, und nach dem letzten Sprung und einer guten Zeit gab es einen aufmunternden Beifall.

Siersgaard nahm es mit Humor. Mit einem Lächeln und ein paar tüchtigen Klapsen auf Picobellos Hals verließ er den Parcours und machte den Weg für den vorletzten Springer frei.

Stolz und erhaben saß Berger auf seinem Schimmel The Boss. Aus dem Augenwinkel schielte er zu Lasse, der mit Leif im Einlauftunnel stand und ihm bestätigend zunickte. Berger drückte die Fersen in die Seiten seines Pferdes und ritt hinaus. Der älteste Teilnehmer im Feld wurde mit einem lauten Beifall empfangen. Aus den Lautsprechern ertönte blechern die Stimme des Turnieransagers. Berger lenkte The Boss im Schritt bis vor die Jury, hielt an, verneigte sich kurz und ritt an. Im leichten Galopp umrundete er den Parcours und sah sich die Hindernisse an. Es war totenstill in der Arena. Die Spannung war körperlich spürbar. Wenn einer die Chance besaß, Aladdin zu schlagen, war es dieses Pferd.

Schon beim ersten Sprung erkannte man, dass Berger das Springen langsam angehen würde. Das Publikum wurde nervös, weil er viel zu gemächlich dahinritt. Der Schimmel war konzentriert und ruhig. Anmutig sprang er über die Hindernisse, aber die Zeit würde nicht reichen, das war jedem klar. In der zweiten Hälfte verschärfte Berger das Tempo nach dem Sprung über den Wassergraben. Es war eine sehr flüssige Beschleunigung, und The Boss konnte seine Schrittfolge sehr gut umsetzen. Sie flogen über den Doppeloxer und die letzten beiden Hindernisse und waren fehlerfrei geblieben.

Das Publikum klatschte frenetisch Beifall. Aber man war sich sicher, dass der nächste Teilnehmer diesen Ritt egalisieren würde.

Berger verließ das kleine Stadion ernst und angespannt. Im Tunnel begegnete er seinem Konkurrenten. Tillmann lächelte. Berger konnte nicht sagen, ob das als Anerkennung oder als Kampfansage gemeint war. Seine Augen flogen kurz über den Körper des Pferdes, um irgendwelche Anzeichen für Lasses Manipulation auszumachen, doch Aladdin sah tadellos aus. Bis auf die Hinterhand, die etwas schleppend in Gang kam, als Tillmann hinausritt. Berger lenkte sein Pferd um und sah sich den Ritt aus dem Tunnel heraus an. Sara und Simon saßen im Sportlerbereich auf der Tribüne, Leif und Lasse standen in einem kleinen Bereich zwischen Haupttribüne und Reithalle.

Nach der Begrüßung sah man bereits etwas, was man schlechthin als fehlende Harmonie zwischen Pferd und Reiter bezeichnen konnte. Aladdin wollte nicht so wie Tillmann, und Tillmann versuchte, sein Pferd in die Richtung zu zwingen, in die es laufen sollte. Sie kamen in einen unruhigen Galopp. Aladdin warf seinen Kopf widerstrebend hoch und runter. Tillmann hielt die Zügel immer kürzer und fester. Es ging los. Tillmann trieb das Tier an, und sie flogen hoch über die erste Hürde. Als sie wieder aufkamen, wäre Aladdin beinah an den Hinterläufen eingeknickt. Wieder ging ein Raunen durch das Publikum. Aladdin schlug jetzt nach hinten aus. Das hatte man bei ihm noch nie gesehen. Die Zuschauer erschraken und wurden immer lauter. Tillmann kämpfte unterdessen auf seinem Pferd um die Kontrolle und um seine Fassung. Man sah, dass er wütend wurde und nicht verstand, was Aladdin da mit ihm anstellte.

Sie ritten jetzt auf ein Mauerhindernis zu, auf dem groß der Name des Turniersponsors zu lesen war. Aladdin weigerte sich, doch Tillmann trieb ihn an. Sie näherten sich dem Hindernis, Aladdin hob die Vorderläufe, drückte sich mit den Hinterläufen ab und knickte erneut ein. Beide flogen quasi durch das Hindernis hindurch. Mauerstücke stoben zur Seite, und Pferd und Reiter stürzten zu Boden. Alle im Stadion standen plötzlich. Ein Aufschrei ging durch die Reihen. Tillmann fiel seitlich in den Sand und konnte sich wegrollen, bevor Aladdin fast auf ihn gestürzt wäre. Beide erhoben sich schnell wieder. Helfer kamen herbeigeeilt. Auch der Turnierarzt sprintete auf den Platz. Doch Tillmann winkte ab. Es war nichts passiert. Er untersuchte kurz sein Pferd, konnte aber bis auf ein Hinken an der linken Hinterhand keine Verletzungen feststellen. Am Zügel führte er Aladdin aus dem Parcours und erntete einen großen Beifall der immer noch stehenden Zuschauer.

Berger machte kehrt und ritt seinen Schimmel in die Halle, um dort auf die Siegerehrung zu warten. Er wusste, er hatte gewonnen.

Auf der Rückfahrt ließen Simon, Sara, Leif und Lasse das Turnier Revue passieren und stellten Vermutungen über Aladdins Ausfall an. Als Lasse die Geschichte vom Alarm am Rover und von Aladdins Aufbäumen im Stall erzählte, war für Simon alles klar.

»Dieser Hofstätter. Geld wie Sand am Meer, aber keinen Funken Verstand für Pferde im Leib. Wie kann er den Gaul antreten lassen, wenn so was vorgefallen ist? Herrgott, diese Tiere verletzen sich so schnell, selbst wenn's nur was Kleines ist. Das ist unverantwortlich.«

»Aber Papa, er wollte doch nur am Turnier teilnehmen. Das kann man ihm nicht übel nehmen, das würdest du auch machen«, wandte Sara ein.

»Bitte? Ist das meine Tochter, die da spricht? Nimm diesen ungehobelten Kerl nicht noch in Schutz. Ich hätte Metternich nie gehen lassen. Man hat doch gesehen, wie Tillmann Aladdin zwingen musste. Das war kein Reiten mehr.«

»Du hättest es auch gemacht, stimmt's, Jungs?« Sara blickte in den Schminkspiegel der Sonnenblende, um Leif und Lasse sehen zu können.

»Ach, ich glaub, dein Vater wäre schon vernünftiger gewesen«, sagte Lasse und grinste breit.

»Siehste. Der Junge kennt mich eben besser. Das gibt wieder Sonderpunkte für dich, Lasse«, sagte Simon lachend.

»Schleimer«, meinte Sara, zog ihm eine Grimasse und klappte den Spiegel zu.

»Leif, was sagst du dazu?«, wollte Simon wissen.

»Wenn ich Metternich geritten hätte, hätt ich gewonnen.«

»Oh, aha! Unser großer Überflieger hat gesprochen. Na ja, an Selbstbewusstsein fehlt es dir wenigstens nicht.«

Kurz vor Fischbach passierten sie entlang der Landstraße die Weizenfelder, die noch zu dem Gestüt gehörten. Simon warf einen kritischen Blick auf die Pflanzen.

»Ich gönn's dem alten Berger. Typen wie ihn gibt's bald nicht mehr.«

»Stimmt«, sagte Lasse und grinste Leif an.

»Der ist auch nicht anders als Hofstätter«, warf Sara ein und verschränkte die Arme vor der Brust.

»Ach nein?«

»Ihr seid doch alle gleich. Gleich reich. Hofstätter, Berger, du … Keiner von euch nagt am Hungertuch.«

»Jetzt kommt die Soziale bei dir durch, was?«

»Ach, ich kann nur dein ewiges Gejaule nicht mehr hören, nur weil der mehr Geld hat und der … Das ist Jammern auf höchstem Niveau.«

»Wo hast du denn den Spruch aufgegabelt? Habt ihr beiden ihr das beigebracht?« Simon sah in den Rückspiegel.

»Nein, tut mir leid, wir sind völlig unschuldig. In jeder Beziehung«, sagte Lasse.

Sie fuhren über die Brücke und bogen in die Hofeinfahrt ein.

»Wer is'n das?«, fragte Lasse, als er einen fremden Mann sah, der einen ihrer Anhänger von der Kupplung nahm.

»Renter. Mein Grundstücksverwalter. Hat sich heute einen Anhänger ausgeliehen. Für unsere neue Nachbarin.«

»Wir kriegen eine Nachbarin?« Sara rutschte neugierig in ihrem Sitz hoch.

»Ja, sie zieht in den Kutscher-Hof.«

»Ach, allein?«

»Was weiß ich.«

»Und sie hat ein Pferd?«

»Wird wohl so sein, wenn sie einen Pferdeanhänger braucht.«

Sie hielten neben Renter und stiegen aus.

»Ah, hallo, Herr Langensalza! Schön, dass wir uns noch treffen.«

»Hallo, Herr Renter. Hat alles geklappt mit Ihrer Klientin?«

»Ja, dank Ihnen! Frau Kutscher ist Ihnen sehr dankbar. Wir hätten das Pferd sonst nicht da wegbekommen.«

»Sie hätte ja reiten können«, meinte Lasse flapsig.

Renter sah ihn an. »Ja, ich dachte sogar schon, sie würde das wirklich machen.«

»Zieht sie ganz allein auf den Hof?«, fragte Sara.

»Oh, ich weiß nicht, ob ich dir das verraten darf. Ich kann nicht einfach über so private Dinge sprechen.«

»Klingt geheimnisvoll«, sagte Simon.

»Nein, das ist nur recht und billig.«

»Dann musst du wohl mal rübergehen und sie selbst fragen«, schlug Simon seiner Tochter vor.

»Ist nicht nötig. Da kommt sie«, sagte Renter, und alle blickten zur Hofeinfahrt. Leif und Lasse, die gerade Fürst Metternich aus dem Anhänger führten, hielten inne. Shelly kam langsam auf den Hof geritten. Sie trug ihre Basecap, ihre Sonnenbrille, ein Jeanshemd, Jeans und Cowboystiefel. Direkt vor ihnen hielt sie an.

»Hallo. Ich bin die neue Nachbarin«, grüßte Shelly.

»Herzlich willkommen! Hübsches Pferd.«

»Danke sehr.«

»Tolle Stiefel«, sagte Lasse. Shelly sah ihn von oben herab an. Er grinste zu ihr hinauf.

»Danke sehr.« Sie stieg ab und ging auf Simon zu. »Sind Sie Herr Langensalza?«

»Ja, das bin ich. Und das ist meine Tochter Sara.«

Sara gab ihr schüchtern die Hand und versuchte, hinter die Brillengläser zu schauen. Irgendwas an dieser Frau kam ihr komisch vor.

»Sie haben heute mein Pferd gerettet. Sie müssen mir noch den Preis für den Anhänger nennen.«

»Das hat Zeit. Sie laufen mir ja nicht mehr weg, da wir nun Nachbarn sind.«

»Da haben Sie recht. Ich habe aber noch eine Bitte. Der Stall auf meinem Hof ist noch nicht ganz fertig. Ich brauche einen Unterstellplatz für Pancake. Hat Ihr Hotel noch freie Zimmer?«

»Pancake?« Sara musste lachen.

»Ja, wegen der Flecken«, sagte Shelly und schmunzelte dabei. »Sehen doch aus wie Pfannkuchen.«

»Ich denke, wir finden einen Platz für ihn. Kein Problem.«

»Das wäre großartig.«

»Leif, Lasse, könntet ihr euch darum kümmern? Vielleicht die Box drüben, gegenüber von Cleo.«

»Wird gemacht. Soll ich ihn gleich mitnehmen?«, fragte Lasse und griff nach Pancakes Zügeln.

»Nein. Das mach ich«, sagte Shelly energisch und griff von der anderen Seite zu.

»Wie Sie wollen.«

Sara blickte immer intensiver in Shellys Gesicht. Bis sie es irgendwann hatte.

»Oh mein Gott!«, sagte sie atemlos. Shelly wusste, dass sie erkannt worden war. Aber es machte ihr nichts aus.

»Was hast du denn?«, fragte Simon.

»Oh mein Gott! Sie sind … sind Sie … sind Sie etwa …«

»Sara, kannst du mir mal sagen, was dieses Gestottere soll? Was soll denn Frau Kutscher denken?«

Shelly lächelte unter ihrer Sonnenbrille. Renter sah gespannt zu, was nun passieren würde.

»Sind Sie Shelly Ellen Kutscher?«

»Schatz, was redest du da? Sie müssen entschuldigen, sie hatte einen anstrengenden Tag. Wir kommen gerade von einem Turnier …«

»Sie hat aber recht.«

»Bitte?«

Shelly nahm ihre Brille ab, und Sara legte erschrocken die Hand vor den Mund. Simon erkannte sie nun auch.

»Oh mein Gott!«, rief Sara. »Sie sind es wirklich! Shelly Ellen Kutscher! Papa, das ist Shelly Ellen Kutscher, die Schauspielerin. Marshall Stone! Haben wir doch immer zusammen geguckt.«

»Ich bin doch nicht blöd. Natürlich ist sie das«, sagte Simon und reichte Shelly die Hand. »Willkommen Mrs. … Frau … äh … Kutscher. Ich … weiß gar nicht, was ich sagen soll.« Er lachte verlegen.

»Oh mein Gott, ich rede mit Shelly Ellen Kutscher!« Sara konnte sich gar nicht mehr einkriegen.

»Das hätten wir also geklärt«, sagte Shelly. »Hallo, Sara.« Und weil sie wusste, wie ihre Fans reagierten, nahm sie Sara, anstatt ihr die Hand zu geben, gleich in den Arm. Das Mädchen zitterte vor Aufregung.

»Oh mein Gott, ich kann es nicht glauben! Hallo!«

Jetzt kamen auch Leif und Lasse näher und gaben Shelly die Hand.

»Hallo, Mrs. Kutscher«, sagte Leif.

»Ein Weltstar in unserem kleinen Fischbach. Kaum zu glauben«, meinte Lasse.

»Das sind Leif und Lasse, zwei sehr hoffnungsvolle Auszubildende auf unserem Hof. Wir nennen sie alle nur Max und Moritz.«

»Hallo, Max und Moritz«, sagte Shelly.

»Oh, kennen Sie überhaupt die Geschichte von Max und Moritz?«, fragte Simon. »Ist Ihnen der Autor Wilhelm Busch ein Begriff?«

»Ich glaube nicht.«

»Da geht es um zwei Jungen, die allerhand böse Streiche machen. Am Ende rächt man sich an ihnen, und sie enden als Hühnerfutter.«

»Nette Geschichte. Für Kinder?«

»Ja, komisch, oder?«, lachte Sara.

»Na, dann wollen wir mal hoffen, dass ihr zwei nicht auch so böse Kerle seid.«

»Wir sind völlig harmlos«, sagte Lasse, und alle lachten.

»Sie sind also heute aus den USA gekommen, mit ihrem Pferd?«, wollte Simon wissen.

»Ja, allerdings. Aus Texas.«

»Sie müssen müde und hungrig sein. Wie wär's, wenn Sie heute Abend zu uns zum Essen kommen? Sie haben doch sicher noch nichts im Haus«, schlug Simon vor.

»Ach, lassen Sie nur, ich brauche nichts. Vielleicht gehe ich irgendwo einen Burger essen oder so.«

»In Fischbach gibt's keinen Burger«, sagte Sara bedauernd. »Sie müssen zu uns kommen, bitte.«

»Vielen Dank, aber ihr habt doch sicher andere Dinge zu tun. Lasst mich mal.«

»Essen müssen wir auch. Ich koche was mit Papa, und Sie sind unser Gast, ja? Bitte, ja? Ja?«

»Okay, du hast mich überzeugt.«

»Jaaa, super! Das wird echt cool!«

»Wann darf ich denn kommen?«

»So gegen sieben?«, fragte Simon.

»Ist gut. Vielen Dank.«

»Nein, wir haben zu danken«, sagte Sara und strahlte Shelly an. »Bis nachher!«

Zweiter Streich

Max und Moritz rochen dieses;
„Schnell aufs Dach gekrochen!“ hieß es.

Eins

Pancake war in dem nicht ganz so modernen Stall rechts vom Haupthaus untergekommen. Shelly war froh, die Einladung angenommen zu haben, und schlenderte um zwanzig vor sieben los. Der Himmel im Westen glomm wie ein Lagerfeuer hinter den dunklen blätterlosen Baumkronen des Waldes. Es war fast schlagartig kalt geworden, und Shelly konnte jetzt verstehen, warum sie heute früh im Schnee angekommen war. Sie hatte sich nur eine Weste über ihr Jeanshemd angezogen und fror an den Armen. Sie hörte den Fluss plätschern, als sie das Grundstück des Gestüts betrat. Vor dem Essen wollte sie Pancake noch schnell einen Besuch abstatten. Sie ging in den Stall. Die Lampen unter der Decke warfen ihr vergilbtes Licht durch den langen Gang. Spinnweben zitterten in den Ecken. Weiter hinten vor Pancakes Box sah sie eine Frau und einen Mann, die sich über ein Pferd unterhielten, das mit gesenktem Kopf in der geöffneten Box gegenüber stand. Die beiden sahen auf, als sie sie bemerkten.

»Guten Abend«, grüßte Shelly.

»Oh, Sie müssen Frau Kutscher sein«, sagte die Frau. Sie war um die fünfzig, schlank, drahtig, mit Kurzhaarfrisur und blonden Strähnchen und einem offenen Lächeln. »Hallo, ich bin Katja Zinnbacher, die Tierärztin des Gestüts. Herzlich willkommen. Wir haben schon gehört, dass Sie bei uns sind. Kaum zu glauben. Wir kennen Sie alle aus dem Fernsehen.« Sie schüttelten sich die Hände. Sie hatte einen sehr kräftigen Händedruck.

»'n Abend«, brummte der Mann, der sich als Stallmeister Jülich vorstellte. Seinen Vornamen nannte er nicht. Das ist eben Deutschland, dachte Shelly.

»Was ist mit ihr?«, fragte sie. Die Stute vor ihr sah kläglich aus.

»Sie lahmt etwas. Wir wissen noch nicht, woher es kommt. Ist das Ihrer?«, wollte Katja wissen und drehte sich zu Pancake um.

»Ja. Hi, Pancake.«

Das Pferd stellte lustig die Ohren auf und blinzelte Shelly freundlich an.

»Pintos sehen wir hier sehr selten. Wo haben Sie ihn her?«

»Aus Oklahoma.«

»Gibt es dort eine Zucht?«

»Gewissermaßen. Ich hab ihn von einem Indianer.«

»Oh«, sagte Katja nur.

»Ich muss jetzt gehen«, meinte Shelly.

»Ja, ja, das Essen. Sara hat es schon allen erzählt. Sie ist furchtbar aufgeregt.«

Shelly saß an dem massiven Eichentisch, während Simon die Teller aufdeckte und Sara lautstark in der Küche hantierte.

»Was möchten Sie denn trinken? Wein, Sekt, ich weiß gar nicht, ob wir Sekt haben, Bier oder Wasser, Cola ...«

»Was trinken Sie denn?«

»Bier.«

»Dann nehm ich auch eins.«

»Essen ist gleich fertig!«, rief Sara aus der Küche.

Shelly sah sich im Wohnzimmer um. Über der großen Couch, auf der die Kissen geordnet wie im Prospekt lagen, hing ein Foto auf Leinwand. Es zeigte eine Frau auf einem Pferd, vor ihr saß ein kleines Mädchen mit schmutzigem Gesicht und strahlenden Augen. Die Kleine war zweifellos Sara. Simon kam an den Tisch und goss ihr ein Glas Bier ein.

»Ist es immer so ordentlich bei Ihnen?«, fragte sie.

»Nein. Ich hab vorhin aufgeräumt«, gab Simon lachend zu.

»Ist das Ihre Frau auf dem Bild?«

Schlagartig war Simons Lächeln verschwunden. Seine Augen verdunkelten sich. »Ja.«

»Darf ich fragen, wo sie ist?« Shelly sagte das bewusst sehr leise. Sie wollte Simon nicht in Verlegenheit bringen, und falls sie eine wunde Stelle getroffen hatte, wollte sie nicht, dass Sara es mitbekam.

»Sie ist verstorben, vor zwei Jahren.«

»Das tut mir leid.«

»Ja, ein Unfall hier auf dem Hof.«
»Sie war sehr hübsch.«
Simons Augen wanderten zu dem Bild und verharrten dort eine Weile. »Ein Pferd hat sie totgetrampelt. In einer Box.«
»Oh«, meinte Shelly betroffen, weil ihr nichts Besseres einfiel.
»Cleopatra. Ihr Pferd steht ihr direkt gegenüber.«
»Ach ja, ich habe sie vorhin gesehen. Frau Zinnbacher und Herr Jülich waren bei ihr.«
Simon antwortete nicht. Shelly drehte sich um. Sara stand mit einer großen Schüssel in beiden Händen in der Tür und starrte ihren Vater traurig an. Shelly hätte sich ohrfeigen können. Ihre dümme Fragerei hatte den ganzen Abend zerstört.
»Ich hol mal den Rest«, sagte Simon mit kratziger Stimme und verschwand in der Küche. Shelly lächelte Sara an. Es sollte ein tröstendes oder aufmunterndes Lächeln sein, aber Shelly war sich nicht sicher, ob ihr das gelang. Als Simon mit einer zweiten dampfenden Schüssel zurückkehrte, reckte Shelly den Hals und blickte hinein.
»Was ist das?«
»Grünkohl mit Pinkel«, antwortete Simon.
»Ah ja, Grünkohl. Hat mir Herr Renter vorhin schon erklärt. Riecht gut. Und das sind Bratwürstchen?«
»Nein, das ist Pinkel.«
»Was ist Pinkel?«
Simon sah seine Tochter hilflos an.
»Nun, das ist eine Wurst«, sagte sie.
»Und was bedeutet Pinkel?«
»Ach, das meint nur … gar nichts.« Simon winkte ab.
»Gar nichts?«
»Ja, eben einfach nichts.« Simon wurde rot im Gesicht. Sara hatte ihren Vater so noch nie gesehen. Andererseits verstand sie auch, warum es ihm peinlich war.
»Es bedeutet Penis«, sagte sie.
»Sara!«, rief Simon entrüstet.
Shelly lachte laut auf. »Was?«
»Doch, Pinkel ist nur ein anderer Ausdruck.«
»Sara, bitte!«

»Das ist ein Penis? Von wem?«

»Das ist natürlich *kein* Penis«, sagte Simon, »Das ist eine Wurst aus Schweinefleisch. Es sieht lediglich ein wenig so aus wie ein ...«

»Penis«, beendete Shelly den Satz für ihn. Simon glühte jetzt förmlich.

»Wie ein Pinkel«, korrigierte er.

»Pinkeln heißt Pipi machen«, sagte Sara ernst.

»Jetzt ist es aber genug, Sara!«, regte sich Simon auf. »Ich will davon nichts mehr hören. Das ist Wurst mit Grünkohl, fertig, aus.«

Sara und Shelly schwiegen, und Shelly beäugte etwas skeptisch die dunklen Würstchen. »Ich weiß nicht, ob ich das jetzt noch essen kann«, meinte sie leise.

Die drei sahen sich an und fingen gleichzeitig an zu lachen.

Als Shelly ihren anfänglichen Ekel überwunden hatte, musste sie zugeben, dass das Essen hervorragend schmeckte. Das Bier dazu war perfekt, und sie fühlte sich wohl in der Gesellschaft von Simon und Sara.

»Darf ich fragen, was jemand wie Sie hier in Fischbach macht? Ich meine, Sie sind doch sicher in Hollywood oder so zu Hause, was tun Sie also hier?«

»Das ist eine gute Frage. Was mache ich eigentlich hier?« Shelly lachte verlegen. »Ich weiß es selbst nicht.«

Sie blickte lange auf ihr Essen. Sara und Simon waren etwas besorgt, sie könnten zu aufdringlich gewesen sein. Simon hätte seine Frage am liebsten wieder zurückgenommen.

»Ich denke, ich brauche eine kleine Auszeit. Wissen Sie, das Filmgeschäft ist hart. Nicht so, wie das Arbeiten in einer Fabrik oder als Bauer, aber mein Arbeitstag ist manchmal siebzehn Stunden lang. Ich sitze ständig im Auto und im Flieger, reise herum, hetze von Termin zu Termin, jeder will mit einem sprechen, und man muss immer guter Laune sein. Immer lächeln. Ein Privatleben hab ich eigentlich nicht mehr. Der einzige Rückzugsort in den USA war für mich die Ranch meines Vaters. Der ist aber vor einem halben Jahr gestorben, und die Paparazzi finden einen auch im verlassenen, staubigen Texas. Ich hab den Hof hier geerbt, und vor ein paar Tagen dachte ich ...« Sie zuckte mit den Schultern und sah den beiden in die Augen. »Das ist Jammern auf hohem Niveau, was?«, sagte sie, und Simon und Sara mussten grinsen. »Was ist? Hab ich was Falsches gesagt?«

»Nein, nein, alles richtig. Sara hat vorhin nur denselben Ausdruck benutzt, als wir vom Turnier kamen.«

»Sie sprechen sehr gut Deutsch«, lobte Sara.

»Ja, wie kommt das? Das ist ungewöhnlich«, wollte Simon wissen.

»Nun, wir sind eine deutsche Einwandererfamilie. Mein Urgroßvater stammte aus Fischbach. Er siedelte über und gründete in Texas ein zweites Fischbach.«

»Im Ernst?«, fragte Sara.

»Ja, natürlich wird es bei uns ›Fischbäck‹ ausgesprochen, aber da bin ich groß geworden. Auf einer Ranch. Texas ist voll von Deutschen. Die meisten Texaner haben ihre Wurzeln in Deutschland. Und so bin ich zweisprachig aufgewachsen. Mein Vater hat immer mit mir deutsch geredet und mein Opa auch.« Shelly lächelte bei der Erinnerung daran.

»Und wie lange wollen Sie hierbleiben?«, fragte Sara.

»Sara!«, mahnte Simon.

Verlegen senkte sie den Kopf.

»Nein, nein, ist schon gut. Ich hab, ehrlich gesagt, keine Ahnung. Aber dafür so einige Pläne – oder nennen wir es Vorstellungen. Ich möchte den Hof herrichten, ein paar Pferde halten, vielleicht eine kleine Gitarrenwerkstatt eröffnen …«

»Mit Pferden sind Sie hier in bester Gesellschaft. Und Gitarren können Sie auch bauen?«

»Könnten wir uns vielleicht duzen? Ich weiß, hier in Deutschland ist das nicht üblich, aber immerhin essen wir zusammen zu Abend.«

»Gern, Sie haben vollkommen recht. Ich meine, *du* hast vollkommen recht. Oh Mann, das klingt so komisch. Immerhin kennen wir Sie nur aus dem Fernsehen, und jetzt sitzen Sie hier, und wir duzen uns …«

»Tust du ja gar nicht.« Sara grinste frech.

»Hi, ich heiße Shelly«, sagte Shelly und reichte Simon die Hand.

»Hallo, ich bin Simon.« Sie schüttelten sich die Hände, und Sara kicherte hinter vorgehaltener Hand.

»Und du?«, fragte Shelly sie plötzlich. Sara setzte sich kerzengerade hin.

»Ich heiße Sara Maria.«

»Ah, ein Doppelname.« Auch sie gaben sich die Hand.

»Ja, aber ich mag's nicht, wenn man mich so nennt. Sara reicht völlig.«

»Ich heiße Shelly Ellen. Aber Shelly reicht völlig.«

Sara lächelte sie an.

»Sara, Simon, es war sehr nett bei euch, und der Grünkohl und diese besondere Wurst haben großartig geschmeckt. Aber ich glaube, ich kann nicht mehr. Ich muss ins Bett.«

»Haben Sie überhaupt eins?«, fragte Simon.

»Du.«

»He?«

»Du. Hast *du* überhaupt eins«, sagte Shelly und ergänzte an Sara gerichtet: »Dein Vater ist nicht der Schnellste, oder?«

»Ja, deshalb reite ja auch ich die Turniere.«

»Also, jetzt reicht's aber!«, rief Simon. »Was ist denn nun, hast du ein Bett oder nicht?«

»Nein, hab ich nicht.«

»Du kriegst eine Luftmatratze von mir«, entschied Sara.

»Und ein paar Decken«, fügte Simon hinzu. Beide liefen los, um das Schlafzeug zu holen. Shelly stand allein im Wohnzimmer und rieb sich die Augen. Sie war hundemüde. Ich werde eine ganze Woche lang nur schlafen, dachte sie. Ihr Blick fiel auf eine Westerngitarre, die im Wohnzimmer auf einem Ständer stand. Sara kam zurück.

»Wem gehört denn die Gitarre?«

»Mir.«

»Eine Yamaha?«

»Stimmt. Du erkennst das natürlich. Willst du mal?«

»Heute Abend nicht mehr.«

Simon kam dazu.

»Du hast das Ding schon seit Wochen nicht mehr angefasst. Dafür hab ich's dir nicht gekauft.«

»Ja, ja, ich hab momentan einfach keine Zeit.«

»Du hast keine Lust, das ist was ganz anderes. Und die letzte Gitarrenlehrerin hast du vergrault.«

»Sie war eine verdammte Hexe.«

»Vielleicht gibt Shelly dir ja Unterricht«, sagte Simon scherzhaft. »Das würde dir sicher besser gefallen.«

»Lasst mich erst mal ankommen. Ich muss jetzt wirklich ins Bett.«

»Hier«, sagte Sara und drückte ihr die zusammengefaltete Luftmatratze in die Hand. »Und träum was Schönes. Ist schließlich die erste Nacht in deinem neuen Heim.«

Zwei

Irgendein Geräusch hatte ihn geweckt. Leif blinzelte auf den Wecker neben seinem Bett. Es war sechs Uhr sieben. Lasse saß am Schreibtisch. Die Arbeitslampe leuchtete gegen die Wand neben dem Laptop, und er hackte irgendwas in den Computer. Die Bierflaschen und die Wodkaflasche, die sie gestern Abend geleert hatten, standen noch auf dem Boden vor dem Fernseher. Einen Kater hatte Leif nicht, aber er fühlte immer noch den leichten Schwindel vom Alkohol und eine schwere Müdigkeit in seinen Knochen.

»Was machst du da so früh?«, fragte er und räkelte sich verschlafen auf dem Bett.

Lasse antwortete, ohne seinen Blick vom Bildschirm zu lösen. »Ich rechne unseren Verdienst aus.«

»Was? Zum Quartalsende oder was? Du bist echt nicht mehr ganz frisch in der Birne.«

»Ich konnte nicht mehr schlafen.«

»Ich weiß nicht, wie du immer mit so wenig Schlaf auskommst. Ich könnte noch locker vier Stunden weiterpennen.«

»Wir müssen eh gleich los.«

»Ach.«

»Mit den fünftausend von Berger kommen wir auf insgesamt zwölftausendfünfhundert Euro.«

Leif quälte sich stöhnend aus dem Bett. »Ist doch nicht übel.« Er tapste ins Bad.

»Reicht mir aber nicht. Das geht mir alles zu langsam.«

»Zu langsam?«, fragte Leif und pinkelte bei offener Badezimmertür. »Der Berger-Deal ging doch recht flott.«

Lasse tippte energisch auf ein paar Tasten, und der Computer fuhr herunter. Er drehte sich auf dem Bürostuhl zu Leif um, der gerade spülte und in den Spiegel sah. »Ich will mehr«, sagte er. »Die paar Tausend reichen mir einfach nicht. Wir könnten richtig Kohle machen, wenn wir nur …«

»Was?«, fragte Leif und wandte sich zu ihm um.

»Diese Pferdegeschichte ist schön und gut, aber so kommen wir nicht ans große Geld.«

»Es läppert sich doch.«

»Ja, ja. Trotzdem. Was wir bräuchten, wäre ein richtig großes Ding, verstehst du? Ich will einen ganzen *Haufen* Kohle in meiner Hand halten.«

Leif ging zum Kühlschrank und suchte dort nach etwas Essbarem. Er fand ein Stück Pizza, die sie gestern übrig gelassen hatten, und biss genüsslich hinein.

»Das ist so eklig, Alter.«

»Guck doch woanders hin.«

Lasse rollte mit dem Stuhl ans Fenster und blickte hinaus. Es war noch dunkel. Die Laternen vor dem Wohnheim der Auszubildenden des Gestüts brannten, und das Licht vom Fahrradzwinger warf Schatten auf den Boden, die wie Gitterstäbe aussahen.

»Wir müssen uns was anderes überlegen.«

»Was soll das sein? Wir haben kaum Zeit für irgendwas anderes. Und ich will die Ausbildung nicht in den Wind schießen«, sagte Leif kauend.

»Das will ich auch nicht. Aber irgendwas wird mir schon einfallen. Keine Angst.«

»Genau das macht mir aber Angst. Wenn wir es übertreiben, sind wir am Arsch. Es ist nicht mehr so wie früher, wo wir mit allem durchgekommen sind. Wir werden auch nicht mehr nach dem Jugendgesetz bestraft. Wenn sie uns jetzt erwischen, wird's richtig ernst. Wir müssen aufpassen und dürfen nicht zu gierig werden.«

»Vielleicht könnte diese Fernsehtante was für uns sein.«

»Bitte? Hast du mir überhaupt zugehört?«

»Ja, ja, typisch, du hast immer gleich die Hosen voll. Aber die hat auf jeden Fall fett Kohle. Im Fernsehen wird man doch fast noch besser bezahlt als im Kino.«

»Viel zu riskant«, meinte Leif kopfschüttelnd. »Gerade *weil* sie Kohle hat und so bekannt ist. Jemand wie sie könnte uns echt in Schwierigkeiten bringen.«

»Quatsch!« Lasse lachte verächtlich. »Die Alte ist 'ne Schauspielerin. Die haben alle Probleme. Psychisch labil. Kein Selbstvertrauen. Ohne ihre Rollen sind die nichts wert.«

»Keine Chance, Alter. Schlag dir das aus dem Kopf. Wir müssen jetzt los.«

Lasse erhob sich und kam Leif ganz nah. »Ich will nicht, dass du mich bevormundest, klar?« Es klang wie eine sehr ernstzunehmende Drohung.

Leif lächelte trotzdem. »Ich will nur, dass wir auf dem Teppich bleiben.«

»Du profitierst doch ganz gut von meinen Ideen, oder nicht?«

»Ja, das ist richtig. Und du profitierst von meiner Vorsicht.«

Lasse sah ihn lange unbewegt an, bevor auch er ein Lächeln sehen ließ. »Putz deine Zähne, du riechst schlimmer aus dem Mund als'n Pferd ausm Maul.«

Drei

Nachdem Shelly zum Kutscher-Hof rübergegangen war, hatte sie es sich im Wohnzimmer auf der Luftmatratze von Sara bequem gemacht und sich mit zwei Wolldecken zugedeckt. Obwohl sie ihre Augen kaum noch hatte offen halten können, war eine tiefe Traurigkeit in ihr aufgekommen. Hier so allein in einem völlig leeren Raum zu liegen, in einem fremden Land, einer fremden Stadt, hatte sie wehmütig gemacht. Sie vermisste etwas, jemanden. Sie war völlig ohne Bezug, auch wenn die Namen ihrer Urgroßeltern auf dem Balken ihres neuen Hauses verewigt waren, auch wenn sie soeben nette und freundliche Nachbarn kennengelernt hatte. Sie war allein. So allein, wie man nur sein konnte. Mit diesen Gefühlen war sie eingeschlafen und wachte am nächsten Morgen schon gegen acht Uhr wieder auf, weil keine Vorhänge oder Gardinen die Sonne davon abhalten konnten, direkt in ihr Zimmer zu scheinen.

Als allererstes musste sie Pancake sehen. Er war ihr einziger Freund hier, ihr einziges Stück Heimat. Sie duschte ohne Gel oder Shampoo, weil sie nichts mitgebracht oder im Haus hatte. Sie würde einkaufen gehen müssen. Aber irgendwie musste sie ihre Einkäufe dann auch transportieren.

Eine Viertelstunde später stand sie im Stall ganz nah bei ihrem Pinto und streichelte ihm die Ohren. Sie beobachtete die Stute auf der anderen Seite. Jetzt, bei Tageslicht, sah sie nicht mehr kläglich, sondern wirklich erschreckend aus. Das Fell war ungepflegt und starrte vor Dreck und Matsch von der Weide. Ihre Augen waren gelb und wässrig, und ihr Blick sah verlassen und verloren aus. Etwa so, wie Shelly sich gestern Abend gefühlt hatte.

Ein Rascheln riss Shelly aus ihren Gedanken über das Pferd und den Unfall von Simons Frau.

Etwa zehn Meter weiter rechts stand ein Mann bei den Wasserschläuchen. Er hatte sich ganz dicht an die Wand gedrückt und verschwand fast im Schatten der Nische. Nur seine linke

Schulter ragte heraus und wurde vom Tageslicht erfasst. Shelly fuhr zusammen, als sie ihn bemerkte. Sie konnte seine Augen nicht sehen, doch sie wusste, dass er sie beobachtete. Um Fassung ringend, erhob sie ihre Stimme, so laut es eben ging.

»Hallo!«, rief sie.

Er antwortete nicht, stand nur regungslos da und starrte sie an. Shelly trat aus der Box und ging dem Mann langsam entgegen. Er drückte sich immer mehr in die Ecke, aber schließlich konnte sie sein Gesicht erkennen. Wieder fuhr sie zusammen. Seine Augen waren vor Entsetzen weit aufgerissen, und er schien verwirrt zu sein.

»Hallo«, sagte sie erneut, nur leiser. Sie konnte ihn atmen hören. »Wer sind Sie?«

»Hey, Jones, ich sage Ihnen eins: Ich werde Sie verfolgen, und wenn es das Letzte ist, was ich in meinem nutzlosen Leben tue. Ich kriege Sie, und wenn ich Sie habe, werden Sie büßen müssen für das, was Sie getan haben. Ich bin Marshall Stone, vergessen Sie den Namen besser nicht. Er wird unter Ihrem Haftbefehl stehen, wenn Sie ins Kittchen einfahren.«

Shelly machte einen Schritt zurück. Diese Worte waren ihr sehr vertraut und doch fremd. Sie brauchte einige Sekunden, um zu verstehen, dass es ihre eigenen waren, auf Deutsch. Eine Textzeile aus ihrer Serie. Irgendeine der letzten Folgen aus der dritten Staffel, sie wusste es nicht mehr genau. Aber sie sah die Szene deutlich vor sich.

»Sie sind Marshall Stone«, hörte sie den Mann sagen. Er klang ängstlich und nervös.

»Ja, bin ich. Sie haben recht.«

Er bewegte sich langsam von ihr weg. Er hatte lockiges braunes Haar und kräftige Wangenknochen. Er trug ein kariertes Hemd und eine Jeansjacke über einer schmutzigen Arbeitshose und zertretenen, rissigen Sportschuhen.

»Wer sind Sie?«, fragte Shelly erneut, doch wieder bekam sie keine Antwort.

»Was tun Sie hier bei uns?«, fragte der Mann mit zittriger Stimme. »Wie kommen Sie hierher?«

»Ich ...« Shelly wollte sagen, sie würde jetzt hier wohnen,

doch das schien ihr zu viel Information zu sein. Zu viel für diesen Mann und zu viel, was sie von sich preisgeben würde.

»Hat es einen Mord gegeben? Sind Sie deshalb hier?«

»Nein. Es ist alles in Ordnung.«

»Sie suchen doch bestimmt den Mörder. Ich weiß aber nichts.«

»Nein, hören Sie, es ist alles okay.«

»Peter?«, hörte Shelly plötzlich eine Stimme von weiter hinten fragen. Sie drehte sich um und erkannte die beiden jungen Männer von gestern.

»Hey, Jungs!«, rief der Mann. »Hallo! Hier ist Marshall Stone, habt ihr gesehen?«

»Ja, ja. Gestern schon«, sagte Lasse und kam näher. Leif legte Peter beruhigend eine Hand auf die Schulter.

»Sie macht hier nur Urlaub. Und ihr Pferd bleibt so lang bei uns im Stall.«

»Aha. Da hab ich aber einen tüchtigen Schreck gekriegt«, sagte Peter und wischte sich mit dem Ärmel den Schweiß aus dem Gesicht. Mit einem Blick auf Pancake meinte er: »Aber das ist nicht ihr Pferd. Wo ist Lonestar?«

Lonestar war der Schimmel, den Shelly in der Serie ritt. Sie lächelte irritiert.

»Weißt du, Peter, Marshall Stone und dieses Pferd gibt es nur in der Serie. Das ist Frau Kutscher, eine Schauspielerin. Sie spielt nur diese Stone«, erklärte Leif. Peter blickte unverwandt von Leif zu Shelly und wieder zurück.

»Das ist Marshall Stone«, beharrte er. Leif wollte erneut ansetzen, doch Shelly griff ein.

»Ist schon gut. Hallo, Peter. Darf ich Peter sagen?«

»Sicher, so heiß ich doch.«

Leif und Lasse mussten grinsen.

»Also gut.« Shelly reichte ihm die Hand, und Peter schlug nach kurzem Zögern ein.

»Howdy, Gringo. Es waren sicher einige Jahre, die wir uns nicht gesehen haben. Bist älter geworden. Genauso wie ich. Aber deine Sporen haben keinen Rost angesetzt, wie ich sehe«, zitierte er.

Shelly lachte überrascht auf. »Das ist ja unglaublich, kennst du die Serie etwa komplett auswendig?«

»Ein Mann tut, was er kann. Eine Frau macht es ähnlich, nur besser«, sagte Peter, und alle fingen an zu lachen.

»Peter ist die gute Seele hier auf dem Hof. Aber dass er so ein wandelndes Lexikon ist, wusste ich auch nicht«, meinte Lasse.

»Das muss ich gleich Sara erzählen«, verkündete Peter.

»Ja, mach das«, sagte Leif. Er verabschiedete sich von Shelly und ging mit ihm. Lasse blieb noch stehen.

»Er hat Ihnen doch nichts getan, oder?«

»Nein, nein, er hat mich nur erschreckt, das ist alles.«

»Tja, er ist ein bisschen zurückgeblieben, unser Peter, aber eigentlich ganz harmlos. Kann man Sie leicht erschrecken?«, fragte er und kam einen Schritt näher.

»Was?«

»Ich frage, ob man Sie leicht erschrecken kann.«

»Ich weiß nicht, was das soll«, entgegnete Shelly und richtete sich auf. Sie war in ihren Stiefeln nur wenig kleiner als Lasse.

»Nun, wenn Sie wieder mal in Schwierigkeiten sind: Wir helfen Ihnen gern. Rufen Sie einfach nach uns.«

»Max und Moritz, richtig?«

»So ungefähr, ja.«

»Danke für den Hinweis.«

Lasse beugte sich vor, um ihr etwas im Vertrauen zu sagen. Sie entschied, dass keine Gefahr von ihm ausging, und zuckte nicht zurück, sondern wandte ihm ihr Ohr zu.

»Nehmen Sie den Jülich nicht so ernst, okay? Der kann ein echter Kotzbrocken sein.« Lasse richtete sich wieder auf und zwinkerte ihr zu.

Shelly nickte.

»Wissen Sie, was ›Kotzbrocken‹ bedeutet?«

»Ich denke, ich hab dich ganz gut verstanden«, sagte Shelly.

»Gut, also bis dann.«

»Howdy«, sagte Shelly und griff kurz an den Schirm ihrer Mütze.

Vier

Das Autohaus Fischbach, eine Volkswagen-Vertretung, die aber auch Gebrauchtwagen anderer Marken im Verkauf hatte, befand sich noch in der Startphase seines Arbeitstages. Der erste Kaffee war gekocht und dampfte in einigen Bechern auf den Schreibtischen der Mitarbeiter in der Verkaufs- und Werkstattabteilung. Die meisten gingen am Computer ihre für heute anstehenden Aufträge durch, die beiden Empfangsdamen richteten noch ihre Frisuren und frischten den Lippenstift auf. Aus der Werkstatt drangen metallische Geräusche gedämpft in die Verkaufshalle, und draußen putzte ein Angestellter die Scheiben der Autos. Herr Kohlmichl, der Chef der Verkaufsabteilung, saß zurückgelehnt in seinem Bürosessel und rief gerade einen Kunden an, bei dem sich nur der Anrufbeantworter meldete. Er wartete bis zum Piepton und hinterließ seine Nachricht.

»Ja, Kohlmichl, Autohaus Fischbach, guten Morgen, Herr Weidmann, es geht um den Termin heute Nachmittag, wenn Sie bitte …« Er stoppte mitten im Satz, und sein Mund blieb offen stehen, als er draußen die Frau entdeckte. Er folgte ihr langsam mit den Augen, und auch die Blicke der übrigen Mitarbeiter blieben an ihr haften, als sie mit ihrem Pferd auf den Ausstellungshof geritten kam. In der Leitung kündigte ein zweites Piepen das Ende der Aufnahme an, und die Verbindung wurde unterbrochen. »Was zum Teufel …«, hauchte Kohlmichl, legte auf und ging zum Fenster.

Shelly ritt im Schritt direkt vor den Haupteingang, lenkte Pancake in eine kleine Lücke zwischen einem Passat CC und einem Audi A6 Kombi und stieg ab.

»Was macht die da?«, rief Kohlmichl. Auch seine Kollegen waren inzwischen aufgestanden, um besser sehen zu können. Ein Mädchen an der Information schoss ein Foto mit ihrem Handy.

Shelly kam durch die Schiebetür in den Laden. Sie blieb stehen und sah sich um. Alle glotzten sie an, aber keiner rührte sich.

»Wer kann mir denn mal behilflich sein?«, fragte sie laut, und Kohlmichl begann, sich zu bewegen.

»Äh, junge Frau, das Pferd da …«

»Das tut nichts. Ich möchte ein Auto kaufen.«

»Das ist schön, aber sind Sie sicher …«

»Keine Angst, sehen Sie ihn einfach als Auto an«, sagte Shelly und grinste breit. Kohlmichl schaute hinaus auf den Passat, den Audi und das Pferd. Er pustete vernehmlich Luft aus und kratzte sich am Kopf.

»Na schön.«

»Wunderbar. So, jetzt würde ich gern ein Auto kaufen.«

»Ja, ja, das ist natürlich möglich. Ähm, was hatten Sie sich denn so vorgestellt?«

»Stehen alle Wagen da draußen zum Verkauf?«

»Oh, ja, sicher. Entweder als Neuwagen oder als Gebrauchtfahrzeug, mit Garantie selbstverständlich und einer sehr günstigen Finanzierung.«

»Finanzierung brauche ich nicht.«

»Schön. Dann könnte ich Ihnen einen wunderbaren New Beetle anbieten, wenn Sie einmal hier schauen möchten …« Kohlmichl dirigierte sie zu einem knallgelben Beetle, der im Verkaufsraum parkte und mit seinen offenen Türen so aussah, als wollte er gleich losfliegen. Shellys Schritte hallten über den Boden. Alle sahen den beiden zu.

»Nein, so was will ich nicht.«

»Gut, vielleicht etwas Flotteres … ja, jetzt hab ich's. Draußen steht ein todschicker Audi A1 in Rot mit weißen Ledersitzen, den haben wir gerade reinbekommen.«

»Ich will den Dodge Ram Pick-up in Schwarz, der draußen steht. Fünfzehntausend Kilometer gefahren und ein Jahr Gebrauchtwagengarantie.«

Irgendjemand im Hintergrund lachte kurz auf.

»Ah, den Dodge, ja, aber meinen Sie nicht …«

»Was?«

»Nun, das ist ein wirklich sehr großes Auto, *besonders* groß, wissen Sie?«

»Meines Wissens stellt Dodge die nur in einer Größe her.«

Kohlmichl lachte verlegen. »Ja, sicher, aber … na gut, schauen wir ihn uns an.«

»Nicht nötig. Ich bin das Auto bereits gefahren. Wenn Sie einfach nur den Kaufvertrag fertig machen könnten. Ich bin etwas in Zeitnot, wissen Sie?«

»Oookay …«

Fünf

Leif und Lasse standen zusammen mit den restlichen Auszubildenden im Büro des Stallmeisters. Jülich verteilte die Aufgaben für den heutigen Tag, und beide wussten, dass er sie, wie immer, trennen würde. Aus irgendeinem Grund wollte Jülich nicht, dass sie zusammenarbeiteten.

»... und Max geht mit Geraldine und Torben dem Schmied zur Hand. Heute werden vier Pferde neu behuft. Moritz fährt mit Peter auf dem Traktor raus auf die Koppel und füllt Heu nach.«

»Ich heiße Lasse.«

Jülich nannte sie vor den anderen nie bei ihrem richtigen Namen. Leif war für ihn Max, und Lasse war Moritz. Leif hatte das irgendwann hingenommen, aber Lasse bestand immer darauf, bei seinem richtigen Namen genannt zu werden.

»Wie auch immer. Du gehst auf die Koppel. Das war's. An die Arbeit!«

Lasse und Leif verließen Schulter an Schulter das Büro und schüttelten den Kopf über Jülich.

»Arschgeige«, flüsterte Lasse.

Sie trennten sich auf dem Hof, und Lasse ging in die Lagerhalle, wo Peter einen kleinen Holzverschlag hatte, den er sein Büro nannte, der jedoch mehr einem morschen Altar ähnelte.

»Peter?«

Peter lugte hinter dem Traktor hervor, wo er mit einem großen Schraubenschlüssel am Anhänger hantierte.

»Na, was hat Sara gesagt?«, wollte Lasse bezüglich Shelly wissen.

»Ach, die war gar nicht mehr da.«

»Wie, schon weg? Auf Ausritt?«

»Keine Ahnung. Herr Langensalza wusste auch nicht, wo sie ist.«

»Na ja, egal. Wir sollen neues Heu auf die Koppel bringen.«

»Gut. Machen wir. Willst du fahren?«

»Klar! Immer.«

Peter reichte Lasse den Schlüsselbund mit der harten ausgebeulten Ledertasche daran, und sie stiegen auf den Bock. In der Scheune spießten sie mit der Gabel einen Heuballen auf und fuhren damit hinaus auf die Koppel, wo ein kleiner Unterstand den Pferden Schutz vor schlechtem Wetter und eine Krippe zur Futteraufnahme bot. Der alte rostige Trecker, von dem die rote Farbe überall abbröckelte, rumpelte los.

»Ob Marshall Stone mir eine Unterschrift gibt?«, rief Peter Lasse über den Lärm des Motors hinweg zu.

»Ein Autogramm? Bestimmt.«

Peter lächelte glücklich und blickte wieder nach vorn. Nach fünf Minuten Fahrt, in denen Peter mindestens dreimal »Nicht so schnell!« gerufen hatte, kamen sie an den Unterstand. Zu ihrer Überraschung stand Fürst Metternich gezäumt und gesattelt bei den frei laufenden Hengsten. Von Sara keine Spur.

»Hoffentlich ist ihr nichts passiert«, sagte Peter.

»Was meinst du?«

»Vielleicht ist sie abgeworfen worden.«

Sie ließen den Heuballen auf der Gabel des Traktors und suchten die Gegend nach Sara ab. Lasse stemmte die Hände in die Hüften und blickte nach Osten zu einem kleinen Waldausläufer.

»Lass uns da drüben nachschauen.«

Sie marschierten los und sprangen in einer Seitwende über den Drahtzaun, der das Grundstück vom Wald abtrennte. Ein schmaler, sandiger, von Kiefernwurzeln durchzogener Weg führte tiefer in den Wald hinein. Die beiden folgten ihm etwa zwanzig Meter, bis sie vor sich eine kleine Hütte erkannten. Es war eine Wanderstation, gebaut aus alten Kiefernästen, die zu einem runden, nach vorn hin offenen Pavillon aufgeschichtet waren. Von ihrer Position aus konnten sie nicht in das Häuschen sehen. Lasse drehte sich zu Peter und drückte den Zeigefinger auf seine Lippen. Dann zog er ihn ins Unterholz abseits des Weges. Hinter einer großen Kiefer, die während des letzten Herbststurms gefallen war, versteckten sie sich. Aus der Hütte waren leise, unterdrückte Stimmen zu hören. Im Schutz ihrer Deckung krochen sie weiter vor, bis sie endlich ins Innere des Pavillons spähen konnten. Lasse durchfuhr ein herrlich schöner

Schreck. Sara war dort. Aber nicht allein. Sie lag in den Armen eines Mannes, den Lasse kannte. Es war Bernd Hofstätter. Die beiden küssten sich leidenschaftlich, geradezu gierig. Ihre Hände fuhren über den Körper des anderen. Peter gingen fast die Augen über. Stumm wies Lasse ihn erneut an, keinen Mucks von sich zu geben.

»Papa hat gestern so über dich gelästert … ich konnt mir das kaum anhören …«, flüsterte Sara atemlos.

»Ich will nichts von ihm hören. Ich will nur dich«, raunte Hofstätter zurück.

Lasse zog schnell sein Handy aus der Tasche und begann, die Szene zu filmen. Er wusste, dass Peter auch ein Handy hatte, und streckte die Hand aus, damit Peter es ihm gab. Es konnte zwar keine Videos machen, aber eine Fotofunktion besaß es allemal. Lasse filmte und fotografierte gleichzeitig.

Hofstätter ließ seine Hände über Saras Brüste, Hüften und Beine gleiten. Er schob seine Hand unter ihre Reitweste, und beide atmeten immer schwerer und lauter.

»Stopp, stopp«, bat Sara plötzlich. »Ich will dich, aber nicht hier. Das ist zu gefährlich.«

»Ich halte das nicht mehr aus. Ich muss dich haben!«

»Dann lass uns einen anderen Ort suchen. Irgendwo, wo wir unerkannt zusammen sein können.« Sie überlegte angestrengt.

Lasse stupste den staunenden Peter an, und sie zogen sich zurück. Geduckt wie zwei Späher, die sich vor dem Feind verstecken, machten sie sich davon. Lasse wollte wieder am Traktor sein, bevor Sara Verdacht schöpfen konnte. Er sprintete über die Weide und zog Peter mit sich, der kaum Schritt halten konnte. Völlig außer Atem erreichten sie den Trecker. Gerade noch rechtzeitig, um den Motor anzuwerfen, bevor Sara am Waldrand auftauchte. Lasse ließ die Gabel herunter und streifte den Heuballen ab, Peter hielt fest. Lasse konnte schon von Weitem sehen, wie Sara sich eine Ausrede zurechtlegte.

»Du hältst schön die Klappe, verstanden?«, zischte er Peter zu. Er packte ihn an der Jacke und zog ihn näher zu sich heran. Der Trecker diente als Sicht- und der Motor als Geräuschschutz. »Wenn du nur ein Sterbenswörtchen darüber verlierst, wird Simon verdammt sauer werden. Er wird furchtbar böse auf dich sein, verstehst du? Und dann wird er dich feuern, und du weißt, dass dich kein anderer einstellen würde. Niemand will jemanden wie dich haben. Also enttäusch Simon nicht.«

Peter stand die nackte Angst in den Augen.

»Nein, nein, ich …«

»Klappe!«, fuhr Lasse ihn an und schubste ihn in Richtung Heuballen. Peter rollte ihn in den Unterstand, als Sara das Häuschen erreichte.

»Hallo, ihr beiden!«, rief sie fröhlich. Doch Lasse konnte die Nervosität in ihrer Stimme hören.

»Sara! Wo hast du gesteckt, wir haben uns schon Sorgen gemacht.«

»Ich war pinkeln, da, hinter den Bäumen.«

»Ach so. Die wirklich intimen Dinge macht man besser nicht auf dem Präsentierteller, was?«, fragte Lasse, und Sara gefror das Lächeln im Gesicht. »Tja, ihr Frauen habt's da blöderweise noch schwerer als wir. Aber keine Angst, wir haben nichts gesehen.« Er sah sie an wie eine Schlange. Sara konnte dem Blick nicht standhalten und drehte sich zu ihrem Pferd um.

»Metternich. Komm, Großer, weiter geht's!« Das Pferd kam zu ihr, und sie stemmte sich in den Sattel.

»Viel Spaß beim Reiten«, wünschte Lasse noch, dann spornte sie Metternich auch schon an und galoppierte zurück zum Hof. »Peter?«, rief Lasse. »Komm, wir fahren auch zurück.«

Er saß auf.

»Ein herrlicher Tag, findest du nicht?«

Peter sah ihn ängstlich und zweifelnd an. Dann drückte Lasse aufs Gaspedal, und die Fahrt ging los.

Auf dem Hof parkte der Porsche von Hofstätter, als sie ankamen. Lasse war überrascht, dass er sich jetzt hierhertraute. Vor dem Stall, in der Sonne, stand Herbert Sagebiel, der Schmied, mit Torben und einem Schimmelwallach.

»Hey, Torben, wo ist Hofstätter?«, fragte Lasse und stieg vom Traktor.

»Drüben in der Besamung.«

Am hinteren Ende der Stallungen befand sich die Besamungsstation des Gestüts, die das Sperma der Zuchthengste in die ganze Bundesrepublik und ins Ausland verkaufte. Hofstätter war einer der Kunden, die immer persönlich vorbeikamen. In den meisten Fällen wurde das Sperma einfach verschickt, doch Hofstätter wohnte nicht weit entfernt, und Lasse kannte jetzt einen weiteren guten Grund, warum er immer selbst auf den Hof kam. Die Gelegenheit konnte er sich nicht entgehen lassen. Er stiefelte rüber und ließ Peter stehen, der ihm unsicher folgte.

»Aber wir sind doch noch nicht fertig, Lasse«, sagte er.

»Bin gleich wieder da.«

Schon aus zwanzig Metern Entfernung konnte man laute Stimmen vernehmen. Simon und Hofstätter schienen sich zu streiten. Lasse hatte den Eingang fast erreicht, da sah er Sara aus dem Wohnhaus kommen. Sie hatte das Geschrei ebenfalls mitbekommen. Die beiden wechselten einen kurzen Blick, während die Männer über den Preis stritten.

»Nein, nein, nein, das stimmt so nicht«, rief Hofstätter. »Ich habe persönlich die Überweisung vorgenommen, tausendachthundertfünfzig Euro! Und wenn das Geld bei euch verloren geht, ist das eurer Problem. Herrgott, was ist das für ein Saftladen hier?«

»Nun reg dich doch bitte nicht so auf. Es war wahrscheinlich nur ein Zahlendreher, mehr nicht. Ich kümmere mich darum und überprüfe noch mal alle Eingänge. Aber wenn ich den Betrag nicht finde, muss ich ihn dir erneut in Rechnung stellen.«

»Da gibt's nichts zu prüfen. Es war alles korrekt. Ihr wollt mich übern Tisch ziehen! Beim nächsten Mal überleg ich mir zweimal, ob ich bei euch bestelle.«

Wutschnaubend kam Hofstätter aus der Tür. Er bemerkte Lasse nicht einmal; erst als er Sara auf der Eingangstreppe stehen sah, wurde sein Blick milder. Sein Schritt verlangsamte sich.

»Herr Hofstätter?«

Er drehte sich um. Lasse ging ihm entgegen.

»Wie geht's denn Aladdin? Wir waren alle etwas besorgt beim Turnier.«

»Ach, du bist das«, sagte Hofstätter, als er Lasse erkannte.

»Hat sich 'n paar Glassplitter eingetreten. Es lag also nicht an der Geschichte im Stall, mach dir da mal keine Sorgen.«

»Nur schade um den Turniersieg, was? Ich bin sicher, Aladdin hätte es geschafft.«

»Natürlich wär er Sieger geworden. Ärgerlich für mich, erfreulich für den alten Berger. So hat der auf seine alten Tage auch noch mal was gewonnen.«

»Tja, für manche Dinge ist man eben einfach zu alt, stimmt's?« Lasse blickte zu Sara.

Hofstätter musste schlucken. Er war sich nicht sicher, wie der Junge das gemeint hatte. Doch Lasse lächelte ihn offen an.

»Ja, man sollte seine Jugend nutzen«, sagte er daher.

»Carpe iuventus«, erwiderte Lasse.

Hofstätter hob grüßend die Hand. »Mach's gut.«

»Ich mag Ihr Auto«, rief Lasse ihm nach, als Hofstätter zu seinem Wagen ging.

Als Leif und Lasse am Ende dieses Arbeitstages gemeinsam auf ihren Rädern den zehnminütigen Weg nach Hause radelten, konnte Lasse sich kaum zurückhalten, seinem Freund sofort von dem Erlebnis im Wald zu berichten. Aber er musste auf Nummer sicher gehen. Niemand durfte sie belauschen. Sie erreichten das Wohnhaus und stellten ihre Räder in den Zwinger. Oben im ersten Stock betraten sie ihr Zimmer. Es war unaufgeräumt wie immer, Klamotten, Pizzapackungen, Flaschen und Chipstüten lagen verstreut auf dem Boden herum.

»Ich mach 'n paar Nudeln. Ist eigentlich noch Bier da?«, fragte Leif und stellte sich vor die kleine offene Küchenzeile.

»Setz dich«, befahl Lasse.

»Was? Ich hab Kohldampf, Mann.«

»Setz dich!«

Lasse zeigte auf Leifs Bett. Leif ließ sich auf der Bettkante nieder.

»Und was kommt jetzt?«

Lasse wollte gerade ansetzen, da klopfte es.

»Was denn?«, rief er genervt.

Die Tür öffnete sich, und Geraldine lugte herein.

»Hab ich gesagt, dass du reinkommen darfst?«, fragte Lasse.

»Ja, ja, stell dich nicht so an. Hört zu, Jungs, ich will heute lernen, es wäre wirklich toll, wenn ihr euren Fernseher mal etwas leiser stellen könntet, ja?«

»Oh, die Dame möchte lernen.«

»Ja, wir haben nämlich bald Prüfung, falls ihr das noch nicht mitbekommen haben solltet.«

»Wir brauchen nicht lernen, wir wissen bereits alles.«

»Oh, klar, das hatte ich vergessen, die beiden Supergenies. Aber nicht jeder ist so'n Einstein wie ihr. Also, ein kleines bisschen leiser, ja?« Sie zog ihren Kopf wieder zurück und verschwand.

»Die fällt sowieso durch«, lästerte Lasse.

»Also, was ist jetzt so wichtig?«, fragte Leif ungeduldig.

»Ich habe heute einen Riesenfisch an Land gezogen. Ich hatte es dir versprochen, und hier ist er«, tönte Lasse und hielt Leif sein Handy hin. Der nahm es entgegen und blinzelte auf das Display. »Du wirst gleich hintenüberfallen, Alter, schnall dich besser an. Das ist unsere große Chance!« Lasse drückte auf Play, und das Video startete.

Augenblicklich weiteten sich Leifs Augen, seine Augenbrauen schoben sich höher und höher und legten seine Stirn in tiefe Falten. »Alter Schwede!«, entfuhr es ihm. Er sah zu, wie Hofstätter und Sara übereinander herfielen und starrte immer noch auf den kleinen Bildschirm, als das Video stoppte. »Wo hast du das her?«

»Hab's heute Morgen aufgenommen, in dieser kleinen Hütte im Wald oben an der Koppel.«

»Das ist ... wow!«

»Ganz genau. Das ist wow! Unser Sechser im Lotto.«

»Sechser?«

»Ja, natürlich, Mann, wir haben den Hofstätter jetzt voll am Arsch! Der ist verheiratet, bekannt wie'n bunter Hund und hat einen Sohn. Für dieses verdammte Video wird er zahlen, was immer wir von ihm verlangen.«

Leif sah seinen Freund lange an. Dann nickte er.

»Jetzt ist endgültig Schluss mit dem Rumgerechne. Schluss mit hier dreihundert, da zweitausend und zwischendurch nichts. Das ist das große Geld. Der hatte sogar noch den Schneid, danach auf den Hof zu kommen, Mann. Hat sich mit Simon gestritten, als hätte er nicht soeben erst seine Hand unter Saras Sweatshirt gehabt. Kann übrigens sein, dass wir da von anderer Seite noch'n bisschen Ärger bekommen.«

»Wieso?«

»Ich hab Hofstätter um achtzehnhundertfünfzig Mäuse geprellt. Aber statt das einfach als Systemfehler zu verbuchen und noch mal zu bezahlen, meint er jetzt, das Gestüt wär schuld.«

»Hofstätter? Wieso den? Wir hatten gesagt, keine Kunden des Gestüts.«

»Ich konnte einfach nicht widerstehen, Onlinebanking sei Dank. Der Kerl hat mich quasi in sein System eingeladen. Ist voll auf eine Phishing-Mail von mir reingefallen. Ich hätte nur nicht gedacht, dass der gleich so'n Lärm macht, wenn die Mahnung kommt. Für den sind das doch nur Peanuts, das hat er bald vergessen. Aber das hier …« Lasse hielt sein Handy in die Luft wie den heiligen Gral. »Das vergisst er nicht.«

Dritter Streich

Max und Moritz, gar nicht träge,
Sägen heimlich mit der Säge.

Eins

Shelly hatte im Supermarkt alle Grundnahrungsmittel in ihren Einkaufswagen geladen. Er quoll bereits dermaßen über, dass sie ihn kaum noch um die Kurven bugsieren konnte. Am Spirituosenregal suchte sie nach einem guten Bourbon. Ihr Lieblingswhisky war nicht dabei, was sie nicht weiter verwunderte, also nahm sie sich zwei Flaschen Four Roses aus dem Regal und schob weiter. Es krachte, als sie an der Ecke mit einem anderen Wagen zusammenstieß, den sie nicht hatte kommen sehen. Es waren Leif und Lasse, die einen fast leeren Wagen vor sich her schoben. Shelly erkannte darin Tiefkühlpizza, eine Flasche Whisky in einer Dose als Verpackung und ein Paket Luftpolster-Umschläge der Größe DIN-A5.

»Sorry, sorry!«, rief Shelly und konnte kaum über ihren Berg an Waren hinwegsehen. »Tut mir leid, Jungs. Gut, dass ihr es seid. Ich werd hier eh schon von allen Seiten angeglotzt, da muss ich mich nicht auch noch unbeliebt machen, was?«

»Sie laufen aber auch rum wie ein Alien«, meinte Lasse belustigt, und Shelly sah verwundert an sich herunter.

»Wieso?«

»Na hör'n Sie mal. Es gibt keine Frau in Fischbach und wahrscheinlich auch nicht in ganz Niedersachsen, die mit solchen Cowboytretern, viel zu langen Jeans, bestickten Westernhemden, Sonnenbrille und Käppi im Supermarkt rumläuft.«

»Stimmt das?«, fragte sie Leif naiv.

»Sie sehen aus wie ein Flamingo in einer Gruppe Graugänse.«

Shelly musste lachen. »Das klingt ganz nach mir. Dünne Beine und ein großer Schnabel.«

»Falls Sie hier inkognito rumlaufen möchten, sollten Sie es etwas dezenter tun. Wenn Sie nur die Stiefel wegließen, würde das schon reichen«, meinte Lasse.

»Die zieh ich nicht aus, niemals.«

»Was geben Sie uns dafür, dass wir jetzt nicht Ihre wahre Identität verraten?«, fragte Lasse plötzlich. So, wie er es sagte, wusste man nicht, ob es als Scherz oder ganz im Ernst gemeint war. »Das gäbe sicher ein ziemliches Aufsehen. Ganz Fischbach wüsste innerhalb von wenigen Minuten, dass Marshall Stone hier ist – und vielleicht auch, wo Marshall Stone wohnt.«

»Du möchtest etwas dafür haben, dass du mich nicht verpfeifst, sagt man das so?«, fragte sie.

»Beides richtig«, sagte Lasse.

»Dann ... jetzt fehlt mir das Wort. Wie heißt so was noch bei euch? Warte mal ... ähm, Forderung! Nein ... ah ja: Erpressung. Das ist es, stimmt's? Erpressung.« Shelly lächelte Lasse an, als hätte sie gerade ein Rätsel gelöst und würde ein Lob dafür erwarten. »Aber da muss ich noch etwas zu sagen: Wenn ihr jemanden erpressen wollt, solltet ihr genau wissen, wer euer Opfer ist. Ich bin eine Texas-Lady. In Texas ist es legal, eine Waffe zu besitzen, und die meisten Kinder lernen das Schießen, noch bevor sie in die Schule kommen. Ich könnte also eine Waffe besitzen und höchstwahrscheinlich auch sehr gut damit umgehen. Ihr lasst also vielleicht besser die Finger von Leuten, die aus Texas kommen. Wir sind sehr großzügige Menschen, aber ihr kennt ja vielleicht den Spruch: *Don't mess with Texas!*«

Leif sah sie ernst an. Lasse blickte lächelnd auf seine Füße. Seine Kiefermuskeln zuckten.

»Sie sind wirklich ein komischer Vogel«, sagte er schließlich.

»Seht mal, das Einzige, was ihr von mir bekommt, ist ein Liter Milch, damit ihr zwei Jungs groß und stark werdet.« Sie stellte den beiden eine Packung Milch in ihren Einkaufswagen und warf einen genaueren Blick auf die Geschenkdose mit der Whiskyflasche darin.

Lasse versuchte, seine amüsierte Fassade aufrechtzuerhalten, aber innerlich kochte er bereits.

»Wow, fünfzehn Jahre alter Whisky. Gibt's was zu feiern bei euch?«

»Nein. Noch nicht, aber wir haben bald unsere Abschlussprüfung.«

»Da müsst ihr ja sicher ziemlich sein, dass ihr sie besteht.«

»Doch, ja«, antwortete Leif. Lasse war die Plauderlaune vergangen. Shelly bemerkte das.

»Na, ich muss dann mal weiter. Vielleicht brauche ich noch einen zweiten Wagen. Macht's gut, Jungs.«

Sie schob den Karren wie einen Kleinwagen an ihnen vorbei. Leif sah seinen Freund an.

»Alles okay?«

»Stell die Milch weg«, sagte Lasse mit zusammengebissenen Zähnen.

»Können wir doch gebrauchen.«

»Stell sie weg, verdammt!«

»Ist ja gut.« Leif ließ die Milch zwischen Wodka- und Ouzoflaschen stehen. »Reg dich nicht auf. War ein bisschen unheimlich, was sie da über die Erpressung gesagt hat. Als ob sie wüsste, was wir vorhaben.«

»Das ist ja wohl unmöglich. Die hat natürlich keinen Schimmer. Aber ihre verfluchte Hollywood-Arroganz geht mir mächtig aufn Zeiger.«

Zwei

Shelly hatte sich ein Großraumtaxi gerufen, das sie und ihre Einkäufe nach Hause bringen sollte. Der Fahrer, ein älterer, grummeliger Kerl mit Dreitagebart, hatte den Wagen abgewürgt, als er Shelly vor dem Eingang des Supermarkts stehen sah. Sie lehnte auf dem Handlauf des mittleren von drei gehäuft gefüllten Einkaufswagen, und in ihrem Rücken standen noch ein mannshoher Kühlschrank, der sie um zwanzig Zentimeter überragte, und ein Flachbildfernseher von der Größe eines Kirchenfensters.

»Sie hätten besser eine Spedition anrufen sollen«, brummte der Taxifahrer, bevor er die Sitze in seinem Kleinbus so umbaute, dass alles hineinpasste.

Nachdem Shelly die Lebensmittel so gut es ging verstaut und den Kühlschrank und den Fernseher angeschlossen hatte, ging sie noch einmal rüber zum Gestüt, um Pancake Gute Nacht zu sagen. Zu ihrer Verwunderung stand Sara vor Cleopatras Box und schaute stumm das regungslos verharrende Pferd an.

»Sara, hallo.«

»Oh, hallo, Shelly.«

»Was machst du?«

»Ach, gar nichts«, sagte Sara traurig. Shelly kam an ihre Seite.

»Magst du sie?«

»Wen?«

»Na, Cleopatra.«

Sara schien sich nicht ganz klar über ihre Gefühle zu sein.

»Doch, schon.«

»Warum gehst du dann nicht zu ihr rein?«

»Das wäre Selbstmord. Cleo … sie ist seit dem Unfall nicht geritten worden. Sie lässt keinen an sich ran.«

»Hmm. Darf ich es mal versuchen?«

»Lass das besser. Sie ist unberechenbar.«

»Sie scheint ganz ruhig zu sein«, meinte Shelly.

»Ja, aber sobald du die Box öffnest und zu ihr reingehst, dreht sie durch.«

Shelly steckte einen Arm durch das Gitter und hielt ihre Hand der Stute hin.

»Nicht«, flüsterte Sara ängstlich.

Cleopatra stand weiter mit gesenktem Kopf da, die Augen halb geöffnet, aber ein Ohr hatte sich zu Shelly gedreht.

»Ja, ja, du hörst mich. Du weißt ganz genau, was ich will. Hey, Cleo.« Shelly zog ihren Arm wieder heraus. »Ich würd gern versuchen, sie wieder zu reiten«, sagte sie zu Sara, ohne den Blick von dem Tier zu nehmen.

»Das geht nicht.«

»Warum nicht?«

»Weil es zu gefährlich ist. Und weil Papa es nicht will.«

»Ach so.«

»Ja, das hat ihn furchtbar mitgenommen damals. Und ich weiß, dass er Cleo die Schuld gibt.« Sara kämpfte mit den Tränen. Shelly schlang einen Arm um sie. Sofort drückte das Mädchen ihr Gesicht in ihre Armbeuge und weinte. »Papa hat verboten, dass irgendjemand sie reitet. Er will sie bestrafen. Alle nennen sie nur noch das Killerpferd. Aber es geht ihr nicht gut, es geht ihr einfach nicht gut.«

»Ich weiß«, raunte Shelly. »Dein Vater ist traurig und wütend. Manchmal muss man jemandem die Schuld geben.«

»Er wollte sie erschießen, aber das hab ich nicht zugelassen. Jetzt steht sie da und stirbt einfach so. Seit zwei Jahren schon. Manchmal, wenn ich nachts nicht schlafen kann, sehe ich Licht hier drin. Papa steht dann bei Cleo und schaut sie an. Stundenlang. Stundenlang macht er das.«

»Weißt du was? Ich werde deinen Vater fragen, ob ich es versuchen darf. Manchmal ist es ganz gut, wenn man Hilfe von außen bekommt. Texas ist außen.«

Sara lachte. »Ja, das ist es wirklich. Du kommst mir auch wie ein Außerirdischer vor. Wie von einem anderen Stern.«

»Das höre ich heute nicht zum ersten Mal.«

Shelly sagte Pancake Gute Nacht, und dann gingen sie gemeinsam ins Wohnhaus. In Simons Arbeitszimmer brannte Licht, und man konnte das Summen eines PCs hören.

»Sara, bist du das?«, rief Simon.

»Ja, Shelly ist auch hier.«

Simon kam in den Flur.

»Shelly, brauchen Sie … brauchst du Hilfe bei irgendwas?«

»Nein, ich hab nur meinem Pferd Gute Nacht gesagt.«

»Verstehe. Und zu Hause? Bist du weitergekommen?«

»Ich musste so einiges organisieren. Und beim Einkaufen hab ich Max und Moritz getroffen. Die haben bald Prüfung?«

»Ja. Die zwei sind wirklich klasse. Die besten in der Gruppe.«

»Kann ich mir vorstellen. Du, immer wenn ich in der Box bin, sehe ich rüber zu dieser Stute, und ich hab gehört, dass sie etwas problematisch ist und schon ewig nicht mehr geritten wurde.«

»Wer hat dir das erzählt?«, fragte Simon mit einem Blick auf seine Tochter.

»Frau Zinnbacher und Herr Jülich. Sie wissen nicht genau, warum sie auf der Hinterhand lahmt.«

»Du kommst ja schnell mit Leuten ins Gespräch.«

»Ich würde sie gerne reiten.«

»Kommt nicht in Frage«, sagte Simon und drehte sich weg. Er fummelte an einer Kommodenschublade herum, die nicht richtig schloss.

»Aber ich hab einen guten Draht zu Pferden. Und das Tier muss bewegt werden. Es sieht nicht gut …«

»Shelly? Ich möchte nicht, dass du sie reitest. Sie könnte dich verletzen. Und damit ist die Sache beendet. Kann ich sonst noch was für dich tun?«

Shelly hatte verstanden. So leicht würde sie nicht zu ihm durchdringen. Es tat ihr leid für Sara, die ganz klein und still neben ihr stand. Und für Cleo.

»Nein, danke, ich komme klar.« Sie wandte sich dem Ausgang zu und streichelte Sara leicht über den Rücken. »Ach so, eine Sache noch: Wisst ihr, wo ich gute Möbel kaufen kann? Euer Bett ist toll, aber ich will doch ein eigenes haben.«

Während Simon überlegte, schien er sich wieder zu entspannen.

»Am besten gehst du zu Möbel Krake im Gewerbegebiet. Die haben exklusive Möbel, das könnte was für dich sein. So was wie

Ikea gibt's hier nicht, nur in Hannover oder Braunschweig. Weißt du noch was, Sara?«

»Der alte Lembke vielleicht?«

»Stimmt! Lembke hat einen großen Antikverkauf. Da gibt's alles Mögliche. Sind schöne Sachen dabei.«

»Klingt gut, ich schau mir beides an.«

»Soll ich dich begleiten? Du kennst dich doch gar nicht aus«, schlug Sara vor.

»Gern. Ich kann etwas Hilfe gebrauchen.«

»Du musst in die Schule, junge Dame«, erinnerte Simon sie.

»Dann eben danach«, meinte Shelly.

»Und wie wollt ihr da hinkommen? Sara hat keinen Führerschein, und du hast keinen Wagen.«

»Doch. Morgen hab ich einen. Um Punkt neun Uhr wird er geliefert«, erwiderte Shelly fröhlich.

»Du hast ein Auto gekauft? Einfach so?«

»Klar! Auf dem Land braucht man ein Auto. Er musste nur noch angemeldet werden.«

»Was denn für eins?«

»Oh, er wird euch gefallen«, sagte Shelly und grinste über beide Ohren.

Drei

Bernd Hofstätter saß in seinem Büro, mit dem Rücken zu dem großen Fenster, aus dem er einen Blick direkt auf den Hof seiner Speditionsfirma hatte. Die firmentypischen gelben Lkws mit der roten Aufschrift »Hofstätter Equi Logistics« standen aufgereiht und glänzend in der Aprilsonne.

Seit fast fünfzehn Jahren organisierte er nun schon ausgesprochen erfolgreich den Transport von Turnier- und Rennpferden innerhalb Europas und seit knapp zehn Jahren auch nach Amerika, Afrika und in die arabischen Staaten. Als Geschäftsführer hatte er sich aus dem Tagesgeschäft weitestgehend zurückgezogen, um sich mehr seiner Familie und natürlich dem Reitsport widmen zu können. Ein- bis zweimal die Woche kam er her und besprach mit seinen Mitarbeitern die wichtigsten Aufträge und Neuerungen innerhalb der Firma.

Um zwölf Uhr dreißig hatte er sich mit Tillmann zum Mittagessen verabredet. Seit Jahren kam ein Imbisswagen für die Verpflegung der Mitarbeiter auf den Hof und versorgte die Belegschaft mit frittierten Leckereien, die zwar sündhaft fettig waren, aber unglaublich gut schmeckten. Tillmann war, bevor er seinen Führerschein gemacht hatte, deswegen sogar oft mit dem Fahrrad hierhergekommen. Zu Hause erwarteten ihn meist nur Mikrowellengerichte, denn seine Mutter kochte kaum noch. Sie aßen auswärts oder ließen etwas kommen. Beim »Hühnerhugo«, wie sich der Imbisswagen nannte, konnte Bernd wenigstens mit Tillmann etwas Zeit verbringen und Gespräche von Mann zu Mann führen. So etwas kam sonst einfach zu kurz, auch wenn sie beim Reiten viel Zeit miteinander verbrachten.

»Und, wie war Mathe? Habt ihr nicht heute eine Arbeit geschrieben?«, fragte Hofstätter und biss herzhaft in sein Curryhühnchen. Es war indische Woche bei Hugo.

»Die Arbeit war letzte Woche, Paps«, sagte Tillmann in ermahnendem Tonfall.

»Oh, na ja. Und? Wie war's denn nun?«

»Super, danke. Wenn ich Glück hab, werden's vier, fünf Punkte sein.«

»Vier Punkte?«

»Reg dich nicht auf, ich nehm dich doch nur auf den Arm.« Tillmann legte das Besteck beiseite. Er hatte sein Chicken Madras schon aufgegessen, während sein Vater noch die Hälfte auf seinem Teller hatte.

»Sag mal, kaust du eigentlich auch?«, fragte Hofstätter. Tillmann grinste und hielt die Hand auf.

»Gib mir mal Geld, ich hol noch was zu trinken.«

Hofstätter kramte ein wenig Kleingeld aus seiner Hosentasche.

»Bestell mal zwei Bier.«

»Oh, das darf ich Mama aber nicht erzählen, was?«

»Die riecht das sowieso«, brummte Hofstätter. Tillmann besorgte zwei Flaschen Flensburger und ließ seine aufploppen.

»Ist alles in Ordnung bei euch?«, fragte er vorsichtig und nahm einen Schluck.

»Ja, warum nicht?« Hofstätter sah ihn überrascht an.

»Ach, nur so«, sagte Tillmann leise und stieß gegen Hofstätters Flasche. »Prost.«

»Prost, Junge.« Hofstätter genoss das kühle Bier nach dem würzigen Essen. »Machst du dir Sorgen um Aladdin?«, fragte er. Tillmann zog seine Mundwinkel nach unten.

»Schon irgendwie. Aber es ist ja nichts Schwerwiegendes.«

»Ich bin froh, dass dir nichts geschehen ist. Es hätte auch viel schlimmer kommen können.«

»Ich versteh nur nicht, wann das passiert sein soll mit dem Glas«, meinte Tillmann nachdenklich.

Hofstätter winkte ab. »Das geht schnell auf so 'ner Veranstaltung.«

»Ich hätte das sehen müssen.« Tillmann kniff ärgerlich die Lippen zusammen.

»Hör auf, dir Vorwürfe zu machen, Tillmann.«

»Doch, doch. Irgendwas war da faul.«

»Du siehst Gespenster. Das hast du von deiner Mutter.«

Nach dem Essen war Tillmann nach Hause gefahren, und Hofstätter war wieder rauf in sein Büro gegangen. Er hatte nicht lange warten müssen, bis sich seine Sekretärin zur Pause verabschiedet hatte und er damit ungestört war. Nun saß er über den Tisch gebeugt, stützte sich mit beiden Ellbogen auf und hielt den Hörer fest ans Ohr. Ein lüsternes Lächeln hatte sich in seine Mundwinkel gegraben.

»Ich weiß, ich will das ja auch. Hör zu. In Nienhagen gibt es ein kleines Hotel. Vielleicht könnten wir uns da treffen. Kannst du irgendwie hinkommen? Wir nehmen uns ein Zimmer und …«

Es klopfte an der Tür.

»Warte kurz.« Er hielt seine Hand auf die Muschel. »Herein!«

Frau Leinweber war früher als gedacht zurückgekommen und brachte ihm einen Stapel Post. Er bedankte sich und wartete, bis sie wieder draußen war.

»Sara? Da bin ich wieder. Nein, meine Sekretärin. Also, wie ist es? Meinst du, du kannst dort hinkommen?« Er klemmte sich den Hörer zwischen Schulter und Ohr und ging die Absender der Briefe durch. Dabei fiel ihm ein DIN-A5-Umschlag auf, der keinen Absender und auch keine Wertmarke trug. Auf einem Aufkleber stand lediglich sein Name, mehr nicht. Jemand musste ihn persönlich in den Hausbriefkasten geworfen haben. Mit seinem Brieföffner schnitt Hofstätter das Kuvert auf.

»Du könntest doch sagen, dass du bei einer Freundin bist. Kontrolliert er das?«

In dem Umschlag befand sich ein schwarzer Gegenstand. Hofstätter drehte das Kuvert um, und ein kleines Abspielgerät fiel auf den Tisch.

»Warte mal eben …« Er nahm das Ding in die Hand und drehte und wendete es. Es lag keine Nachricht dabei. Augenscheinlich handelte es sich um einen Videoplayer. »Ja, ja, ich bin noch da. Ich hab nur einen komischen Brief bekommen. Keine Ahnung, da ist so ein Videoteil drin.«

Er drückte auf die Play-Taste, und nach kurzer Zeit flackerte das Bild auf. Es war, als würde ihm jemand heißes Wasser über den Kopf schütten. Er sah sich selbst mit Sara in der kleinen Hütte im Wald. Sein Herz schlug hart und laut in seinem Brustkorb. Weit entfernt hörte er Saras Stimme aus dem Hörer dringen. Und ganz nah hörte er das Rauschen des Films.

»Sara«, sagte er abwesend. Was sollte er tun? Was war nur geschehen, was in aller Welt passierte hier? »Ich muss Schluss machen. Ich ruf wieder an.« Er legte auf. Seine Hand zitterte, und plötzlich erschien auf dem Bildschirm eine Schrift, wie der Abspann in einem Film: *»Wenn Sie nicht möchten, dass dieser Film an die Öffentlichkeit geht, zahlen Sie zweihunderttausend Euro. Fünfzigeuroscheine, nicht nummeriert, in einem schwarzen Rucksack. Diesen deponieren Sie in dem Mülleimer auf dem Parkplatz an der B 214, kurz vor der Kreuzung zur B 188 in Richtung Celle. Freitag, einundzwanzig Uhr. Allein. Keine Polizei. Hasta la vista!«*

Der Bildschirm wurde wieder schwarz. Hofstätter saß regungslos da. Tausend Gedanken schwirrten durch seinen Kopf, und immer wiederholte sich eine Frage: Ist das real, oder träume ich?

Vier

»Krake? Ist das nicht ein Tintenfisch?«, fragte Shelly Sara, als sie aus dem neuen Dodge Ram ausstiegen. Alle Besucher, die sich gerade auf dem Parkplatz befanden, sahen den beiden mit großen Augen hinterher.

»Ja, stimmt.«

»Ist das ein guter Name für ein Möbelgeschäft?«, fragte Shelly zweifelnd.

Sie gingen die Stufen zu dem kubischen Bau hinauf und betraten die Ausstellung. Ein junger Mann in braunen Anzughosen, einem eng geschnittenen weißen Oberhemd und einer schwarzen Armani-Brille kam auf sie zu. Er hatte mindestens eine halbe Stunde darauf verwendet, seine Haare zu stylen, damit sie so lagen oder besser gesagt standen, wie sie es jetzt taten, und er hatte seine Hände hinter dem Rücken verschränkt.

»Guten Tag, die Damen. Kann ich Ihnen helfen?«

»Hi! Ich brauche ein paar Möbel und würde mich gerne umsehen«, sagte Shelly freundlich und zwinkerte Sara zu, weil sie schätzte, dass ihr der junge Mann gefiel.

»Gern. Welche Art Möbel suchen Sie denn genau?«

»Nun, eigentlich alles.« Shelly lachte. »Ich wohne in einem komplett leeren Haus und schlafe auf einer Luftmatratze.«

»Ich verstehe«, sagte der Mann und warf einen abschätzenden Blick auf Shellys Kleidung, unsicher, in welche Preisklasse er sie einordnen sollte. »Also, unsere Ausstellung führt ausnahmslos Designermöbel. Vielleicht sagen Sie mir, wo Sie anfangen möchten und vor allem, welchen Preis wir zugrunde legen dürfen.«

»Ach, fangen wir doch einfach mit dem Wohnzimmer an. Der Preis ist egal.«

Das schien den jungen Herrn versöhnlich zu stimmen, und sie setzten sich in Bewegung.

»Ich möchte gern ein großes Sofa, Leder, dunkles Holz, dazu einen Sessel und vielleicht eine zweite Couch.«

»Gern. Da kann ich Ihnen hier drüben etwas zeigen.«

Sie wanderten durch die Gänge, und Shelly kombinierte munter aus allen Serien Dinge zusammen. Nach drei Stunden sanken sie erschöpft auf ihre Lieblingscouch. Der junge Mann hatte sich inzwischen einen Block und einen Kugelschreiber zugelegt, um nichts von dem zu vergessen, was Shelly ihm diktierte.

»So, Herr Flieder, was haben wir denn jetzt alles auf der Liste?«

Er atmete tief ein. »Also ... da wären die Couch, auf der wir gerade sitzen, dazu passend eine Zweisitzercouch, Rindsleder, Farbe cognac. Dann sechs Esszimmerstühle, Chrom, Bezug Kuhfell, natur, Farbe braun. Ein Esstisch, drei mal ein Meter, französische Eiche massiv, geölt. Eine Hängeleuchte, weiß, zwei Stehlampen, Fuß schwarz, Schirm weiß, sieben Tischlampen Glas, Farbe braun, Schirm ebenfalls braun. Ein Bett, Größe zwei mal zwei Meter, Boxspring mit Latexmatratze, Gestell Zedernholz, zwei Nachttische, ebenfalls Zedernholz, zwei Nachttischlampen, Chromsilber, mit Lampenschirm in Schwarz-Melange, ein Wandspiegel, Größe drei mal ein Meter mit Rahmen Barock, gold, eine Kommode, türkis, gebeizt, Knöpfe: Ring, schwarz, drei Tische der Reihe Louis Quatorze, ein Teppich, Perser, Größe sechs mal fünf Meter, ein Läufer, Berber, Größe zwei mal fünf Meter, zwei Badezimmerschränke, türkis, matt und ... das war's.«

»Haben Sie auch Gartenmöbel?«

»Nein, tut mir leid.«

»Okay. Was haben wir denn für eine Summe insgesamt?«

»Moment, da müsste ich eben an den Computer.«

»Bitte.«

Shelly und Sara lehnten sich zurück und rutschten im Polster weiter nach unten.

»Wow, das war echt der coolste Einkauf, den ich je gemacht habe.«

»Noch haben wir nichts gekauft. Was sagst du? Passen meine Stiefel zu der Couch?«

Shelly hielt einen Fuß hoch und drehte ihn hin und her.

»Sieht super aus«, meinte Sara. »Was glaubst du, was das alles kostet?«

»Keine Ahnung, aber der Flieder wird es schon wissen. Da kommt er.«

Herr Flieder kam zurück, einen Computerausdruck in der Hand, und sah etwas blass um die Nase aus. Er setzte sich mit nur einer Pohälfte auf das Sofa, als würde er erwarten, gleich ganz schnell wieder aufstehen zu müssen. Er sprach sehr leise.

»Frau Kutscher, ich habe hier eine Gesamtsumme ermittelt. Der ganze Einkauf, also Ihr … Ihre Zusammenstellung würde komplett auf einen Betrag von insgesamt …«

»Ja?«

»Die Rechnung beläuft sich auf eine Summe von 113.785 Euro und 77 Cent.« Er versuchte zu lächeln, doch es misslang gehörig.

»Hundertdreizehn?«, fragte Shelly nach.

»Ja, ich war selbst ein wenig … aber ich hab das gleich noch mal nachgeprüft. Es ist wohl doch eine ganze Menge zusammengekommen.« Er schob seine Armani-Brille mit Daumen und Zeigefinger zurück auf den oberen Nasenrücken.

»Was sagst du, Sara?«

»Ich? Also, ich denke, das sind alles ganz hübsche Sachen. Wir nehmen sie einfach, oder?«

»Ja, das denke ich auch. Falls noch was fehlt, können wir morgen ja noch mal wiederkommen.«

Herr Flieder lachte irritiert auf. Ein Anflug von Hysterie lag in seiner Stimme.

»Wann kann denn das alles geliefert werden?«

»Der Lieferzeitpunkt für fast alles wäre schon morgen, wenn Sie möchten, da bis auf das Bett alles am Lager ist. Das Bett dauert leider noch eine Woche.«

»Na, dann muss ich wohl weiter auf der Luftmatratze schlafen. Haben Sie auch Luftmatratzen?«, fragte Shelly.

»Wie bitte? Nein, wir führen keine …«

Shelly lachte Sara an und klopfte ihr aufs Bein. »Na, dann gehen wir mal zum nächsten Laden. Komm. Vielen Dank, Herr Flieder. Ich denke an Sie, wenn ich die Möbel benutze.«

Wieder lachte er, und es klang fast ein wenig verrückt.

An Sara gewandt fragte Shelly leise: »Muss ich ihm einen Tipp geben?«

»Einen Tipp?«

»Ja, äh … Trinkgeld.«

»Nein«, flüsterte Sara.

Als sie in den Dodge stiegen, bekam Sara einen Anruf. Shelly merkte, dass es etwas Privates war, und meinte, sie würde schnell etwas zu essen holen und sei gleich wieder da.

Sie irrte etwas in dem kleinen Gewerbegebiet »Altes Ölfeld« herum und fand schließlich an einer Ecke einen Dönerladen. Sie ging hinein und sah sich interessiert die Theke mit den frischen Salaten und Backwaren und die sich drehenden Spieße an.

»Die Dame. Was möschten Sie?«, fragte ein Mann im roten Polohemd.

»Ja, also, was nimmt man denn hier so?«

»Isch verstehe Ihre Frage nischt.«

»Ich …« Shelly blickte auf zwei Männer, die an einem Tisch saßen und Döner aßen. »Ich nehm das, was die Herren da essen«, sagte sie. »Zweimal bitte.«

»Sie kennen kein Döner?«

»Nein«, gab sie zu.

Der Mann rief nach seinen Freunden, die aufblickten, und sagte etwas auf Türkisch. Die Männer lachten lauthals.

»Lamm oder Hähnschen?«, fragte er.

»Hähnchen, bitte.«

Er schnitt das Fleisch in das Fladenbrot und drehte sich wieder zu ihr um.

»So, welsche Soße?«

»Was gibt's denn?«

»Kräuter, Knoblauch, Curry, Cocktailsoße, Scharf-Soße.«

»Kräutersoße bitte.«

Er pinselte die Soße in das Brot und beugte sich über die Salattheke.

»Alles?«

Shelly blickte ratlos auf die verschiedenen Zutaten.

»Ja.«

Er füllte den Döner mit Salat, Tomaten, Gurken, Zwiebeln und geraspeltem Weiß- und Rotkohl und machte das Gleiche mit dem zweiten. Zunächst wollte er Teller und Besteck nicht außer Haus geben, doch als Shelly beides großzügig bezahlte, willigte er ein. Zwei Minuten später lief sie wie eine Kellnerin zurück zum Möbelgeschäft und zwischen den Autos auf dem Parkplatz umher. Schon durch die Windschutzscheibe erkannte Shelly, dass Saras Stimmung etwas getrübt war. Sie registrierte nicht einmal, dass Shelly das Essen auf Porzellan servierte. Shelly setzte sich auf den Fahrersitz, den Teller auf dem Schoß, und nahm ihren Döner in beide Hände.

»Mann, hab ich einen Hunger. Was ist mit dir?«

»Ich glaub, ich schaff das nicht«, meinte Sara mit Blick auf ihre Portion.

»Nein, ich meine: Was ist mit dir? War das dein Freund?«

Schlagartig wurde Sara glänzend rot im Gesicht. »Nein! Ich hab keinen Freund.«

»Gibt's ein Problem?«

»Nein, es ist alles in Ordnung«, sagte Sara und atmete einmal tief durch. »Lass uns essen. Wo hast du die Teller her?«

Fünf

»Frau Leinweber? Mir ist etwas dazwischengekommen, ich muss das Meeting absagen«, sagte Hofstätter und zog, vor dem Tisch seiner Sekretärin stehend, seine Jacke an.

»In Ordnung, Herr Hofstätter. Soll ich etwas ausrichten?«

»Nein. Die sollen einfach ohne mich entscheiden. Ich muss jetzt los.«

Hofstätter eilte hinunter zum Parkplatz und bestieg seinen Porsche. Er wollte jetzt keinem seiner Mitarbeiter begegnen. Er glaubte, dass er sich nicht mehr zusammenreißen können würde. Angst, Wut und Nervosität brodelten in ihm. Er war ganz fahrig, zitterte und stieß dauernd irgendwo an. So etwas kannte er gar nicht von sich. Was sollte er nun tun? Zur Polizei gehen? Die würde mit Sicherheit zu ermitteln beginnen, und seine Frau würde von dem Verhältnis erfahren. Wenn er einfach bezahlte, würde hingegen alles so bleiben, wie es war. Er könnte Sara weiterhin treffen. Also zur Bank.

Er holte sich die zweihunderttausend in einem Schlag, auch wenn der Bankangestellte, den er schon einige Jahre kannte, sich seinen Teil dabei dachte. Wann hob man schon mal eine solche Summe ab?

»Eine größere Investition, Herr Hofstätter?«, fragte er.

»Ja, ein neuer Wagen steht an.«

»Oh, wie schön.« Er zählte Hofstätter den Betrag vor. »Dann viel Spaß mit dem Wagen.« Er schenkte Hofstätter ein breites Lächeln.

Hofstätter fuhr heim. Zu Hause im Keller musste noch ein alter schwarzer Rucksack herumliegen. Er hatte Tillmann gehört und war an der Seite etwas aufgerissen. Aber für diesen Zweck würde es reichen. Es war fast absurd, aber er wollte nicht auch noch Geld für einen Rucksack ausgeben, um die Forderungen des Erpressers zu erfüllen.

»Hey, Paps«, sagte Tillmann, der gerade auf dem Sprung nach draußen war. »Schon so früh zu Hause?«

»Ja, ja. Wo ist deine Mutter?«

»Oben, es geht ihr nicht so gut.«

Das kannte Hofstätter schon von seiner Frau, deshalb reagierte er nicht weiter besorgt.

»Wolltest du heute nicht mit Aladdin trainieren?«

»Doch, doch. Dr. Spieß meinte nur, er würde noch mal röntgen wollen. Aber ich fahr jetzt hin.«

»Gut, bis später«, sagte Hofstätter und lief hinunter in den Keller. Er wühlte in den Schränken herum, bis er endlich den verdammten Rucksack gefunden hatte. Als er wieder im Flur stand, hörte er von oben die gedämpfte Stimme seiner Frau.

»Bernd? Bist du da?«

»Ja, Schatz!«

»Komm doch mal rauf, es geht mir nicht so gut.«

Hofstätter atmete genervt aus und verharrte einen kleinen Augenblick. Dann lief er die Stufen hinauf ins Schlafzimmer, wo seine Frau Margot im Bett lag. Sie war vollständig geschminkt und frisiert, und die Bettdecke war akkurat und ohne Falten bis über ihre Brust hochgezogen.

»Du bist früh dran.«

»Wir sind schneller fertig geworden.«

»Ich fühl mich gar nicht gut. Mein Magen. Ich hab schon ein paar Tabletten genommen.«

»Warst du heute früh mit deinen Mädels im Café?«

»Ja, das war ich.«

»Dann wird der Cappuccino wohl zu stark gewesen sein.«

»Was willst du damit sagen?«

»Nichts. Ich muss noch mal los.« Er konnte jetzt unmöglich allein mit ihr hier zu Hause sein.

»Kannst du noch kurz für mich in die Apotheke gehen?«

Hofstätter blieb in der Tür stehen, ohne sich umzudrehen.

»Was brauchst du denn?«

Sechs

Zum Abendbrot hatte Shelly sich eine Tiefkühlpizza gemacht. Jetzt saß sie mit einem Bier auf der Luftmatratze im Wohnzimmer und sah fern. Das Deckenlicht hatte sie gelöscht, es war ihr zu kalt. Nur die flackernden Bilder des Fernsehers beleuchteten den Raum. Shelly zappte sich durch alle Programme und stoppte schließlich bei CNN. Dort war eine junge Reporterin in einem knallroten Kostüm vor den Hollywood Hills zu sehen. Neben ihrem Kopf war eine Überschrift eingeblendet: *»Where is Shelly Kutscher?«*, hieß es da. Sofort bekam Shelly einen kleinen Panikanfall. Wurde sie bereits von der Polizei gesucht? Wusste jemand, wo sie war? Sie hatte keine Vorhänge vor den Fenstern. Wie viele Deutsche sahen diesen Sender? Vielleicht hatte ein aufmerksamer Bewohner Fischbachs sie den Behörden gemeldet. Sie schaltete den Fernseher aus. Es war totenstill. Nur das entfernte Plätschern der Aller war zu hören. Da klingelte es an der Tür. Shelly stieß einen spitzen Schrei aus und zuckte zusammen. Ganz vorsichtig ging sie nach vorn und öffnete die Eingangstür einen kleinen Spalt.

»Shelly? Tut mir leid, stör ich Sie? Ich bin wohl zu spät dran«, entschuldigte sich Simon.

Sie machte die Tür auf und atmete erleichtert aus. »Mann, hast du mich erschreckt. Komm rein. Und fang endlich an, mich zu duzen.«

Simon lächelte verlegen und trat ein. Etwas unbeholfen blieb er im Flur stehen. Es war dunkel bis auf das Licht der alten Straßenlaterne, das durch die Fenster drang.

»Oh, Entschuldigung.« Sie knipste das Licht an. »Ist alles noch nicht fertig. Aber Sara und ich haben heute gut eingekauft.«

»Ja, das hat sie erzählt. Den Einkauf bei Möbel Krake wird sie ihr Leben lang nicht vergessen.«

»Der Antikmarkt war übrigens auch ein guter Tipp, da sind wir danach gewesen. Hab zwei tolle Schränke und eine Vitrine gefunden. Und eins von diesen französischen Sofas, die nur eine Lehne haben. Wie nennt man die bei euch?«

»Récamiere.«

»Ach so. Komm doch rein. Ich zeig dir das Haus.«

»Gern.«

Shelly führte Simon durch ihr neues Heim. Alle Zimmer waren leer, und so dauerte es nicht lang, da standen sie auch schon wieder unten im Wohnzimmer.

»Tja, ab morgen sieht's dann etwas besser aus.«

»Schöner Wagen übrigens«, meinte Simon.

»Ja, oder? Da hatte ich Glück. Etwas in der Art ist sonst schwer zu finden in Deutschland.«

»VW hat jetzt einen Pick-up rausgebracht.«

»Hab ich gesehen. Ist mir aber zu brav.«

Sie schwiegen eine Weile. Keiner wusste, was er sagen sollte.

»Warum bist du eigentlich rübergekommen?«, fragte Shelly.

»Ach ja. 'tschuldigung. Ich wollte dich eigentlich fragen, weil du so gut mit Sara klarkommst, ob du ihr mit der Gitarre nicht vielleicht wirklich ein bisschen helfen könntest.«

»Sie soll Gitarre spielen?«

»Ja, sie hat eine, und sie spielt nie damit.«

»Und will sie es denn auch?«

»Keine Ahnung. Ja, früher schon. Aber ich dachte, na ja, wir haben das Instrument gekauft, wir haben Unterricht bezahlt, aber spielen kann sie immer noch nicht.«

»Okay. Ich bringe deiner Tochter das Gitarrespielen bei, wenn du mich auf Cleopatra reiten lässt.«

Sofort machte Simon einen Schritt zurück.

»Auf keinen Fall. Das ist Erpressung, da mache ich nicht mit.«

»Das ist keine Erpressung, das sind meine Bedingungen. In vier Wochen könnte Sara wunderbar spielen und sogar in der Schule damit auftreten.«

»Ach, jetzt hör aber auf.«

»Doch, doch.«

»Nein, kommt nicht in Frage.«

»Ich bin früher Rodeo geritten. Ich komme klar mit wilden Pferden.«

»Rodeo, im Ernst?«

»Sicher. Simon, das Pferd kann nicht immer nur in der Box stehen. Das ist nicht richtig. Du tust Cleo nichts Gutes damit.«

»Sie läuft doch draußen auf der Weide rum.«

»Aber das Tier braucht Zuwendung. Sara würde sie ihr geben, wenn sie könnte. Dürfte. Lass es mich versuchen. Und im Gegenzug lernt Sara Gitarre. Das ist … wie nennt man das?«

»Zwei Fliegen mit einer Klappe schlagen«, sagte Simon gepresst.

Shelly hielt ihm die Hand hin. Mit einem unzufriedenen Brummen schlug er ein.

Vierter Streich

Aber Moritz aus der Tasche
Zieht die Flintenpulverflasche.

Eins

Am Freitagvormittag ritt Shelly mit Pancake ihr Grundstück ab. Es war Weideland, nicht bewirtschaftet und fast zwei Hektar groß. Die Zäune waren krumm und schief, wenn sie überhaupt noch standen, die Pfähle verwittert und morsch. Wildes Gras und Unkraut wuchs in dicken, unregelmäßigen Büscheln, die noch vom Winter schwer und flach gedrückt am Boden lagen.

Heute Nachmittag würden die Möbel kommen. Bis dahin hatte sie mit dem Gartenbauer zu tun, den sie für elf Uhr bestellt hatte.

Ludger Oppermann betrat den Hof durch das offen stehende Tor und klingelte an der Tür. Nichts. Da das Haus keine Gardinen oder Ähnliches besaß, spähte er durch das Küchenfenster, doch es war niemand zu sehen. Er klingelte ein zweites Mal und wartete eine Minute, bevor er fluchend zum Stall rüberging. Die Tür war verschlossen. Durch die staubigen Fenster konnte man nur eine Baustelle erkennen.

»Hallo?«, rief er und wartete auf eine Antwort. Aber es blieb still. Zwischen Stall und Haus ging ein kleiner matschiger Weg nach hinten auf die Weide zu. Oppermann tänzelte um die Pfützen herum. Er konnte Hufspuren erkennen. Mit zusammengekniffenen Augen blickte er in die Ferne und sah eine Person auf einem Pferd näherkommen. Es war Shelly, die im gestreckten Galopp auf ihn zugeprescht kam. Pferd und Reiter waren so schnell, dass es aussah, als würden sie nur noch eine einzige, gleichmäßig gleitende Bewegung nach vorn ausführen. Shellys Kopf bewegte sich nicht einen Zentimeter noch oben oder unten. Das Paar wurde immer größer und größer. Oppermann konnte die Hufe schlagen hören, und irgendwann spürte er sogar die Erschütterung unter seinen Füßen. Doch das Pferd wurde einfach nicht langsamer. Erschrocken legte er den Rückwärtsgang ein und stolperte ziellos über den Hof. Shelly preschte weiter.

Jetzt ergriff den Mann die nackte Angst. Er dachte, dass er

gleich von den Hufen erschlagen würde, und trat die Flucht an. Drehte sich um und sprintete um sein Leben.

Er lief auf sein Auto zu und hörte schon das Schnauben der Nüstern hinter sich. Da stolperte er über eine kleine Wurzel und flog der Länge nach hin. Er landete direkt vor seinem Kühler. Panisch blickte er sich um. Das Pferd schoss auf ihn zu. Er schrie, Shelly riss abrupt die Zügel herum, und das Pferd hielt an. Dreck spritzte auf und bedeckte seine Kleidung, aber nicht sein Gesicht. Oppermann hatte einen Arm zum Schutz hochgerissen.

»Herr Oppermann?«, fragte Shelly außer Atem. »Tut mir leid, ich hab da draußen die Zeit vergessen.«

»Aaaha«, winselte er.

»Hab ich Sie erschreckt?« Sie stieg ab und reichte ihm eine Hand.

»Nein, nein, ich hab bloß was im Auto vergessen und wollte schnell ... Scheiße, ja, ich hab die Hosen bis oben hin voll. Ich dachte, Sie würden mich über den Haufen reiten.«

Shelly zog ihn hoch.

»Tut mir schrecklich leid.«

»Reiten können Sie aber, das steht mal fest.« Er putzte sich die Hose sauber.

Shelly musste lachen.

»Oh nein, das ist nicht fair. Jetzt lachen Sie auch noch über mich!«

»Entschuldigung.« Erneut streckte sie die Hand aus. »Hallo, ich bin Shelly Kutscher.«

Er griff zu. »Wie die aus dem Fernsehen, was?«

Shelly nahm ihre Sonnenbrille ab. Oppermanns Augen quollen aus den Höhlen.

»Heilige Maria Muttergottes!«, rief er. »Sie *sind* die aus dem Fernsehen. Was zum Teufel machen Sie hier?«

»Ich will Pflanzen bestellen.«

»Da leck mich doch einer fett. Wenn ich das meiner Frau erzähle, kriegt die ’nen koronaren Kurzschluss.«

»Könnten Sie etwas leiser sein, Herr Oppermann, damit das nicht gleich jeder mitkriegt?«

»Wer denn, in dieser gottverlassenen Gegend? Scheiße, meine

Pumpe geht. Ich brauch erst mal 'ne Zichte.« Er griff in seine Brusttasche und fingerte eine Schachtel Marlboro hervor. »Was dagegen? Wir sind doch draußen.«

»Nein, machen Sie nur. Aber Sie wissen, dass es Sie irgendwann umbringen wird.«

»*Sie* bringen mich um, wenn Sie noch mal im Teufelsgalopp über mich drüberbügeln.« Er nahm einen tiefen Zug und genoss ihn ausgiebig.

»Können wir jetzt? Wir haben viel zu tun.«

»Na, hoffentlich. Sie sind mir eine. Marshall Stone bestellt Pflanzen beim alten Oppermann. Wenn ich das beim Stammtisch erzähle ...«

»Was Sie mir zuliebe natürlich nicht tun werden.«

»Richtig. Ich denke nur dran, es zu erzählen.«

»Wunderbar.«

»Wieso sprechen Sie eigentlich Deutsch?«

»Hab ich auf dem Flug hierher gelernt«, witzelte Shelly und ging etwas schneller.

»Da ist Ihr Pilot wohl 'nen kleinen Umweg geflogen.«

»Haben Sie was zum Schreiben dabei? Die Bestellung wird etwas größer.«

»Meine Pumpe hat ein kleines Problem, mein Gedächtnis aber nicht. Ich merk mir das.«

Shelly sah ihn zweifelnd an. Oppermann hatte einen hochroten Kopf, hervortretende Augen und rote Äderchen auf der Nase. Das letzte ihm verbliebene Dutzend Haare hatte er quer über seinen runden Schädel gekämmt und auf der anderen Seite mit Gel befestigt.

»Okay, vorn hinter der Mauer möchte ich ein Beet haben, einen halben Meter breit mit kleinen Pinien im Abstand von zwei Metern. Die Steine im Hof können bleiben, nur die Ränder möchte ich mit einem rötlichen Stein einfassen, da müssen Sie mir noch Muster zeigen. Hinter dem Haus und dem Stall möchte ich große Steine haben, also Felsen. Wie nennt man die?«

»Findlinge.«

Sie gingen nach hinten durch.

»Ich will mindestens zwölf von den Dingern.«

»Welche Farbe?«

»Beige oder sandfarben. Geht das?«

Oppermann nickte.

»Gut, hier hinten an der Terrasse würde ich gerne zwei größere Bäume pflanzen. Jetzt müssten sie mir sagen, ob das möglich ist. In meiner Heimat, in Texas, wachsen Mesquite-Bäume. Die werfen einen wunderbaren Schatten. Kennen Sie Mesquite-Bäume?«

»Natürlich, aber das ist ein Baum, der in Wüstenregionen zu Hause ist. Ist zwar nicht so, dass hier nie die Sonne scheint, aber als Wüste würde ich Niedersachsen nicht bezeichnen. Vielleicht haben wir trotzdem Glück. Wir sind hier in der südlichen Heide, und das Heideland ist ein sehr sandiges. Deshalb sehen Sie hier auch öfter den Kiefernwuchs. Das könnte Ihnen zugutekommen und die Anpflanzung von Mesquite-Bäumen begünstigen, da muss ich allerdings zuerst Bodenproben nehmen. Und so ein Wüstenbäumchen hab ich auch nicht im Kofferraum, den müssten wir bestellen. Am besten wär es vermutlich gewesen, Sie hätten gleich einen mitgebracht.«

Auch wenn er komisch aussah und sich sehr frei ausdrückte, meinte Shelly doch, den Richtigen gefunden zu haben. Sie gingen eine gute Stunde über ihr Anwesen, und er nahm im Geiste alles auf, was sie von ihm wollte. Am Ende stellte er einen sehr durchdachten und reellen Zeitplan auf, nach dem die Bepflanzung ihres Hofes vonstattengehen sollte, und versprach, gleich morgen mit der Arbeit zu beginnen.

Zwei

Hofstätter fuhr in seinem Panamera auf der B 188 in Richtung Gifhorn. Es war eine kalte Nacht. Der Mond stand als eisige Sichel am wolkenlosen nachtblauen Himmel. In den entlang der Straße geparkten Wohnwagen leuchteten rote Herzen und bunte Lichterketten. Es gab kaum Verkehr. Er durchfuhr den kleinen Ort Abbeile, in dem der Erse Park, ein alter, mächtig angestaubter Vergnügungspark für Kinder, zu Hause war. Am Ortsende beschleunigte er auf der Geraden, die ihn auf die Kreuzung zur B 214 führen würde. Von dort waren es noch dreihundert Meter in südlicher Richtung, und er wäre da. An der verabredeten Stelle, wo der Erpresser auf ihn warten würde. Hofstätters Herz schlug schmerzhaft schnell in seiner Brust, und sein Mund war so trocken, dass er ständig schlucken musste. Aber das Schlimmste war die Kälte. Er hatte die Temperatur im Wagen auf achtundzwanzig Grad hochgefahren, und dennoch fror er, als liefe er im T-Shirt durch die frostige Nacht. Seine Hände lagen wie taube Eisklumpen auf dem Lenkrad. Er zitterte, als hätte er Schüttelfrost. Neben ihm auf dem Beifahrersitz stand der gefüllte Rucksack seines Sohnes. Dieses alte, kaputte Stück Stoff würde über sein Leben entscheiden. Gott, wie er es hasste, so hilflos zu sein, und wie er es hasste, sich so klein und schwach zu fühlen.

Er erreichte die Ampel und bog nach rechts ab. In der kleinen Straße links stand, etwas zurückgesetzt, ein weiterer beleuchteter Wohnwagen. Ansonsten war sein Porsche das einzige Fahrzeug auf der Strecke. Er sah auf die Uhr. Zwanzig Uhr achtundfünfzig. Der Parkplatz lag jetzt direkt vor ihm. Nur noch fünfzig Meter. Er drosselte die Geschwindigkeit auf vierzig Stundenkilometer. Er musste die Straßenseite wechseln, um auf den richtigen Parkplatz zu gelangen. Durch das Seitenfenster versuchte er, dort etwas zu erkennen, eine Person etwa, die sich irgendwo zwischen den Bäumen oder in den Sträuchern versteckte, aber es war nichts zu sehen. Der Parkplatz war menschenleer. Er sah in den Rückspiegel. Kein Auto. Nur die Ampel leuchtete verwaschen rot durch die Nacht. Vor ihm lag eine im Dunkeln kaum erkennbare Straße. Kein Licht, nur Schwärze. Er trat auf die Bremse und setzte den Blinker. Noch ein Blick in den Rückspiegel. Abgasschwaden stiegen, vom Bremslicht rötlich gefärbt, am Heck empor. Er atmete jetzt mit offenem Mund. Seine Aufregung war kaum noch zu kontrollieren. Dann schob er das Gaspedal leicht nach vorn und ließ die Kupplung kommen. Der Wagen rollte vorwärts, er schlug ein und fuhr auf den Parkplatz. Hier gab es einen kleinen betonierten Weg, der zu einem Tisch und zwei Bänken führte, und genau dort war auch der Mülleimer platziert.

Hofstätter hielt an. In seinem Kopf herrschte Chaos. Er sah ständig wechselnde Bilder vor sich: seine Frau, Sara, Simon, Aladdin, seinen Sohn, das Paket, den Film … Welcher Bastard hatte es gewagt, ihn so zu behandeln? Ihn so erniedrigt, dass er hier anschlich wie ein getretener Hund? *Hasta la vista.* Jemand machte sich lustig über ihn, nutzte ihn schamlos aus und verhöhnte ihn. Seine Wut wurde größer und größer. Widerwillig blickte er auf den Beifahrersitz. Er musste jetzt aussteigen. Was blieb ihm anderes übrig?

»Nein«, flüsterte er, »so nicht, mein Freund, so nicht.«

***

Leif klopfte dreimal an die Tür des Nachbarzimmers.

»Ja?«, erklang es von drinnen.

»Ich bin's, Leif!«

»Was ist?«

»Kann ich reinkommen?«

»Ja.«

Leif öffnete die Tür und trat ein. Geraldine saß auf dem Boden vor ihrer Couch. Sie hatte nasse Haare und ein Handtuch um ihre Schultern gelegt. Die Badezimmertür stand offen, und der feuchtwarme, süßliche Duft von Shampoo drang in den Flur. Der Fernseher lief. Ein Glas Wein stand einsam auf dem Tisch.

»Was ist?«, fragte sie.

»Ach, nichts. Lasse hat irgendwie Kopfschmerzen und will schlafen, aber ich bin überhaupt nicht müde.«

»Und?«

»Na, ich dachte, vielleicht könnten wir einen Film gucken? Ich will jetzt nicht da drüben im Dunkeln rumsitzen und mich langweilen.«

»Ach so. Ja. Komm rein.« Sie setzte sich hoch aufs Sofa und strich sich über die Haare. »Willst du was trinken?« Sie deutete auf den Wein auf dem Tisch.

»Ja, warum nicht. Ist der trocken?«

»Oh, der Herr trinkt nur Qualitätswein. Ich muss dich enttäuschen. Das ist einer für zwei neunundvierzig.«

»Reg dich ab. Ich hol mir 'n Glas.« Leif ging rüber zur Küchenzeile, die genauso aussah wie seine und Lasses, und nahm sich ein Glas aus dem Schrank. Er öffnete den Kühlschrank und schenkte sich ein. »Was läuft denn heute Abend?«, fragte er.

»Keine Ahnung, ich guck mal.« Sie überflog die Programmzeitschrift. »Wer wird Millionär, Herr der Ringe, Killerbienen greifen an, CSI, Columbo und im Ersten Irland, die Liebe meines Lebens mit Christine Neubauer.«

»Da lass ich mich doch lieber von Killerbienen zerstechen, als so was zu gucken«, meinte Leif und setzte sich neben sie auf die Couch.

»Also ...«

»Wer wird Millionär!«, sagten sie gleichzeitig.

Geraldine schaltete um, und Leif lehnte sich zurück. »Woll'n wir doch mal sehen, was du so drauf hast«, sagte er. Sie lächelte.

»Herausforderung angenommen.«

***

Lasse lag nicht, wie von Leif behauptet, mit Kopfschmerzen im Bett. Er war mit dem Fahrrad unterwegs zur Geldübergabe. Lasse hatte Leif dabeihaben wollen, doch der wollte sich lieber um ein Alibi für sie kümmern, nur für den Notfall. Falls jemand fragte, würde Geraldine wissen, wie die beiden den Freitagabend verbracht hatten.

Der Weg, den Lasse fuhr, führte ihn über einsame Feld- und Waldwege, doch er kannte die Strecke ganz gut, und nachdem seine Augen sich an die Dunkelheit gewöhnt hatten, konnte er auch ohne Licht durch die Nacht fahren. Er erreichte das kleine Waldstück, aus dem er sicher und ungesehen den Parkplatz beobachten konnte, um zwanzig vor neun. Das Rad ließ er im Unterholz zurück und legte sich hinter einem Baum auf die Lauer. Ein Klappmesser steckte in seiner Jackentasche, als Versicherung. Jetzt musste er nur noch warten. Eine freudige Erregung machte sich in seinem Zwerchfell breit. Immer wieder musste er lachen. Und dann sah er endlich ein Auto kommen. Es bog von der 188 in seine Richtung ab und kam näher. Das musste er sein. Es war ein großes Auto. Die Scheinwerfer lagen sehr tief. Wie bei einem Porsche. Auf Höhe des Parkplatzes wurde es langsamer und hielt schließlich auf der Straße an. Lasses Herz schlug schneller. Ein teuflisches Lächeln legte sich auf seine Lippen. Er hatte ihn in der Hand, diesen Großkotz. Sein verdammtes Geld und seine verfluchte Arroganz nützten ihm jetzt gar nichts mehr. Er, Lasse, zog die Fäden. Erst hatte er sein Pferd ausgeschaltet, und jetzt würde er ihn melken wie eine Kuh.

Lasse frohlockte. Zweihunderttausend Euro würden bald ihm gehören, ihm und Leif, und sie würden es sich gut gehen lassen damit. Und jedes Mal, wenn er Hofstätter wiedersah, würde er lachen müssen. Er war ihm haushoch überlegen. Er kontrollierte ihn wie ein Marionettenspieler.

Das Auto blinkte, bog auf den Parkplatz und hielt vor dem kleinen Weg zum Tisch und den Bänken. Der Motor lief noch. Es vergingen einige Sekunden, bis Hofstätter endlich ausstieg. Er hielt einen Rucksack in der Hand. Lasse entfuhr ein kleines glucksendes Geräusch, und er legte schnell seine Hand auf die Lippen. Gott, er konnte es kaum erwarten. Am liebsten hätte er die Szene gefilmt und sie sich tausendmal wieder und wieder angeschaut.

Hofstätter setzte sich zögernd in Bewegung und ging leicht geduckt zu dem Mülleimer. Ein kurzer Blick ins Innere, dann ließ er den Rucksack hineinfallen. Er ging wesentlich schneller zurück, sprang in sein Auto, trat aufs Gas und fuhr zurück auf die Landstraße. Lasse musste sich zurückhalten, um nicht sofort zum Mülleimer zu laufen. Er zwang sich zu warten, bis Hofstätter an der Ampel wieder auf die 188 abgebogen war. Dann erst kam er aus seinem Versteck heraus.

***

Geraldine kämmte sich ihre inzwischen getrockneten Haare. Ein wunderbarer Duft drang zu Leif herüber. Er hatte schon sein drittes Glas Wein in der Hand und musste zugeben, dass Geraldine ihn irgendwie reizte. Sie trug Jeans und ein weites T-Shirt, das vorn einen tiefen V-Ausschnitt hatte. Immer wenn sie sich vorbeugte, konnte Leif einen Blick auf ihren BH und den Ansatz ihrer Brüste erhaschen. Er versuchte sich zu beruhigen, indem er geradeaus auf den Bildschirm starrte, aber das funktionierte nicht.

»Dänemark«, sagte Geraldine und legte ihren Kopf auf die Seite.

»Mmmh?«

»Dänemark.«

»Ach so …« Leif las schnell die Frage und die vier Antworten durch, doch da hatte Günther Jauch die Antwort schon eingeloggt.

»Was ist, träumst du?«

»Nein, Dänemark stimmt.«

»Ja, jetzt ist es zu spät, mein Lieber«, sagte sie und legte die Bürste auf das feuchte Handtuch neben ihr auf der Couch.

»Wo hast du denn gerade hingeguckt?«, fragte sie mit gesenkter Stimme.

»Nirgends.«

Sie lächelte und beugte sich leicht zu ihm herüber. »Ich find dich ja eigentlich ganz süß. Du bist nicht so wie dein Quasi-Zwilling da drüben.« Er roch ihren süßen Atem und hatte keine Ahnung, wie er sich noch beherrschen sollte. Da bemerkte er, dass Geraldine ihn abwartend ansah. Ihre Augen fragten. Und er antwortete, indem er seine Lippen auf ihre legte.

***

Lasse lief über das freie Feld. Von Süden näherte sich ein Wagen, und er warf sich bäuchlings auf den Boden. Er drückte sich ganz flach auf die kalte Erde und hörte, wie das Auto an ihm vorbeirauschte. Mit einem Blick in beide Richtungen sicherte er sich ab und lief dann so schnell er konnte rüber zum Mülleimer. Er musste endlich das Geld in den Händen halten. Die Belohnung für seinen Plan. Er griff in den Metallbehälter, bekam den Stoff zu fassen und hob den Rucksack hoch. Er spürte sofort, dass etwas nicht stimmte. Zweihunderttausend Euro konnten nicht so wenig wiegen. Er packte mit beiden Händen zu und betastete die Füllmenge. Ein lauter Schrei hallte durch seinen Kopf, und eine Gänsehaut lief über seinen Rücken. Er wusste, dass das Ding leer war, doch er musste es auch sehen. Gleich an Ort und Stelle zog er eine kleine Taschenlampe heraus und leuchtete ins Innere des Rucksacks. Kein Geld. Nichts. Keine Belohnung. Aber da unten leuchtete etwas. Er griff hinein und fand einen kleinen gefalteten Zettel. Darin war eine einzelne Euromünze versteckt. Und auf dem Zettel stand ein einziger Satz: *»Hasta la vista, du Penner!«*

***

Erst hatten sie sich ganz langsam und vorsichtig geküsst, dann waren sie immer schneller und fordernder geworden. Leif hatte lange gewartet, bis er seine Hände unter Geraldines T-Shirt gleiten ließ. Sie trug einen Sport-BH, der vorne geöffnet wurde. Es waren zwei Haken daran, und sie half ihm ein wenig, damit es schneller ging. Als sie ihre Hand auf seine Hose legte und den Reißverschluss öffnen wollte, hörten sie plötzlich ein Poltern. Nebenan fiel irgendetwas um. Schritte stampften, und Lasses Stimme war zu hören. Er murmelte energisch etwas vor sich hin. Geraldine und Leif hielten inne und lauschten. Nach ein paar Sekunden wussten sie, dass sie nicht mehr weitermachen konnten. Enttäuscht ließen sie voneinander ab und richteten ihre Kleidung.

»Ich geh besser mal rüber.«

»Ja, leider.«

Schweren Herzens und gleichzeitig höchst besorgt schlich Leif rüber in ihr Zimmer. Es musste etwas schiefgelaufen sein. Es klang nicht nach einer freudigen Reaktion auf die Geldübergabe.

»Lasse, alles in Ordnung?«, fragte er laut und vernehmlich, als er die Tür öffnete.

»Komm rein, verdammt!«, fuhr Lasse ihn an. Er sah schlecht aus. Verschwitzt, mit dunklen Ringen unter den Augen und blasser, fleckiger Haut.

»Wie geht's dir? Was machen die Kopfschmerzen?«, fragte Leif mit einem Blick, der Lasse sagen sollte, dass sie ihr Spiel weiterspielen mussten, selbst wenn etwas Ungeplantes eingetreten war. Lasse sah ihn nur an und reichte ihm den Zettel. Leif las, und unwillkürlich entwich ihm ein kurzes Lachen. Sofort spürte er einen harten Stoß auf der Brust und stolperte rückwärts gegen sein Bett. Er setzte sich auf den Hosenboden.

»Was gibt's da zu lachen, he?«

»Nichts ...«

»*Einen* Scheiß-Euro hat er reingetan! *Einen* Scheiß-Euro!« Lasse hielt die Münze zwischen den Fingern, als wollte er sie zerbrechen.

»Leise«, zischte Leif und deutete mit einem Blick in Richtung Tür an, dass Geraldine sie hören konnte.

Lasse kam ganz nah an ihn heran und fauchte: »Er hat uns reingelegt, der verdammte Mistkerl. Er hat uns reingelegt.« Er sah Leif mit weit aufgerissenen Augen an, und sein Blick fiel auf Leifs Lippen, die rot und wund waren. »Was ist das?« Er deutete mit dem Zeigefinger auf Leifs Mund. Der fühlte sich, als ob ihm ein Krümel dort hängen geblieben war. »Du solltest sie ablenken, nicht mit ihr vögeln, du Penner«, flüsterte Lasse wütend.

»Hab ich nicht!«, verteidigte sich Leif.

Lasse ließ sich müde in seinen Stuhl fallen und rieb sich mit einer Hand die Stirn. Leif ließ den Zettel kraftlos neben sich aufs Bett fallen.

»Was machen wir jetzt?«, fragte er nach einer Weile, aber was er meinte, war eigentlich, was Lasse jetzt vorhatte. Er wusste, dass sein Freund irgendwie auf den Affront von Hofstätter reagieren musste.

»Dafür wird er büßen. Das macht er nicht noch mal mit mir. Niemand macht sich über mich lustig, niemand. Der wird es noch bitter bereuen, das schwör ich dir.«

Drei

Möbel Krake hatte die erste Lieferung pünktlich um sechzehn Uhr mit einem Dreitonner gebracht. Bis spät in die Nacht hatte Shelly haufenweise Kartonverpackungen, Styropor und Luftpolsterfolie entfernt und die Möbel und Lampen immer wieder hin- und hergeräumt, bis sie endlich zufrieden war. Schweren Möbeln wie dem Sofa hatte sie Handtücher untergelegt, damit sie sie ohne Kratzer über den Boden schieben konnte. Zum Glück hatte sie Dielen und keinen Teppichboden, sonst wäre sie allein verloren gewesen. Um kurz nach eins rollte sie schließlich den großen Perser im Wohnzimmer aus, der wie eine Säule an der Wand gestanden hatte. Sie stand breitbeinig an dessen Ende und pustete sich eine Haarsträhne aus dem Gesicht. Das sah doch mal nach einem Wohnzimmer aus. Und heute Nacht würde sie auf der Couch schlafen.

Sie wachte wie immer von dem Sonnenlicht auf, das am Morgen durch die Fenster fiel. Die Vögel zwitscherten. Als sie aufstand und hinausblickte, sah sie eine feine Schneeschicht, dünn wie Staub, über dem Land liegen. Es war viel zu kalt für diese Jahreszeit. In den Gärten der Nachbarn hatte sie schon die Spitzen der Krokusse und Tulpen aus der Erde lugen gesehen. Trotz der nur fünf Stunden Schlaf machte sie sich fertig und brühte sich einen frischen Kaffee auf. Sie wollte noch einige Dinge besorgen, bevor Oppermann und Lembke vom Antik-Markt kamen.

Der Supermarkt öffnete um sieben, und Shelly war überrascht, wie viele Menschen so früh schon unterwegs waren. Sie kaufte sich einen Werkzeugkoffer, in dem für ihre Zwecke wohl alles drin war, dazu Schrauben, Dübel, einen Hammer, einen Zollstock, einen Toaster, eine Kaffeemaschine, ein Radio, eine Stereo-Kompaktanlage und noch ein paar Lebensmittel. Wieder musste sie zwischendurch nach draußen laufen und einen zweiten Einkaufswagen holen.

Auf dem Weg zur Kasse kam sie an der Bekleidungsabteilung

vorbei. Sie konnte sich erinnern, dass ihre Mutter früher öfter im Supermarkt Kleider gekauft hatte. Sie selbst hatte in den letzten Jahren nur noch am Rodeo Drive oder in den kleinen teuren Geschäften in Dallas eingekauft. Das hier war ein Scherz. Es gab Jeans für zwanzig Euro und Jacken für vierunddreißig Euro. Für den Gegenwert der gesamten Damenabteilung hätte sie gerade mal zwei Blusen am Rodeo Drive bekommen. Aber wie Max und Moritz schon gesagt hatten: Sie fiel hier auf wie ein Flamingo unter Graugänsen. Vielleicht war es an der Zeit, sich etwas anzupassen. Etwas ratlos nahm sie einige Kleidungsstücke und sogar ein Paar Damenschuhe mit in die einzige Kabine, die es gab. Sie hängte die Bügel über den zweiten Haken, weil auf dem ersten jemand etwas hängen gelassen hatte, und zog ihr Westernhemd aus, um eine schlichte weiße Bluse anzuprobieren. Sie fühlte sich nicht gut an, aber für den Preis sah sie ganz annehmbar aus, fand Shelly. Sie drehte sich zur Seite und betrachtete sich im Spiegel, als sie zwei ihr bekannte Stimmen hörte.

»Ist egal, irgendwas Schwarzes. Alles, was wir kriegen können.«

»Hier sind solche Troyer.«

»Nehmen wir. Schwarze Jeans brauchen wir auch.«

Es waren Leif und Lasse, die durch die Reihen gingen und nach Klamotten suchten. Die Tür der Umkleidekabine war aus Spanplattenholz mit weißem Furnier und einem einfachen Schließmechanismus. An einer Seite blieb ein Spalt von einem halben Zentimeter Breite offen. Unten war die Tür zwanzig Zentimeter zu kurz, damit man erkennen konnte, ob sie besetzt war. Shelly lugte mit einem Auge durch den Spalt und beobachtete Leif und Lasse, wie sie sich jeder eine Jeans aussuchten.

»Vielleicht sollten wir auch Wollmützen kaufen«, schlug Lasse vor. Leif schürzte nur die Lippen und nickte. »Okay, ich hab eine Stretch-Jeans gefunden. Mal gucken, ob die passt.« Lasse kam direkt auf die Kabine zu, und Shelly trat erschrocken einen Schritt zurück. Lasse ruckelte an der Tür. Er hatte nicht gesehen, dass sie besetzt war. »Ups!«, hörte sie ihn sagen. »'tschuldigung.«

Shelly fiel ein, dass man ihre Stiefel unter der Tür sehen konnte. Daran würden die beiden sie sofort erkennen. Sie hatte jedoch das untrügliche Gefühl, dass es besser für sie war, unerkannt zu bleiben. Schnell hob sie ihre Stiefel hoch. Vor der Tür flüsterten die beiden. Sie blieb wie angewurzelt stehen und atmete so leise sie konnte. Langsam wagte sie sich näher an die Tür heran und spionierte erneut durch den Spalt. Leif und Lasse standen jetzt ein paar Meter entfernt neben einem Ständer mit Hemden und warteten, dass die Kabine frei wurde. Was sollte sie jetzt tun? Sie konnte hier nicht raus, sie war gefangen. Aber sie könnte doch einfach ganz normal die Kabine verlassen. Nein, es lag etwas in der Luft, was Shelly nicht ganz beschreiben konnte, weil ihr Verstand es noch nicht verarbeitet hatte. Sie spürte es nur. Sie witterte Gefahr.

»Entschuldigung? Brauchen Sie noch lange?«, fragte Lasse.

»Komm, lass uns einfach gehen, wir probieren sie zu Hause an«, flüsterte Leif.

Shelly antwortete nicht. Sie blickte sich in der Kabine um und suchte nach einem Ausweg aus dieser Situation. Ihr Blick fiel auf den Haken mit den anderen Kleidungsstücken.

Eine Minute später kam Shelly mit einem langen türkisfarbenen Rock, einer Jeansjacke mit pinkfarbenen Strassperlen und einem gelben Kopftuch aus der Kabine, das sie sich so umgewickelt hatte, dass nur noch ihre Augen herausguckten. Leif und Lasse traten höflich einen Schritt zurück, und Lasse verzog sein Gesicht so zu einer Grimasse, dass nur Leif es sehen konnte. Shelly ging ohne ein Wort an ihnen vorbei und ignorierte auch die beiden Einkaufswagen, die sie vielleicht noch verraten hätten. Sie marschierte in die Sportabteilung und tat, als würde sie sich für ein Paar Turnschuhe interessieren.

Nach kaum fünf Minuten waren Leif und Lasse an der Kasse und bezahlten ihren Einkauf. Shelly sah, wie Lasse danach ein kleines technisches Gerät aus der Verpackung nahm und diese in die Restmülltonne des Supermarktes warf. Hinter sich hörte sie zwei Frauen kichern.

»Diese Kopftuchfrauen. Stell dir die mal beim Fußball vor. Was denken die sich? Die läuft doch garantiert auch aufm Platz so rum«, flüsterte die eine und kicherte wieder. Sie trug eine hochtoupierte Frisur, die mit Haarspray in eine Art Betonform gebracht worden war. Die Menge an Schminke, die sie benutzt hatte, hätte Shelly bequem für ein halbes Jahr gereicht.

»Die darf bestimmt überhaupt keinen Sport machen. Außerdem versteht sie die Regeln doch gar nicht«, raunte die andere hinter vorgehaltener Hand. Shelly drehte sich energisch um. Sie blitzte die beiden aus zusammengekniffenen Augen an.

»Guten Morgen«, sagte die eine und grinste aufgesetzt, während die andere ein Lachen unterdrückte und sich halb hinter ihrer Freundin versteckte.

»Die versteht kein Wort«, wisperte sie ihrer Freundin ins Ohr.

Shelly öffnete den langen Rock und zog ihn herunter.

»Oh Gott, was macht sie denn jetzt?«, sagte die eine erschrocken.

Shellys Jeans und Cowboystiefel kamen zum Vorschein. Sie legte den Rock zur Seite und entledigte sich der Strass-Jacke.

»Die ist verrückt geworden.«

Schließlich wickelte Shelly sich noch das Tuch vom Kopf. Den beiden Damen fielen die Gesichtszüge nach unten. Sie hielten sich aneinander fest wie zwei ängstliche Kinder. Shelly fixierte sie lange ausdruckslos. Dann machte sie: »Buh!«, und die zwei Frauen schrien vor Schreck auf. Sie grinste und warf ihnen das Kopftuch zu. »Fußball ist doch auch nur was für Idioten, oder?«

Damit ließ sie die beiden stehen und ging.

Vier

Am Nachmittag stand Shelly im Stall und redete durch die Gitterstäbe mit Cleopatra.

»Na, Cleo, wie geht's dir? Heute hat's ein bisschen geschneit. Nur eine dünne Schicht. Aber die Luft ist ganz klar. Die Vögel singen. Die Sonne scheint. Ein perfekter Tag, um mal rauszugehen. Was denkst du, mmh? Wollen wir ein bisschen rausgehen? Ja, ein bisschen an die frische Luft? Raus aus der alten blöden Box? Mmh? Was sagst du? Du kannst draußen einen Spaziergang machen. Dir alles angucken, Sara Guten Tag sagen. Na, was denkst du?« Shelly öffnete ganz langsam und leise die Verriegelung und zog die Boxentür auf. Sofort stellten sich Cleopatras Ohren in ihre Richtung, und sie sah Shelly mit einem Auge an. »Guck, die Tür ist offen, du kannst einfach rauskommen, wenn du willst. Ich hab auch eine kleine Belohnung für dich. Magst du Zucker? Ist nicht gut für die Zähne, aber so oft darfst du bestimmt nicht naschen, was? Ich geh ein kleines Stück voraus, und du kannst mir hinterherkommen, ja?«

Shelly drehte dem Pferd den Rücken zu und setzte behutsam einen Fuß vor den nächsten. Dabei horchte sie nach hinten. Es war nichts zu hören. Nach fünfzehn Schritten drehte sie sich um. Cleopatra hatte sich nicht bewegt.

»Mmmmh, hier hab ich ganz leckeren Zucker für dich, Cleo. Na, komm!« Shelly streckte die Hand mit dem Würfelzucker aus. Dann wandte sie dem Pferd wieder den Rücken zu und wartete.

Klock. Sie hörte den ersten Schritt von Cleo. Das Stroh raschelte, als die Stute den Hinterlauf nachzog. Shelly grinste. Sie wartete noch zwei Schritte ab, dann schaute sie über ihre Schulter. Cleo war mit gesenktem Kopf auf die Tür zugeschlichen und streckte nun den Kopf aus der Box und blickte den Gang hinunter.

»Ja, super, Cleo! Komm zu mir. Hier hab ich Zucker für dich. Komm zu mir.« Shelly wandte sich wieder ab.

Cleo atmete verächtlich durch die Nüstern aus. Gerade als

sie sich zu einem weiteren Schritt durchringen wollte, polterte Peter mit einer Schubkarre in den Stall. Sofort zog Cleopatra sich wieder zurück. Enttäuscht ließ Shelly die Schultern hängen.

»Oh, h-hallo, Marshall Stone«, sagte Peter überrascht. »Was machen Sie denn hier?«

»Nichts, Peter. Ich wollte nur nach meinem Pferd sehen.«

»Wie ist Ihr Urlaub denn so?«

»Ganz hübsch, danke.«

»Herrjeohgott!«, rief er plötzlich. »Cleopatras Box ist auf!«

»Schon gut, das war ich. Herr Langensalza hat es mir erlaubt.«

»Ist das wahr, Marshall?«

»Du kannst ihn gerne fragen. Ich würde dich nicht belügen.«

»Ich weiß, Entschuldigung. Ich kenne Sie gut, das würden Sie nie tun.«

Shelly wollte wieder zu Cleos Box gehen.

»Marshall?«

»Ja?«

»Kann ich bitte eine Unterschrift haben, bitte? Von Ihnen?«

»Ein Autogramm? Natürlich. Hast du was zu schreiben?«

»Nein«, sagte er aufrichtig.

»Tja, also, dann pass auf. Ich geh gleich zu Sara rein, und dann suche ich ein hübsches Blatt Papier und gebe dir ein Autogramm, in Ordnung?«

»Nein. Ich hab was Besseres. Ich komme gleich wieder.« Eilig lief Peter davon. Shelly schüttelte amüsiert den Kopf und gesellte sich zu Cleo.

Sie blieb vor der Box stehen. »Der Peter. Hat er dich erschreckt? Das macht nichts, wir gehen ein anderes Mal raus, ja? Aber den Zucker hast du dir trotzdem verdient.« Sie streckte ihre Hand mit dem Würfelzucker darauf aus.

Cleo bewegte sich kein bisschen. Sie stand so, als hätte sie sich nie bewegt.

»Na, gut. Ich leg's einfach hier ins Stroh, in Ordnung?«

Shelly ließ den Zucker im Stroh und verschloss die Tür. Erst als sie den Stall verlassen hatte, ging Cleo einen Schritt vor und fraß den Zuckerwürfel.

Shelly klingelte, und Sara öffnete ihr. Sie trug noch ihre Jacke. Sie war draußen im Wald gewesen und hatte mit Bernd SMS ausgetauscht. Der große Tag sollte morgen, am Sonntag, sein. Da würden sie sich in dem Hotel treffen, von dem er gesprochen hatte.

»Hallo, Shelly, ich bin eben erst vom … Reiterladen gekommen. Willst du was essen?«

»Nein, danke. Hat dein Vater dir schon von unserem Deal erzählt?«

»Ja, er meinte, er hätte dich überredet, mir Gitarrenstunden zu geben.«

Sie gingen in die Küche, wo Sara sich ein paar Nudeln von gestern aufwärmte.

»Das hat er gesagt? Dein Vater ist echt …«

»Was?«

»Na ja, das ist nur die halbe Wahrheit. Eigentlich habe ich ihm ein Geschäft vorgeschlagen, und er musste darauf eingehen. Ich darf es mit Cleo versuchen, wenn ich dir dafür das Spielen beibringe, das hat er wohl vergessen zu sagen.«

»Im Ernst?« Saras Augen leuchteten. Als Shelly nickte, fiel Sara ihr um den Hals. »Oh Mann, du bist wirklich klasse! Das hat noch niemand geschafft.«

»Was, dir das Spielen beizubringen?«

»Du weißt, was ich meine.«

»Tja, also wann hast du Zeit?«

Sara tat sich eine Portion auf den Teller und aß im Stehen. »Jetzt«, meinte sie mit vollem Mund.

»Gut. Willst du Gitarre spielen?«

»Mmh?«

»Willst du Gitarre spielen?«

Sara blinzelte unschlüssig. »Ich hab's mal gewollt.«

»So. Und jetzt nicht mehr? Warum?«

»Ach, ich weiß nicht. Ich hab einfach so wenig Zeit. Da ist die Schule, Hausaufgaben, das Reiten, das Reiten und das Reiten.«

»Willst du *das* denn?«

»Ja. Ich möchte gern alles machen, aber es ist zu wenig Zeit. Ich weiß manchmal gar nicht, wie ich es schaffen soll.«

»Verstehe. Weißt du, zum Gitarrespielen brauchst du einen ruhigen Moment. Das könnte so etwas wie eine Auszeit für dich sein. Ein Moment, der nur für dich da ist. Wann könnte der sein?«

»Keine Ahnung. Abends, schätze ich.«

»Gut. Dann setz dich abends für eine Stunde in dein Zimmer oder an einen anderen Ort und spiele. Nur für dich. Was du magst.«

»Was ich mag?«

»Natürlich, was denn sonst?«

»Meine Gitarrenlehrerin hat mir immer Noten gegeben, von Übungsliedern.«

»Du musst die Musik schon mögen. Du kannst spielen, was du willst. Du hörst doch Musik, oder?«

»Ja klar.«

»Na komm, zeig mir mal deine Gitarre.«

Sie gingen ins Wohnzimmer, und Sara setzte sich auf einen Esszimmerstuhl.

»Warum steht die im Wohnzimmer?«

»Keine Ahnung. Hier ist Platz?«

»Es ist dein Instrument, es muss bei dir sein. Fast wie ein Tier. Komm, wir gehen in dein Zimmer.«

Sara ging mit der Gitarre in der Hand voraus. Shelly sah sich in ihrem Zimmer um. Dort standen einige Bauernmöbel, wie der Kleiderschrank und eine Kommode. Das weiß furnierte Bett war wahrscheinlich von Ikea und der Schreibtisch auch. Ein Bild von Saras Mutter hing an der Wand, außerdem ein paar Bilder von ihr und Fürst Metternich.

»Okay, spiel mir was vor.«

»Was denn?«

»Spiel einfach.«

»Aber ich weiß nicht, was.«

»Egal. Spiel einfach drauflos. Ein paar Akkorde kannst du doch sicher.«

Sara setzte die Gitarre auf ihrem Bein ab, legte ihre Finger auf die Saiten und begann zu spielen. Sie war unsicher, machte immer wieder Fehler und hörte schließlich auf. »Siehst du? Ich kann's einfach nicht.«

»Das ist eine schöne Gitarre, aber sie ist zu groß.«

»Bitte?«

»Dein Arm liegt nicht richtig auf, und deine Finger sind zu kurz für den breiten Hals. Was ist das für eine? Eine 44er?«

»Keine Ahnung.«

»Ich denke schon. Vierundvierzig ist zu viel für dich. Aber das kriegen wir hin.«

Shelly ließ Sara ihre Lieblingslieder singen. Dabei sollte sie versuchen, die Akkorde rauszuhören. Nach einer Stunde hatte Sara ein Lied mit nur drei Akkorden erkannt und auf ihrer Gitarre nachgespielt. So weit war sie vorher noch nie gekommen. Sara suchte gerade einen Platz für ihr Instrument in ihrem Zimmer, als es unten klingelte. Sie gingen gemeinsam hinunter, weil Shelly nach Hause wollte, um dort nach dem Rechten zu sehen.

»Hallo, Sara, ich möchte gerne bitte mit Marshall Stone sprechen«, sagte Peter aufgeregt, als Sara die Tür öffnete.

»Hier bin ich«, sagte Shelly und zeigte sich. Peter trug ein Kissen unter dem Arm. Er zog es hervor und hielt es Shelly freudestrahlend hin. Ein Foto von ihr und Lonestar war darauf abgedruckt. Einen Edding hatte er auch dabei.

»Ein Kissen? Na, hoffentlich bekommt es einen Ehrenplatz auf deiner Couch«, meinte Shelly und zwinkerte Sara zu.

»Nein, es steht natürlich im Schrank. Mit einer eigenen Lampe drüber, damit man es gut sehen kann.«

Shelly setzte schwungvoll ihr Autogramm auf den Stoff und machte Peter damit zum glücklichsten Menschen der Welt. Er lief gleich wieder los und verschwand binnen Sekunden hinter der Mauerecke.

»Wie alt ist er eigentlich? Wohnt er noch bei seinen Eltern?«

»Er muss so Mitte dreißig sein. Seine Eltern sind gestorben. Seine Mutter vor sieben oder acht Jahren an einer Lungenentzündung und sein Vater vor zwei Jahren an einem Herzinfarkt«, erklärte Sara.

»Und er kann einfach so allein leben? Ich meine … er bräuchte doch eine Betreuung oder so was.«

»Keine Ahnung. Er kommt zurecht. Er hat Arbeit und kann

alles machen. Handwerklich ist er sehr geschickt. Und Papa hilft ihm bei dem Behördenkram.«

»Trotzdem merkwürdig. Na ja, ich muss jetzt los. Mach's gut. Du hast toll gespielt.«

»Danke. Ich übe heute Abend weiter.«

Fünf

Sara übte an dem Abend nicht mehr. Sie wartete auf eine weitere Nachricht von Bernd, doch die kam nicht. Mit ihrem Nokia in der Hand schlief sie ein.

Es war ein unruhiger, nicht sehr tiefer Schlaf, und immer wieder erwachte sie kurz, nachdem sie von Bernd geträumt hatte. In diesen Träumen versuchten die beiden ständig, zueinanderzufinden, und jedes Mal endeten sie mit Saras ausgestreckter Hand, die Bernd nicht mehr zu fassen bekam.

Der Sonntag ging quälend langsam vorbei, und sie hatte das Gefühl, der Abend würde nie kommen. Zum Glück schien ihr Vater nichts von ihrer Ungeduld mitzubekommen. Er war heute auf einer Versammlung des hiesigen Bauernverbandes eingeladen. Meist kam er bei diesen Gelegenheiten nicht vor ein Uhr nachts nach Hause. So hätten sie und Bernd Hofstätter gut zwei Stunden für sich ganz allein.

Endlich war sie mit dem Fahrrad unterwegs nach Nienhagen, wo sie eine Stunde später mit Bernd verabredet war. Mit dem Bus wäre es wesentlich bequemer und schneller gewesen, doch da konnte sie jederzeit jemandem begegnen, den sie kannte.

Sie erinnerte sich nicht, wann sie das letzte Mal so aufgeregt gewesen war. Nach einer ausgiebigen Dusche hatte sie sich geschminkt, Parfum aufgelegt und ihre Spitzenunterwäsche angezogen. Heute würde es passieren, heute würden sie es tun. Es würde das erste Mal für sie sein.

***

Leif klopfte an Geraldines Zimmertür.

»Jaha«, rief sie, und Leif trat ein.

»Hallo, ich bin's.«

Geraldine stand vor der Spüle und wusch ab. Sie hielt inne, wandte sich wieder ihren schmutzigen Tellern zu und sagte: »Komm doch rein.«

Leif machte zwei Schritte in den Raum hinein. »Ich wollte eigentlich nur fragen, ob du Lust hast, ins Kino zu gehen?«

»Kannst du abtrocknen?«

Leif ging zu ihr rüber und nahm ein Geschirrtuch zur Hand. Sie blickte ihn von der Seite an. »Ins Kino? Welcher Film?«

»Im Stardust läuft ›Lincoln‹. Aber es gibt nur noch Karten für die Spätvorstellung.«

»Ist das ein Date, oder kommt dein Busenfreund auch mit?«

»Er würde auch mitkommen.«

Sie reichte ihm einen Teller und blickte wieder ins Spülwasser. »Ich denke, ich möchte lieber allein mit dir ausgehen. Also nein.«

»Okay. Aber können wir dann ...«

»Ausgehen? Wann denn? Wenn er das nächste Mal Kopfschmerzen hat?«

»Hör zu, er ist mein Freund ...«

»Gelegentlich solltest du mal was Eigenes machen.«

Leif stellte behutsam den Teller auf die Arbeitsplatte. Sie merkte, dass sie ihn getroffen hatte.

»Hey, ich mag dich«, sagte sie etwas versöhnlicher. »Aber eben nur dich. Das ist alles. Nicht mehr und schon gar nicht weniger.«

Leif musste lächeln, und sie war beruhigt, dass er ihren Wink verstanden hatte.

***

Sara fuhr so schnell sie konnte. Bis Nienhagen war es weit, an die zwölf Kilometer, aber das würde sie schon schaffen. Es wartete ja auch eine Belohnung auf sie. Bernd würde schon dort sein und hatte vielleicht etwas romantische Musik aufgelegt und eine Flasche Sekt gekauft.

Sie kam an die B 214 und wartete, bis weit und breit kein Auto mehr zu sehen war, bevor sie die Fahrbahn überquerte. Dann ging es weiter in einen Waldweg, der von Süden her nach Nienhagen führte. Das kleine Hotel hatte sie im Internet gefunden und sich die Wegbeschreibung gemerkt. Ein wenig kannte sie sich in dem Ort auch aus, zumindest was die Hauptstraßen betraf.

Sie kam an einem Wohngebiet heraus. Es war eine kleine

Sackgasse, der sie in Richtung Hauptstraße folgte. An einer Bäckerei fuhr sie links in Richtung Westen, und als sie die Leuchtreklame des Hotels erkannte, stellte sie ihr Fahrrad vor einem kleinen Elektroladen ab und ging zu Fuß weiter. Sie drosselte ihren Atem und spürte, wie ihr jetzt der Schweiß ausbrach. Als sie an der Straße Hofstätters Wagen stehen sah, machte ihr Herz einen Sprung vor Glück und Erregung. Er war da. Es trennten sie nur noch ein paar Meter voneinander. Doch zunächst musste sie ungehindert an der letzten Hürde vorbeikommen. Der Rezeption. So geschminkt, wie sie war, würde sie als über zwanzig durchgehen. Also musste sie einfach nur Ruhe bewahren und sich nicht einschüchtern lassen. Keine Angst zeigen, dachte sie, bevor sie die Eingangsstufen hochschritt und die Tür aufdrückte.

Der Mann an der Rezeption war eingenickt. Unter dem Tresen lief ein kleiner Fernseher und warf mattblaues, flackerndes Licht auf sein massiges Gesicht. Seine Arme hatte er über dem Kugelbauch verschränkt, und er atmete durch den offenen Mund. Sie hätte sich an ihm vorbeischleichen können, doch sie wollte sich nicht wie ein kleines Mädchen verhalten. Bis auf drei Schlüssel hingen noch alle an dem Brett hinter dem Tresen. Sara legte eine Hand über die Tischklingel, zog sie dann aber doch wieder zurück und räusperte sich nur laut. Der Mann setzte sich sofort auf und tat so, als hätte er gar nicht geschlafen.

»Guten Abend, junge Frau! Was kann ich für Sie tun? Möchten Sie Ihren Schlüssel?«

»Mein Mann, Herr Böhm, hat bereits eingecheckt«, sagte sie und versuchte, so erwachsen zu klingen, wie es eben ging. Der Mann fuhr mit dem Finger über das Datenblatt in seinem Buch.

»Herr Böhm, ja, hier. Zimmer 5, bitte. Dort die Treppe rauf, den Gang links runter und dann das letzte Zimmer.«

»Danke.« Sara befürchtete, dass man ihre unglaubliche Vorfreude schon in ihrer Stimme vernehmen konnte, und räusperte sich ein zweites Mal. Als sie die ersten beiden Stufen genommen hatte, rief der Mann: »Ach, Frau Böhm?«

Sara blieb stehen. Er hatte etwas bemerkt. Den Altersunterschied. Ihr fehlendes Gepäck. Irgendetwas war ihm aufgefallen, und alles würde auffliegen. Dieser dicke schlafende Mann würde all ihre Träume zerstören.

»Ja?«, sagte sie mit piepsiger Stimme.

Er sah sie prüfend an. Sara schluckte und versuchte, ihre Angst zu verbergen.

»Wünschen Sie Kaffee oder Tee zum Frühstück? Damit meine Frau Bescheid weiß, wie viel sie kochen muss.«

Erleichtert ließ Sara die angestaute Luft aus den Lungen.

»Kaffee, bitte.«

»Gut, alles klar. Bis morgen. Frühstück ist von sieben bis neun.«

»Danke. Gute Nacht.«

Endlich war es geschafft. Sie stieg die Treppe hinauf und spürte die Hitze in sich aufsteigen. Ihr war fast ein wenig schwindelig. Oben huschte sie auf Zehenspitzen zum letzten Zimmer und klopfte an.

»Ja?«

Es war seine Stimme. Sie drückte die Klinke hinunter und betrat das Zimmer. Es war nicht hübsch und auch nicht sehr geräumig. Aber es war *ihr* Zimmer. Nur für sie beide. Sie schloss die Tür ab, um alles andere außen vor zu lassen. Dann ging sie die paar Schritte durch den dunklen Flur bis in den fast quadratischen Raum, wo Bernd schon auf dem Bett saß. Die Vorhänge waren geschlossen. Nur die Nachttischlampen brannten. Seine Jacke hing über dem Stuhl. Er trug eine dunkle Hose und ein blaues Oberhemd. Gott, wie gut er in diesem Blau aussah. Sie lächelte ihn an, öffnete den Reißverschluss ihrer Jacke und roch ihr eigenes Parfum, das sie in einer kleinen Wolke um sich trug.

Aber etwas war nicht in Ordnung.

***

Leif und Lasse fuhren mit gepackten Rucksäcken zum Stardust, dem einzigen Kino in Fischbach. Ihr Plan war aufgegangen. Geraldine hatte sie nicht begleiten wollen, worauf sie spekuliert hatten.

Die Vorstellung um zweiundzwanzig Uhr fünfzehn war gut

besucht, obwohl der Film Überlänge hatte. Sie kauften sich Cola und Popcorn und setzten sich ganz außen in die letzte Reihe. Ein älteres Pärchen nahm eine Reihe vor ihnen Platz. Lasse grüßte freundlich, damit das Pärchen sich bei einer etwaigen Befragung seitens der Polizei an sie erinnerte.

Sie warteten, bis die Werbung vorbei und der Film ein paar Minuten angelaufen war, bevor sie sich mit einem gewissen zeitlichen Abstand auf die Toiletten begaben. Hier gab es ein schmales, sehr hohes Fenster, durch das Leif mit Hilfe einer Räuberleiter zuerst nach draußen kroch und auf dem dunklen Hinterhof des Kinos auf den Asphalt fiel. Lasse warf die Rucksäcke hinterher, und Leif holte ein knapp zwei Meter langes Seil aus seinem Rucksack, dessen eines Ende er durchs Fenster warf, sodass Lasse sich von innen daran hochziehen konnte. Als er es ebenfalls durch die kleine Öffnung geschafft hatte, liefen sie zu ihren Rädern und machten sich auf den Weg. Von Fischbach bis Celle waren es gut zwanzig Kilometer.

Sie trafen gegen dreiundzwanzig Uhr dreißig ein. Das Landgestüt kannten sie sehr gut und auch die Zugänge auf das Grundstück. Am Nordeingang, der jetzt natürlich verschlossen war, konnte man vom Nachbargelände über eine mannshohe Mauer auf den Hof gelangen. Da sie hier schon öfter Unterricht, Turniere und auch die letzte Hengstparade erlebt hatten, kannten sie sich mit den Sicherheitsmaßnahmen gut aus. Beide hatten natürlich außerdem Kontakt zu den Auszubildenden hier, und man sprach über solche Dinge untereinander recht freimütig.

Aladdin war im östlichen Stall untergebracht, der um diese Zeit verschlossen war. Es gab Bewegungsmelder und zwei Kameras, die die beiden Haupteingänge filmten. Leif und Lasse liefen jedoch über den großen Reitplatz, an der Tribüne entlang und rüber zum alten historischen Stallgebäude. Hier gab es einen Raum, in dem Werkzeuge, Schläuche und Gerätschaften untergebracht waren. Der Schlüssel für die Holztür lag oben auf der Zarge. Sie holten die Leiter heraus, die dort waagerecht an der Wand hing, und liefen mit ihr zur südlichen Wand des Oststalls. Hier konnte man mit der Leiter zu einem kleinen, mit einem Holzladen geschützten Fenster hinaufklettern, das direkt auf den Heuboden über den Stallungen führte. Das Problem war nur, dass das Gelände an dieser Seite an ein Wohngebiet grenzte und die dreigeschossigen Wohnhäuser mit ihren dunklen Fenstern direkt auf die beiden Jungen blickten. Nirgends brannte mehr Licht, außer hinter einem Fenster, das jedoch mit einem Vorhang zugezogen war.

»Los jetzt, besser wird's nicht, uns sieht schon keiner«, flüsterte Lasse, der für Leif die Leiter hielt. Dem war mehr als mulmig zumute. Wenn man sie hier erwischte, und selbst wenn sie erkannt wurden und das Ganze nicht der Polizei gemeldet, sondern intern geregelt würde, wäre ihre Ausbildung kurz vor dem Abschluss beendet. Vielleicht könnten sie irgendeine harmlose Geschichte erfinden, was sie hier zu suchen hatten, doch Leif war so aufgeregt, dass ihm kein klarer Gedanke gelingen wollte. »Geh schon!«, zischte Lasse, und Leif setzte sich in Bewegung.

Er erklomm Sprosse um Sprosse, war bald über der Höhe des Tores angelangt, blickte immer wieder in die schwarzen Fenster und betete, dass ihn niemand sah. Etwa auf halber Strecke fiel ihm auf, wie verdammt hoch dieses Fenster lag. Es waren immer noch gut zwei Meter, vielleicht auch drei, und er hatte das Gefühl, sich auf dem Mast eines Segelschiffes zu befinden. Die Leiter wippte und ächzte. Die Angst schnürte ihm die Kehle zu, und seine Schritte wurden immer langsamer.

Jetzt war es nur noch ein Meter. Er spürte, wie ihm die Angst kalt im Rücken saß, ihn zu packen und herunterzureißen drohte. Seine Hände klammerten sich immer fester an das Holz, und er drückte sich immer enger an die Sprossen. Eine Armlänge von dem Fenster entfernt, blickte er nach unten und sah Lasse ganz klein dort stehen und ihn aufmerksam beobachten. Er schlang den einen Arm um die Leiter und streckte seinen anderen zitternd aus, um an das Messingscharnier zu kommen. Er prustete vor Anstrengung. Mit dem Zeigefinger löste er das Schloss, und die Tür öffnete sich. Dahinter war nur gegenstandslose Schwärze zu erkennen.

Nun kam der schlimmste Teil. Er musste von der Leiter aus durch die Öffnung klettern. Eine Sprosse musste er noch rauf und dann ein Bein rüber zum Fenster bringen. Dies war der entscheidende Moment. Er wusste, wenn er es jetzt tat, musste er es durchziehen. Er konnte sich aber auch entscheiden, einfach alles abzubrechen, und die Leiter gleich wieder herunterklettern. Nur fürchtete er sich vor Lasses Reaktion. Leif tarierte sein Körpergewicht auf einem Fuß stehend aus, hob sein linkes Bein und streckte es in Richtung der Öffnung. Er spürte, wie die Gewichtsverlagerung an der Leiter zerrte. Wenn sie jetzt kippte, würde Lasse sie nicht mehr halten können. Leifs Fuß erreichte den Fensterabsatz, und er stand breitbeinig über dem Abgrund zwischen Leiter und Fenster. Mit der linken Hand packte er den Fensterladen und zog sich zur Öffnung rüber. Er duckte sich, winkelte seine Knie an und nutzte den Schwung, um Kopf voraus in die Luke zu gleiten. Wäre er dabei irgendwo angestoßen, hätte er die Kontrolle verloren und wäre rückwärts in die Tiefe gefallen. Stattdessen rutschte er vorwärts, in ein undurchdringliches Dunkel. Mit dem Kopf stieß er gegen einen Heuballen und fiel auf seine Knie, abgefedert von mehreren Ballen Stroh unter ihm. Er hatte es geschafft. Er war völlig außer Atem, und die Kraft wich so massiv aus seinem Körper, dass er glaubte, nicht wieder aufstehen zu können. Doch er musste Lasse helfen. Seine Knie waren wie Pudding, als er sich wieder aufrappelte. Er lugte aus dem Fenster und erkannte, dass Lasse schon fast oben war. Er schien nicht die Spur von Angst zu haben.

»Hier, ich helf dir«, flüsterte Leif und hielt ihm die Hand hin. Lasse packte zu und zog sich hinein.

»Hast die Hosen voll gehabt da oben, was?«, fragte Lasse.

Leif antwortete nicht. Was sollte das auch bringen?

Es gab mehrere Öffnungen hier im Boden, aus denen das Heu runter in den Stall befördert wurde. Zu jeder Luke gehörte auch immer eine Leiter, die hier oben deponiert war, damit es Ersatz gab, falls die Hauptleiter unten umfallen sollte. Sie schnappten sich eine der Rettungsleitern und ließen sie hinunter. Diesmal kletterte Lasse zuerst, und Leif folgte. Als er unten ankam, hatte Lasse Aladdins Box bereits gefunden. Er kniete davor und kramte in seinem Rucksack herum.

»Ich hab doch die Farbe«, sagte Leif, als er ihn erreicht hatte. Sie hatten weiße Farbe gekauft, mit der sie einen Totenkopf auf

Aladdins Seite malen wollten. Wenn das Tier zu nervös war, würde die Boxentür auch genügen.

»Du, ich glaub, das mit der Farbe reicht nicht. Der braucht einen etwas deutlicheren Denkzettel«, meinte Lasse und kramte weiter.

»Aber was …«

Lasse holte einige Zweige aus dem Rucksack. Erst dachte Leif an Tannenzweige, doch schlagartig wurde ihm klar, um was es sich handelte. Die Zweige stammten von einer Eibe.

»Was wird das, Lasse? Wir hatten was ganz anderes geplant!«

»Ja, ich weiß, aber wir können ihm das nicht so einfach durchgehen lassen, verstehst du? Wir müssen zeigen, dass *wir* diejenigen sind, die den Ton angeben. *Wir* entscheiden, was passiert. Das muss er verdammt noch mal kapieren.«

»Stopp, stopp! Du willst den Gaul doch nicht etwa vergiften?«

Lasse antwortete nicht und fuhr mit seinen Vorbereitungen fort.

***

Bernd verzog keine Miene. Nichts von dem, was Sara erwartet hatte, Freude, Sehnsucht, Lust, war in seinem Gesicht zu lesen. Sein Anblick war wie eine Ohrfeige.

»Bernd, was ist los?«

»Komm mal bitte zu mir«, sagte er und legte traurig seine Hand auf das Bett. Es klang furchtbar väterlich. Das war ein Tonfall, den sie so gar nicht von ihm kannte und den sie auch nicht von ihm hören wollte.

»Hat sie was rausgefunden?«, fragte Sara und setzte sich.

Bernd kniff die Lippen zusammen und schüttelte den Kopf.

»Aber was ist es dann?«

»Sara«, begann Hofstätter. Er sah um Jahre gealtert aus. Seine Augen verschwanden fast völlig in den Schatten ihrer Höhlen. Sie entdeckte Falten in seinem Gesicht, die ihr vorher nie aufgefallen waren. »Ich habe ein Problem. *Wir* haben ein Problem, ein sehr großes.«

Sara rutschte besorgt näher und ergriff seine Hand. Sie war eiskalt.

»Jemand hat uns beobachtet. Jemand weiß von uns.«

Sara wurde schlagartig rot im Gesicht. Ihre Haut begann fiebrig zu glühen. »Wer?«, hauchte sie.

»Ich weiß es nicht. Aber er erpresst mich. Er will es an die Öffentlichkeit bringen, wenn ich nicht bezahle.«

Sara wusste gar nicht mehr, wo ihr der Kopf stand. Der Schwindel wurde immer schlimmer.

»Sara, es wird zu gefährlich.«

Sie wusste, dass er über sie beide sprach, aber das konnte nicht wahr sein. Eben war doch alles noch so gut gewesen. Es sollte *ihr* Abend werden, ein perfekter Abend.

»Ich kann das Risiko einfach nicht eingehen, verstehst du? Ich wäre ruiniert, wenn das herauskommen würde. Und wenn wir beide jetzt ... man könnte mich sogar ins Gefängnis stecken.« Sie hörte seine Stimme wie durch Wasser hindurch.

»Was heißt das?«, fragte sie.

»Wir können uns nicht mehr sehen. Es ist ...« Er wusste nicht mehr weiter.

»Wie viel?«

»Was?«

»Wie viel hat er verlangt?«

»Zweihundert.«

»Zweihunderttausend?«

Hofstätter nickte.

Tränen brannten in Saras Augen. Alles verschwamm plötzlich.

»Das kann doch gar nicht sein. Was sollen wir jetzt tun?«

»Wir können nichts tun.«

»Aber ...« Sie hatte vergessen, was sie sagen wollte, alles war so schrecklich verwirrend. »Willst du bezahlen? Oder die Polizei einschalten?«

»Keine Polizei. Dann kommt auch alles raus. Ich kann gar nichts tun. Ich stecke in der Zwickmühle.«

»Also bezahlst du?«

Hofstätter sah sie lange an. Er wusste nicht, wie er ihr das erklären sollte.

»Bernd? Was tust du jetzt?«

»Die Übergabe war schon«, sagte er und wandte den Blick ab.

»Was? Wann?« Sara rieb sich die Augen, damit sie ihn besser sehen konnte.

»Gestern.«

»Und? Geht's dir gut, hat er dir was getan?«

»Nein.«

»Er hat also das Geld schon?«

»Ja«, sagte Hofstätter leise. Sara war beunruhigt genug. Wenn er ihr jetzt noch die Wahrheit sagte, fürchtete Hofstätter, würde sie zusammenbrechen. Und er käme in Erklärungsnot.

Sara brach in Tränen aus. Sie weinte bitterlich.

Hofstätter konnte nur dasitzen und ihr dabei zusehen. Wenn er sie jemals geliebt hatte, war ihm die Liebe irgendwann in den letzten Tagen abhandengekommen.

***

»Lasse, das ist ein absolutes Spitzenpferd, nicht irgendein Shetlandpony auf 'ner Streichelwiese. Wir können den Gaul nicht einfach vergiften, Mann. Das ist 'ne Nummer zu groß für uns.«

»Dann hau doch ab. Ich mach das auch allein. Aber glaub ja nicht, dass du dann noch irgendwas von dem Geld siehst.«

»Lasse, das …«

»Guck einfach weg, wenn du's nicht erträgst. Mit der beschissenen Farbe hätten wir gar nichts erreicht.«

»Trotzdem lässt du mich die ganze Zeit im Glauben, dass wir das so durchziehen, bis du mich hier unten hast. Was soll der Scheiß? Vertraust du mir nicht? Ich lass mich doch nicht für dumm verkaufen!«

»Entschuldige bitte vielmals, lieber, guter Leif. Ich geb dir auch ein Eis aus, wenn wir hier wieder raus sind. Sogar mit zwei Kugeln.« Lasse stand auf und lächelte versöhnlich.

Leif schüttelte verständnislos den Kopf. »Du musst mir schon sagen, was du vorhast. Ansonsten …«

»Na, komm schon …« Lasse legte ihm begütigend einen Arm um die Schultern und drückte ihn an sich. »Wenn wir das hier durchgezogen haben, haben wir keine Sorgen mehr, Mann. Dann können wir machen, was wir wollen. Aber nur, wenn wir es jetzt *richtig* machen. Ich weiß, dass das scheiße von mir war, tut mir leid. Okay?«

»Ich weiß nicht.«

»Pass auf. Du gehst einfach schon hoch, und ich mach den Rest allein. Es wird alles gut, glaub mir.«

Leif war unschlüssig. Wenn er Lasse hier unbeaufsichtigt zurückließ, gab er jegliche Kontrollmöglichkeit aus der Hand. Dabei hatte er kein gutes Gefühl. Diese Nummer mit den giftigen Pflanzen hatten sie schon bei anderen Gelegenheiten gemacht. Für Pferde reichte eine geringe Menge oft schon aus, und eine sofortige Vergiftung trat ein, die Koliken und Erbrechen hervorrief, wodurch die Pferde unmöglich am Turnier teilnehmen konnten. Das war bis jetzt immer gut kalkuliert gewesen und ohne langfristigen gesundheitlichen Schaden über die Bühne gegangen. Doch Leif wusste, wie verletzt Lasse durch die Aktion von Hofstätter war. Er hasste es auf den Tod, wenn sich jemand über ihn lustig machte. Und wenn das Pferd die ganzen Eibenzweige fraß, die Lasse da auspackte, würde es innerhalb kürzester Zeit sterben.

»Komm, lass mich jetzt nicht hängen«, drängte Lasse. »Ich brauche dich, sonst sind wir geliefert. Geh nach oben und pass auf, dass niemand draußen die Leiter sieht. Und wenn, dann hol mich schnell.« Er schob ihn in Richtung der Leiter.

Leif stieg wider besseres Wissen hinauf und sah mit einem letzten Blick, wie Lasse die Zweige in die Box hielt.

Fast eine Stunde saß Leif oben auf dem Boden am Fenster und starrte auf den Hof und die Straße unter ihm. Er dachte darüber nach, warum er Lasse nicht die Stirn bieten konnte, warum *er* nicht den Ton angab oder zumindest einmal Nein sagte. Lasse konnte sich alles erlauben. Aber so war nun mal ihre Beziehung. Leif wusste, dass, wenn er nur einmal aufbegehren und Lasse widersprechen würde, ihre Freundschaft in Feindschaft umschlüge. Er liebte Lasse. Lasse war sein bester Freund. Er war sein Bruder. Zumindest glaubte er, dass es sich so anfühlen musste, einen Bruder zu haben. Jemanden, den man in- und auswendig kannte, mit dem man sich blind verstand und dem man blind vertraute. Es rumpelte laut unter ihm. Aladdin war in seiner Box umgefallen.

Es vergingen nur wenige Sekunden, dann hörte er Lasse auf der Leiter. Er schwang sich zu ihm auf den dunklen Boden.

»Leif? Alles klar?«

»Wir können, es ist niemand da.«

Lasse hockte sich neben ihn. Ihre Schultern berührten sich.

»Ist er schon …«, fragte Leif vorsichtig.

Lasse nickte und hielt beweiskräftig sein Handy hoch. »Ist alles dokumentiert. Du gehst zuerst.«

Fünfter Streich

Fort damit, und in die Ecke
Unter Onkel Fritzens Decke!!!

Eins

Shelly sah aus dem Fenster. Oppermanns vollgepackter Laster fuhr auf ihren Hof, direkt dahinter folgte ein weißer Mercedes mit einer rötlichen Schrift auf der Seite. Das musste der Mann von der Baufirma sein. Shelly lief hinaus. Herr Daniel stieg gleichzeitig mit Oppermann aus.

»Ach nee, hier schlägt wohl heute die ganze Handwerkskammer von Fischbach auf«, rief Oppermann.

»Was machst du denn hier?«, fragte Daniel und reichte Oppermann die Hand.

»Ich gebe Schauspielunterricht. Was hast du gedacht, was ich hier mache?«

»Guten Morgen, die Herren. Sie kennen sich?«, fragte Shelly und reichte beiden die Hand.

»Bleibt nicht aus in dem Kaff. Weißt du überhaupt, mit wem du es hier zu tun hast?«, fragte Oppermann Daniel.

»Schscht!« Shelly stieß ihn an.

»Ach ja, 'tschuldigung.«

»Wieso? Sollte ich Sie kennen?«, fragte Daniel irritiert.

»Nein. Herr Oppermann …«

»Ich hab in meinem Leben zu viel Pflanzenschutzmittel eingeatmet«, beeilte sich Oppermann zu sagen. »Bin schon ein wenig plemplem.«

»Na gut. Sie wissen ja Bescheid und können einfach anfangen, oder? Ich geh mit Herrn Daniel mal rüber zum Stall«, sagte Shelly und winkte Daniel mit sich. »Sie haben also das Haus renoviert? Es ist schön geworden, ich mag es.«

»Danke, das freut mich. Jetzt ist also der Stall dran. Herr Renter wusste bisher nicht, ob Sie ihn weiter nutzen wollen. Sonst hätten wir schon angefangen«, meinte Daniel.

»Ich bin ja gerade erst eingezogen und wusste bis jetzt selbst nicht, was damit werden soll.«

Shelly schloss die Tür auf, und sie betraten den alten Stall. Daniel sah sich genau um und prüfte einige Wände und Balken.

»Tja, egal, was Sie machen wollen, grundsanieren müssen wir in jedem Fall.«

»Ja, das ist mir klar. Ich hab da ein paar Wünsche.«

»Gut, dann erzählen Sie mal«, forderte er sie auf. Während sie sprach, betrachtete er sie genauer.

»Also, ich möchte gern, dass hier acht Boxen entstehen, vier auf jeder Seite. Und hier vorn möchte ich eine Art Werkstatt einrichten. Mit einer Tür zum Stall und einer raus in den Hof. Die Fenster sollen größer werden. Jedes Pferd soll rausgucken können. Und in der Werkstatt brauche ich auch größere Fenster. Ganz hinten möchte ich einen Lagerraum für das Heu haben, sodass wir den Boden völlig weglassen können. Und Dachfenster hätte ich auch gerne, geht das?«

»Es geht grundsätzlich alles. Das ist nur eine Frage des Geldes«, sagte Daniel langsam. Jetzt erst schien ihm etwas an ihr aufzufallen.

»Ums Geld machen Sie sich mal keine Sorgen. Wann können Sie anfangen?«

Daniel lachte und lehnte sich mit dem Rücken gegen einen Balken. Er zog sein iPhone aus der Tasche und sah im Terminkalender nach.

»Nächste Woche frühestens.«

»Und wann können Sie fertig sein?«

»Sie haben es aber eilig. Das hängt von vielen Dingen ab.«

»Ungefähr. Ich möchte, dass es so schnell geht wie möglich.«

Daniel legte die Stirn in Falten und verzog abschätzend den Mund. »Drei Monate Minimum.«

Shelly nickte.

»Möchten Sie einen Reiterhof aufmachen?«

»So was in der Art.«

»Darf ich Sie was fragen?«

»Sie fragen mich doch schon die ganze Zeit.«

»Ja, ich meine, was anderes. Kenne ich Sie irgendwoher?«

»Das würde mich wundern. Ich bin doch gerade erst hierhergezogen.«

Daniel sah sie unschlüssig an. »Ja, richtig. Sie kommen mir nur so bekannt vor. Und Oppermann …«

»Ach, ich hab noch etwas. Ich will eine Frontveranda.«

»Eine was?«

Shelly ging nach draußen, und Daniel folgte ihr. Sie deutete auf die Haustür. »Ich möchte eine Veranda haben, in Höhe der Eingangstür. Mit einem Geländer. Sie soll das Haus nach Süden umlaufen bis hinten in den Garten. Zwei Säulen am Eingang und ein kleines hübsches Dach darüber.«

»In Ordnung, das dauert aber natürlich auch.«

»Ach, das machen Sie einfach gleichzeitig. Im Sommer soll hier alles fertig sein.«

»Wenn Sie es sagen. Aber irgendwoher kenne ich Sie, glauben Sie's mir. Sind Sie vielleicht Sängerin?«

»Nein, tut mir leid.«

»Ich komm schon noch dahinter.«

Zwei

Hofstätter war um acht Uhr mit Dr. Spieß im Landgestüt Celle verabredet. Er wollte sich nach dem Genesungsstand seines Pferdes erkunden. Tillmann berichtete ihm zwar immer, wenn er im Landgestüt gewesen war, doch Hofstätter brauchte eine fachliche Prognose, wie lange Aladdin noch ausfallen würde.

Er fuhr auf den Hof und ging rüber zur Pferdeklinik. Spieß war keine sehr beliebte Person, er war ein Mann alter Schule und hatte auch Ansichten alter Schule, aber er war ein Pferdekenner. Hofstätter kannte niemanden sonst, der allein durch das Ansehen eines Pferdes eine zutreffende Diagnose geben konnte. Spieß hatte sein Leben und Schaffen ganz und gar diesen Tieren gewidmet, so wenig man das auch von jemandem vermuten würde, den man sich eher als Militärarzt vorstellen konnte. Hofstätter fand ihn auf dem Hof vor der Klinik, wo ein Azubi gerade ein Pferd vorführte.

»Er hat eine Blockade im dritten oder vierten Halswirbel, deshalb knickt der Vorderlauf immer ein. Ich ruf den Knochenbrecher an. Ist diese Woche schon das vierte Pferd für ihn.«

Hofstätter stellte sich dazu. »Den Knochenbrecher aus dem Fernsehen?«, fragte er.

Spieß sah ihn an wie einen kleinen Jungen, der ihn mitten in einem Meeting aufforderte, mit ihm zu spielen.

»Sicher mein ich den.«

»Machen Sie das nicht selbst?«

»Ich bin Arzt, kein Chiropraktiker.«

»Ach so, ja. Wir waren für acht Uhr verabredet.«

»Ich weiß, Herr Hofstätter.« Spieß setzte sich Richtung Stall in Bewegung und zog ein in Leder gebundenes Notizheft hervor. »Aladdin ist ein sehr robustes Tier. Die Wundheilung macht gute Fortschritte, seine Temperatur war gestern ganz normal, der Tritt ist noch vorsichtig, aber der Verband ist ja auch noch dran. Ich denke, wir können die entzündungshemmenden Mittel heute absetzen. Mit Ihrem Sohn hab ich bereits besprochen, dass wir ihn bis nächste Woche nur gehen lassen.« Er sah Hofstätter über sein Notizbuch hinweg eindringlich an.

Sie erreichten den Eingang des Stalls. Eine Reiterin grüßte die beiden, doch Spieß reagierte nicht.

»Höhere Gangarten bitte erst nächste Woche und ohne Reiter. An Springen ist erst in zwei Wochen zu denken.«

»Zwei Wochen?«

»Sie können auch vorher beginnen, aber dann sehen wir uns bald wieder. Ich weiß nicht, ob Sie das wirklich wollen.«

Hofstätter lachte, weil er das für einen Anflug von Humor hielt.

»Moment ...«, sagte Spieß ernst, und Hofstätter spürte die Hand des Arztes auf seinem Arm. Sie hatten Aladdins Box fast erreicht. Dr. Spieß verengte seine Augen und schnupperte. Er sah aus wie ein Karnickel. Für einen kurzen Augenblick zweifelte Hofstätter an seinem Verstand. »Riechen Sie das auch?«

»Was meinen Sie?« Hofstätter war nichts aufgefallen.

Spieß schüttelte den Kopf und stellte sich auf die Zehenspitzen. Hofstätter schaute sich um. Die meisten Boxen waren so früh am Morgen noch besetzt. Überall konnte er Pferde entdecken, nur in Aladdins Box nicht.

»Ist Aladdin draußen?«

»Das sollte er eigentlich nicht sein.« Spieß machte zwei energische Schritte auf die Box zu und blickte durch die Gitterstäbe. Augenblicklich riss er die Tür auf und stürzte hinein. Hofstätter sah, wie er sich auf die Knie warf, und trat verunsichert vor. Nach einem weiteren Schritt konnte er sein Pferd erkennen. Aladdin lag auf dem Boden. Er war mit Stroh bedeckt, und seine Zunge hing aus dem aufgerissenen Maul. Er sah steif aus, leblos. Hofstätter wusste sofort, dass er tot war. Spieß sah zu ihm auf. Seine Beherrschtheit war mit einem Mal in fassungsloses Entsetzen umgeschlagen.

Drei

Nachdem sie Daniel verabschiedet hatte, ging Shelly rüber zum Gestüt. Zuerst ritt sie mit Pancake aus, danach kümmerte sie sich um Cleopatra. Heute war wieder ein klarer, aber sehr kalter Tag. Über Nacht hatte es gefroren. Doch die Sonne hatte schon Kraft und ließ die Feuchtigkeit auf dem Hof in trägen Schwaden verdampfen. Überall war geschäftiges Treiben, wie immer.

Die Azubis brachten einige Pferde auf die Koppel. Peter lief mit seiner Schubkarre umher und säuberte die Boxen. Die Tierärztin und Jülich unterhielten sich vor der Besamungsstation. Leif führte gerade einen Hengst hinein, der heute auf den Dummy springen sollte. Es war eine alltägliche Prozedur, doch jedes Mal war Vorsicht geboten, dass sich die Hengste nicht verletzten.

Es dauerte nicht lange, da war auch schon alles vorbei. Die Samenflüssigkeit wurde gleich ins Labor gegeben und untersucht. Jeder ging weiter seinen Aufgaben nach, doch dann wurde es plötzlich mucksmäuschenstill auf dem Hof. Alle hielten inne und starrten auf den Eingang des alten Stalls. Leif, mit dem Hengst am Zaumzeug, Zinnbacher und Jülich, Peter, die anderen Azubis und Lasse, der ebenfalls ein Pferd am Halfter führte.

Shelly kam ganz langsam aus dem Stall. Sie sah aus, als hielte sie in ihren Händen etwas versteckt. Hinter ihr trat Cleopatra aus dem Schatten des alten Gebäudes heraus. Sie hielt den Kopf wie immer gesenkt, ihre Augen waren ausdruckslos, aber sie trottete mit angelegten Ohren hinter Shelly her. Keiner konnte glauben, was er dort sah. Shelly ging über den Hof, und Cleo blieb an ihr dran wie von einer unsichtbaren Leine gezogen. Dann hörte man ein Geräusch. Sofort stellten sich die Ohren von Cleopatra auf, und sie blieb stehen. Es war Simon, der telefonierend aus dem Haus kam. Er blieb wie angewurzelt stehen und vergaß seinen Gesprächspartner.

»Komm, Cleo, weiter«, sagte Shelly, und das Pferd konzentrierte sich wieder auf sie. Sie gingen einen großen Kreis. Shelly blieb stehen, lobte das Tier und gab ihm ein Stück Zucker. Simon verschwand im Haus. Als er weg war, begannen auf dem Hof alle langsam wieder, sich zu bewegen. Sie setzten ihren Weg fort, doch ihre Augen blieben an Shelly und der Stute haften. Katja Zinnbacher kam zu ihr. Sie bewegte sich vorsichtig, als würde sie sich auf einen nur dünn zugefrorenen See hinauswagen.

»Das ist unglaublich.« Die beiden Frauen lächelten sich an.

»Haben Sie ihre Hinterhand gesehen? Sie hat eine Verletzung. Ich denke, ich kann sie reiten, aber das sollten wir erst … ähm, X-Ray?«

»Röntgen? Schön wär's. Das lässt Simon niemals zu.«

Shelly blickte zum Haus.

»Ich werde mit ihm reden.«

Nachdem sie die Stute wieder in ihre Box gebracht hatte, ging Shelly rüber ins Wohnhaus. Sie klingelte, und Simon öffnete ihr.

»Komm rein«, sagte er trocken.

»Sie ist sehr ängstlich, aber ich denke, wir verstehen uns ganz gut.«

»Sara?«

»Nein, Cleopatra. Du hast sie doch gesehen.«

Simon blickte zur Seite.

»Sie muss gerön…«

»Geröntgt werden? Weiß du, was das kostet?«

»Ich kann es bezahlen, wenn du nicht kannst oder willst. Genau, ich zahle das Röntgen, und wir beide sind quitt mit dem Transport von Pancake.«

»Ach, hör doch auf.«

»Simon, das Pferd ist verletzt. Es hat Schmerzen. Lass doch deine Wut …« Shelly beendete den Satz nicht, weil Simon ruckartig den Kopf hob und sie drohend ansah. Da hörte man das Schloss klicken, und Sara kam herein.

»Oh, hallo«, sagte sie mit dünner Stimme.

Shelly sah sie prüfend an.

»Hallo, Schatz«, sagte Simon.

»Bereit für eine Stunde Gitarre?«, fragte Shelly. Saras sonst so aufgeschlossene, fröhliche Art war verschwunden. Stattdessen hatte sich ein Schatten auf ihr Gesicht gelegt.

Sara nickte nur stumm und zog ihre Jacke aus.

»Dann lass uns doch gleich in dein Zimmer gehen«, schlug Shelly vor.

»Geht es voran?«, fragte Simon.

»Ja, ja«, antwortete Shelly abwesend. »Ach übrigens, ich würde euch beide heute Abend gern in mein Haus zum Essen einladen.« Sie waren schon auf der Treppe. Simon sah zu ihr hoch und wollte gerade antworten, als es plötzlich lange und durchdringend klingelte. Er machte auf. Peter stand vor der Tür und war fürchterlich aufgeregt.

»Dem Hofstätter sein Pferd ist tot«, sagte er atemlos. Katja Zinnbacher kam hinter ihm die Eingangsstufen herauf und stellte sich neben Peter.

»Aladdin?«, fragte Simon.

»Ja, ich hab gerade mit Spieß telefoniert«, sagte Katja. »Er lag heute Morgen tot in seiner Box. Spieß meint, dass er vergiftet worden sein könnte.«

Shelly blickte zu Sara, die zwei Stufen über ihr stand. Sie war kreidebleich und schien sehr erschrocken zu sein.

»Vergiftet?«, fragte Simon.

»Ja, die Polizei ist wohl schon da und untersucht alles.«

»Polizei?«, fragte Sara.

»Ja, das Pferd stand die ganze Zeit in der Box, es kann sich nicht selbst vergiftet haben.«

»Mein Gott, erst dieses Pech beim Turnier, und jetzt das«, sagte Simon sichtlich geschockt. »Aber wer sollte so etwas machen?«

Sie sahen sich alle an. Shelly bemerkte, dass Peter vor Aufregung fast weinte. Hinter ihm auf dem Hof konnte sie Leif und Lasse stehen sehen. Als die beiden Shellys Blick bemerkten, verschwanden sie schnell.

»Marshall Stone, jetzt müssen Sie den Mörder finden! Deswegen sind Sie doch hier, ja? Sie suchen den Mörder von Aladdin«, rief Peter plötzlich.

Simon lächelte sanft und klopfte ihm aufmunternd auf die Schultern. »Aber Peter, Frau Kutscher ist doch …«

»Ja, Peter, du hast recht«, sagte Shelly laut und schnitt Simon so das Wort ab. »Ich werde mich darum kümmern, mach dir keine Sorgen.«

»Ich mach mir keine Sorgen, danke. Aber ich hab Angst.«

»Brauchst du nicht. Oder hast du schon mal erlebt, dass ich den Täter nicht gefunden habe?«

Peter lächelte breit und glücklich.

»Nein, noch nie.«

Alle gingen wieder ihrer Arbeit nach, und Shelly ging mit Sara in deren Zimmer. Sie schloss die Tür hinter sich. Sara hatte sich aufs Bett gesetzt. Sie war ganz klein, ihre Schultern fielen nach vorn, ihre Haare hingen ihr ins Gesicht, sodass man es kaum sehen konnte. Müde griff sie zu ihrer Gitarre und legte sie sich auf den Schoß. Shelly nahm neben ihr Platz.

»Was soll ich spielen?«

»Leg die Gitarre weg.«

»Was?«

»Du hast mich verstanden. In deinem Zustand kann man nicht spielen. Höchstens den Blues. Also, was ist?«

»Nichts, was soll sein?«

»Sara, du brauchst nicht zu lügen, es ist alles in Ordnung, du kannst mir alles sagen. Ich erzähl auch deinem Papa nichts, wenn er es nicht wissen darf.«

Sara ließ den Kopf noch tiefer hängen.

»Ich kann das nicht sagen.«

»Doch, kannst du. Du bist ganz anders heute. Wenn du sonst gelb bist, bist du heute plötzlich blau. Warum bist du blau?«

Sie lachte traurig über diesen Vergleich.

»Ach, ich … keine Ahnung.«

»Atme einmal tief durch und dann fang ganz von vorne an. Du musst mich auch nicht angucken dabei. Du kannst einfach gegen die Wand sprechen.«

Sara ergriff Shellys Hände. Ihr Griff war so fest, dass Shelly sofort spürte, was für eine riesige Last auf dem Mädchen lag. »Du musst mir versprechen, dass du es niemals Papa erzählst. Niemals, verstehst du?« Sie erhöhte den Druck. Shellys Hände schmerzten bereits.

»Ich verspreche es«, sagte Shelly aufrichtig.

Sara nickte, sammelte sich und begann dann flüsternd: »Dieses Pferd, Aladdin, es gehört Herrn Hofstätter. Papa mag ihn nicht, weil er angeblich so arrogant ist, aber …« Sie versteckte ihr Gesicht hinter ihren Händen. »Ich habe ein Verhältnis mit ihm.« Sie schluchzte und wimmerte, jetzt, da sie es ausgesprochen hatte. Mit tränengefüllten Augen blickte sie zu Shelly, als erwartete sie nun ihre gerechte Strafe.

»Und?«, fragte Shelly ganz ruhig.

»Und? Was und?«

»Sag mir, was das Problem ist.«

»Das Problem? Na ja, Bernd ist über vierzig, er hat eine Frau und einen Sohn, er ist überall angesehen und ich bin erst siebzehn …«

»Ich verstehe schon. Du hast eine heimliche Affäre mit einem verheirateten Mann. Und dein Vater mag diesen Mann nicht«, fasste Shelly zusammen.

»Ja.«

»Aber du warst trotzdem sehr gelb, seit ich dich kenne, nur heute warst du plötzlich blau. Warum?«

Sara weinte verzweifelt.

»Weil … weil er gestern mit mir Schluss gemacht hat. Wir haben uns in einem Hotel getroffen und wollten, na ja, ich dachte, wir könnten zum ersten Mal ganz allein sein. Wir können uns ja nirgendwo sehen lassen. Und da … alles lief perfekt, doch als ich ins Zimmer kam, saß er da und sagte, wie könnten uns nicht mehr sehen.«

»Er hat Angst bekommen, oder seine Frau hat etwas bemerkt«, vermutete Shelly.

»Nein. Er … er ist erpresst worden. Jemand hat uns beobachtet und wollte das öffentlich machen, wenn Bernd nicht bezahlt.«

»Erpresst?«

»Ja! Er sollte zweihunderttausend Euro zahlen.«

Sara begann zu zittern, und Shelly legte einen Arm um sie.

»Er hat gesagt, es sei zu gefährlich, wir könnten uns nicht mehr sehen. Es sei vorbei. Und dann ist er gegangen. Er hat mich da einfach allein gelassen.«

Shelly streichelte Sara tröstend übers Haar.

»Hat er gesagt, was er jetzt vorhat?«

»Nein. Er wollte auf keinen Fall die Polizei einschalten, und er hatte auch schon bezahlt.«

»Ach? Das ging ja schnell. Und glaubst du die Geschichte?«

Sara stutzte und vergaß einen Moment lang ihre Probleme.

»Was meinst du?«

»Na, vielleicht hat er dir das nur erzählt, um mit dir Schluss zu machen. Auf die einfache Art.«

»Wir lieben uns doch!«

»Weißt du, manchmal liegen die Dinge in Wirklichkeit etwas anders, als man denkt. Ihr zwei habt ganz unterschiedliche Lebensumstände, verstehst du?«

»Ja, vielleicht, aber jetzt ist Aladdin tot, weil ihn jemand vergiftet hat. Das muss doch etwas damit zu tun haben.«

»Da könntest du recht haben«, gab Shelly zu. »Aber wenn der Erpresser das Geld bereits hat ... warum sollte er das tun?«

»Keine Ahnung! Ich weiß gar nichts mehr.«

»Das ist auch ein bisschen viel für ein Mädchen in deinem Alter.«

»Shelly, du musst mir helfen, bitte! Ich weiß nicht, was ich jetzt machen soll.«

Shelly nahm die Gitarre und begann laienhaft zu klimpern. »Erst mal tun wir so, als ob du üben würdest. Damit dein Vater nichts bemerkt. Und dann ...« Ihr fiel plötzlich die Begegnung mit Leif und Lasse in dem Supermarkt ein. Wie sie dort in der Kabine gefangen war und die Jungs sich schwarze Kleidung ausgesucht hatten. Warum hatten sie das getan? Wozu brauchten beide schwarze Hosen, schwarze Pullover und Mützen?

»Und dann?«

»Warten wir ab, was die Polizei rausfindet.«

»Aber die decken vielleicht auf, was zwischen mir und Bernd ist. War.«

»Sara, mach dir keine Sorgen. Es wird alles gut. Ich helfe dir, und dein Vater ist kein Unmensch. Er liebt dich. Selbst wenn du mal einen Fehler machst.«

»Er wird mich umbringen!«

»Nein, das wird er nicht. Versprochen. Das werd ich ihm auch ausreden können.«

Jetzt konnte Sara sogar ein kleines Lächeln zeigen und war beruhigter als noch vor ein paar Minuten. Shelly hatte der Himmel geschickt.

»So schlecht spiel ich aber nicht«, sagte Sara, und dann umarmte sie Shelly.

Vier

Kommissar Stresser stand nachdenklich vor Aladdins Box und sah zu, wie seine Kollegen von der Kriminaltechnik den vermeintlichen Tatort nach Spuren absuchten. Er sah aus wie ein Naturwissenschaftler. Wie er so dastand in seinem karierten Wollsakko, dem weißen Hemd und der Fliege unter seinem Kinn, hätte man ihn sich auch im Vorlesungssaal einer Universität vorstellen können. Seine Haare waren kurz und lockig, und er trug einen Oberlippenbart, der an den Enden ganz leicht nach oben gezwirbelt war.

Ein Beamter kam mit Dr. Spieß und Herrn von Steinmeier, dem Geschäftsführer des Landgestüts, zu ihm.

»Herr Stresser?«

Der Kommissar war so in Gedanken, dass er ihn nicht hörte.

»Herr Stresser!«, wiederholte er lauter, und Stresser fuhr herum.

»Oh, Entschuldigung! Ich war wohl …« Er beendete den Satz nicht und musterte die Männer aufmerksam.

»Das ist Herr von Steinmeier, der Geschäftsführer, und das ist Dr. Spieß, der Veterinär.«

»Ah ja, schönen guten Morgen. Ich bin Kommissar Stresser von der Kripo Celle. Ich werde diesen Fall untersuchen. Herr Dr. Spieß, Sie haben also den Pferde… äh …leichnam heute Morgen gefunden?«

»Ja, zusammen mit dem Besitzer. Wir wollten nach ihm sehen, weil er erst kürzlich medizinisch behandelt werden musste.«

»Der Besitzer?«, hakte Stresser nach, und sein Bart wackelte.

»Nein, der Hengst selbstverständlich.«

»So? Behandelt? Weswegen?«

»Er hatte Glassplitter im Huf.«

»Glassplitter, aha. Kommt so was öfter vor?«

»Leider ja, die Pferde treten sich Splitter oder Dornen und manchmal auch Steine ein.«

»Ich weiß ja nicht, wie so eine Behandlung bei einem Pferd

aussieht, aber könnte es sein, dass das Tier an der Verletzung gestorben ist? Vielleicht durch die Narkose oder durch ein Medikament, das falsch dosiert war oder das es nicht vertragen hat?«

»Auf keinen Fall. In meiner gesamten Berufspraxis habe ich noch nicht erlebt, dass so etwas vorgekommen ist. Die Tiere werden strengstens überwacht und professionell behandelt.«

»Ja, natürlich, das glaube ich ungesehen.«

»Das Pferd wurde vergiftet«, stellte Spieß fest.

»Und das haben Sie ohne eingehende Untersuchung erkennen können?« Wieder wackelte sein Bart.

»In der Tat.«

»Das macht mich natürlich neugierig, wie Sie sich vorstellen können. Wollen Sie mir vielleicht zeigen, welche Anzeichen Sie zu diesem Schluss kommen lassen?«

»Nun, da Sie ja kein Mediziner sind, werde ich es vereinfacht darstellen. Ich hatte dem Tier bei seiner Einlieferung eine vitale Gesundheit attestiert. Aus diesem Grunde muss es durch äußere Einflüsse gestorben sein. Offensichtliche Verletzungen sind nicht zu erkennen. Ich habe aber einen grünen Belag auf der Zunge entdeckt, der darauf schließen lässt, dass es etwas gefressen hat, was nicht zu seinem Futterplan gehört. Ich hatte es auf eine Diät gesetzt. Frisches Heu war nicht dabei.«

»Das klingt sehr einleuchtend, Herr Doktor. Haben Sie auch eine Vermutung, um welche grünliche Substanz es sich bei dem Belag handeln könnte?«

»Pferde sind, so groß und robust sie auch erscheinen mögen, sehr empfindliche Tiere, die sensibel auf Gifte reagieren. Es gibt eine Unzahl an Pflanzen, die einen Vergiftungstod herbeiführen können. Buchsbaum, Jacobs Kreutzkraut, Eibe. Wir werden es wissen, wenn das Tier obduziert und der Mageninhalt untersucht wurde.«

»Herr Stresser?«, hörte man eine Stimme aus der Box rufen. Ein in einen weißen Anzug gekleideter Kriminaltechniker kam heraus und hielt etwas mit einer Pinzette in die Luft.

»Haben Sie was?«, fragte Stresser und streckte die Hand aus. Der Techniker warf den Gegenstand in einen Beweisbeutel und reichte ihn Stresser.

Die drei Männer beugten sich darüber und erkannten eine grüne Baumnadel.

»Was mag das sein?«, fragte der Kommissar. Spieß nahm das Tütchen zwischen Daumen und Zeigefinger und hielt es gegen das Licht.

»Eibe. Das ist eine Eibennadel.«

»War das nicht eine der Pflanzen, die sie gerade genannt haben?«

»Ja. Hundertfünfzig Gramm davon reichen aus, um ein Pferd dieser Größe zu töten.«

»Tatsächlich? Nun, mir scheint, wir haben soeben das Tatwerkzeug entdeckt. Das ist gute Arbeit, Herr Dr. Spieß, vielen Dank.« Er wandte sich an den Geschäftsführer. »Wie war noch mal *Ihr* Name?«, fragte er.

»Von Steinmeier.«

»Richtig. Haben Sie irgendwelche Einbruchsspuren auf dem Gelände entdecken können?«

»Nein. Die Stalltüren waren unversehrt, und auf den Kameras war nichts zu sehen, das haben wir bereits geprüft.«

»Ach, wie angenehm. Sie machen unsere Arbeit, mal sehen, was da noch für uns übrig bleibt.«

»Sie sollten so schnell wie möglich den Täter finden, *das* ist Ihre Aufgabe. Wir haben kein Interesse daran, in ständiger Angst zu leben, dass das noch mal passiert. Die Pferde hier gehören zu den besten der Welt, sie sind unser Kapital und unser Aushängeschild. Wenn bekannt würde, dass jemand rumläuft und sie vergiftet, könnte uns das teuer zu stehen kommen.«

»Oh, ich verstehe Ihre Sorge, Herr Steinmeier …«

»*Von* Steinmeier.«

»Natürlich. Aber seien Sie versichert, dass wir niemals absichtlich langsam mit unseren Ermittlungen sind. Wir suchen immer den schnellsten Weg zum Ziel. Und den ersten Schritt sind wir bereits gegangen. Denn sollten wir es hier tatsächlich mit einer absichtlichen Vergiftung des Tieres zu tun haben, läge es ja nahe, dass man Ihnen als Gestüt damit Schaden zufügen will. Gibt es jemanden, der Ihnen da spontan einfällt? Jemand, der einen Nutzen davon haben könnte, dass dieses Tier tot ist, mal abgesehen vom finanziellen Verlust?«

»Sie haben das nicht ganz verstanden, Herr Kommissar«, begann von Steinmeier.

»Herr Stresser«, korrigierte Stresser. Von Steinmeier blinzelte irritiert.

»Ja, also, dieses Pferd ist nicht in unserem Besitz. Der Eigentümer hat es hier nur zum Beritt und natürlich für die Zeit der Behandlung untergebracht.«

»Ah, jetzt verstehe ich. Sie sind so eine Art Krankenhaus. Wenn das so ist, bräuchte ich mal bitte den Namen des Besitzers. Ist er noch hier?«

»Nein, er ist nach Hause gefahren. Sein Name ist Hofstätter. Bernd Hofstätter«, erklärte Spieß. Stresser notierte sich den Namen auf einem kleinen Klappblock.

»So, und Ihre Namen waren Dr. Spieß und *von* Steinmeier.« Er betonte das *von* besonders deutlich, und von Steinmeier zuckte kurz mit dem Mundwinkel. »Wie, sagten Sie, hieß noch mal dieser Nadelbaum?«

»Eibe.«

»Eibe, ja richtig.« Auch das schrieb er sich auf und machte ein großes Ausrufezeichen dahinter.

Fünf

Hofstätter saß zu Hause an seinem Schreibtisch. Er tippte stockend eine SMS in sein Handy ein. *»Liebe Sara, ich habe einen großen Fehler gemacht«*, hieß es da. Er überlegte angestrengt, wie er weiter formulieren sollte. Dieser Fehler, von dem er sprach, könnte weitreichende Auswirkungen haben, gefährliche Auswirkungen.

Der Erpresser hatte sein Pferd getötet, das stand außer Frage. Wenn er schon so weit gegangen war, wie weit würde er noch gehen, um an sein Ziel zu kommen? War Sara in Gefahr, könnte er ihr etwas antun? Hofstätter musste sich eingestehen, dass er die Situation unterschätzt hatte. Wäre es doch schlauer, die Polizei einzuschalten? Sie würde so oder so ihre Ermittlungen aufnehmen. Wie lange konnte er sein Geheimnis noch für sich behalten?

»Schatz?«

Seine Frau stand plötzlich in der Tür. Hofstätter hatte sie nicht gehört und erschrak, als er ihre Stimme hörte.

»Oh, tut mir leid. Das hab ich nicht gewollt. Warum bist du hier? Ich dachte, du wolltest nach Celle fahren?« Sie kam näher und ging den Stapel Post durch, den er auf den Tisch gelegt hatte. »Ist etwas für mich dabei?«

»Nein, das ist Post aus dem Büro. Und ich war bereits in Celle.«

»Wie geht's ihm? Kann er bald wieder springen? Tillmann ist schon ganz aufgeregt, dass er beim Championat in Bayern vielleicht nicht dabei sein könnte.«

»Er ist tot.«

Margot wirbelte herum. Fassungslos starrte sie ihn an. Sie dachte, sie hätte sich vielleicht verhört, doch als sie sein Gesicht sah, wusste sie, dass es kein Irrtum war. Sie kam wackelig zu ihm zurück und streckte vorsichtig die Hand aus.

»Was ist passiert?«

»Ich weiß es nicht. Ich ging heute Morgen mit Spieß zu seiner

Box, und da lag er.« Hofstätter fiel auf, dass sein Handy noch offen auf dem Tisch lag und seine Frau die SMS bequem lesen könnte. Seine Hand schnellte zu dem Telefon und klappte es zu.

»Aber es war doch alles in Ordnung mit ihm, der Eingriff war doch gut verlaufen«, meinte Margot.

»Spieß meint, es sei Gift gewesen.«

»Gift?« Sie fuhr zurück. »Wieso Gift?«

»Keine Ahnung, er ist der Arzt. Er meinte, es gäbe da gewisse Indizien ...«

»Oh, Schatz, das ist ja furchtbar. Willst du eine Tablette?«

»Ich will nichts. Doch.« Hofstätter stand auf, ging zu seiner kleinen Hausbar, die im Wandschrank versteckt war, und goss sich einen dreifachen Bourbon ein. Er schluckte ihn mit einem Mal herunter.

»Ich weiß gar nicht, was wir jetzt machen sollen. Müssen wir Angst haben, will uns jemand was antun?« Margots Stimme zitterte.

»Ich weiß es nicht!«, rief er unangemessen laut und goss sich gleich noch einen ein. »Ich weiß gar nichts. Ich will meine Ruhe haben, verstehst du? Lass mich doch einfach allein.«

Sie sah ihn hilflos und verletzt an. Dann verließ sie stumm den Raum.

Hofstätter ließ sich in seinen Sessel fallen und rieb sich mit beiden Händen das Gesicht. Durch die Finger sah er den Briefstapel vor sich auf dem Tisch liegen. Ein weißer Luftpolsterumschlag lugte hervor. Eine ungute Ahnung überkam ihn. Er beugte sich vor und zog das Kuvert an einem Zipfel aus dem Stapel wie ein Mikadostäbchen. Ein kalter Schauer durchfuhr ihn, als er wieder nur seinen Namen las und keinen Absender oder eine Wertmarke erkennen konnte. Er schlitzte den Umschlag auf und ließ den Inhalt auf den Tisch fallen.

Tock.

Wieder lag da ein Abspielgerät. Derselbe Typ wie letztes Mal. Hofstätter griff sich vor lauter Angst an den Mund. Er wusste nicht, ob er genug Mut aufbringen konnte, sich dieses Video anzusehen. Die Angst vor dem Ungewissen stieg von Sekunde zu Sekunde. Was würde er dort zu sehen bekommen? Wie konnte die neue Forderung des Erpressers aussehen? Wie wütend hatte er ihn gemacht? Er drückte auf »Play«, und eine Schrift erschien auf schwarzem Grund. Kein Film, nur der Text: *»Das war höchst unklug von Ihnen. Ihr Fehlverhalten erhöht die Summe auf dreihunderttausend Euro. Morgen Abend. Dieselbe Stelle, dieselbe Zeit. Und diesmal spielen Sie besser nicht den Helden, sonst …«*

Der Bildschirm wurde für den Bruchteil einer Sekunde wieder schwarz, und dann erschien das Bild von Aladdin im Todeskampf. Das Pferd lag am Boden und röchelte und zuckte. Hofstätter konnte nicht hinsehen. Es waren schreckliche Laute, die der Hengst von sich gab. Er schlug auf die Stopp-Taste und trat wütend gegen den Tisch. »Scheiße!«, rief er verzweifelt. »Scheißeeee!«

Da hörte er die Türklingel. Er blieb ganz ruhig stehen und lauschte. Er wollte jetzt niemanden sehen und hoffte, dass seine Frau nicht zur Tür gehen würde. Es klingelte erneut. Dann vernahm er die Schritte seiner Frau auf der Treppe. Er fluchte innerlich und horchte auf die Stimme an der Tür. Sie war ihm unbekannt. Als er die Schritte zweier Personen hörte, die sich seinem Zimmer näherten, lief er schnell zum Tisch und setzte sich. Es klopfte kurz, bevor seine Frau öffnete.

»Bernd, da ist jemand von der Polizei für dich.«

»Ach ja?«

Stresser tauchte auf und warf einen Blick ins Büro, bevor er eintrat. »Herr Hofstätter? Mein Name ist Stresser. Man sagte mir, dass Sie der Besitzer des toten Pferdes sind.«

»Das ist richtig.« Hofstätter stand auf, und sie schüttelten einander die Hand.

»Tja, zunächst einmal muss ich Ihnen sagen, dass mir das sehr leidtut mit Ihrem Pferd. Ich kenn mich mit Pferden nicht aus, aber es war sicher ein besonders schönes.«

»Er war sehr talentiert. Ein absolutes Spitzenpferd.«

»War es ein Rennpferd?«

»Nein, ein Springer.«

»Ach so. Und darf ich fragen, was er so wert war?«

»Siebenhunderttausend.«

»Im Ernst? Donnerwetter, das hätte ich nicht gedacht, aber

wie gesagt, ich kenne mich damit nicht aus. Herr Hofstätter, Sie wissen ja sicher von der Vermutung, die Dr. Spieß angestellt hat.«

»Ja.«

»Wenn es so sein sollte, wüssten Sie jemanden, der Ihnen so etwas antun könnte? Ich meine, ein Konkurrent vielleicht? Jemand, der Profit daraus schlägt, wenn Alibaba ...«

»Aladdin.«

»Oh, ja, Entschuldigung, Aladdin. Wenn er nicht mehr unter den Lebenden weilt?«

»Hunderte Leute hätten einen Vorteil dadurch. Dieser Hengst hätte jedes Turnier gewonnen. Er war ein Ausnahmepferd, verstehen Sie?«

»Das engt den Verdächtigenkreis für mich leider nicht sehr ein. Hunderte Verdächtige! Mein Gott, das wird eine harte Aufgabe, die alle zu überprüfen. Gibt es nicht irgendetwas, ein ganz bestimmtes Ereignis, über das Sie sagen würden, ja, da könnte jemand so ärgerlich, wütend, neidisch oder missgünstig auf mich sein, dass er so etwas fertigbringt?«

Hofstätter blickte auf den Tisch, wo das Abspielgerät noch immer lag. Zum Glück war der Bildschirm erloschen. War jetzt der Zeitpunkt gekommen, um alles in andere Bahnen zu lenken? Er könnte den Kommissar aufklären, ihm alles anvertrauen, und er würde sich darum kümmern. Die Polizei würde alles erledigen, was ihn jetzt so belastete. Nur ein Wort.

»Nein. Da fällt mir nichts ein.«

Stresser wackelte mit dem Bart. »Schade für mich, gut für Sie. Es ist doch eine Erleichterung, zu wissen, dass Sie keine Feinde haben.«

Sechs

Shelly deckte den Tisch. Flache Teller, tiefe Teller, Messer, Gabel, Löffel, Servietten, Wasser- und Biergläser und einen Korb mit aufgeschnittenem Weißbrot. In der Küche blubberte es heiß in einem großen und einem kleinen Topf. Im Backofen lagen kreisrunde Maisfladen, und in der Pfanne brutzelten Putenbruststreifen mit Zwiebeln und frischen Chilischoten. Sie mischte noch einen frischen bunten Salat in einer großen Schüssel und stellte ihn auf den Tisch.

Den ersten Gang bereitete sie vor, indem sie die Maisfladen mit dem Putenfleisch und gehackten Tomaten füllte, sie in eine Auflaufform legte und das Ganze mit einer sehr dunklen Soße aus dem kleinen Topf übergoss. Am Ende streute sie Käse darüber und stellte die Form in den heißen Ofen. Schon klingelte es. Simon und Sara standen mit einem kleinen Körbchen vor der Tür.

»Hallo, ihr zwei, kommt rein.«

»Mmmh, das riecht ja ganz hervorragend«, schwärmte Simon sogleich und überreichte Shelly den Korb. Darin waren ein rundes Brot und ein kleines Jutesäckchen. »Das ist für dich. Brot und Salz. Es ist eine Tradition bei uns, dass man jemandem zum Einzug Brot und Salz schenkt. Damit immer genug davon im Haus ist.«

»Oh, vielen Dank. Das ist eine schöne Tradition.« Shelly schnupperte an dem Brot, und sie gingen rüber ins Wohn- und Esszimmer.

»Wow, Shelly, das sieht wahnsinnig cool aus!«, entfuhr es Sara, die natürlich alle Dinge wiedererkannte, die sie mit Shelly eingekauft hatte, aber noch keine Vorstellung davon gehabt hatte, wie sie in ihrem Haus aussehen würden.

»Ja, nicht? Ich mag's auch.«

»Und die Couch mit dem Teppich und der Stehlampe! Das sieht alles aus wie im Katalog. Wirklich cool.«

»Das sieht aber auch sehr gut aus«, sagte Simon und meinte damit den gedeckten Esstisch.

»Setzt euch, in zwei Minuten ist das Essen fertig. Simon, für dich hab ich ein Bier kalt gestellt. Sara, was möchtest du?«

»Hast du Weißwein?«

»Natürlich, texanischen. Hab ich im Internet bei einem sehr gut sortierten Importeur bestellt.«

Simon und Sara lachten und nahmen am Tisch Platz. Shelly öffnete das Bier und die Weinflasche und kam zu ihnen. Sie stießen an.

»Auf dein neues Zuhause«, sagte Simon.

»Ja, auf den Kutscher-Hof«, meinte Shelly. Jeder nahm einen Schluck, und schon hüpfte Shelly wieder in die Küche.

»So, letztes Mal musste ich niedersächsische Genitalien probieren, jetzt gibt's für euch texanisch-mexikanische …« Sie sprach nicht weiter, denn sie wartete auf die Assoziation der beiden und stellte die heiß dampfende Auflaufform auf den Tisch. Darin lagen drei zwanzig Zentimeter lange braunschwarze Würste in einer ebensolchen Soße. Simon und Sara verzogen das Gesicht.

»Das sieht ja aus, wie …«, begann Sara, und ihr Vater legte eine Hand auf ihren Arm.

»Sag's nicht.«

»Wie scheiße«, beendete sie den Satz und lachte lauthals. »Ja, da staunt ihr! Bei uns nennt man das auch ›*turd plate*‹, aber das übersetze ich nicht für euch.«, meinte Shelly.

»Wie kann etwas, das so aussieht, nur so gut riechen?«, fragte Simon verzweifelt.

»Ihr müsst es probieren. Los, kommt schon.«

»Ich will erst wissen, was das ist.«

»Enchiladas.«

Sara grinste. »Ist das spanisch für Scheiße?«

»Ich tu euch was auf.« Shelly legte jedem eine Maisrolle auf den Teller und goss etwas Soße darüber. Simon schluckte.

»Ich glaub nicht, dass ich das essen kann.«

»Aaah, genau das habe ich auch gesagt, und ihr habt mich gezwungen, es zu essen. Auf geht's!«

Sara und Simon schnitten sich jeder eine kleine Scheibe ab. Mit langen Zähnen steckten sie sich den ersten Bissen in den

Mund. Langsam lösten sich ihre verkrampften Gesichter, und sie begannen, schneller zu kauen.

»Mmmh, für Scheiße schmeckt das gar nicht schlecht«, sagte Sara.

»Ist wirklich gut.«

»Na seht ihr. Ist vielleicht ein bisschen scharf, aber die Schokolade mildert es etwas ab.«

»Schokolade?«, fragte Simon erstaunt.

»Ja, da ist Schokolade in der Soße. Deshalb die Farbe.«

»Das ist Schokoladensoße?«

»Auch, ja.«

Simon schüttelte erneut den Kopf. »Bei euch scheint die Sonne wohl 'n bisschen zu viel. Das ist doch nicht normal.«

»Aber euch schmeckt's doch.«

»Ja, aber … was ist eigentlich in dem Bier?«, fragte er und deutete auf seine Flasche.

»Wie sieht's denn aus?«, fragte Shelly zurück, und wieder brachen sie in Gelächter aus.

»Dein Garten nimmt anscheinend auch langsam Gestalt an. Oppermann macht das ganz gut, oder?«

»Ja, er ist ein komischer Kerl, aber er hat was drauf. Der Stall wird auch bald gemacht, sodass im Sommer wohl alles fertig ist.«

»Bereust du deine Entscheidung schon? Niedersachsen ist schön, aber es ist doch ganz anders als Texas, oder nicht?«

»Im Vergleich zu Texas ist die Gegend ein Regenwald. Aber ich mag's trotzdem. Ich mag das Grün und das Brot. Ihr habt wunderbares Brot. Und Bier. Bei euch gibt's Bier, das älter ist als die USA. Ist das nicht unglaublich?«

Sieben

Leif und Lasse fuhren mit dem Rad durch den Wald und passierten das stillgelegte Bergwerk »Stockgrube«. Kaum hundert Meter weiter begann die Arbeitersiedlung, die hier in den dreißiger Jahren errichtet worden war. Barackenförmige längliche Reihenhäuser mit kleinen rechteckigen Vorgärten und größeren Gärten nach hinten raus. Peter wohnte am südlichen Ende. Bautechnisch war das Haus von Peter identisch mit den anderen Häusern, doch der Zustand hob sich deutlich vom Rest ab. Die Farbe und der Putz bröckelten ab, das Gras im Garten wuchs kniehoch, überall lagen alte, verrostete und kaputte Dinge herum. Stühle, Fahrradteile, Zaunpfähle, ein Bügelbrett, Wäschewannen, Blumentöpfe und Kinderspielzeug, das teilweise noch von ihm selbst stammte. Im hinteren Garten achtete Peter komischerweise mehr auf Ordnung. Hier wurde zumindest drei- oder viermal im Jahr der Rasen gemäht, und irgendwann einmal hatte er Blumenzwiebeln eingepflanzt, sodass jetzt im Frühling die ersten Tulpen und Krokusse zwischen den Tannen und den kleineren Büschen hervorlugten. Am hinteren Ende des Gartens stand eine kleine Laube, in der Peter alle möglichen Werkzeuge und Gartengeräte aufbewahrte. Der morsche Schuppen war so vollgestellt und die Regalbretter bogen sich dermaßen durch, dass man jedes Mal, wenn man etwas suchte, Angst haben musste, das Ganze würde über einem zusammenbrechen.

Auch drinnen sah es nicht viel anders aus. Im ganzen Haus lag Wäsche auf dem Boden, und in der Küche türmten sich Geschirr und Packungen von Nahrungsmitteln, zumeist Fertiggerichte und Cornflakes-Kartons. Das einzige aufgeräumte Zimmer im Haus war das Schlafzimmer seiner verstorbenen Eltern. Hier hatte Peter alles so gelassen, wie es war, er betrat es nur, um dort zu saugen und frische Luft reinzulassen.

Als Leif und Lasse ankamen, hatte er für sie alle eine Pizza in den Ofen gesteckt, und auf dem Couchtisch lag die erste Staffel von Marshall Stone bereit. Zur Überraschung der beiden trug

Peter einen Cowboyhut, den er wohl im Faschingssortiment erstanden hatte. Als er sich vor den Fernseher setzte, nahm er das bedruckte und mit einem Autogramm versehene Kissen auf den Schoß und knibbelte an dessen Zipfel herum. Leif und Lasse nahmen neben ihm Platz und holten ihre Mitbringsel aus den Rucksäcken.

»So, Peter, jetzt kommt das Beste. Bier und Appelkorn. Eine vollständige flüssige Mahlzeit«, tönte Lasse.

»Oh, Appelkorn mag ich gern. Aber ich muss erst was essen, sonst krieg ich so'n Karussell im Kopf.«

»Ja, ja, einen kleinen können wir aber schon vorher trinken, oder?« Lasse holte drei Schnapsgläser aus dem großen Eichen-Wandschrank. Er kannte sich aus, sie waren nicht zum ersten Mal bei Peter. Er schenkte ein, und sie hoben die Gläser.

»Ich mach schon mal die erste Folge an, da ist Marshall Stone noch ganz jung und muss einen Mörder finden, der ein Pferd getötet hat und dann auch noch einen Menschen.« Peter drückte auf der Fernbedienung herum und lehnte sich zurück. »Könnt ihr auch gut sehen?«

»Alles super, Peter«, sagte Leif.

Sie schauten die erste Folge, aßen ihre Pizzen und tranken Bier dazu. Immer wieder schenkte Lasse Apfelkorn nach, und nach der dritten Folge war Peter stockbetrunken. Er saß schief auf dem Sofa, lachte nur noch wie ein kleines Mädchen und sprach die Dialoge mit. Leif und Lasse waren leicht angetrunken, hatten sich aber vollständig unter Kontrolle.

»Hihihi, Mr. Bannister, Sie sind ein Bastard und außerdem hässlich wie ein Opossum! Hihihihi.« Peter fiel vor Lachen zur Seite und hielt sich den Bauch. Auf dem Bildschirm drohte Shelly einem mit einem schwarzen Anzug bekleideten Mann mit einem schwarzen Stetson.

»Ich geh mal kurz aufs Klo«, sagte Lasse.

»Warte!«, rief Leif und eilte ihm nach.

»Leif, du bist ein hässliches Opossum«, lallte Peter und brach erneut in schrilles Gelächter aus.

Auf dem Flur hielt Leif Lasse auf, bevor dieser nicht die Tür zur Toilette, sondern die Haustür öffnete.

»Muss das wirklich sein? Der arme Kerl ist doch schon geschlagen genug.«

»Willst du lieber in den Bau gehen? Wir werden nicht mehr nach Jugendgesetz betraft, wir fahren in den richtigen Knast ein, wenn die uns drankriegen. Such es dir aus: er oder wir. Außerdem ist es nur eine Versicherung, mehr nicht.«

Leif ließ Lasses Ärmel los. Er dachte, dass die Polizei, wenn sie Peter und dieses Haus sehen würde, Peter niemals für den Täter halten könnte.

»Mach du den Sack lieber zu und schenk ihm noch was nach.«

Lasse ging hinaus und ließ die Tür angelehnt. Leif ging zurück ins Wohnzimmer. Peter hatte sich wie ein Kind mit angezogenen Beinen auf die Couch gelegt.

»Peter, hast du eigentlich einen Computer? Ich müsste mal meine E-Mails angucken.«

»Ich habe einen Läppopf … Lepptopf! Da aufm Tisch. Aber vorsichtig, der ist gaanz viel wert.«

»Ja, ja, keine Angst.«

Peter kicherte in immer kürzeren Abständen und sah sich inzwischen die vierte Folge an.

»Geben Sie mir das verdammte Lasso! Oder ich schieß Ihnen den Zeh ab«, lallte er. »Leif, was ist eigentlich ein Opossum?«

Leif hatte den Computer hochgefahren und durchsuchte die Ordner auf Peters Desktop.

»Ach, das ist so ein kleines Tier, das in der Wüste lebt. Weißt du, was ein Gürteltier ist?«

»Ein was?«

»Ein Gürteltier.«

Peter kicherte wieder los.

»Ein Tier, das einen Gürtel umhat?«

Peter lachte und lachte, während Leif das Video von Sara und Hofstätter und das von Aladdin auf den Laptop spielte.

Lasse war draußen in die Laube gegangen und hatte dort den schwarzen Rucksack von Hofstätter, der noch mit ein paar Eibenzweigen und einer Schere gefüllt war, in einem schiefen Schränkchen versteckt. Als er wieder reinkam, saß Leif noch vor dem Laptop.

»Na komm, Peter, einen können wir noch trinken«, sagte er, nachdem er sich wieder gesetzt hatte. So, als wäre er nie weggewesen.

»Lasse, du altes Lasso! Ha, du heißt wie ein Lasso! Weißt du, was ein Gürteltier ist?«, fragte Peter. Er blinzelte träge.

»Ja, glaub schon.«

»Und? Es ist ein Tier mit einem Gürtel, stimmt's?«

»Ja, gewissermaßen schon.«

»Aaah«, rief Peter laut und warf jubelnd die Hände nach oben. »Ich habe recht!« Und schon brach er wieder in Lachen aus.

Es dauerte noch eine Viertelstunde und zwei Korn, dann war Peter auf der Couch eingeschlafen. Leif deckte ihn zu. Sie steckten die Flaschen wieder ein, wuschen die drei Schnapsgläser ab und gingen.

Acht

Der zweite Gang stand auf dem Tisch. Texanisches Chili. Sara und Simon blickten auf ihre Teller und schnupperten vorsichtig bis neugierig daran.

»Sieht ganz normal aus«, meinte Simon. »Chili kennen wir ja auch. Das ist ein sehr bekanntes Gericht.«

»Aber so habt ihr das bestimmt noch nicht gegessen. Eigentlich wollte ich ein Barbecue für euch machen, doch ich hab im Baumarkt keinen Grill gefunden, der groß genug war.«

»Keinen Grill gefunden …«, brummte Simon kopfschüttelnd. Die beiden probierten das Chili und mochten es. Erst nach dem dritten Löffel merkten sie, wie scharf das Gericht war. Simon atmete plötzlich mit offenem Mund. Seine Augen wurden immer größer. »Oh Mann!«, hauchte er, und Shelly grinste.

»Ja, jetzt kommt der gute Teil.«

»Ich mag scharf«, sagte Sara, »aber das ist wirklich sehr, sehr scharf.«

Ihr Vater lehnte sich zurück und pustete. Sein Kopf war ganz rot geworden, Schweißperlen standen ihm auf der Stirn. Er trank schnell einen Schluck Bier, aber das half leider gar nicht. Weil ihm so heiß geworden war, zog er seinen Pullover aus.

»Na, Papa, jetzt hat Shelly wohl gewonnen?«

»Gewonnen? Wir haben doch nie gekämpft, oder?«

»Nein, wir haben nur manchmal verschiedene Meinungen. Aber das Röntgen von Cleo geht jetzt in Ordnung, oder? Katja hat schon einen Termin bei Dr. Spieß gemacht.«

»Ach ja?«, ächzte Simon. »Du lässt es aber mal richtig langsam angehen, was?«

»Ich hatte doch gesagt, dass ich das bezahle …«

»Ja, ja, lasst in Herrgotts Namen das Röntgen machen. Aber es ist mein Pferd, also zahle ich auch. Oh weh, mir ist nicht gut, ich glaube, ich setz mich mal bequemer hin.« Er stand auf, setzte sich auf die Couch und rieb mit einer Hand über seinen schmerzenden Bauch. »Ich glaub, ich hab einen Magendurchbruch.«

»Männer, immerzu nur am Jammern«, kommentierte Shelly und begann, den Tisch abzuräumen.

»Ich helf dir«, sagte Sara.

»Mach deinem Vater das Fernsehen an, damit er sich nicht so langweilt.«

Sara schaltete den Fernseher ein, und Simon staunte kurz über das große, klare Bild, bevor er weiterlitt, während Shelly und Sara in der Küche aufräumten.

Sara war nicht sehr gesprächig, auch wenn das Essen sie etwas aufgeheitert hatte.

»Sara, wie geht's dir?«

»Alles in Ordnung«, sagte sie leise, und schon standen ihr wieder die Tränen in den Augen.

»Hat er sich noch mal gemeldet?«, fragte Shelly.

»Nein, bis jetzt nicht.«

Shelly nickte.

»Sag mal, was hältst du eigentlich von Max und Moritz?«

»Leif und Lasse? Die sind ein gutes Team. Wie Zwillinge. Machen alles zusammen. Und sie sind wirklich gute Reiter. Vielleicht sogar besser als ich. Papa hält große Stücke auf sie.«

»Soso. Und privat?«

»Sie sind nett, was soll ich sagen? Sie machen immer Quatsch mit Peter. Der mag die beiden wirklich sehr.«

»Aha.«

»Warum?«

»Ach, sie … Lasse kommt mir ein bisschen frech vor.«

»Frech? Sie sind schlaue Kerlchen, und manchmal hecken sie auch ein paar Streiche aus, vor allem gegen Jülich. Aber dafür sind sie nun mal Max und Moritz«, sagte Sara schmunzelnd. »Du musst unbedingt mal das Buch lesen.«

»Ja, mach ich.«

»Shelly?«, rief Simon aus dem Wohnzimmer. Seine Stimme klang aufgeregt oder besorgt, jedenfalls anders als vorhin.

»Ja?«

»Kommst du mal?«

Beide gingen rüber zu Simon, der jetzt aufrecht auf der Couch saß. Mit der Fernbedienung deutete er auf den Fernseher. Dort liefen die Nachrichten auf n-tv. Die Sprecherin blickte ernst in die Kamera.

»Das Verschwinden des amerikanischen Serienstars Shelly Kutscher gibt den amerikanischen Behörden weiter Rätsel auf. Es heißt, die zweiundvierzigjährige Schauspielerin, besser bekannt als Marshall Stone aus der gleichnamigen Serie, sei letzte Woche nach einem Streit mit ihrem Produzenten verschwunden. Gerüchten zufolge handelt es sich dabei um einen Promotion-Gag, der Aufmerksamkeit für die neue Staffel generieren soll. Ist Shelly Kutscher, die dreifache Emmy-Gewinnerin, tatsächlich verschwunden, oder ist das alles nur ein Trick, um die Presse auf sich aufmerksam zu machen? Wir wissen es nicht. Die Polizei von Texas ermittelt in dem Fall, und wir alle hoffen, dass Shelly bald wieder auftaucht.«

Sara und Simon blickten Shelly erstaunt an. Das brachte sie in Verlegenheit. Sie merkte, wie ihr der Schweiß ausbrach.

»Bist du einfach abgehauen? Oder stimmt das mit dem Werbe-Gag?«

Shelly schlug die Augen nieder. Es war nicht leicht für sie, eine Schwäche zuzugeben. Sie hatte gedacht, dass ihr das alles nicht bis nach Deutschland folgen würde, dass sie sich verstecken könnte, ohne dass gleich ein Skandal daraus gemacht wurde.

»Ich ... ich bin geflüchtet. Einfach so. Ich hab niemandem Bescheid gesagt. Hab heimlich alles mit dem Hof arrangiert und den Flug gebucht. Niemand weiß, wo ich bin.«

»Shelly! Das geht doch nicht. Sieh dir das an, du bist in den Nachrichten, die Polizei sucht nach dir!«

»Ja, ich hab's gehört.«

»Du musst sagen, dass du hier bist. Deinem Produzenten oder wem auch immer.«

»Der kocht vor Wut.«

»Na, zu Recht.«

Shelly setzte sich vorsichtig auf die andere Couch.

»Hast du nicht einen Freund, den du anrufen kannst? Oder Familie?«, fragte Sara.

Shelly schüttelte den Kopf. »Nein, aber ... meinen Agenten vielleicht. Vielleicht ruf ich den an.«

»Ja, mach das. Jetzt gleich.« Simon sah sie auffordernd an.

»Was, jetzt?«

»Natürlich. Ich gehe hier nicht eher weg, bis du angerufen hast.«

»Das sind ja meine Methoden.«

»Ist mir wurscht, Hauptsache, es funktioniert.«

Shelly ging mit hängenden Schultern zu der Kommode, auf der ihr Handy lag. »Ich geh in die Küche«, sagte sie.

»Gut, wir warten hier«, meinte Simon.

Shelly schlurfte in die Küche und stellte sich ans Fenster. Sie blickte in den dunklen Wald vor ihrem Grundstück hinter der Mauer und rief dann ihren Agenten an. Sein Büro war in Los Angeles, und dort war es jetzt zehn Uhr morgens.

»Thomson«, meldete er sich.

»Bryan, hier ist Shelly.«

Es dauerte ganze drei Sekunden, bevor Bryan losbrüllte.

Neun

»So ist gut. Ganz prima machst du das.« Shelly ging über den Hof des Gestüts, und Cleopatra folgte ihr in zwei Metern Abstand. Katja Zinnbacher wartete neben einem Anhänger, der geöffnet in der Morgensonne stand, und beobachtete die beiden argwöhnisch.

»Sieh mal, da ist ein Anhänger. Kennst du so was noch? Bist schon lange kein Auto mehr gefahren, was?« Shelly blieb etwa zehn Schritte vom Anhänger entfernt stehen, und auch das Pferd hielt an. »Ja, guck dir alles genau an. Da hinten geht's hoch, und vorne dran steht das Auto. Mein Auto. Heute fahren wir mit meinem Pick-up, du hast großes Glück.«

Cleo hob den Kopf, und ihre Ohren bewegten sich in alle Richtungen.

»So, ich geh mal rein und zeig dir, wie das geht, okay? Bleib einfach hier stehen.« Shelly ging los und lief die Rampe hinauf. »Ich gehe hier hoch, es ist ein bisschen steil, und schon bin ich drin. Hier ist viel Platz, und frisches Stroh und Heu gibt es auch. Mmmh, das riecht lecker.«

Shelly spazierte munter durch den Hänger und erzählte immer weiter. Das Pferd stand davor und sah Shelly zu wie bei einem Theaterstück. Sie kam wieder heruntergestiefelt und stellte sich neben Cleopatra.

»Na, hast du Lust auf eine kleine Spritztour?«

Jülich, Leif, Lasse und Geraldine standen in der Stalltür auf der Westseite und sahen Shelly zu.

»Das macht der Gaul niemals«, sagte Jülich leise. »Der bringt diese Cowboylady noch um. Genau wie …« Er verkniff sich den Namen. Geraldine verschränkte die Arme vor der Brust.

»Zehn Euro, dass sie es schafft.«

»Tja, wie's aussieht, stehe ich diesmal sonderbarerweise auf der Seite unseres weisen Ausbilders«, meinte Lasse. »Ich setze zehn dagegen. Cleo zermalmt Marshall Stone.«

»Leif, jetzt liegt's an dir, was sagst du?«, fragte Geraldine und lächelte ihn kokett an.

»Ich bin nur ein armer Azubi und kann mir kein Glücksspiel leisten.«

»Spielverderber«, murrte Geraldine.

»Ja, Feigling! Was sagen Sie, Herr Jülich?«

»Treib's nicht zu weit, Lasse, ich bin immer noch dein Ausbilder«, sagte Jülich leise drohend.

Sie blickten wieder nach drüben zum Anhänger, wo Shelly Cleopatra streichelte und ihr irgendwas ins Ohr flüsterte. Sie drehte sich um, tat so, als versteckte sie etwas in ihren Händen, und machte drei Schritte nach vorn. Das Pferd folgte ihr neugierig. Shelly ging langsam weiter. Wieder folgte Cleopatra. Jetzt ging Shelly die kleine hölzerne Rampe hinauf. Man sah, dass das Pferd Respekt vor dieser ersten Hürde hatte, aber schließlich setzte es die Vorderläufe auf das Holz, und als nichts passierte, schritt es nach oben. Shelly ging in den Hänger, bis nach ganz vorn. Man konnte sie durch die kleinen Fenster an der Frontseite erkennen. Mit gesenktem Kopf blieb sie stehen. Cleopatra guckte, zuckte zweimal mit dem Kopf und ging schließlich ganz hinein.

»Jetzt bringt sie sie um«, flüsterte Jülich angespannt. Das Pferd stand direkt hinter Shelly und reckte den Kopf über ihre Schulter. Man hörte dumpf Shellys Stimme, und kurze Zeit später kam sie hinten aus dem Anhänger heraus, während Cleopatra stehen blieb und ganz ruhig das frische Heu fraß. Shelly schloss leise die Klappe.

»Das gibt's doch nicht«, fluchte Lasse. Geraldine drehte sich grinsend zum Stallmeister um und streckte die Hand aus, um ihren Gewinn einzustreichen, doch Jülich war nicht mehr da. Er hatte sich klammheimlich aus dem Staub gemacht.

Katja umarmte Shelly. Dann stiegen die beiden Frauen in den Pick-up und fuhren vom Hof.

Lasse beglich seine Schulden und verschwand wortlos. Leif lehnte noch an der Stalltür. Geraldine trat ganz nah an ihn heran, sodass sich ihre Körper berührten. »Warum hast du nicht dagegen gewettet? Du wusstest doch, dass sie es schaffen würde.«

»Ich hab gar nichts gewusst.«

»Weißt du, wenn das mit uns noch mal was werden soll, musst du ein besserer Spieler werden«, flüsterte sie liebevoll.

Shelly lenkte das Vehikel nach Katjas Anweisungen vor den Eingang der Klinik im Landgestüt. Sie stiegen aus, und Katja hielt sich im Hintergrund, während Shelly die Klappe öffnete und zu Cleopatra hineinging. Dr. Spieß kam aus dem Gebäude und blinzelte in die helle Sonne. Er und Katja begrüßten sich mit einem Handschlag.

»Und das soll das Problempferd sein?«, fragte er, während Shelly mit der Stute rückwärts aus dem Hänger kam.

»Ja, kaum zu glauben, was?«

»Guten Morgen«, sagte Spieß laut zu Shelly, und sofort machte Cleopatra einen nervösen Schritt zur Seite, und ihre Augen wurden ängstlich. Shelly beruhigte sie wieder.

»Guten Morgen«, sagte sie und reichte Spieß die Hand. Sie wartete auf irgendeine Reaktion, doch Spieß erkannte sie nicht. Er warf nur einen abfälligen Blick auf ihre Stiefel. »Es geht um ...«

»Den Hinterlauf, ich weiß«, fuhr Spieß ihr ins Wort. Er machte sich mit Blick auf die Patientin Notizen in seinem kleinen Büchlein. »Sollen wir sie besser sedieren?«, fragte er Katja. Die blickte unsicher zu Shelly.

»Das Pferd steht seit zwei Jahren unbewegt in der Box. Ich denke, stillstehen kann es inzwischen. Wir machen das so.«

»Auf Ihre Verantwortung. Wenn das Tier im Röntgenraum durchdreht und die Geräte beschädigt, kommen *Sie* dafür auf.« Er drohte Shelly mit seinem Kugelschreiber.

»Was bedeutet eigentlich ›Spieß‹?«, fragte Shelly. Irritiert fuhr der Arzt zurück.

»Frau Kutscher kommt aus Amerika«, erklärte Katja und musste sich ein Grinsen verkneifen.

»Ein Spieß ist ein sehr spitzes langes Instrument, zum Braten von Fleisch zum Beispiel. Zigeunerspieß, sagt Ihnen das was?«

»Nein.« Shelly lächelte, und Spieß begriff, dass sie ihn nur foppen wollte.

»Könnten wir jetzt mit der Behandlung beginnen, ich habe nicht den ganzen Tag Zeit«, sagte er scharf und ging auf die Kliniktür zu.

Shelly blieb die ganze Zeit an der Seite von Cleopatra und erklärte ihr alles. Sie legte sich eine Bleischürze an und blieb im

Raum, während die Aufnahme gemacht wurde. Cleo stand still wie ein Holzpferd, fraß fast gleichgültig den Zucker, den Shelly ihr als Belohnung gab, und trottete wieder zurück zum Anhänger. Das fertige Bild sahen sich Spieß, Katja und Shelly im Büro des Arztes an. Er steckte es in den Leuchtkasten.

»Hoppla!«, rief er laut.

»Das gibt's doch nicht«, meinte Katja entsetzt.

Die drei näherten sich dem Bild und sahen es sich ganz genau an.

»Wie ist das da reingekommen?«, fragte Shelly.

»Keine Ahnung«, antwortete Spieß, »aber es muss wieder raus.«

In Cleopatras Hüftgelenk steckte eine ungefähr sechs Zentimeter lange Nadel.

***

Auf dem Fischbacher Gestüt gab es gleich neben den Umkleiden für die Auszubildenden eine kleine Kantine, die eigentlich nicht viel mehr war als ein Schuppen mit einem langen Tisch und Klappstühlen. Um eins kam eine Cateringfirma und brachte das Mittagessen. Auszubildende und Ausbilder aßen gemeinsam.

So gingen Katja und Shelly nach ihrer Rückkehr um Viertel nach eins direkt in die Kantine. Alle, auch Simon und Sara, saßen in Reitkleidung am Tisch und aßen. Es wurde still, als die beiden Frauen den Raum betraten.

»Und?«, fragte Simon.

»Wir haben sie dalassen müssen«, sagte Katja.

»Was ist mit ihr?«, fragte Sara. Sie sah besorgt aus, als glaubte sie, dass das Pferd eingeschläfert werden müsste.

»Sie hat eine Nadel im Hüftgelenk«, sagte Shelly.

»Eine Nadel?«, hakte Simon ungläubig nach.

»Ja. Ich habe keine Ahnung, wie das passiert sein kann. Es muss eine abgebrochene Injektionsnadel sein, die nach und nach bis ins Gelenk gewandert ist. Ich habe sie aber nie mit Spritzen behandelt«, meinte Katja.

Es herrschte eine betretene Stille im Raum. Shelly blickte zu

Leif und Lasse, die nachdenklich dreinschauten. Katja nahm sich ein Stück Brot, das auf dem Tisch lag, und setzte sich.

Simon plagte sichtbar ein schlechtes Gewissen. Er hätte nicht gedacht, das Cleopatra eine derartige Verletzung haben könnte. »Das versteh ich nicht. Und was jetzt?«

»Dr. Spieß holt das Ding heute noch raus, in einer kleinen OP. Dank Shelly hat Cleo die ganze Röntgen-Prozedur klaglos über sich ergehen lassen. Sogar ohne Sedierung. Als hätte sie gewusst, dass man ihr jetzt helfen will. Morgen können wir sie schon abholen.«

»Irgendjemand hat etwas gegen die arme Cleopatra gehabt«, sagte Shelly und blickte in die Runde. Sie war wütend, das konnte man sehen. »Diese Nadel ist nicht von allein in das Hüftgelenk gelangt.«

Niemand sagte etwas. Weil alle wussten, dass Simon das Pferd nach dem Unfall zu hassen begonnen hatte, glaubten alle, sie würde ihn mit ihrer Anspielung meinen. Das Schweigen wurde immer unerträglicher. Auch Simon selbst, der gestern Abend noch bei Shelly zu Hause gewesen war und glaubte, dass sich so etwas wie eine Freundschaft zwischen ihnen anbahnte, war wie vor den Kopf gestoßen.

Shelly verließ den Raum und ging zu Pancake. Kaum dass sie seine Boxentür geöffnet hatte, stand Simon auch schon hinter ihr.

»Shelly, hast du eben etwa mich gemeint?«

»Ich weiß nicht, wen ich gemeint habe, aber irgendein teuflischer Bastard hat dem Pferd eine Nadel in den Körper gestochen. Seit zwei Jahren quält sich Cleo damit rum. Und es ist zumindest auch deine Schuld, dass es bis jetzt nicht festgestellt wurde.«

Simon senkte den Kopf.

»Du hast recht. Aber damit konnte doch keiner rechnen. Ich schwöre dir …« Er konnte nicht weitersprechen. Shelly merkte, wie schwer es ihm fiel. »Immer wenn ich Cleopatra angesehen habe, hatte ich wieder das Bild vor mir, wie sie Tina totgetrampelt hat. Meine Frau, die eben noch ganz lebendig war, gesund und fröhlich. Und plötzlich war da nichts mehr in ihr. Kein Leben. Gar nichts. Sie war einfach tot. Von einer Sekunde auf die andere. Wegen dieses Pferdes. Ich habe so manche Nacht hier gestanden und wollte es töten. Ich habe einen Jagdschein und ein Gewehr. Aber ich hab's nicht getan. Und so etwas wie mit der Nadel hätte ich auch nicht getan. Also beschuldige mich nie wieder.« Er war so aufgeregt, dass er sie nicht ansehen konnte, und ging ohne ein weiteres Wort. Shelly wollte ihn aufhalten, doch es war zu spät.

»Simon!«, rief sie ihm noch hinterher, doch er blieb nicht stehen.

Sechster Streich

Aber schon mit viel Vergnügen
Sehen sie die Brezeln liegen.

Eins

Shelly und Pancake ritten stramm durch den Fischbacher Forst. Die Sonne stand schon tief und silbern hinter diesigen Wolkenschleiern. Ein kalter Ostwind fuhr durch die Bäume und riss an den Ästen. Shelly galoppierte im Westernstil über den weichen matschigen Pferdeweg. Nach Cleos Diagnose und dem Streit mit Simon brauchte sie das jetzt, es tat gut und machte den Kopf frei. Sie und Pancake verausgabten sich richtig, bis Shelly schließlich an den Zügeln zog und das Pferd stehen blieb. Beide atmeten schwer, und dicke weiße Atemwolken umhüllten ihre Köpfe. Pancakes Fell glänzte vor Schweiß.

»Na, war das gut?«, fragte sie ihn und tätschelte seinen Hals.

»Nicht schlecht!«, hörte sie hinter sich eine Stimme rufen, und Pancake machte vor Schreck einen Satz nach vorn. Sie hatte die beiden Reiter gegen den Wind nicht kommen hören. Es waren Leif und Lasse.

»Hey, Jungs, immer schön langsam!«

»Entschuldigung. Wir wollten Sie nicht erschrecken«, sagte Leif.

»Können Sie auch mit dem Lasso umgehen? Rinder einfangen und so?«, fragte Lasse und deutete auf das Seil, das zusammengerollt an Shellys Sattel hing.

»Sicher. Ich kann die Rinder fangen, ich kann sie umwerfen, fesseln und dann brandmarken«, erwiderte Shelly lächelnd. »Ich bin auf einer Ranch groß geworden.«

»Wie sind Sie dann zum Film gekommen?«, wollte Leif wissen. Sie ritten jetzt nebeneinander in Richtung Gestüt.

»Nun, ich bin auf Rodeos geritten und hab auch manchmal als Ring-Clown gearbeitet.«

»Im Ernst?«, fragte Leif. »Ist das nicht gefährlich?«

»Der einzige Job beim Rodeo, der nicht gefährlich ist, ist Zuschauer. Ich hab einige Verletzungen gehabt. Meist Arm- oder Rippenbrüche. Einmal hat mir ein Stier sein Horn in den Oberschenkel gerammt und mich hochgeschleudert. Die Wunde war so sauber gestochen, dass sie kaum geblutet hat. Aber er hat mir fast den ganzen Schenkel durchbohrt.«

»Und wie kam das nun mit der Serie?«

»Das war in Jacksonville, einem der größten Rodeos überhaupt. Da saß ein Produzent auf der Tribüne, weil ihn ein Freund, ein sehr bekannter Schauspieler, eingeladen hatte.«

»Und wer war das?«

»Kennt ihr Harrison Ford?«

»Machen Sie Witze?«, rief Leif.

»Na ja, kurz vorher hatte ein Drehbuchautor diesen Produzenten von einer Idee überzeugen wollen. Die Serie, um die es ging, sollte *The Horse Cop* heißen, auf Deutsch ›Die Pferdepolizistin‹. Nun, ich war dort am Start und habe einen Bullen geritten und ein Kalb eingefangen. Ich hab zwar nicht gewonnen, aber der Kerl sah mich und wusste, dass er seine Pferdepolizistin gefunden hatte. Auf dem Parkplatz sprach er mich an. Lud mich nach Los Angeles ein, und der Rest ist Geschichte.«

»Also hatten Sie nie Schauspielunterricht?«, fragte Lasse.

»Das willst du doch wohl nicht an die Presse weitergeben?«

»Nein, reine Neugier.«

»Ich hab in der Highschool mal den Löwen aus dem *Wizard of Oz* gespielt, das war's aber auch schon.«

»Und dieser Produzent, ist das der, mit dem Sie sich angeblich zerstritten haben, bevor Sie nach Deutschland kamen?« Lasse grinste, als er das fragte.

»Du hast deine Hausaufgaben gemacht, mein Junge. Und wieder hast du was, mit dem du mich erpressen kannst.«

»Wir sehen schlimmer aus als wir sind. Jungs, die reiten, sind immer Mamas Lieblinge.«

»Soso. Wisst ihr, ob es einen Laden hier oder in Celle gibt, der Cowboystiefel verkauft? Ich meine, gute Stiefel?«

Die beiden sahen sich ratlos an.

»Also, da sind wir überfragt. In Hannover gibt's so was, denke ich. Brauchen Sie neue?«

»Na ja, ich hab nur die. Ich wollte mal eine andere Farbe haben.«

Die beiden nickten.

»Schwarz wäre doch eine gute Farbe, meint ihr nicht? Schwarz ist immer angesagt. Vielleicht sollte ich mir auch schwarze Jeans kaufen und ein schwarzes Westernhemd. Würde mir das stehen?« Sie betrachtete die beiden aufmerksam.

Leif und Lasse war das Lächeln vergangen. Sie hatten ihre Antennen weit ausgefahren und registrierten eindeutig Gefahr. War das eine Anspielung auf ihren Einkauf? Konnte Shelly davon wissen? Hatte sie sie gesehen? Oder war das nur ein Zufall? Lasse gewann seine Fassung als Erster zurück.

»Schwarz wäre prima, doch dann darf der passende Hut nicht fehlen.«

»Dann sehe ich ja aus wie ein Böser. Im Western sind alle Bösen immer schwarz gekleidet. Neulich wollte ich mir etwas Unauffälligeres kaufen, wie ihr mir geraten habt. Gott, die Sachen sind ja so billig im Supermarkt, ich konnte es kaum glauben. Allerdings hatten die da nur eine Umkleide, und die war leider besetzt.«

Leif und Lasse tauschten einen schnellen Blick.

»Also hab ich die Sachen zu Hause anprobiert. Hat alles gepasst. Dank euch beiden sehe ich jetzt nicht mehr wie ein Alien oder ein Flamingo aus.«

»Nein, tatsächlich nicht.«

Lasses Stimme war eine Oktave tiefer gerutscht. Es *musste* ein Angriff von Shelly gewesen sein. Sie wusste etwas und sprach sie ganz direkt darauf an. Oder doch nicht?

»Wollen Sie uns etwas Bestimmtes sagen?«

Shelly klimperte unschuldig mit den Wimpern.

»Was sollte ich euch sagen wollen?«

»Ich habe das Gefühl, dass Sie etwas sagen, aber eigentlich etwas anderes meinen.« Lasse hielt sein Pferd an, und Leif und Shelly taten es ihm gleich.

»Nein, ich meine das so, wie ich es sage. Ihr habt aus mir eine Graugans gemacht. Und ich habe mich dafür bedankt. Mehr nicht.«

»Ein getarnter Flamingo ist noch lange keine Graugans.« Lasse trieb sein Pferd wieder an und ritt an Shelly vorbei, die ihm mit ihrem Blick folgte. Sie sah zu Leif hinüber.

»Siehst du das auch so?«

Leif zuckte nur unsicher mit den Schultern und ritt weiter.

Zwei

Es war ihr großer Abend. In gut zwei Stunden würden sie um dreihunderttausend Euro reicher sein. Bei Lasse und Leif machte sich eine Mischung aus Vorfreude und nervöser Angst in der Magengegend breit. Sie hatten alles bis ins Detail geplant, doch die Begegnung mit Shelly im Wald ging ihnen nicht mehr aus den Köpfen.

»Sie weiß es, ich bin mir sicher. Diese Frau ist eine Schlange. Die tut so verdammt freundlich und aufgeschlossen, aber in Wahrheit ist sie ein fieses Miststück«, sagte Lasse, während er sich den schwarzen Troyer überzog. Auch Leif wechselte die Kleidung. Heute würden sie beide gehen.

»Aber sollten wir dann überhaupt …«

»Was willst du machen? Etwa nicht hingehen? Das ganze Geld da im Mülleimer liegen lassen, bis irgend so ein Penner ankommt und es zufällig findet? Nein. Sie kann von der Übergabe außerdem gar nichts wissen.«

»Es sei denn, sie hat mit Hofstätter gesprochen«, meinte Leif.

»Mit Hofstätter? Sie kennt ihn überhaupt nicht!«

»Aber sie kennt Sara. Und wenn ich daran denke, wie sie neulich von Erpressung geredet hat, als du auf ihre Berühmtheit angespielt hast … Ich weiß nicht, aber vielleicht hat Sara ihr was erzählt.«

Lasse dachte kurz nach.

»Okay, nehmen wir an, Shelly weiß, dass Hofstätter erpresst wird. Was sagt ihr das? Der weiß doch selbst nicht, von wem. Er hat keinen blassen Schimmer, dass wir es sind. Wie sollte er auf uns kommen? Und wenn er das nicht kann, wie sollte Shelly es können?«

»Das weiß ich ja eben nicht. Aber du hast selbst gesagt, dass du denkst, dass sie es weiß.«

»Ja, aber nicht, weil Hofstätter es ihr gesagt hat. Sie weiß von den schwarzen Klamotten, die wir jetzt gerade tragen. Diese Anspielung mit dem Supermarkt und der Umkleide … Ich denke, dass Shelly da drin war.«

»Wie, als wir …«

»Ja, da kam doch diese Türkin raus. Das war Shelly. Das *muss* sie gewesen sein.«

Leif erinnerte sich.

»Aber Lasse, dann können wir da heute unmöglich hingehen! Mit Sicherheit wartet da die Polizei auf uns!«

»Vielleicht redest du mal etwas leiser? Hör zu. Erstens: Hofstätter wird inzwischen gewaltig die Hosen voll haben. Wir haben den verdammten Gaul erledigt, und er weiß, dass wieder so etwas passieren kann, wenn er nicht mitspielt. Ich denke also nicht, dass er die Polizei einschaltet. Beim ersten Mal hätte er es machen können, aber nicht dieses Mal. Zweitens: Wir kommen aus dem Hinterhalt und haben alles im Blick. Von unserem Posten aus können wir alle Landstraßen überblicken. Wenn sich da was Verdächtiges tut, hauen wir durch den Wald ab. Da kann uns keiner folgen.«

»Und wenn Shelly dabei ist? Sie hat gesagt, dass sie eine Waffe besitzt.«

Lasse lachte väterlich und legte seinem Freund eine Hand auf die Schulter. »Leif, das ist eine Schauspielerin, klar? Die versucht nur, uns mürbe zu machen. Beweisen kann sie sowieso nichts, und glaub mir: Sie wird auf keinen Fall da sein und mit ihrer Knarre rumballern. Wir sind schließlich in Deutschland. Das funktioniert hier nicht. Außerdem hätte sie eine Waffe niemals durch den Zoll bekommen. Die will uns nervös machen, weiter nichts, aber wir ziehen einfach unser Ding durch, klar?«

Leif lächelte zustimmend, aber richtig überzeugt war er nicht.

»Leif, dreihunderttausend Mäuse! Eigentlich ist es sogar gut, dass Hofstätter beim ersten Mal nicht gezahlt hat. So bekommen wir hunderttausend mehr. Alles läuft perfekt für uns, sieh das endlich ein. Und jetzt kümmern wir uns um unser Alibi. Das heißt, *du* kümmerst dich darum.«

Lasse sah Leif mit einem derart teuflischen Grinsen an, dass es sogar ihm eine Gänsehaut über den Rücken jagte. Jetzt kam der Teil des Plans, der ihm fast am wenigsten behagte. Er musste jemanden benutzen, den er eigentlich sehr gern hatte.

Drei

Hofstätter hatte seiner Frau gesagt, dass er heute länger arbeiten müsse, und sich so etwas Freiraum verschafft, um nicht von ihr oder seinem Sohn bei den Vorbereitungen für die Übergabe behindert zu werden. Seine Sekretärin hatte die Anweisung, keinerlei Gespräche zu ihm durchzustellen. In einer Viertelstunde würde sie Feierabend machen, so wie alle anderen hier im Haus, und dann war er allein. Von außen drückte ein eisiger Ostwind gegen die große Fensterfront. Immer wieder schwoll das dumpfe Rauschen des Windes an, und Hofstätter fror auf seinem Sessel, sodass er seine Jacke wieder angezogen hatte. Ein neuer Rucksack, den er heute in einem Discounter gekauft hatte, stand prall gefüllt zu seinen Füßen. Dreihunderttausend Euro. Er hoffte inständig, dass, wenn er das Geld gezahlt hatte, endlich alles vorbei war. Aber er hatte sich auch anderweitig abgesichert. Aus seiner Zeit als aktiver Sportschütze besaß er noch einige Pistolen und zwei Gewehre. Er hatte seine alte 9mm Sig Sauer in die rechte Tasche seiner Jacke gesteckt. Falls die Sache aus dem Ruder lief, hatte er noch diesen Trumpf im Ärmel, um sich zu verteidigen.

Die Affäre mit Sara hatte sich zu einem Alptraum entwickelt, doch das Schlimmste daran war, dass er sie vermisste. Bei ihr zu sein, war so etwas wie ein Stück Freiheit gewesen, und ihre so unkomplizierte junge und naive Art hatte ihm unglaublich gutgetan. Die Beziehung zu seiner Frau empfand er nur noch als Belastung. Alles war kompliziert und vertrackt geworden in ihren achtzehn Ehejahren, nichts war einfach nur noch schön. An allem gab es einen Haken. Alles musste verhandelt werden, und am Ende musste er immer Verluste hinnehmen. Mit Sara war das anders. Leicht und völlig problemfrei. Sie himmelte ihn an und wollte ihn ohne jedwede Einschränkung oder Bedingung.

Es klingelte, und am Telefon leuchtete kurz darauf die Leitung des Vorzimmers auf. Frau Leinweber. Sie wollte sich sicher nur verabschieden.

»Herr Hofstätter? Hier ist ein Herr von der Polizei, der Sie sprechen möchte.«

»Was?«

»Ja, ein Kommissar Stresser.«

Ein leichter Panikanfall überkam ihn. Es war, als hätte ihm jemand kräftig auf den Brustkorb geschlagen. Er hatte Mühe zu atmen.

»Schicken Sie ihn rein«, sagte Hofstätter und stand auf.

Die Tür öffnete sich, und seine Sekretärin erschien mit Stresser an ihrer Seite.

»Guten Abend, Herr Hofstätter!«, grüßte der Kommissar.

»Ich würde dann jetzt …«, entschuldigte sich Frau Leinweber.

»Ja, gehen Sie ruhig. Bis morgen.«

»Bis morgen.«

Hofstätter und Stresser gaben sich die Hand.

»Hallo, Herr Stresser. Mit Ihnen hab ich gar nicht gerechnet.«

»Ja, ich war erst bei Ihnen zu Hause, und Ihr Sohn sagte mir, wo ich Sie finden kann.«

»Setzen Sie sich doch.«

Stresser nahm auf dem linken von zwei Stühlen vor Hofstätters Schreibtisch Platz. Er öffnete seinen Mantel.

»Warm haben Sie's hier.«

»Finden Sie? Es ist kalt geworden.«

»Ja, dieser Ostwind ist eine Plage. Heute Nacht sollen es minus sieben Grad werden.«

»Was kann ich für Sie tun?«, fragte Hofstätter, und ihm fiel plötzlich der Rucksack wieder ein, der unter dem Tisch stand.

»Herr Hofstätter, ich muss noch mal nachhaken, ob Ihnen inzwischen jemand eingefallen ist, der Sie finanziell oder geschäftlich schädigen möchte. Ich verstehe, wenn Sie sagen, dass sehr viele Leute aus der Reitbranche einen Vorteil durch Alabas Tod hätten …«

»Aladdins Tod.«

»Richtig, entschuldigen Sie. Durch Aladdins Tod. Dennoch denke ich, dass das eine sehr unübliche Methode wäre, sich eines gewöhnlichen Konkurrenten zu entledigen. Können Sie sich nicht an einen persönlichen Streit erinnern oder eine alte

Feindschaft? Jemand, den Sie übervorteilt haben, zum Beispiel, oder ein ehemaliger Mitarbeiter, der gefeuert wurde?«

»Nein, tut mir leid. Ich habe ein gutes Verhältnis zu meinen Partnern und Konkurrenten. Ich wüsste nicht …«

Hofstätter versuchte, unauffällig unter den Tisch zu sehen. Stressers Füße waren nur noch Zentimeter von dem Rucksack entfernt. Er trat vorsichtig mit seiner Schuhspitze auf eine Lasche.

»Was mir auch schon weiterhelfen würde, wäre eine Liste derer, die wussten, dass Ihr Pferd im Landgestüt untergebracht war. Natürlich wurden die Mitarbeiter bereits befragt, das versteht sich von selbst. Aber wer wusste noch, dass Ala… Aladdin zur Behandlung in der Klinik war?«

Hofstätter stutzte. Natürlich hatte der Kommissar recht. Die medizinische Behandlung von Aladdin war zwar kein Geheimnis gewesen, aber er hatte auch nicht gleich eine Rundmail geschrieben, dass das Pferd nicht in seiner eigenen Box stand. Das grenzte den Täterkreis natürlich ein.

Während Hofstätter überlegte, lehnte sich Stresser etwas zurück und stieß unter dem Tisch versehentlich mit dem Fuß gegen den Rucksack.

»Oh, Entschuldigung.«

Stresser zog seinen Fuß zurück, um den sich jedoch die Lasche gewickelt hatte, und der Rucksack rutschte über den Boden zu ihm rüber.

»Gehen Sie noch zum Sport?«, fragte er.

»Was? Ich? Nein, das ist nur … er gehört meinem Sohn.«

»Ja, richtig, Ihr Sohn. War er der Reiter des Tieres?«

»Tillmann war der Reiter, ja.«

»Nun, dann kämen natürlich auch Feinde Ihres Sohnes in Betracht. Obwohl, erfahrungsgemäß würde ich sagen, dass das eher zweitrangig ist.«

»Also, ja, die Leute, die von Aladdins Aufenthalt in der Klinik wussten. Da könnte ich Ihnen eine Liste erstellen, aber das ist natürlich nur geschätzt. Sie wissen, wie schnell Gerüchte die Runde machen.«

»Ja, in der Tat. Aber es wäre ein Anfang. Ich brauche jeden Anhaltspunkt. Zeugen gibt es nämlich bis jetzt leider keine. Ich tappe noch ziemlich im Dunkeln. Aber zumindest wissen wir, dass der oder die Täter über den Heuboden gekommen sind.«

»Ach ja?«

»Es wurden Spuren gefunden, die das belegen.«

Hofstätters Blick fiel auf die Uhr an der Wand. Es war bereits nach zwanzig Uhr. Lange konnte er sich nicht mehr unterhalten, sonst würde er zu spät zur Übergabe kommen. Wieder kam ihm der Gedanke, sich dem Kommissar anzuvertrauen. Mit der heutigen Technik, mit Hubschraubern und Wärmebildkameras, würden sie den Erpresser mit Sicherheit kriegen. Doch dann würden seine Frau, sein Sohn und damit auch alle anderen Menschen, die er kannte, von seiner Beziehung zu Sara erfahren. Wenn man es geschäftlich sah, war es eine reine Kosten-Nutzen-Rechnung. Es kostete ihn dreihunderttausend Euro, alles geheim bleiben zu lassen. Es kostete ihn seine Ehe, seinen Ruf und natürlich auch viel Geld für die Scheidung, die Polizei einzuschalten.

»Gut, dann erstelle ich so schnell wie möglich eine Liste für Sie«, meinte Hofstätter und stand auf.

»Ja, es ist spät, Sie wollen sicher nach Hause. Ach übrigens, die Obduktion hat ergeben, dass sich tatsächlich Eibenzweige im Magen des Pferdes befanden. Wo wachsen diese Eiben eigentlich, wissen Sie das?«

»Überall.« Hofstätter ging zur Tür.

»Tja, ein Jammer, dass man ein so prachtvolles Tier mit ein paar Zweigen töten kann. Aber auch das schränkt den Täterkreis ein.«

»Das ist doch gut.« Hofstätter reichte Stresser die Hand zum Abschied.

»Auf Wiedersehen, passen Sie auf sich auf«, sagte Stresser.

»Das werde ich, danke.«

***

»Dann hat Lasse wieder Kopfschmerzen?«, fragte Geraldine.

»Nein, wir haben ein neues Computerspiel, das wird er sich heute reinziehen, bis er umfällt«, antwortete Leif.

»Und du möchtest lieber hier sein?«, fragte sie und kam näher.

»Ja, allerdings.«

»Müssen wir heute erst wieder einen ganzen Film gucken, oder wollen wir gleich ...«

»Wow, du gehst ja ran!« Leif lachte auf. »Lass mich erst mal reinkommen. Ich hab uns auch einen guten Wein mitgebracht.«

Sie nahm ihm den Wein aus der Hand und ging in die Küche. Leif sah ihr hinterher. Sie sah wunderbar aus. Ihr Haar war offen und fiel ihr über die Schultern. Sie steckte in einem ihrer weiten T-Shirts, und Leif meinte erkennen zu können, dass sie heute keinen BH darunter trug. Statt einer Jeans hatte sie eine grau melierte Jogginghose angezogen, unter der ihr Hintern beim Gehen auf und ab wippte. Leif setzte sich auf die Couch, und Geraldine entkorkte die Flasche. Sie kam mit zwei gefüllten Gläsern zurück, und sie stießen an.

»Auf uns«, flüsterte sie.

»Auf uns«, bestätigte Leif.

Sie nahm einen großen Schluck. Anschließend rückte sie näher an ihn heran. Ihre Lippen öffneten sich leicht, und dann küsste sie ihn. Leif wurde ganz schwindelig. Die Gefühle schlugen über ihm zusammen wie riesige Wellen. Er spürte ihre Lippen und eine starke Zuneigung, er spürte Begierde und das kleine Fläschchen in seiner Hosentasche. Lasse hatte die K.-o.-Tropfen im Internet bestellt. Fünf Tropfen sollten genügen, um Geraldine die ganze Nacht schlafen zu lassen. Während sie sich immer leidenschaftlicher küssten, zog Leif vorsichtig das Fläschchen aus der Tasche, drehte hinter ihrem Rücken umständlich die Kappe ab und ließ die Tropfen in ihr Glas fallen. Sie spürte, dass etwas nicht stimmte, und richtete sich auf.

»Was ist mit dir? Was machst du da?«

Leif schob das Fläschchen zwischen die Sofakissen.

»Ich wollte nur ...« Er kramte ein Kondom aus seiner Hosentasche und hielt es hoch.

Geraldine lächelte.

»Und du sagst, *ich* würde rangehen?«

Leif legte das Präservativ auf den Tisch und hob sein Glas.

»Ich denke, wir nehmen uns da beide nicht viel. Prost.«

Sie stießen an, und Geraldine nahm erneut einen großen

Schluck Wein. Nach ihrem ersten Kuss sanken sie auf die Couch zurück und begannen, sich gegenseitig auszuziehen. Sie mussten sich ziemlich verrenken, um nicht herunterzufallen, was sie dann aber doch taten. Es rumste laut, und sie horchten atemlos, ob jemand kommen und fragen würde, ob alles in Ordnung sei, doch sie hörten nur die Spielgeräusche von Lasse nebenan. Es dauerte noch fünf Minuten, bis Geraldines Küsse schwächer und kraftloser wurden. Schließlich rutschten ihre Hände von ihm ab, und sie blieb schlaff unter ihm liegen. Leif stützte sich auf und sah sie prüfend an.

»Geraldine?«, fragte er.

Sie antwortete nicht.

»Geraldine?«, wiederholte er lauter, doch sie zeigte keinerlei Reaktion mehr. Leif griff zwischen die Sofakissen und zog das Fläschchen hervor, bevor er Geraldine in ihr Schlafzimmer trug. Sie war schwer und kaum hochzubekommen in ihrem Zustand. Er ließ sie vorsichtig aufs Bett gleiten und begann, sie auszuziehen, auch wenn es ihm nicht behagte. Zuerst streifte er ihr die Hose ab und dann das T-Shirt. Fasziniert sah er ihren wunderschönen Körper an. Er wusste, dass er etwas Verbotenes tat, und deckte sie schnell zu. Im Wohnzimmer leerte er die Gläser und schüttete fast die gesamte Flasche in den Ausguss. Dann verschwand er mit einem letzten absichernden Blick über die Schulter aus der Wohnung.

Lasse wartete bereits auf ihn. Das Spiel lief auf der Playstation in einer Endlosschleife. Leif zog sich fertig an, dann kletterten sie aus dem Fenster und an der Dachrinne hinunter, damit sie im Hausflur niemandem begegneten.

***

Hofstätter saß frierend in seinem Wagen und trat tüchtig aufs Gas, um rechtzeitig am Rastplatz zu sein. Die Temperaturanzeige auf seinem Bordcomputer wies eine Außentemperatur von minus sieben Komma fünf Grad aus. Der Himmel war schwarz und kalt. Der Mond stand wie eine leuchtende Eisscholle über den Feldern. Diesmal würde er alles genau so machen, wie es der Erpresser vorgeschrieben hatte. Allerdings gingen ihm Kommissar Stressers Worte nicht mehr aus dem Kopf. Wer wusste, dass Aladdin dort gewesen war? Wer wollte ihn schädigen? Und wer konnte außerdem von seiner Affäre mit Sara wissen? Wenn er aus allen Antworten die Schnittmenge bildete, kam er auf nur ein Ergebnis: das Fischbacher Gestüt. Simon und er waren nie warm miteinander geworden, sie mochten sich nicht, und bei ihrer letzten Begegnung hatten sie sich gestritten. Er glaubte immer noch, dass Simon ihn absichtlich zweimal zur Kasse bitten wollte. Wenn *er* nun der Erpresser war? Vielleicht hatte er auf Saras Handy eine SMS von ihm entdeckt und war ihnen so auf die Schliche gekommen? Ja, Simon war die plausibelste Antwort auf die Frage, wer ihn erpressen wollte. Und auch die Sache mit Aladdin erschien Hofstätter unter dieser Warte immer logischer. Immerhin war es Simons minderjährige Tochter, um die es dabei ging. Er schlug heftig mit der Hand aufs Lenkrad, als er für sich feststellte, dass Simon derjenige sein musste, der ihn erpresste. Und sein hilfloses Gefühl, nur ein Opfer, ein Spielball zu sein, schwenkte um in ein euphorisches Überlegenheitsgefühl. Er kannte jetzt die Identität des Erpressers, und das würde er ausnutzen.

Als Hofstätter seinen Wagen beschleunigte und auf die letzte Kreuzung vor dem Ort der Übergabe lenkte, lachte er laut auf und rief: »Ich kriege dich. Haha, ich kriege dich!«

***

Leif und Lasse hatten eine holprige Fahrt auf den gefrorenen Waldwegen hinter sich. Die Fahrräder versteckten sie in einem Gebüsch, von dem aus sie über einen kleinen Pfad schnell tief in den Wald fahren konnten. Diesmal hatte Lasse eine andere Stelle auserkoren, um Hofstätter zu beobachten. Sie sollte ihnen mehr Sicherheit geben. Lange vor der Übergabe bezogen sie Position am Rande des Waldstücks südlich des Rastplatzes. Die Entfernung betrug gut hundert Meter oder mehr, aber in der klaren Nacht und bei dem hellen Mondschein konnte man auf diese Distanz ohne Weiteres scharf sehen.

»Teufel noch mal, diese verfluchte Kälte!«, schimpfte Lasse

und hüpfte ein wenig herum, um das Blut zum Zirkulieren zu bringen. Leif hatte die Arme fest um seinen Körper gelegt und zitterte. Sie waren etwas früher hier gewesen, um sich zu vergewissern, dass auch wirklich keine verdächtigen Fahrzeuge irgendwo parkten oder patrouillierten. Gegen zwanzig Uhr vierzig machte ihnen ein Lastwagenfahrer einen Strich durch die Rechnung. Er fuhr auf den Parkplatz, stieg aus, um in den Büschen zu pinkeln, und richtete sich dann wohl für die Nacht häuslich ein.

»Scheiße, Mann! Was machen wir jetzt?«, flüsterte Leif. Lasse starrte auf den Laster.

»Wenn er da übernachten will, soll er ruhig. Die Brummifahrer dunkeln doch alle ihre Scheiben ab und gucken in ihrer kleinen Koje Fernsehen, bis sie einschlafen. Wenn er da aber nur Rast macht, um zu essen, wird's schwierig.«

Von ihrem Standpunkt aus konnten sie die Windschutzscheibe nicht erkennen. Es blieb ihnen nichts weiter übrig, als zu warten und zu hoffen, dass der Kerl bei dieser Kälte nicht ausstieg, um etwas in den Mülleimer zu werfen oder draußen eine zu rauchen.

Pünktlich um neun tauchte der Porsche von Hofstätter auf der Straße auf. Er fuhr wesentlich zügiger als letztes Mal, bog auf den Parkplatz und hielt so dicht hinter dem Lkw, dass es für den Fahrer unmöglich gewesen wäre, ihn im Rückspiegel zu erkennen. Gleich darauf öffnete sich die Tür, und Hofstätter stieg aus. Der Rucksack baumelte in seiner Hand, und sogar auf diese Entfernung sah Lasse sehr zu seiner Freude, wie schwer er war. Hofstätter ging zum Mülleimer, warf das Geld hinein und lief zum Wagen zurück. Dann fuhr er zügig an dem Laster vorbei und zurück auf die Landstraße. Lasse und Leif warteten einen Augenblick, obwohl sie es kaum noch aushielten.

»Komm jetzt, bevor der Brummifahrer noch aussteigt.« Sie sprinteten los, über das freie Feld auf eine weitere schmale Baumreihe zu. Hier verharrten sie einen Augenblick und rannten dann weiter. Auf der B 188 fuhr ein Auto aus östlicher Richtung auf die Kreuzung zu. Sie behielten den Wagen im Auge, doch der fuhr weiter geradeaus in Richtung Hannover. Jetzt waren es nur noch sechzig Meter bis zum Ziel. Sie liefen auf hartem Ackerboden, es knackte und knarzte unter ihren Füßen, und dann hatten sie endlich das Gebüsch erreicht, das den Rastplatz vom offenen Feld trennte. Sie schoben sich durch die Zweige, liefen über einen kleinen, von Müll umlagerten Trampelpfad, und dann hatten sie es endlich geschafft. Ein kurzer Blick in alle Richtungen und zu dem Laster, und Lasse griff in den Eimer.

»Ich hab ihn. Er ist voll.« Lasse riss den Reißverschluss auf. Sie blickten hinein und ergriffen jeder einen Packen Geldscheine. »Es ist alles da! Alles da! Dreihundert, mein Alter, dreihunderttausend!« Lasse umarmte Leif mit seiner freien Hand. »Los, ab nach Hause, und dann wird gefeiert.«

Lasse setzte sich den Rucksack auf, und sie liefen los, diesmal nicht ganz so schnell. Zwischendurch hüpften und sprangen sie vor Freude.

***

Hofstätter bog nach links ab. Er passierte die Gaststätte »Kreuzkrug« zu seiner Rechten und fuhr hundert Meter weiter, bis zu dem ersten Wohnwagen auf der Strecke. Es war ein kleiner Anhänger mit roten blinkenden Lichterketten. Als er in den Waldweg einbog, warf ihm die Dame im Wagen einen Blick zu und stand auf. Es war besser, wenn sie ihn nicht sah, und so schaltete er rasch in den Rückwärtsgang und fuhr zurück auf die Straße. Bis die Prostituierte die Tür öffnete, war er schon wieder außer Sichtweite. Hofstätter prüfte, ob sich Autos von hinten oder vorn näherten, und als er keine sah, schaltete er sein Licht aus. Der Wagen rollte unbeleuchtet auf die Ampel zu, die auf Grün umsprang. Er gab Gas und kreuzte die B 214. Nach etwa einhundertfünfzig Metern erreichte er die kleine Nebenstraße, die vor drei Jahren verkehrsberuhigt worden war und an deren Ende ebenfalls ein Wohnwagen stand. Er hielt hinter einer Gruppe von jungen Birken und spähte über das Feld. Bald sah er zwei dunkle Schatten, die vom Parkplatz aus in Richtung Süden liefen. Zwei, es waren zwei! Hatte Simon einen Komplizen? Sara konnte es nicht sein, unmöglich. Wer war der zweite Mann? Oder war es am Ende doch nicht Simon? Egal, Hofstätter wollte es wissen, und er wähnte sich im Vorteil. Die beiden wussten nicht, dass sie beobachtet wurden. Eilig befühlte er den Inhalt seiner rechten Jackentasche. Die beruhigende schwere Form der Sig Sauer gab ihm ein Gefühl von Stärke und Macht, und sofort sprang er aus dem Wagen und nahm die Verfolgung auf.

Er war nicht mehr jung, aber als Reiter sportlich und trainiert. So holte er immer weiter auf und sah, dass die beiden Männer Freudensprünge machten. Im Rennen zog er die Waffe aus der Jacke und lief, so schnell er konnte. Zuerst hatten über hundert Meter zwischen ihnen gelegen, jetzt waren es vielleicht noch siebzig. Die Männer joggten nur noch, und Hofstätter konnte den Rucksack auf dem Rücken des einen hüpfen sehen. Noch sechzig Meter, dann fünfzig. Er versuchte auszumachen, um wen es sich handelte. Doch mit Sicherheit konnte er es nicht sagen. Der Linke konnte Simon sein. Vierzig Meter, dreißig Meter. Hofstätters Lungen brannten von der kalten Luft. Seine Beine fühlten sich schwach und wackelig an, was zum einen an der Belastung, zum anderen an dem Adrenalin lag, das durch seine Adern raste. Die beiden vor ihm hörten auf zu laufen. Er konnte sie lachen hören. Zwanzig Meter, fünfzehn. Sie schienen ihn nicht zu hören.

»Simon?«, schrie Hofstätter, und seine Stimme zerriss die kalte Luft auf dem freien Feld und hallte im Wald wider. Die Männer erschraken dermaßen, dass sie sich instinktiv duckten, bevor sie herumfuhren. Der Mond erhellte geisterhaft ihre Gesichter. Es war nicht Simon. Hofstätter blickte in ihre schreckgeweiteten Augen. Den einen erkannte er wieder. Er richtete die Pistole auf ihn. »Du bist das!«

Leif und Lasse warfen sich einen panischen, fragenden Blick zu. Keiner von beiden hatte damit gerechnet, dass Hofstätter ihnen auflauern könnte. Mit einem Mal standen sie nun ihrem Opfer gegenüber und sahen in den Lauf einer Waffe. Das Blatt hatte sich innerhalb von Sekundenbruchteilen gewendet.

»Ihr zwei? Ihr habt mich erpressen wollen? Und Aladdin vergiftet?«

Sie konnten nichts sagen, und es wäre auch überflüssig gewesen.

»Ihr zwei Mistkerle! Wer glaubt ihr eigentlich, wer ihr seid, he? Was denkt ihr euch?«, rief Hofstätter, und seine Wut wuchs immer mehr an.

»Wir denken, dass Sara ein wenig zu jung für Sie ist«, sagte Lasse kalt. Leif und Hofstätter waren gleichermaßen überrascht, wie forsch diese Antwort kam.

»Und darum wollt ihr dreihunderttausend Euro aus mir rauspressen? Zwei kleine Bübchen wie ihr? Ihr seid ja völlig durchgedreht. Ihr seid krank. Was hattet ihr geglaubt, würde jetzt passieren? Dass ihr mit dem Geld in die Karibik fahren könnt und euch niemand verfolgen wird? Ihr habt ein teures Sportpferd getötet, ihr habt ...« Hofstätter gingen die Worte aus.

»Wir haben ein Geschäft gemacht. Weiter nichts. Sie haben sich nicht an die Spielregeln gehalten, und das Pferd musste dran glauben. Ihre Schuld. Uns verarscht man nicht, Herr Hofstätter.«

»Ach nein? Ich sollte euch beiden eine Kugel in den Kopf jagen, ihr widerlichen Scheißkerle. Los, gib mir den Rucksack!« Hofstätter fuchtelte mit der Pistole herum.

»Das ist unser Geld«, sagte Lasse.

»Du gibst mir jetzt mein Geld, Bürschchen, oder ich knall dich ab, ich schwör's dir! Reiz mich nicht zum Äußersten, ich warne dich.«

»Ihre Pistole nützt Ihnen leider gar nichts, Herr Hofstätter. Es bleibt alles beim Alten. Wenn Sie das Geld zurückhaben wollen, werden wir dafür sorgen, dass Ihre Frau und alle Ihre Freunde erfahren, dass Sie es mit 'ner Minderjährigen treiben. Und Herrn Langensalza dürfte das erst recht interessieren, meinen Sie nicht?«

»Du gibst mir jetzt sofort mein Geld zurück«, wiederholte Hofstätter. Er sagte es ganz langsam und drohend.

»Sie können uns nicht erschießen. Sie können auch nicht das Geld zurückfordern. Sie sitzen in der Falle.«

»Ich kann zur Polizei gehen.«

»Sicher können Sie das. Nur müssten wir uns dann gar nicht mehr drum kümmern, dass Ihre Affäre ans Licht kommt, das erledigt dann die Polizei für uns. Sie würden uns damit sogar noch Arbeit abnehmen.«

Hofstätter merkte, dass der Junge tatsächlich im Vorteil war. Mehr noch, dass er keinen Funken Angst verspürte, und wenn doch, konnte er es sehr gut überspielen. Er hob die Waffe und entsicherte sie. Der Lauf zielte jetzt genau auf Lasses Stirn.

»Stopp!«, fuhr Leif dazwischen. »Wir können uns doch einigen, oder nicht? Wie wär's mit einem Kompromiss? Wir geben Ihnen Hunderttausend zurück und behalten nur den Rest, wie ursprünglich geplant.«

»Das ist doch kein Flohmarkt hier, ihr Penner! Ihr wollt mich erpressen, aber damit ist jetzt Schluss. Ihr werdet schön brav wieder in eure Bettchen gehen und von dem Scheißgeld träumen, oder ich knall euch hier draußen ab.«

Lasse machte einen vorsichtigen Schritt nach vorn und stieß mit seinem Fuß gegen einen faustgroßen Stein.

»Aber Herr Hofstätter, lassen Sie uns doch bitte irgendwie eine Lösung finden«, versuchte Leif es erneut. Hofstätter verlor langsam die Geduld.

»Ich krieg mein Geld zurück. Jetzt!«, schrie er.

In einer einzigen schwingenden Bewegung nahm Lasse den Stein auf und schlug ihn gegen Hofstätters Schläfe. Hofstätters Knie knickten ein, und er taumelte zur Seite. Lasse stieg ihm nach und ergriff den Arm mit der Waffe. Sie verkeilten sich ineinander und fielen zu Boden. Leif stand hilflos über den beiden. Sie ächzten und stöhnten vor Anstrengung.

»Hört auf!«, rief Leif und berührte einen der beiden Körper. Er konnte nicht mal sagen, wer es war. »Hört auf! Schluss jetzt!«

Doch sie wälzten sich weiter über den gefrorenen Boden. Dann gab es einen Knall. Er war schrecklich laut, aber dennoch irgendwie gedämpft. Es pfiff in Leifs Ohren. Das Knäuel vor ihm bewegte sich nicht mehr.

»Lasse?« Seine Atemwolken prallten von ihren Körpern zurück, doch er bekam keine Antwort. »Lasse!«

Da hörte er ein Stöhnen und Röcheln, und dann bewegte sich etwas. Ein Arm fiel zur Seite, die Finger zuckten. Und nach und nach rappelte sich einer der beiden auf, während der andere regungslos liegen blieb. Leif half seinem Freund auf die Beine.

»Lasse! Gott sei Dank. Was ist? Geht's dir gut? Hat er geschossen?«

»Ich bin in Ordnung. Aber er …«

»Was ist? Ist er etwa …«

Lasse hob den Rucksack auf und beugte sich dabei noch mal über Hofstätter. »Er ist tot. Der verdammte Kerl hat einfach nicht aufhören wollen …«

»Scheiße, Lasse! Du hast ihn umgebracht.«

»Was sollte ich denn machen?«, fuhr Lasse ihn an und packte ihn am Kragen. »Er wollte mich umbringen, und die Scheißknarre ging eben irgendwann los. Was sollte ich denn machen? Mich erschießen lassen?«

»Wir müssen weg hier. Schnell«, sagte Leif und zog ihn von Hofstätters Leiche fort.

»Halt. Die Knarre«, rief Lasse und ging noch mal zurück.

»Was willst du damit?«

»Meinst du, ich lass das Ding hier, oder was?«

Lasse stopfte die Waffe in den Rucksack, und dann liefen sie los. Zu ihren Fahrrädern. Hofstätter blieb zurück. Ein kleiner schwarzer Hügel auf dem in kaltes Mondlicht getauchten Acker.

Als sie über das Fallrohr zu ihrem Fenster hinaufgeklettert und zurück in ihre kleine Wohnung gestiegen waren, brach Leif verzweifelt zusammen. Er war ausgepumpt, erschöpft, geschockt und völlig überfordert.

»Hey, reiß dich jetzt gefälligst zusammen, klar? Wir haben das Geld. Das ist alles, was zählt. Wir dürfen jetzt nicht den Kopf verlieren, sondern müssen klar denken und dürfen keinen Fehler machen. Alles bleibt so wie geplant. Du bist jetzt dran. Du musst rüber zu Geraldine.«

Leif atmete tief ein und aus, um sich zu beruhigen.

»Los, geh rüber zu ihr! Mach schon«, befahl Lasse.

Leif ließ seine Jacke und Schuhe in der Wohnung und schlich rüber zu Geraldine. Sie lag noch genauso da, wie er sie zurückgelassen hatte. Leif zog sich aus, warf seine Sachen auf den Boden neben dem Bett und kroch zu ihr unter die Decke. Ihr Körper war herrlich warm und tröstend. Er legte einen Arm um sie. Schlafen konnte er jetzt nicht. Doch er hoffte, dass das Zittern in seinen Gliedern irgendwann nachlassen würde, und auch das Pfeifen in seinen Ohren. Sie hatten soeben ihr Schicksal besiegelt. Von jetzt an würde alles nur noch schrecklich werden. Sie hatten einen fatalen Fehler begangen, einen Fehler, der ihr ganzes Leben in einen Horrortrip verwandeln würde. Nur hier, neben diesem Mädchen, in ihrem Zimmer, unter ihrer Decke fand er so etwas wie einen Rückzugsplatz, eine sichere Höhle, während draußen vor dem Eingang schon die Wölfe auf ihn warteten.

Vier

Kommissar Stresser hielt auf dem Parkplatz auf der gegenüberliegenden Seite. Die Kriminaltechnik hatte den gesamten Rastplatz schon abgesperrt und ausgeleuchtet, und mitten auf dem Feld sah man eine Gruppe weiß gekleideter Männer gebückt herumschleichen. Stresser versuchte, seine vom Schlaf verlegenen Haare zu richten, und dachte, was für ein merkwürdiger Zufall es doch war, dass erst das Pferd und nun auch Hofstätter selbst Opfer einer Gewalttat geworden waren. Er stieg aus, blickte an der Landstraße nach links und rechts und ging dann hinüber, um sich unter dem Absperrband hindurch zu seinen Kollegen zu begeben. Der Laster stand noch an Ort und Stelle.

»Hallo, Herr Stresser«, sagte einer der Beamten und reichte ihm die Hand. Er zeigte auf den Lkw-Fahrer. »Das ist Herr Antoniak. Er hat den Vorfall gemeldet.«

Herr Antoniak, ein kleiner schmaler Mann mit grauen Schläfen und wild gelocktem Haar, trat vor. Er nickte nur zur Begrüßung, man sah deutlich, wie nervös, unsicher und müde er war. Stresser nahm ihn beiseite, und sie gingen ein Stück in Richtung des Lasters.

»Herr Antoniak, guten Abend erst mal. Mein Name ist Stresser von der Kriminalpolizei Celle. Sie sind Fernfahrer?«

Antoniaks Blick haftete an Stressers Fliege, als hätte er noch nie etwas Ähnliches gesehen.

»Ja, is richtig.«

»Ist das Ihr Fahrzeug?«

»Meins? Na ja, nein, ich fahr's nur. Ich bin bei Intertrans angestellt.« Er blickte auf seine Uhr. »Wird das lange dauern hier? Mein Chef …«

»Ihr Chef muss sich wohl oder übel gedulden. Sie sind Zeuge eines Schwerverbrechens, wie es aussieht, und jetzt erzählen Sie mir bitte, was vorgefallen ist.« Stresser wackelte mit seinem Schnauzbart.

»Na ja, ich hab hier übernachten wollen. Kam auf den Parkplatz, bin einmal kurz pis… äh, in den Büschen gewesen und hab mich dann im Wagen hingelegt.«

»Um wie viel Uhr war das denn?«

»Das muss so gegen neun gewesen sein. Bei Jauch war gerade Werbepause.«

»Oh, sie haben einen Fernseher an Bord?«, fragte Stresser.

»Ja, allerdings, irgendwas muss man ja machen.«

»Verstehe. Und was passierte weiter?«

»Na ja, ich bin wohl eingenickt, und irgendwann hör ich plötzlich diesen Knall.«

»Aha, und es war mit Sicherheit nur *ein* Knall?«

»Zumindest hab ich nur einen gehört.«

»Wie spät war es da?«

»Da war Jauch schon vorbei, also zwanzig nach neun ungefähr.«

»Okay, und was haben Sie dann gemacht?«

»Ich bin raus und hab nachgeguckt. Es hätte ja auch ein Reifen geplatzt sein können.«

»Und dann?«

»Ich hab mich umgesehen, aber da war kein Auto. Also bin ich rumgegangen und hab da hinten aufm Acker was liegen sehen. War recht groß. Ich bin hin und hab nachgeguckt, was es war. Na ja, ich hab 'nen ordentlichen Schreck gekriegt, als das tatsächlich ein Kerl war, der da lag. Zum Glück hatt ich mein Handy dabei und hab gleich die Polizei gerufen.«

»In der Tat, das haben Sie prima gemacht. Meine Kollegen haben Ihre Aussage schon zu Protokoll genommen?«

»Ja, im Bus.«

»Gut, Herr Antoniak, dann können Sie jetzt weiterfahren. Ich muss sie allerdings bitten, in der nächsten Zeit keine Auslandsreisen zu unternehmen. Wir informieren Ihren Arbeitgeber, denn wenn wir Sie noch brauchen sollten, müssen wir Sie schnell erreichen können.«

»Na gut, wenn Sie das so sagen.«

»Ja, also vielen Dank erst mal und gute Fahrt.«

Antoniak sah sich um, stieg auf seinen Bock und kurbelte das Fenster herunter. »Wie soll ich da durchkommen?« Er deutete auf das Absperrband. Stresser wies einen Beamten an, ihn passieren zu lassen, und der Laster fuhr davon.

Stresser drehte sich zu dem Kollegen um, und der Beamte klärte ihn weiter auf. »Wir haben Herrn Hofstätter hier auf dem Feld gefunden. Sein Auto steht aber da drüben an der Seitenstraße. Die Dame aus dem Wohnwagen dort hatte keine Kunden zu der Zeit. Sie hat den Schuss auch gehört und gesagt, es sei Viertel nach neun gewesen. Es war ein glatter Bauchschuss. Die Kugel ging durch und ist schon gefunden worden. Die Hülse auch. Eine 9mm. Die Waffe fehlt.«

Stresser antwortete mit einem unzufriedenen Brummen und ging dann hinüber zum Tatort. Seine Schritte knirschten laut auf dem harschen Boden.

»'n Abend, Stresser«, sagte Karsten Bonte, Chef der Kriminaltechnik. Stresser wackelte mit seinem Bart.

»Hab gestern Abend noch mit ihm gesprochen«, sagte er und blickte auf den Blutfleck, der sich im grellen Licht der Polizeilampen schwarz schimmernd wie eine Ölpfütze von dem porösen Boden abhob. »Ich hatte gleich ein komisches Gefühl. Aber das hätte ich nicht erwartet.«

Bonte nickte, und sein Anzug raschelte. »Tja, die Spuren sind nicht eindeutig, zumal der gefrorene Boden nicht viel hergibt. Es könnte so etwas wie ein Kampf stattgefunden haben, aber ich kann nicht sagen, wie viele Personen beteiligt waren.«

Stresser blickte zum Wagen von Hofstätter, dann zum Parkplatz und wieder auf den Blutfleck.

»Äußerst merkwürdig. Was kann er hier gewollt haben? Und warum steht sein Auto nicht auf dem Parkplatz? Bei der Prostituierten war er nicht. Was macht man abends mitten auf einem Feld?«

Bonte zuckte mit den Schultern und sah ihn ratlos an.

Fünf

Shelly und Katja warteten im Büro von Dr. Spieß auf dessen Eintreffen. Von draußen klang Pferdegetrappel zu ihnen herein, und die Sonne fing sich in einer Tüllgardine, die das Büro nach außen uneinsichtig machte.

»Kennst du ihn schon lange?«, fragte Shelly und betrachtete neugierig, was so alles auf dem Schreibtisch von Spieß herumlag.

»Wen? Spieß? Ja, ich hab bei ihm gelernt.«

»Was? Wirklich? Na, das muss ja ein lustiges Studium gewesen sein.«

Katja lachte. »Ja, er ist … sehr speziell, aber er hat Ahnung.«

In dem Moment ging die Tür auf, und Spieß kam herein. Es sah aus, als wüsste er genau, dass die beiden über ihn gesprochen hatten.

»So, Cleopatra ist wohlauf, sie frisst und trinkt schon wieder, ist leicht apathisch, aber das schien sie ja vor dem Eingriff auch schon gewesen zu sein, Ihren Äußerungen zufolge.« Er nahm hinter seinem Schreibtisch Platz, zog ein Glasfläschchen aus der Kitteltasche und schraubte es auf. »Und hier ist der Übeltäter.« Er ließ die Nadel auf den Tisch fallen und nahm eine Lupe zur Hand.

Shelly und Katja beugten sich neugierig vor.

»Es ist ein abgebrochenes Teilstück. Ich würde sagen, es handelt sich um eine Injektionsnadel, wie sie für Thrombosespritzen benutzt wird. Was sagen Sie?« Er reichte Katja die Lupe.

»Ja, würde ich auch sagen. Aber Cleo hat niemals eine solche Injektion erhalten«, sagte sie.

»Nun, diese Nadel widerlegt das«, erwiderte Spieß ohne jeden Vorwurf. Dennoch war Katja bestürzt und verfiel in einen Verteidigungsmechanismus.

»Aber ich habe das Pferd doch betreut, Frank, und zwar ausschließlich. Wie soll das passiert sein?«

Als sie ihn Frank nannte, horchte Shelly auf. Spieß registrierte das sofort.

»Nun, es muss wohl jemand anders seine Finger im Spiel gehabt haben«, sagte er.

»Aber wer soll das gewesen sein?«

»Die Frage ist: Warum hat er es getan?«, sagte Shelly, und beide sahen sie an.

»Das ist nichts, was ich beantworten kann«, sagte Dr. Spieß. »Ich müsste jetzt mit meiner Arbeit weitermachen. Das Tier kann in den Anhänger verbracht werden. Frau Dr. Zinnbacher, Sie wissen ja, wie Sie sich im weiteren Gesundungsverlauf zu verhalten haben.« Er sagte das mit einer besonderen Distanz in der Stimme und einer deutlichen Betonung auf Katjas Titel und Nachnamen.

Sie standen auf und gingen zur Tür.

Shelly drehte sich noch einmal um. »Ach, Herr Dr. Spieß? Bei Ihnen war doch auch der Hengst von Herrn Hofstätter in Behandlung, Aladdin.«

»Ja. Was wollen Sie damit sagen?«

»Gar nichts, ich wollte nur wissen, ob man ein Pferd tatsächlich so schnell vergiften kann. Und ob die Polizei schon irgendetwas rausgefunden hat.«

Er blickte Shelly einen Moment lang an.

»Ist hier tatsächlich jemand eingebrochen? Das finde ich reichlich beängstigend«, sagte nun auch Katja. Da wurde sein Ausdruck etwas milder.

»Wir denken, dass die anderen Pferde nicht gefährdet sind. Wie es aussieht, hat jemand gezielt dieses Tier ausgesucht. Aber natürlich wirft der Vorfall kein gutes Licht auf uns. Alle hier sind verunsichert und verängstigt.«

»Was war es denn nun?«, fragte Shelly.

»Es waren Eibenzweige, wie ich vermutet hatte.«

Es klopfte laut an der Tür. Spieß, der die Hand schon auf der Klinke hatte, öffnete. Von Steinmeier stand vor ihm.

»Hast du's schon gehört?«, fragte er und wirkte höchst besorgt. Er schien die beiden Damen gar nicht zu bemerken.

»Was meinst du?«, fragte Spieß.

»Hofstätter. Man hat ihn heute Nacht auf einem Acker unten an der B 214 gefunden.«

Sechs

Leif hatte keine Sekunde geschlafen, als Geraldine aufwachte. Er hatte gehört, wie ihr Atmen sich veränderte und sie sich langsam unter der Decke zu bewegen begann. Sie öffnete verschlafen die Augen und blickte direkt in sein Gesicht. Leif versuchte zu lächeln. Ihr Blick wurde immer klarer und verblüffter. Ihre Augen flogen über Leif hinweg, über die Decke und die Umrisse ihrer beiden Körper darunter, das Bett und ihre Kleider auf dem Boden daneben. Dann schielte sie schließlich unter die Decke und stellte fast erschrocken fest: »Ich hab ja gar nichts an!«

Leif schüttelte den Kopf. Wieder ging ihr Blick unter die Decke. »Und du auch nicht!«

»Guten Morgen«, flüsterte Leif, und es klang sehr aufrichtig. Es fühlte sich so gut und richtig an, neben ihr zu liegen.

»Hallo. Was ist passiert, was haben wir gemacht? Oh Gott, dieser Wein, ich hab 'nen totalen Filmriss.«

»Wir haben uns geküsst und sind vom Sofa gefallen. Danach sind wir hier rübergegangen, und hier sind wir immer noch.«

»Oh nein, ich weiß nichts mehr. Das mit dem Sofa weiß ich noch, aber danach ist alles weg.«

»Das tut mir leid. Und nun?«

Geraldine versuchte, wenigstens eine winzige Erinnerung heraufzubeschwören, doch Leifs grünlich schimmernde Augen lenkten sie ab. Ihr eben noch verunsicherter Blick wurde weicher. »Tja, ich schlage vor, dass du mir ein wenig auf die Sprünge hilfst. Vielleicht erinner ich mich dann ja besser.«

»Okay …« Leif küsste sie. »Wie war das?«

»Nein, ich glaube, das reicht noch nicht ganz.«

Sie schlang ihre Arme um ihn, und für die nächste halbe Stunde vergaß Leif völlig, was außerhalb dieses Zimmers geschehen war.

Sieben

Als Shelly und Katja mit dieser Nachricht im Gepäck auf den Fischbacher Hof zurückkamen, wollte Shelly zunächst mit Sara allein sprechen, doch das erwies sich als äußerst schwierig, denn alle strömten zu ihnen, um Cleopatra nach ihrer Operation wiederzusehen, und bildeten in gebührlichem Abstand einen Halbkreis um den Anhänger. Shelly und Katja stiegen aus. Simon stand in der Mitte der Gruppe, Jülich neben ihm, und etwas versetzt nach hinten standen Leif, Geraldine und Lasse.

»Und, wie geht's ihr?«, fragte Simon und machte einen Schritt nach vorn. Shelly suchte in der Gruppe nach Sara, konnte sie aber nicht entdecken.

»Sie hat alles prima überstanden«, sagte Katja. »Das ist die Nadel, die Spieß aus ihr rausgeholt hat.« Sie reichte Simon das kleine Fläschchen, und er warf neugierig einen Blick hinein. Shelly beobachtete Leif und Lasse. Fast alle Umstehenden reckten ihre Köpfe nach vorn, sogar Leif. Nur Lasse nicht. Shelly beschloss, mit der Neuigkeit herauszukommen.

»Habt ihr schon das von Hofstätter gehört?«, fragte sie.

Simon sah sie fragend an. Shelly öffnete den Anhänger und klappte die Rampe aus. Sie ging zwei Schritte auf ihr hoch.

»Man hat auf ihn geschossen. Ein Lastwagenfahrer hat ihn gestern Nacht auf einem Feld gefunden.«

»Wie bitte?« Simon war fassungslos. »Ist er …«

Shelly sah von ihrer erhöhten Position unauffällig zu Leif und Lasse. »Nein, er lebt noch. Er liegt im Koma.«

Leif und Lasse warfen sich einen kurzen Blick zu. Sie waren leichenblass geworden.

»Das gibt es doch gar nicht, was ist hier eigentlich los? Erst vergiftet man sein Pferd, und jetzt …«

»Die Polizei hat auf dem Feld wohl so einige Spuren gefunden«, behauptete Shelly einfach und wartete wieder auf die Reaktion der beiden Jungen. Sie wurden augenscheinlich immer nervöser. Lasses Mund war nur noch ein blasser Strich, und seine zusammengeschobenen Brauen verdunkelten seine Augen. Shelly wandte sich ab und machte sich daran, Cleopatra aus dem Anhänger zu führen. Die Gruppe hinter ihr löste sich langsam auf und schwärmte aus. Nur Simon war geblieben, als Cleopatra, noch etwas benommen von der Narkose, aus dem Hänger getrottet kam. Er hielt das Glas mit der Nadel nach wie vor fest in der Hand.

»Ist Sara noch in der Schule?«, fragte Shelly und riss Simon aus seinen Gedanken.

»Was? Ja, sie müsste aber gleich kommen.«

»Wir wollten noch Gitarre üben.«

Simon nickte abwesend, und Shelly brachte Cleopatra in ihre Box. Das Pferd ließ alles einfach geschehen. Es schien zu müde für eine Gegenwehr zu sein und glücklich darüber, wieder in seiner vertrauten Box zu stehen.

»Na, schönes Mädchen? Du bist wieder zu Hause. Ja, jetzt wird alles gut. Der nette Dr. Spieß hat dir die Nadel rausgeholt, und jetzt wird deine Hüfte besser. Bald kannst du wieder laufen wie früher.«

Sie streichelte Cleopatra über die Nüstern. Die Stute stellte die Ohren auf und hob den Kopf. Shelly horchte und hörte Schritte. Es waren Leif und Lasse, die an der Box vorbeigingen. Beide trugen Sättel.

»Hey, Jungs!«, rief Shelly. Die beiden blieben zögernd stehen. Sie wären lieber ohne ein Gespräch mit ihr weitergegangen. »Darf ich euch was fragen?«

Shelly kam aus der Box und schloss sie hinter sich. Sie überlegte kurz, bevor sie begann, leise mit den beiden zu sprechen.

»Was haltet ihr von der Geschichte mit der Nadel?«

Leif und Lasse standen da, mit den Sätteln vor dem Bauch, und sahen sie ratlos an. Keiner sagte etwas.

»Glaubt ihr, dass man Cleo vielleicht dopen wollte oder so? Ist hier schon mal so etwas vorgekommen?«

»Warum sollten wir Ihnen das sagen?«, fragte Lasse.

»Nun, weil es verboten ist. Und ich halte euch für zwei ehrliche, gute Jungs. Genau wie Simon. Er ist sehr stolz auf euch.«

»Ach ja?«

»Ja. Wenn Doping keine Option ist, dann … aber nein, das kann ich mir nicht vorstellen.«

»Was meinen Sie?«, fragte Leif.

»Wie lange arbeitet ihr hier schon am Hof? Habt ihr Simons Frau noch kennengelernt?«

»Ja, haben wir. Sie war sehr nett«, sagte Leif.

»Sara erzählte mir, dass Simon das Pferd gehasst hat und ihm die Schuld am Tod seiner Frau gab. Glaubt ihr, *er* könnte dazu fähig sein, so etwas zu tun wie mit der Nadel?«

»Hören Sie, Mrs. Stone«, begann Lasse. »Herr Langensalza ist ein guter Arbeitgeber. Wir machen hier in drei Tagen unsere Prüfung. Ich würde den Teufel tun und ihn verpfeifen. Selbst wenn ich's wüsste.«

»Aber sonst fällt euch wohl auch niemand ein, der es getan haben könnte? Frau Dr. Zinnbacher vielleicht?«

»Die? Niemals«, sagte Leif.

»Was wollen Sie eigentlich wirklich von uns?«, fragte Lasse. »Kümmern Sie sich denn gar nicht um Ihren eigenen Hof? Da gibt es doch bestimmt genug Arbeit für Sie. Hier auf dem Hof war alles friedlich, bis Sie kamen.«

»Oh, das ist nicht sehr nett, junger Mann. Schließlich hab ich das mit der Nadel überhaupt erst rausgefunden. Da ist es doch nur verständlich, dass ich wissen möchte, wie es dazu kommen konnte, meint ihr nicht? Aber ich verstehe, dass das angesichts dieser Geschichte mit Hofstätter belanglos wirkt. Der arme Mann … Warum sollte jemand auf ihn schießen? Wer könnte ein … wie heißt das bei euch?«

»Motiv«, sagte Lasse.

»Motiv? Okay, wer könnte ein Motiv haben? Nur jemand, der ihn kennt, schätze ich. Kennt ihr ihn?«

»Was soll das heißen?«, fragte Leif.

»Oh nein, so hab ich das nicht gemeint. Egal … macht ihr mal weiter. Ich halte euch nur von der Arbeit ab. Nachher bin ich noch schuld, wenn ihr schlechte Noten bekommt.«

Es war fast fünfzehn Uhr, als Sara endlich nach Hause kam. Shelly war ins Haus gegangen und wartete oben in ihrem Zimmer auf sie. Sie hatte angefangen, ein bisschen auf der Gitarre zu spielen und dazu zu singen. Ein altes Volkslied über die Flüsse von Texas und eine unglückliche Liebe. Die Tür hatte sie völlig überhört. Plötzlich stand Sara im Zimmer.

»Das ist schön.«

Shelly hörte sofort auf zu spielen.

»Sara! Tut mir leid, ich wollte hier auf dich warten und bin einfach in dein Zimmer gegangen.«

»Schon gut, kein Problem. Kann ich das auch mal spielen?« Sie warf ihren Rucksack auf den Boden und streckte die Hand nach ihrer Gitarre aus.

»Sara, wir spielen jetzt nicht. Ich muss dir was sagen.« Shelly legte die Gitarre beiseite, und Sara setzte sich ängstlich neben sie aufs Bett.

»Ist was mit Papa?«

»Nein.«

»Bernd?«

»Ja. Jemand hat auf ihn geschossen.«

Sara hielt erschrocken die Hände vor den Mund.

»Er liegt im Koma. Viel mehr weiß ich leider auch nicht. Man hat ihn auf einem Feld gefunden, irgendwo südlich von hier.«

Sara begann, am ganzen Körper zu zittern. Shelly drückte sie ganz fest an sich.

»Schätzchen, wir müssen zur Polizei und das mit der Erpressung sagen. Ich bin sicher, dass das miteinander zu tun hat.«

»Nein, das geht nicht«, fuhr Sara auf, doch Shelly hielt sie weiterhin fest.

»Doch, Sara, das geht. Vertrau mir.«

Acht

Stresser fuhr die Auffahrt zum Anwesen der Hofstätters hinauf. Er stieg aus, sah sich um und klingelte schließlich. Ein Dienstmädchen öffnete.

»Ja bitte?«

»Mein Name ist Stresser von der Kripo Celle, ich möchte bitte mit Frau Hofstätter sprechen.«

»Frau Hofstätter ist … Sie hat sich etwas hingelegt.«

»Das verstehe ich. Würden Sie sie trotzdem herunterbitten, es ist sehr wichtig.«

Das Mädchen war verunsichert.

»Ja, also gut, dann kommen Sie doch bitte herein.«

Sie ließ Stresser im Flur stehen und eilte nach oben, wo er sie flüstern hörte. Stresser wunderte sich über einen mit einem Vorhängeschloss versehenen Schrank neben der Garderobe und wurde kurze Zeit später in ein Wohnzimmer geführt, das größer war als seine gesamte Wohnung. Das Mädchen brachte ihm ein Glas Wasser und verschwand. Er musste fast zwanzig Minuten warten, bis Frau Hofstätter endlich auftauchte. Man sah sofort, warum. Sie hatte versucht, ihr vom Weinen und von der Müdigkeit gezeichnetes Gesicht zu überschminken, was aber nur ungenügend gelungen war.

»Frau Hofstätter, ich bin Kommissar Stresser, wir sind uns neulich schon mal kurz begegnet. Es tut mir sehr leid, was mit Ihrem Mann passiert ist.«

Sie winkte ab, als hätte er ihr etwas Ungenießbares zu essen angeboten, und setzte sich an einen gläsernen Couchtisch. Sie trug einen roten Kimono und eine schwarze Seidenhose. Stresser nahm auf einer riesigen Couch Platz.

»Ich hatte es zunächst im Krankenhaus versucht, aber da sagte man mir, dass Sie nach Hause gefahren sind.«

»Ja, ich war die ganze Nacht dort. Tillmann, unser Sohn, ist jetzt noch da.«

»Ja. Frau Hofstätter, ich bin sehr bestürzt, weil ich gestern

Abend, quasi kurz vor dem Unglück, noch mit Ihrem Mann gesprochen habe. Ich war bei ihm im Büro, und wir haben uns über Alabaster unterhalten.«

»Aladdin.«

»Ja, Aladdin, natürlich. Ich fragte ihn, ob es jemanden gibt, dem er zutraut, ihm so etwas anzutun, einen geschäftlichen oder privaten Widersacher. Aber Ihrem Mann fiel niemand ein. Jetzt ist es natürlich umso wichtiger, so etwas zu wissen. Fallen Ihnen vielleicht Personen ein, die Streit mit Ihrem Mann hatten, etwa weil sie von ihm gefeuert wurden oder sich von ihm ungerecht behandelt fühlten?« Stresser strich sich mit Daumen und Zeigefinger über den Bart.

»Sie meinen: außer mir?« Sie lachte bitter. »Entschuldigen Sie, aber mein Mann ist viel beschäftigt. Die Firma, der Sport, Freunde, Vorstand hier, Vorstand dort. Es gab Zeiten, da habe ich gedacht, er hätte ein Verhältnis mit seiner Sekretärin, so ganz typisch, wissen Sie? Aber inzwischen glaube ich einfach nur, dass er … na ja, besessen ist zu viel gesagt, aber er kann einfach nicht stillstehen. Er muss ständig etwas tun, fast zwanghaft. Und dadurch kennt er tausende und abertausende Leute. Wer da nun gerade mal sauer auf ihn ist, kann ich wirklich nicht sagen.«

»Verstehe. Hat er sich denn in letzter Zeit vielleicht anders verhalten als sonst? Gab es Dinge, die Ihnen an ihm aufgefallen sind?«

Sie nickte. »Er hatte Angst. Das kenne ich sonst gar nicht von ihm. Aber diese Geschichte mit Aladdin hat ihm Angst gemacht.«

»Nun, ganz unberechtigt war das wohl nicht. Ich denke, dass diese beiden Taten unmittelbar zusammenhängen. Deshalb bin ich überzeugt, dass der Täter aus dem sportlichen Umfeld Ihres Mannes kommt. Er muss etwas mit dem Pferdesport zu tun haben.«

»Da fällt mir ein, dass Bernd neulich … aber ich will hier niemanden in den Schmutz ziehen.«

»Nein, nein, sagen Sie es ruhig, ich verhafte ja niemanden ohne Grund und Beweise.«

»Es ging um einen langjährigen Geschäftspartner, den ich auch kenne. Die beiden haben sich nie sonderlich gemocht, waren aber nie privat geworden, sodass es unerheblich war. Nun hat mein Mann aber gedacht, dass er betrogen wurde, um ein paar hundert Euro oder so. Ich weiß noch, wie er fluchend nach Hause kam.«

»Um wen handelt es sich denn, und was war das für ein Geschäft?«

»Er hat Sperma gekauft. Das klingt für Sie jetzt sicher etwas komisch, ist aber in der Pferdezucht alltäglich. Im Fischbacher Gestüt, bei Herrn Langensalza.«

»Und er sagte, er sei betrogen worden?«

»Ja, aber ich kenne die Einzelheiten nicht. Da mische ich mich nicht ein.«

»Das ist ein guter Hinweis, vielen Dank. Dürfte ich mich vielleicht einmal in seinem Büro umschauen?«

Frau Hofstätter strich ihren Kimono glatt und schürzte die Lippen. »Ich weiß nicht, ob Bernd das gefallen würde.«

»Ja, aber er liegt im Koma, und Sie sind seine Frau. Ich suche lediglich nach Hinweisen, die mich weiterbringen könnten.«

Frau Hofstätter begleitete Stresser schließlich doch ins Büro ihres Mannes. Dort verschränkte der Kommissar unschuldig die Arme hinter dem Rücken und sah sich mit vorgestrecktem Kopf um. Er las die Buchtitel und die Aktenbeschriftungen in dem großen Wandschrank, bis er auf die verschlossene Klappe stieß.

»Was ist hier drin?«

»Die Bar.«

»Ah.« Er lächelte unter seinem Bart. »Ist Ihr Mann Scotch- oder Bourbon-Trinker?«

»Wie bitte?«

»Oh, eine dumme Angewohnheit von mir. Männer sind wie die Sorte Whiskey, die sie trinken. Daher teile ich sie in Scotch- und Bourbon-Typen ein. Mir ist mal aufgefallen, dass das bei fast allen Männern zutrifft.«

»Und was bedeuten Ihre Kategorien?«

»Scotch-Männer sind Kopfmenschen, berechnend, kontrolliert. Bourbon-Männer sind Bauchmenschen, emotional und impulsiv.«

»Na, dann machen Sie mal die Klappe auf«, sagte sie.

Stresser drehte den kleinen Schlüssel, bis es klickte, und zog die Tür auf. Ein Licht ging an, und eine hübsche kleine Bar mit verspiegeltem Hintergrund tauchte auf. Ganz vorn standen eine Flasche Jameson und eine Flasche Jack Daniels. Stresser lachte. »Das ist nett.«

»Er trinkt Scotch, wenn er sich entspannen will, und genießt ihn auch. Bourbon trinkt er, wenn er sich betrinken will.«

»Ach, so einer ist Ihr Mann«, sagte Stresser und schloss die Klappe wieder. Er drehte sich um und inspizierte den Schreibtisch. Da war nichts, was dort nicht unbedingt hingehörte. Unter dem Tisch stand ein Papierkorb, den Stresser hervorholte. »Im Müll lassen sich manchmal die interessantesten Dinge finden«, erklärte er und stocherte mit dem Finger in alten Papieren und zerrissenen Umschlägen herum. »Haben Sie etwas dagegen, wenn ich das mitnehme?«

»Den Müll? Na, wie Sie wollen ...«

Stresser zog den Plastikbeutel aus dem Eimer und knotete ihn zu.

»Gut, ich denke, ich gehe jetzt wieder. Wir werden alles darangeben, so schnell wie möglich aufzuklären, was Ihrem Mann zugestoßen ist, Frau Hofstätter.«

Sie begleitete ihn zur Haustür. Im Flur blieb Stresser vor dem verschlossenen Schrank stehen.

»Darf ich fragen, was sich hier drin befindet?«

»Oh, das ist der Waffenschrank meines Mannes.«

»Jäger?«

»Schützenverein.«

»Haben Sie einen Schlüssel dafür?«

»Der ist oben im Safe.«

»Wären Sie so nett?«

Sie war nicht begeistert, lief aber hinauf und holte den Schlüssel. Im Schrank standen senkrecht vier Gewehre. Darunter waren drei Schubladen, in denen sich Pistolen befanden. Stresser öffnete eine nach der anderen. In der untersten fand er nur einen leeren Pistolenkoffer.

»Wo ist diese Waffe?«

»Keine Ahnung.«

Stresser las das Fabrikat.

»Sig Sauer 9mm.« Er richtete sich auf und schnaufte bedeutungsschwer.

»Was ist?«

»Es könnte sein, dass Ihr Mann mit seiner eigenen Pistole angeschossen wurde.«

Neun

»Wir sind geliefert, Lasse, jetzt ist alles aus«, flüsterte Leif. Er saß auf seinem Bett, den Kopf in den Händen vergraben. Lasse stand mit leerem Blick im Zimmer und biss auf seiner Unterlippe herum. »Das ist vollkommen schiefgelaufen. Wir können das nicht länger durchziehen.«

»Hör auf zu heulen.« Lasse setzte sich neben ihn und überlegte. »Wenn er stirbt, ist alles in Butter.«

»Darauf können wir uns nicht verlassen. Wenn er aufwacht, sind wir dran«, meinte Leif.

»Ja, das stimmt. Abhauen geht aber nicht, denn das wäre so etwas wie ein Geständnis. Dann kriegen sie uns schneller, als wir gucken können. Bleibt also nur noch eine Lösung.«

Leif sah seinen Freund an.

»Oh nein. Auf keinen Fall. Das da draußen war ein Unfall, Mord ist etwas ganz anderes. Vorher geh ich zur Polizei und …«

»Und was? Na? Sprich's schon aus.«

Leif konnte es nicht.

»Die werden ihn im Krankenhaus bewachen. Die schnappen uns, sobald wir auch nur einen Schritt da reinsetzen. Tut mir leid, Lasse, ohne mich. Das wäre reiner Selbstmord.«

Lasse fing an zu lachen. Aber es klang nicht lustig, sondern wie das Lachen eines Verzweifelten.

»Soll das heißen, dass alles umsonst war? Dass wir einen Haufen Kohle haben, die wir verbrennen oder noch besser wieder zurückgeben sollten? Ja? Wollen wir ihm den Rucksack einfach wieder vor die Tür legen? Schwachsinn!«

»Sei leiser«, sagte Leif.

»Warum? Du willst doch ohnehin alles erzählen, warum sollte ich also leise sprechen? Wirklich, Leif, du musst nicht so tun, als ob du ein Heiliger wärst. Du hängst genauso drin wie ich. Du drückst dich nur vor dem, was getan werden muss. Aber so landen wir auf jeden Fall im Gefängnis. Für Bedenken ist es verdammt noch mal zu spät.«

»Es wächst uns übern Kopf, verstehst du nicht? Es war so schon alles schwer genug, und jetzt das. Shelly sitzt uns auch im Nacken. Wir verlieren die Kontrolle.«

»Hey, nun mal ganz ruhig, Alter. Hofstätter ist ein Problem, keine Frage, und unser dringendstes dazu. Aber unsere Alibis sind so gut wie wasserdicht, und falsche Spuren haben wir auch gelegt. Wir müssen uns also nicht den Kopf zerbrechen. Alles ist im Lot, bis auf den Komapatienten. Um Shelly können wir uns später kümmern. Aber Hofstätter muss jetzt erledigt werden. Darum kümmere ich mich.«

»Lasse, du kannst da nicht wie Dr. Kimble ins Krankenhaus reinmarschieren. Die warten doch nur auf dich.«

Lasse wollte gerade antworten, als es klopfte.

»Ja, was ist?«, rief er.

»Ich bin's, Geraldine.«

Lasse, sah Leif genervt an.

»Komm rein«, sagte Leif, und ihre Nachbarin steckte den Kopf ins Zimmer.

»Heute Abend ist ein Konzert im Fuchsbau. Gehen wir hin?« Der Fuchsbau war ein Jugendzentrum mit einer kleinen Bühne in der ersten Etage.

»Ich denke nicht«, sagte Lasse.

»Oh, ich hatte eigentlich auch nur Leif gefragt«, meinte Geraldine. »Hast du Lust?« Sie lächelte kokett.

»In Ordnung«, sagte Leif. »Ich komme gleich.«

»Klasse.« Sie verschwand, und Lasse blickte Leif zornig an.

»Was?«, brauste der auf. »Ich kann ja jetzt schlecht so tun, als würde ich sie auf einmal nicht mehr mögen. Wie glaubwürdig wäre das denn?«

»Pass lieber auf, dass du dir nicht den Kopf verdrehen lässt.«

»Keine Angst«, sagte Leif und wusste im Grunde, dass es längst zu spät war.

Zehn

Shelly und Sara gingen durch einen langen Flur. Die Decken hier waren hoch und mit Stuck besetzt. Ihre Schritte hallten durch den Gang. Namensschilder hingen jeweils links der Türen in einer schmalen Schiene. Shelly las die Beschriftungen, bis sie an der vierten Tür Stressers Namen fand. Sie klopfte, und Sara versteckte sich halb hinter ihr. Sie hörten kein »Herein«, nur das Gemurmel mehrerer Männerstimmen. Shelly klopfte erneut, diesmal etwas lauter, und nach drei Sekunden wurde die Tür geöffnet. Ein junger Polizeibeamter in Jeans und kariertem Hemd stand vor ihnen.

»Ja, bitte?«

»Ist das das Büro von Kommissar Stresser?«

»Richtig.«

»Schön, ich möchte ihn gern sprechen.«

»In welcher Sache denn?«

Shelly lugte an ihm vorbei in den Raum hinein und sah dort Stresser an einem Schreibtisch sitzen, auf dem einige Plastiktüten und Gegenstände lagen.

»Im Mordfall Hofstätter.«

»Herr Hofstätter lebt aber noch.«

»Herrje, dann nennen Sie es Mordversuchsfall, wenn Ihnen das besser gefällt.«

Der junge Beamte drehte seinen Kopf zu Stresser, und der Kommissar nickte.

»Kommen Sie herein.«

»Vielen Dank. Sie sind ein wahrer Gentleman.«

Shelly nahm Sara bei der Hand, und sie betraten das geräumige Büro. Man hatte durch eine geöffnete gläserne Schiebetür zwei Zimmer miteinander verbunden, und mit dem Torwächter saßen insgesamt vier Männer um den Tisch mit den Plastiktüten, die alle jeweils an der oberen Kante chiffriert waren. Stresser stand auf und zupfte seine Anzugjacke und seine Fliege gerade.

»Ich bin Kommissar Stresser, was kann ich für Sie tun?«

»Wie gesagt, geht es um Herrn Hofstätter. Könnten Sie diese

netten Herren freundlicherweise auf einen Kaffee nach draußen bitten, wir würden gern allein mit Ihnen sprechen.«

Die Männer sahen sich verdutzt an. Einer von ihnen musterte Shelly mit Argusaugen.

»Nun, diese Herren sind Teil meines Ermittlungsteams in diesem Fall, und ich …«

»Herr Stresser, Sie können ihnen hinterher ja gern berichten, aber aus Gründen der … ähm, wie heißt das?«

»Was genau meinen Sie?«, fragte Stresser irritiert.

»Wenn man über etwas besser nicht redet, weil es vielleicht jemandem schaden könnte.«

»Diskretion«, rief der mit den Argusaugen.

»Bingo. Das ist es. Diskretion.«

»Na gut, dann … ihr habt's ja gehört. Bis gleich«, sagte Stresser zu seinen Kollegen. Das Argusauge ging zu ihm und flüsterte ihm etwas ins Ohr, bevor er hinausging. Nachdem die Tür ins Schloss gefallen war, bot Stresser Shelly und Sara einen Stuhl an. Er setzte sich ebenfalls und wackelte mit dem Bart. »So, ich bin ganz Ohr, Frau …« Er wartete auf ihren Namen.

»Ihr Kollege hat Ihnen doch bereits gesagt, wer ich bin«, meinte Shelly, und Stresser machte große Augen.

»Das … ist korrekt. Frau Kutscher, seien Sie sich meiner Diskretion gewiss. Ich kenne Ihre Serie mehr oder weniger und habe die Nachrichten verfolgt. Ich bin froh, dass es Ihnen gut geht, und mehr als überrascht, Sie hier in Celle zu sehen.«

»Ja, ja, aber es geht nicht wirklich um mich. Dies ist Sara Langensalza. Ihr Vater besitzt ein Gestüt in Fischbach. Wir haben eine Information für Sie, die äußerst wichtig ist. Frau Langensalza hatte nämlich bis vor Kurzem ein Verhältnis mit Herrn Hofstätter.«

Stressers Bart erzitterte, und seine Augenbrauen schossen nach oben. Er warf einen Blick auf Sara und richtete sich in seinem Stuhl auf.

»Genau«, meinte Shelly. »Und Sara weiß von Herrn Hofstätter, dass er erpresst wurde.«

»Moment«, sagte Stresser und zog seinen Stuhl näher an den Tisch heran. Er ließ Shelly links liegen und wandte sich an Sara, die ängstlich in ihrem Sitz nach unten rutschte. »Sie sind Sara Langensalza?«

»Ja?«

»Ihr Vater ist Simon Langensalza?«

»Ja«, sagte sie, und ihr wurde immer unwohler.

»In Ordnung, reden Sie bitte weiter. Herr Hofstätter wurde also erpresst?«

»Ja, jemand hatte uns beide gefilmt und Bernd gedroht, das öffentlich zu machen. Er wollte zweihunderttausend Euro von ihm.«

»Hat er gesagt, wer das war?«

»Das wusste er nicht. Er hat nur gesagt, dass wir uns nicht mehr sehen könnten, weil es zu gefährlich sei.«

»Und die Übergabe, sollte die vielleicht gestern Abend stattfinden?«

»Nein, er meinte, er hätte schon gezahlt.«

»Ach? Wann war das?«

»Das weiß ich nicht.«

»Und wann haben Sie ihn zum letzten Mal gesprochen?«

»Am Sonntagabend.«

Stresser lehnte sich zurück und überlegte. Er notierte sich etwas auf seinem Block und strich über seinen Bart.

»Frau Langensalza, Ihr Vater, wusste er von dieser Beziehung?«

»Nein, natürlich nicht«, sagte Sara. »Mein Vater und Bernd mochten sich nicht besonders. Er hätte mich umgebracht, wenn er das gewusst hätte.«

»Aus diesem Grund wollten wir erst allein mit Ihnen sprechen«, schaltete sich Shelly wieder ein. »Sara ist noch minderjährig, und ein solches Geheimnis kann für ein Mädchen wie sie viele Probleme mit sich bringen.«

»Ja, das verstehe ich. Darf ich fragen, wie Sie beide zueinander stehen?«

Shelly und Sara sahen sich an.

»Wir sind Nachbarn«, sagten sie im Chor, und Shelly fügte hinzu: »Und ich bin ihre Gitarrenlehrerin.«

»Gitarrenlehrerin«, wiederholte Stresser ungläubig. »Entschuldigen Sie, Frau Kutscher, Sie sind eine bekannte Schauspielerin in den USA. Sie geben doch keine Gitarrenstunden hier in Deutschland.«

»In Fischbach, um genau zu sein. Doch.«

Stressers Bart wackelte hin und her.

»Ich möchte Sara nur helfen«, ergänzte Shelly. Sie sah, dass Stresser ihr das nicht abnahm. In seinem Kopf arbeitete es gewaltig. Shellys Blick fiel wieder auf die Tütchen auf dem Tisch. »Sara, könntest du einen Augenblick draußen auf mich warten? Es ist alles in Ordnung, ich bin gleich wieder bei dir.«

Sara fand das zwar merkwürdig, doch sie war so erleichtert, aus dieser Situation entlassen zu werden, dass sie sofort aufstand und hinausging. Shelly und Stresser blickten sich an. Sie lächelte künstlich. Stresser auch.

»Was kommt jetzt?«, fragte er.

»Zwei Dinge. Nein. Erst hab ich noch eine Frage. Warum haben Sie eben so deutlich nach dem Namen ihres Vaters gefragt?«

»Es geht Sie zwar nichts an, aber ich verrate nicht zu viel, wenn ich sage, dass sein Name im Zusammenhang mit einem Streit mit Herrn Hofstätter fiel.«

»Wie, Sie glauben, dass Simon … Das ist lächerlich.«

»Ich glaube gar nichts, und nichts ist lächerlich, Frau Kutscher. Also, was wollten Sie unter vier Augen mit mir besprechen? Ich habe wirklich viel zu tun, verstehen Sie?«

»Natürlich. Ich will Ihnen ja helfen.«

»Wem Sie alles helfen wollen. Das ist sehr sozial von Ihnen.«

»Ich denke, ich weiß, wer es gewesen ist.«

Stresser gingen fast die Augen über. Er lachte laut auf. »Wie bitte?«

»Hören Sie mir zu. Sind Sie auch mit dem Fall des vergifteten Pferdes vertraut?«

»Ich bearbeite ihn, ja.«

»Schön. Auf Simon Langensalzas Gestüt arbeiten zwei junge Männer, sie sind in der Ausbildung. Am Tag, bevor das Pferd starb, bin ich den beiden im Supermarkt begegnet und habe gesehen, wie sie sich schwarze Klamotten gekauft haben. Schwarze Hosen, Pullover und Mützen. Und so etwas wie das hier.« Sie deutete auf den Beutel, in dem sich der Videoplayer befand, den Stresser aus Hofstätters Müll gefischt hatte. Er stutzte und sah sich den Inhalt genauer an. Bis jetzt hatte er noch keine Zeit gehabt, sich dem Beweisstück zu widmen.

»Und?«

»Verstehen Sie nicht? Na ja, Sie müssten die beiden mal kennenlernen. Der eine von ihnen hatte mir am Tag zuvor gedroht, meine Identität zu verraten. Ich sagte, das sei Erpressung, und bin darüber hinweggegangen, aber ich bin mir sicher, dass er nicht nur Spaß gemacht hat. Dann hab ich, als das mit dem Pferd rauskam, über schwarze Klamotten mit ihnen gesprochen, und sie sind unglaublich nervös geworden. Die beiden haben auf jeden Fall etwas damit zu tun. Als ich ihnen heute mit der Nachricht gekommen bin, dass Hofstätter im Koma liegt, sind sie fast umgefallen, verstehen Sie?«

»Nicht so ganz. Sie wollen also sagen, dass diese Jungen Hofstätter erpresst, das Pferd getötet und ihn selbst angeschossen haben, weil sie schwarze Kleidung gekauft und sich einen Spaß mit Ihnen erlaubt haben?«

»Super, Sie glauben mir nicht, das war ja klar. Die haben *dieses* Ding da gekauft. Was ist das?«

»Sie wissen nicht einmal, was das ist.«

»Ist doch egal. Ich hab gesehen, wie sie's gekauft haben, und jetzt liegt es hier auf Ihrem Schreibtisch!«

»Frau Kutscher. Sie befinden sich in Deutschland. Um hier jemanden verhaften zu können, braucht man Beweise.« Er sprach mit ihr wie mit einem kleinen Kind.

»Wissen Sie, was ein Zeuge ist?«, fragte sie wütend.

»Selbstverständlich.«

»Ich bin ein Zeuge!«, sagte sie und tippte sich mit dem Zeigefinger auf die Brust.

»Sie sind nicht Zeuge eines Verbrechens geworden, sondern Zeuge eines Einkaufs.«

»Oh mein Gott! Was ist denn mit Ihnen los? *Wollen* Sie mich nicht verstehen?«

»Ich verstehe vollkommen. Aber Sie können hier nicht einfach reinplatzen und von mir verlangen, dass ich Ihnen in dieser

Sache blind vertraue. Ich brauche Beweise. Wenn ich Fasern von einem Pullover am Tatort finde und sie den Pullovern, die die Jungen gekauft haben, zuordnen kann, *dann* habe ich einen Beweis. Das aber auch nur, wenn ich legal an diese Pullover gekommen bin, zum Beispiel bei einer Hausdurchsuchung eines hinreichend Tatverdächtigen.« Er dozierte jetzt mit erhobenem Finger.

»Aber Sie können sich doch nicht blind stellen!«

»Dies ist ein Rechtsstaat und kein Fernsehformat.«

Shelly stand auf.

»Und dies ist kein Polizeibüro, sondern ein Gehege.« Damit stampfte sie hinaus und warf die Tür hinter sich ins Schloss.

»Chef, können wir wieder reinkommen?« Der Polizist mit dem karierten Hemd, Thorsten Sander, spähte durch einen Türspalt ins Büro.

»Ja, sicher.«

Die drei Männer kamen zurück, und Karsten Bonte, der Technik-Chef, schloss die Tür hinter sich.

»Was war das?«, fragte Sander.

»Eine Verrückte.«

»Nein, das war Shelly Kutscher, habt ihr sie nicht erkannt?«

»Doch, haben wir«, sagte Piesmeier, der dritte Beamte. Er war schon älter, und seine Tränensäcke hätten denen von Derrick Konkurrenz machen können.

»Nur Stresser nicht. Du guckst zu wenig Fernsehen.«

»Ich gucke Informationssendungen, das genügt.«

»Du hast einen Fernsehstar im Büro und merkst es nicht mal.«

»Ich hab sie in den Nachrichten gesehen«, verteidigte sich Stresser.

»Und was wollte sie hier? Bist du gecastet worden, als neuer Sherlock Holmes?«, fragte Piesmeier, und die Männer lachten aus vollem Hals.

»Nein, sie hat erzählt, dass Bernd Hofstätter ein Verhältnis mit Simon Langensalzas minderjähriger Tochter hatte.« Augenblicklich verstummte das Lachen.

»Und die Kleine war die Tochter?«, fragte Sander.

»Nicht nur das. Sie hat gesagt, dass jemand von dem Verhältnis gewusst und Hofstätter damit erpresst hat.«

Schlagartig leuchtete es in den Augen der Männer.

»Aha!«, sagte Sander.

»Aha!«, sagte Piesmeier.

»Was, aha?«, fragte Bonte.

»Er ist erpresst worden. Sie treffen sich zur Übergabe auf diesem Feld, es kommt zum Streit und *Peng!*, er wird angeschossen«, sagte Sander.

»Mit seiner eigenen Waffe?«, fragte Bonte.

»Mit seiner eigenen Waffe, weil der andere ihn entwaffnet hat«, bestätigte Sander.

»Vielleicht hat Hofstätter ihn auch erkannt und wurde deshalb angeschossen. Auf jeden Fall hat der Schütze jetzt das Geld«, stellte Piesmeier fest.

»Das könnte sein«, meinte Bonte.

»So könnte es gelaufen sein, Chef«, sagte Sander zu Stresser, der sich beim Theoretisieren zurückgehalten hatte.

»Laut Sara Langensalza war die Übergabe, als Hofstätter ihr am Sonntag davon erzählte, aber schon gelaufen. Zweihundert Mille im Übrigen.«

»Dann macht's keinen Sinn«, meinte Piesmeier.

»Ich habe das hier im Mülleimer von Hofstätter gefunden.« Stresser hielt den Beutel mit dem Videoplayer hoch. »Es lag in einem Umschlag nur mit Hofstätters Namen drauf. Frau Kutscher sagte, sie habe dieses Gerät schon einmal gesehen, nämlich als zwei Azubis vom Fischbacher Gestüt es gekauft haben. Was sagt ihr dazu?«

»Zwei junge Kerle? Wäre ein Zufall, aber kein großer. Oder haben diese Jungs was mit Hofstätter zu tun? Kannten sie ihn?«, wollte Piesmeier wissen.

»Das wissen wir nicht«, sagte Stresser.

»Simon Langensalza hingegen kannte ihn sehr wohl. Er hatte kürzlich Streit mit Hofstätter, mochte ihn nicht und könnte dann noch herausgefunden haben, dass seine kleine Marie …«, begann Sander.

»Sara«, korrigierte Stresser.

»… seine kleine Sara ein Verhältnis mit dem Mann hat. Er erpresst ihn und ist so wütend, dass er ihn abknallt. Oder Hofstätter hat ihn auf dem Feld da draußen erkannt.«

»Das klingt zumindest nach einer plausiblen Theorie«, sagte Stresser. »Auch wenn ich noch nicht ganz verstehe, warum Langensalza Geld verlangt haben soll. Er wird doch gewollt haben, dass Hofstätter umgehend die Finger von seiner Tochter lässt. Wir sollten uns dieses Ding mal genauer anschauen.«

Stresser nahm den Beutel zur Hand und wollte ihn öffnen. In dem Moment klopfte es wieder.

»Wenn's diese Kutscher ist, ich bin nicht da«, sagte er, und Sander ging zur Tür. Draußen standen wieder zwei Damen.

»Ja bitte?«, fragte er.

»Ich bin mit Kommissar Stresser verabredet. Olmanski ist mein Name«, sagte die eine.

»Ach ja, lass sie bitte rein«, rief Stresser. Die beiden Frauen traten ein, und die Männer boten ihnen ihre Stühle an. »Sie sind die Prostituierte von der Landstraße, richtig?« Stresser reichte ihr die Hand. »Und Sie sind?«

»Das ist eine Kollegin von mir. Sie arbeitet im Wohnwagen weiter südlich an der 214. Ich habe sie mitgebracht, weil sie noch etwas anderes gehört hat als ich.«

»Ach ja? Was denn?«, fragte Stresser neugierig und setzte sich.

»Also, wenn ich in meinem Wagen bin und gerade keinen Kunden habe, hab ich immer Radio laufen, deshalb konnte ich das nicht ganz so genau verstehen, aber ich habe vor dem Schuss jemanden rufen hören.«

»So? Einen Mann oder eine Frau?«

»Einen Mann.«

»Und was hat er gerufen?«

»Wie gesagt, ich hab's nicht genau verstanden, aber ich meine, es war ein Name. Es klang wie ›Simon‹.«

Die Männer sahen sich mit großen Augen an.

Elf

Leif und Geraldine hatten sich entschlossen, zu Fuß zum Konzert zu gehen. Es war zwar kalt, und die Strecke betrug an die vier Kilometer, doch so hatten sie mehr Zeit für sich. Sie schlenderten durch die Wohngebiete am östlichen Rand von Fischbach und kamen eher zufällig an Peters Haus vorbei.

»Na, hier wohnt wohl ein kleiner Messie«, meinte Geraldine.

»Hier wohnt Peter«, sagte Leif und musste grinsen.

»Im Ernst?«

»Ja, klar. Wollen wir klingeln?«

»Nein. Nein, ich möchte jetzt nicht … ich will lieber nur mit dir spazieren gehen.«

»Das ist okay für mich.« Er griff vorsichtig nach ihrer Hand, und als sein kleiner Finger ihren Handrücken berührte, schob sie ihre Hand in seine.

»Hoffentlich sieht er uns nicht, sonst weiß es morgen gleich der ganze Hof«, sagte Geraldine. Leif warf einen Blick über seine Schulter auf das Küchenfenster. Es war dunkel, und er konnte keine Bewegung erkennen. Leif dachte daran, wie Peter mit seinem Cowboyhut auf der Couch eingeschlafen war, und es tat ihm leid, dass er ihn hintergangen und die Aufnahmen auf seinen Computer gespielt hatte.

Am Ende der Straße erreichten sie einen schmalen Fußweg, der an Bahngleisen entlang bis zur nächsten Brücke über die Aller führte. Als sie die Brücke erreicht hatten, stellten sie sich ans Geländer, stützten ihre Unterarme darauf und blickten hinunter ins stetig fließende Wasser. Die Sonne war bereits untergegangen, und am Himmel standen dunkelblaue Wolken, die sich im Wasser spiegelten. Das Gras an der Uferböschung war noch nicht sehr hoch. Sie schwiegen eine ganze Weile. Leif ging ein Gedanke nicht mehr aus dem Kopf. Sag es ihr, flüsterte eine Stimme immer wieder und wieder. Sag es ihr!

Vielleicht war sie die Rettung, vielleicht konnte sie ihm sagen, was er tun sollte, was richtig und was falsch war. Er fühlte sich zurzeit nicht mehr imstande, zwischen diesen beiden zu unterscheiden. Er wollte nicht ins Gefängnis, er wollte aber auch Lasse nicht verletzen oder ihn gar verraten. Nein, seinen besten Freund verriet man nicht. Das war schlimmer als alles andere. Was war man dann noch wert? Aber sie hatten jemanden schwer verletzt. So schwer, dass er sterben könnte.

»Geraldine?«

»Was?«

Er sah ihr tief in die Augen, und er erkannte, dass sie ihm niemals wehtun würde. Er konnte ihr vertrauen.

»Ich … ich muss dir was sagen, aber ich weiß nicht, ob das nicht alles kaputt macht.«

Sie lächelte, umfasste seinen Arm und zog sich an ihn heran. »Du liebst mich, ich weiß.« Sie blickte zu ihm auf. »Ich liebe dich auch.«

***

Lasse stand in der Küche. Er hatte gerade eine neue Packung Spritzen aufgerissen und pulte eine heraus. Auf der Anrichte stand eine Plastikflasche mit Frostschutzmittel. Lasse entfernte den Schutz auf der Nadel, steckte sie in den Flaschenhals und zog fünf Milliliter auf. Den Schutz steckte er wieder auf die Spitze. Da klopfte es an der Tür.

Erschrocken hielt er inne und horchte. Es klopfte erneut. Schnell ließ er die Flasche und die Spritze im Schrank unter der Spüle verschwinden und setzte sich an seinen Computer.

»Ja?«, rief er.

»Ich bin's. Shelly.«

Lasse entgleisten die Gesichtszüge. Sie hatte doch tatsächlich den Nerv und folgte ihnen bis hier ins Wohnheim. Er versuchte, seinen Zorn unter Kontrolle zu bekommen.

»Komm rein.«

Shelly schob die Tür auf und machte einen vorsichtigen Schritt ins Zimmer. »Hallo, Lasse. Kann ich reinkommen?«

»Klar«, sagte er und bekam kaum die Zähne auseinander.

»Nett habt ihr es hier. Ist Leif gar nicht da?«

»Nein, er ist auf einem Konzert.«

»Soso. Ohne dich? Was ist denn da los? Haben Max und Moritz sich gestritten?«

Lasse spürte einen dumpfen Schmerz in der Magengegend.

»Nein, ich mag die Band nicht.«

»Ach so.« Shelly sah sich aufmerksam um.

Lasse erkannte, dass unter seinem Bett eine Lasche des Rucksacks hervorlugte. Er stand auf und schlenderte so unauffällig wie möglich zu seinem Bett hinüber.

»Du fragst dich sicher, was ich hier mache, was?«, fragte Shelly und lächelte unterwürfig.

»Ja, irgendwie schon. Ich wüsste nicht …«

»Ach, ist alles ganz harmlos. Ich wollte euch nur nicht auf dem Hof ansprechen, damit es keiner hört. Ich möchte Sara und Simon ein Geschenk machen. Sie haben mein Pferd aufgenommen und mir wirklich sehr geholfen. Und da wollte ich ihnen etwas besorgen, aber ich weiß gar nicht, was die beiden so für Interessen haben, außer Pferde.«

»Und was wollen Sie da von uns?«

»Na, wie lange bist du jetzt schon am Hof?«

»Seit über zwei Jahren.«

»Siehst du, da fällt dir doch bestimmt mehr ein als mir.«

Lasse war bei seinem Bett angekommen und setzte sich. Shelly blieb stehen und steckte ihre Hände in die hinteren Gürtellaschen ihrer Jeans.

»Erst hab ich an eine DVD-Box von Marshall Stone gedacht. Ich hätte mein Autogramm draufsetzen können, aber dann dachte ich, dass das so … so …«

»Eingebildet?«

»Genau! Eingebildet aussieht. Dann dachte ich an ein Bild, aber ich weiß ja nicht, welcher Künstler ihnen gefällt. Dann dachte ich an etwas für ihren Hof oder für den Garten. Einen Baum vielleicht. Das find ich ganz schön. Ich suche ja selbst grad Baumarten, die ich bei mir anpflanzen kann. Ich wollte Pinien, weißt du? Aber dieser Herr Oppermann sagte mir, dass die vertrocknen würden. Dann wollte ich noch einen Mesquite-Baum, einen texanischen, aber das ging auch nicht. Er hat mir dann geraten, Eibe zu nehmen. Das sei ein schöner immergrüner Baum, der nicht so weihnachtlich aussieht wie eine Tanne. Denkst du, Simon und Sara würden sich über einen Eibenbaum freuen?«

Lasse lachte mit geschlossenem Mund und ließ sein Kinn auf die Brust fallen. »Natürlich, weil Aladdin mit Eibe vergiftet wurde«, sagte er.

»Woher weißt du das?«

»Ups, hab ich mich jetzt verquatscht? Aber du denkst doch sowieso, dass ich es schon vorher gewusst habe, stimmt's? Du bist doch nur gekommen, um mir das mit der Eibe unter die Nase zu reiben.«

»Unter die Nase reiben? Ist das ein Sprichwort?«, fragte Shelly unschuldig.

»Genau das mein ich. Du kommst hierher, du spielst die dumme Amerikanerin, sagst das eine und meinst etwas völlig anderes. Du willst mich doch nur aufs Glatteis führen.«

»Noch so ein Sprichwort, oder?«

»Shelly, es ist gut! Du brauchst nicht länger deine Rolle zu spielen. Ich hab es längst verstanden, du bist ja auch nicht gerade sehr subtil in deiner Art.«

»Bitte? Ich weiß gar nicht, wovon du redest. Ich wollte nur mal nachfragen, was die beiden …«

»Hör auf!«, rief er. »Ich sagte, ich habe verstanden. Wir können ganz offen miteinander reden. Du denkst, ich hätte das Pferd getötet. Du denkst, ich hätte Hofstätter erschossen.«

»Er lebt doch noch, was redest du denn da? Lasse, du machst mir Angst.«

Lasse sprang auf und war plötzlich ganz dicht bei Shelly. Er drohte ihr mit einem Finger. Seine Augen brannten vor Wut, und seine Lippen zuckten boshaft.

»Du wirst es schon merken, wenn ich dir Angst machen will. Keine Sorge, du wirst es merken. Und jetzt raus, bevor …«

»Bevor was?« Shellys Stimme klang jetzt ganz anders. Tiefer und härter. »Ich hab dir schon mal gesagt: Leg dich nicht mit einer Texas-Lady an. Ich kann einen ausgewachsenen Bullen umwerfen. Und mit einem kleinen Kälbchen wie dir springe ich noch ganz anders um. Merk dir das.«

Lasse war überrascht ob ihres plötzlichen Wandels, und er war beeindruckt von ihrer Drohung. Aber das wollte er sich nicht anmerken lassen, darum grinste er einfach nur. Shelly entfernte sich langsam von ihm.

»Ich beobachte dich«, sagte sie und zwinkerte ihm zu. Dann ging sie und schloss ganz behutsam die Tür hinter sich.

Lasse atmete aus. Er durfte jetzt nicht überreagieren. Er musste ruhig bleiben, sich konzentrieren. Mit einem Mal liefen seine Schotten über, und er schlug auf sein Bett ein. Er schlug so hart er konnte, doch das war noch nicht genug. Er schlug erneut und noch mal und noch mal. Dabei gab er keinen Mucks von sich. Einen Wutschrei hätte Shelly hören können und ihn als Schwäche ausgelegt. Dann hätte sie gewonnen. Doch den Sieg wollte er ihr nicht überlassen. Es gab nichts, was er ihr weniger gönnte, als das.

Letzter Streich

Hei! Da sieht er voller Freude
Max und Moritz im Getreide.

Eins

Am Abend stand Shelly bei Simon in der Küche und bereitete mit ihm das Abendessen vor. Sie hatte Sara heute nicht allein lassen wollen, bei all dem, was in den letzten Tagen passiert war. Das Mädchen stand kurz vor einem Zusammenbruch, und wenn ihr Verhältnis mit Hofstätter zur Sprache kommen würde, wollte sie dabei sein.

Simon stand mit aufgekrempelten Hemdsärmeln am Herd und briet Lammfilets an. Es roch wunderbar und wurde noch besser, als Shelly den Knoblauch, den sie in feine, hauchdünne Scheiben geschnitten hatte, in die Pfanne warf. Vier Zweige frischer Rosmarin und eine große Zwiebel zischten gleich darauf ebenfalls im Öl, und Simon goss einen ordentlichen Schluck Weißwein dazu. Er hob den Deckel von den Kartoffeln und piekste mit einer Gabel hinein.

»Ist bald fertig«, sagte er und stemmte eine Faust in die Hüfte. Nachdenklich schaute er auf das köchelnde Essen. »Irgendwie ist das eine komische Zeit gerade«, begann er. »Jahrelang lief alles so gleichmäßig, und jetzt überschlagen sich die Ereignisse. Ist doch komisch, oder?« Er sah Shelly an.

Sein Blick war traurig, und sie konnte erahnen, wie Simon wohl ausgesehen hatte, nachdem seine Frau gestorben war.

»Erst kommst du. Versteh mich nicht falsch, das war wirklich gut. Es ist gut, dass du hier bist. Vor allem für Sara. Sie hat dich sehr gern. Aber dann gingen diese anderen Geschichten los, mit Aladdin, mit Cleopatra und jetzt mit Hofstätter. Das ist alles so irreal.«

Shelly hatte das Gefühl, das alle Dinge, die Simon aufgezählt hatte, denselben Ursprung hatten. Sie war selbst noch nicht ganz dahintergekommen, wie alles zusammenhing. Aber sie war sich sicher, dass alles aus einer einzigen Wurzel erwachsen war. Beide standen nun nachdenklich vor dem Herd.

»Brennt da was an?«, rief Sara von oben und holte die zwei damit wieder zurück in die Gegenwart.

»Scheiße«, sagte Simon und hob die Pfanne vom Feuer.

»Alles gut! Du kannst zum Essen kommen«, rief Shelly.

Simon tat ihnen auf, und sie setzten sich an den gedeckten Tisch. Sie wünschten sich guten Appetit und fingen an.

»Wie läuft das Gitarrenspiel?«, fragte Simon kauend.

Sara warf Shelly einen verstohlenen Blick zu.

»Sie macht tolle Fortschritte«, behauptete Shelly und trank einen Schluck Wein.

Nachdem ihre Teller halb leer gegessen waren, beschloss Shelly, nicht länger zu warten.

»Simon, wir wollten dir etwas mitteilen«, eröffnete sie, und Sara senkte ihren Kopf so weit, dass ihre Haare fast auf den Teller fielen. Unter dem Tisch drückte sie Shellys Bein, und Shelly hielt ihre Hand ganz fest.

»Das klingt so offiziell«, meinte Simon, und ihm schwante nichts Gutes.

»Tja, es hat mit diesem Fall um Hofstätter zu tun«, sagte Shelly.

»Hofstätter? Was habt ihr beide denn mit …« Er wischte sich den Mund mit einer Serviette ab.

»Hör mir bitte einfach ganz ruhig zu. Was du jetzt hörst, wird dir nicht gefallen. Aber es ist nicht schlimm, okay?«

»Jetzt mache ich mir Sorgen.«

»Sara und Bernd Hofstätter standen sich bis vor Kurzem sehr nah«, sagte Shelly. Bei Sara fielen die ersten Tränen ins Essen.

»Was redest du da? Sara? Was heißt das?«

Sara schluchzte laut.

»Sie hatten ein Verhältnis«, erklärte Shelly so unspektakulär wie möglich. Es half leider nichts.

»Wie bitte? Das kann nur ein sehr geschmackloser Scherz sein!« Simons Stimme wurde immer lauter. Er warf seine Serviette auf den Teller.

»Simon, bitte«, versuchte Shelly ihn zu beruhigen.

»Nein, nein, nein. Du bist jetzt mal still. Das ist eine Sache zwischen mir und meiner Tochter. Stimmt das, Sara?«

Sara schluchzte nur immer weiter auf ihren Teller.

»Stimmt das?«, rief Simon. Sara nickte. Kraftlos sank Simon

zurück auf seinen Stuhl. »Ein Verhältnis? Mit einem erwachsenen Mann? Gott, Bernd ist so alt wie ich, er hat Familie, einen Sohn!«

»Es ist, wie es ist«, meinte Shelly leise.

»Shelly. Bitte.« Simon hielt warnend einen Finger in die Höhe und wandte sich dann wieder an seine Tochter. »Was bedeutet ›Verhältnis‹? Was habt ihr … ich meine, was lief da zwischen euch?«

Sara konnte nicht antworten. Simon wartete lange, doch dann sprang Shelly wieder ein.

»Sie war verliebt, Simon, nicht mehr und nicht weniger. Und wenn du wissen willst, ob sie Sex hatten: Nein.«

Simons Augen fielen fast aus den Höhlen.

»Hatte ich nicht gesagt, du sollst … also Shelly … Sara … Herrgott, was ist hier eigentlich los?«, rief er und warf hilflos seine Hände über den Kopf.

»Papa, ich hab das doch nicht gewollt!«, weinte Sara, und der Rotz troff ihr aus der Nase. Shelly nahm schnell eine Serviette und fing alles auf.

»Aber Sara … er ist ein Familienvater! Ein …«

»Ein ganz attraktiver Mann«, beendete Shelly den Satz.

»Er ist ein Arschloch.«

»Ist er nicht!«, protestierte Sara.

»Darf ich noch mal was sagen?«, fragte Shelly.

»Das machst du doch sowieso die ganze Zeit. Du hörst ja nicht auf zu reden!«

»Tut mir leid. Jetzt ist also die Bombe geplatzt. Aber das ist nicht das Schlimme. Das Schlimme ist, dass Hofstätter mit dieser Beziehung erpresst wurde.«

»Erpresst?«

Sara nickte. »Jemand hat uns gefilmt«, sagte sie.

»Heilige Maria!«

»Und deshalb denke ich, dass Sara in Gefahr ist. Simon, du und ich, wir müssen Sara jetzt beistehen und sie beschützen. Jemand hat auf Hofstätter geschossen, und er könnte auch Sara gefährlich werden.«

»Wer zum Teufel sollte das sein?«

Shelly machte den Mund auf, doch in dem Moment klingelte es.

»Wer kann *das* jetzt sein?«, fragte Simon entgeistert. Sie sahen sich an, als stünde der Täter bereits vor der Tür. Simon sprang auf, da klingelte es bereits ein zweites Mal. Er lief leise zur Tür und legte die Kette vor, bevor er sie öffnete.

Es war Stresser.

»Herr Langensalza?«

»Ja?«

»Mein Name ist Stresser von der Kripo Celle. Ich ermittle im Fall des Tötungsversuchs an Bernd Hofstätter und habe ein paar Fragen an Sie.«

»Darf ich Ihren Ausweis sehen?«, fragte Simon argwöhnisch. Stresser hielt ihn in den kleinen Türspalt. Simon entriegelte die Tür und zog sie auf. Hinter Stresser stand dessen jüngerer Kollege.

»Das ist Kommissar Sander. Dürfen wir reinkommen?«

»Bitte.« Simon machte eine einladende Geste und schloss die Tür hinter den Männern.

»Es tut mir leid, dass wir Sie so spät noch belästigen, aber es ist sehr wichtig.«

»Ja, also, wir essen gerade zu Abend. Wollen Sie …«

»Nein, vielen Dank. Herr Langensalza …« Stresser hielt inne, als Shelly hinter ihm aus dem Wohnzimmer trat.

»Hallo, Herr Stresser. Haben Sie Ausgang?«, fragte sie frech.

Er blickte sich um, und seine Schultern fielen herunter, als er Shelly erkannte.

»Ach du je. Was machen Sie denn hier?«

»Wir essen zu Abend. Wie Sie ja bereits wissen, bin ich die Nachbarin und …«

»Gitarrenlehrerin, ja, ja«, ergänzte Stresser ungeduldig. »Shelly Kutscher ist die Gitarrenlehrerin Ihrer Tochter?«, fragte er Simon.

»Ja, ist sie.«

Stresser wandte sich verzweifelt ab. »Welche Rolle Sie in dieser Sache spielen, werde ich auch noch rausfinden, Frau Kutscher. Das ist mir nicht geheuer. Aber jetzt geht es nicht um Sie«, sagte er und wandte sich wieder Simon zu. »Sondern um Sie, Herr Langensalza.«

»Mich? Aber was …«

»Ich muss Sie bitten, mich aufs Revier zu begleiten, um dort eine Befragung durchzuführen, den Tötungsversuch an Bernd Hofstätter betreffend.«

»Aber was soll ich denn da … ich verstehe nicht ganz, wie ich da helfen soll.«

»Sie müssen einfach nur meine Fragen beantworten.«

»Halt, halt, halt! Jetzt versteh ich«, sagte Shelly und wedelte mit ihrer Rechten vor Stressers Nase herum. »Deshalb bin ich heute nicht bei Ihnen gewesen, damit Sie so verrückte Schlüsse ziehen!«

»Du warst bei ihm?«, fragte Simon.

»Sie halten sich da raus, Frau Kutscher, haben Sie mich verstanden?«, drohte Stresser, und sein Bart wackelte wie eine Wippe.

»Nein, tut mir leid. Sie denken, er hat das gemacht, wegen Saras und Hofstätters Verhältnis, richtig? Aber er hat davon gar nichts gewusst.«

»Seien Sie still!«, fuhr Stresser Shelly an, »*Ich* führe die Befragung durch, und *ich* habe eine Taktik. Wenn *Sie* jetzt Informationen einfach dummdreist ausplaudern, kann *ich* nicht mehr erkennen, ob dieser Mann lügt oder nicht, wenn ich ihn damit konfrontiere.« Stresser war ganz rot geworden vor Wut.

»Aber ich hab's ihm schon beim Essen erzählt.«

Stresser ließ den Kopf hängen.

»Frau Kutscher, ich lasse Sie gleich wegen Behinderung einer polizeilichen Aktion in Gewahrsam nehmen, verstehen Sie, was ich sage? Diese Information und Herrn Langensalzas Reaktion darauf wären für mich hochwichtig gewesen. Aber jetzt ist das alles einfach … verpufft!«

»Was bedeutet verpufft?«, fragte Shelly scheinheilig.

»Kaufen Sie sich ein Wörterbuch. So, und jetzt, Herr Langensalza, kommen Sie bitte mit uns.« Sander stellte sich so vor die Tür, als könnte Simon gleich die Flucht ergreifen, und er müsste ihn daran hindern.

»Aber ich hab bis gerade eben wirklich nichts von dem Verhältnis gewusst. Ich kann nichts damit zu tun haben.«

»Das werden wir rausfinden.«

»Ist er denn jetzt verhaftet?«, fragte Shelly, und in dem Moment tauchte auch Sara im Flur auf, besorgt, dass ihr Vater jetzt vielleicht ins Gefängnis musste.

»Nein, aber wir müssen ihn verhören.«

»Papa«, sagte Sara hilflos.

»Alles gut, Schatz, mach dir keine Sorgen. Ich gehe mit, dann werden sie schnell rausfinden, dass sie nichts gegen mich in der Hand haben. Shelly, könntest du solange hierbleiben?«

»Natürlich. Ich bleib bei Sara.«

»Können wir?«, drängte Stresser.

Shelly startete einen letzten Klärungsversuch. »Haben Sie denn überhaupt irgendeinen Grund außer dieser Geschichte zwischen Sara und Hofstätter, ihn mitzunehmen?«

»Frau Kutscher, ich hatte Sie gewarnt! Ich bin nur so milde mit Ihnen, weil Sie jetzt die Aufsichtsperson für die junge Dame sind. Also, halten Sie sich zurück.«

»Aber Sie müssen doch einen Grund haben. Sie kommen doch nicht einfach um diese Zeit hier vorbei …«

»Ruhe jetzt!«, rief Stresser. »Wir haben eine Zeugin, die ausgesagt hat, dass Hofstätter kurz bevor der Schuss fiel *Ihren* Namen gerufen hat«, sagte Stresser und deutete auf Simon.

Für einen Moment herrschte absolute Stille. Simon, Sara und Shelly fielen aus allen Wolken und waren zutiefst irritiert, besonders Shelly.

Wenn es eine solche Zeugin gab, war Simon dann vielleicht doch der Täter? Shelly dachte an das Gewehr, mit dem er damals Cleopatra erschießen wollte. Mit einem Mal war sie sich gar nicht mehr so sicher, ob Simon tatsächlich nichts damit zu tun hatte.

Ein Handy klingelte, und alle erschraken. Es war Stressers Handy. Er nahm das Gespräch entgegen und wendete sich ab.

»Stresser?« Er horchte. Dann hoben sich seine Augenbrauen und legten seine Stirn in Falten. »Im Ernst? Gut. Ich komme sofort.« Er legte auf und blickte in die Runde. »Jetzt wird sich bald alles aufklären. Hofstätter ist soeben aus dem Koma erwacht.«

Zwei

Die Klinik in Celle lag direkt an der Aller. Lasse hätte mit dem Kanu hierher fahren können. Er hatte sein Fahrrad am Friedhofsparkplatz abgestellt, der sich makabererweise direkt neben dem Krankenhaus befand, und war zunächst in ein Blumengeschäft gegangen, um ein großes Gesteck zu kaufen. Er war sich sicher, dass Hofstätter als Komapatient auf der Intensivstation lag, aber mit Hilfe dieses Blumengestecks würde er den genauen Weg zu ihm zurückverfolgen können. Alles, was er außerdem brauchte, hatte er in seinem Rucksack, den er zunächst in einem Gebüsch am Friedhof versteckte. Er musste selbst ein wenig lächeln, als er darüber nachdachte, dass er ein Mordwerkzeug auf einem Friedhof versteckte.

Mit dem Gesteck ging er an die Rezeption des Krankenhauses, sagte, dass er das nur kurz abgeben wolle, und stellte das sperrige Ding auf den Tresen, sodass die Dame dahinter kaum noch aus ihrer Kabine gucken konnte. Er lief sofort wieder hinaus und zurück zum Friedhof, wo er sich im Schutz der beginnenden Dämmerung und eines großen Familiengrabsteins eilig umzog und eine Perücke aufsetzte. In dem alten Sakko und mit Schal und Baskenmütze war er nun kaum noch wiederzuerkennen. Wieder in der Klinik setzte er sich in die Eingangshalle, wo einige Patienten sich von ihren Familien oder Freunden verabschiedeten, und wartete darauf, dass jemand die Blumen abholte. Es dauerte noch fünf Minuten, dann öffnete sich die Fahrstuhltür, und ein junger Kerl im weißen Klinikanzug kam heraus. Er besprach etwas mit der Rezeptionistin, und sie reichte ihm erleichtert das Blumengesteck. Lasse sprang auf und schlenderte zum Fahrstuhl, wo er gemeinsam mit dem jungen Mann wartete. Der Fahrstuhl kam, und sie traten ein. Der junge Mann mit dem Gesteck drückte die dritte Etage.

»Da muss ich auch hin«, sagte Lasse und lächelte. Er spürte die Spritze in der Tasche seines Sakkos. »Bist du Pfleger?«

»Ja, in der Ausbildung.«

Lasse lachte. »Da kriegst du immer die Laufarbeiten zugeteilt, was?«

»Ja, die Blumen. Oben schmeißen wir sie wieder weg. Die hier darf der Patient gar nicht bekommen.«

»Er darf nicht?«

»Nein, weil Erde mit drin ist. Wegen der Keime.«

»Ach so. Na, gut, dass ich keine Blumen gekauft habe.«

Sie lachten beide, und da stoppte auch schon der Aufzug.

Lasse prallte zurück, als er beim Verlassen der Kabine plötzlich Tillmann gegenüberstand. Der konnte ihn in der Verkleidung zwar unmöglich erkennen, bisher waren sie sich auf den Turnieren immer nur kurz begegnet. Dennoch wurde Lasse nervös. Tillmann telefonierte gerade, und man sah, dass er geweint hatte. Aber er lächelte glücklich.

Lasse blieb am Fahrstuhl stehen.

»Was ist?«, fragte der Pfleger.

»Ich bin doch falsch, glaube ich. Hier sieht alles so gleich aus.« Lasse winkte ab und ging mit Tillmann zurück in den Fahrstuhl. Die Türen schlossen sich, und er stand auf drei Quadratmetern Fläche Schulter an Schulter mit dem Sohn seines Opfers.

»Ja, es ist unglaublich, plötzlich piepten die Geräte immer schneller, und dann wachte er einfach auf. Er ist noch ganz schwach, aber hat schon wieder Witze gemacht. Ja, ja, er spricht. Sie haben ihn auch schon ans andere Ende des Ganges verlegt. Er ist jetzt in Zimmer 24.«

Lasse war, als stünde er auf einem Scheiterhaufen, so heiß wurde ihm mit einem Mal. Hofstätter war aus dem Koma erwacht! Und er sprach! Das bedeutete, dass Lasse nur noch Minuten, vielleicht Sekunden davon entfernt war, verraten zu werden. Er bekam Atemnot und musste einmal tief durchatmen.

»Mama? Die Verbindung hier drin ist schlecht, ich versteh dich nicht. Ich hol ihm jetzt was Süßes und einen Kaffee. Er wollte Schokolade haben, stell dir vor! Wir sehen uns gleich, bis dann.«

Tillmann legte auf. Er war so aufgeregt, dass er ständig von einem Bein auf das andere trat wie ein kleines Kind, das auf die Toilette muss. Zum Glück blickte er nicht zu Lasse herüber. Er bemerkte ihn kaum.

Die Türen öffneten sich, und Tillmann rannte förmlich hinaus. Lasse blieb im Fahrstuhl. Er musste sofort wieder rauffahren und das Problem lösen. Wie, wusste er selbst nicht. Er musste sich etwas einfallen lassen, jetzt, wo keine Sekunde mehr zu verschenken war. Vielleicht konnte er den Feueralarm auslösen und die Aufregung irgendwie nutzen. Da hörte er Tillmann draußen vor dem Fahrstuhl »Kommissar Stresser!« rufen und sah, wie er einem Mann mit Schnäuzer die Hand schüttelte.

»Ich hab's schon gehört. Das freut mich sehr für Sie«, sagte Stresser und klopfte Tillmann auf die Schulter.

Dann kam er direkt auf den Fahrstuhl zu. Lasse drückte schnell die dritte Etage, drückte und drückte. Die Fahrstuhltür setzte sich rumpelnd in Bewegung. Im letzten Moment fuhr eine Hand dazwischen, und die Lichtschranke war unterbrochen. Die Türen schoben sich wieder auseinander. Lasse stockte der Atem. Stresser trat zu ihm in den Fahrstuhl. Er war etwas aus der Puste.

»Hui, Entschuldigung, aber es ist eilig.«

Lasse nickte höflich und machte einen Schritt zur Seite.

»Dritte Etage? Wunderbar«, meinte Stresser, als er den Knopf leuchten sah.

»Oh, ich wollte eigentlich in den Keller«, sagte Lasse und tippte auf den Knopf mit der Aufschrift »K«.

»Jetzt müssen Sie meinetwegen noch nach oben fahren, tut mir leid«, sagte Stresser, und seine Bartenden bogen sich nach oben.

»Kein Problem.« Lasse stand stocksteif da. Sicherheitshalber steckte er schützend seine Hand in die Tasche, in der sich die Injektionsnadel befand.

Der Lift erreichte den dritten Stock, und Stresser stieg aus. Lasse atmete erleichtert auf. Aber sofort überlegte er wieder, was zu tun war. Hier oben konnte er jetzt nichts mehr ausrichten. Vielleicht war der Keller gar keine schlechte Lösung. Ungeduldig sah er der digitalen Anzeige zu, die die Stockwerke herunterzählte. Zwei, eins, E. K erschien nicht mehr, weil sich im Erdgeschoss die Tür öffnete.

Lasse machte große Augen, als er ein weiteres Mal Tillmann gegenüberstand. Diesmal stutzte auch der.

»Waren Sie nicht eben schon mal hier drin?«

»Ja, der Fahrstuhl spinnt irgendwie. Ich komme einfach nicht nach unten«, beschwerte sich Lasse. Tillmann kam mit zwei Tafeln Schokolade und einem Becher Kaffee in den Fahrstuhl.

»Ich glaub, es hängt immer von der Richtung ab«, meinte er. »Wenn Sie jetzt von oben kommen, müsste er eigentlich in den Keller fahren.«

Tillmann drückte den Knopf für die dritte Etage mit der Hand, in der er die Schokolade und das Wechselgeld hielt. Zwei Münzen fielen auf den Boden. Er bückte sich nach den Münzen und hielt dabei den Kaffee in die Luft, um ihn nicht zu verschütten. Lasse blickte wie hypnotisiert auf den Pappbecher. Er war mit einem Plastikdeckel verschlossen, aus der kleinen Trinköffnung dampfte es heiß heraus. Das war seine Chance. Seine einzige. Er musste sie nutzen, oder alles wäre vorbei. Die Fahrstuhltüren schlossen sich. Blitzschnell zog er die Spritze aus der Tasche und entfernte die Schutzkappe. Die Nadelspitze blitzte im kalten Licht des Fahrstuhls auf. Tillmann hatte die erste Münze zu fassen bekommen, nachdem er zunächst die Schokolade auf dem Boden abgelegt hatte. Jetzt griff er nach der zweiten. Es war ein spanischer Euro. Lasse konnte sogar den Kopf von Juan Carlos darauf erkennen. Er führte die Injektionsnadel in die Trinköffnung ein und drückte den Bolzen herunter. Die blaue Flüssigkeit verschwand in dem braunen Becher. Tillmann hatte die Münze. Er schnappte sich die Tafeln und richtete sich auf. Der Becher wackelte, Lasse zog hastig die Spritze heraus und ließ sie in seiner Tasche verschwinden. Sein Herz klopfte in seinem Hals. Er schluckte.

»So, jetzt sind Sie da«, sagte Tillmann. In der Anzeige über der Tür erschien das rote K. Es machte *Pling!*, und die Tür öffnete sich. Lasse hatte es geschafft. Tillmann lächelte ihn ahnungslos an. »Schönen Tag noch«, sagte er.

Lasse trat hinaus.

»Ja, dir auch«, verabschiedete er sich. Dann war Tillmann verschwunden, und es wurde still.

Lasse stand in einem um diese Zeit schon schwächer beleuchteten Flur. Hinweisschilder verwiesen auf die Bäderabteilung und die Küche. Schritte hallten über den gefliesten Boden. Eine Dame mit weißen Clogs, grünem Anzug und Haarnetz kam um die Ecke gebogen und stellte sich neben Lasse vor den Lift. Sie grüßte ihn mit einem Nicken und schaute auf den Knopf neben der Tür.

»Sie haben gar nicht gedrückt«, sagte sie und betätigte den Schalter.

»Nein«, sagte Lasse. »Ich geh lieber zu Fuß.«

Drei

Stressers Schuhe quietschten auf dem Linoleum, als er auf dem Gang um die Ecke bog. Eine Schwester mit dunklen langen Haaren saß im Schwesternzimmer und schrieb Akteneinträge. Stresser ging vorbei und sah am Ende des Ganges einen Polizeibeamten sitzen, der Wache halten sollte.

»Hallo, Kommissar Stresser«, stellte er sich vor, und sie gaben sich die Hand. »Ist Herr Hofstätter ansprechbar?«

»Ja, ich glaube schon. Der Arzt ist grad bei ihm drin.«

»Gab es irgendwas Verdächtiges?«

»Nein, alles ruhig.«

»In Ordnung.« Stresser klopfte an und vernahm die Stimme des Oberarztes Professor Bieler.

»Ja, bitte.«

Er trat ein. Professor Bieler saß mit einem Bein auf dem Bett und leuchtete mit einer kleinen Taschenlampe in Hofstätters Augen. An dessen rechter Schläfe prangte ein weißes Pflaster, und eine violette Schwellung war zu erkennen. Er drehte sich zu Stresser um.

»Ah, der Herr Kommissar. Das ging aber schnell.«

»Bei *den* Nachrichten«, gab Stresser gut gelaunt zurück und kam näher. »Hallo, Herr Hofstätter«, sagte er vorsichtig und blieb vor dem Fenster neben dem Bett stehen.

»Kennen Sie den Herrn Kommissar?«, fragte Bieler.

»Ja, ja, er war doch erst bei mir. Tag, Herr Stresser«, sagte Hofstätter mit belegter Stimme.

»Gut. Das gefällt mir. Ihre Werte sind gut. Schmerzen sollten sie kaum welche verspüren, ansonsten klingeln Sie bitte und die Schwester wird die Dosis erhöhen. Sie dürfen essen und trinken. Ihr Magen ist unversehrt geblieben. Also, sehen Sie zu, dass Sie wieder auf die Beine kommen.« Bieler stand auf. »Aber nicht zu lange, ja?«, sagte er zu Stresser und ging hinaus.

Stresser nahm sich einen Stuhl und stellte ihn neben das Bett. »Herr Hofstätter, ich bin sehr froh, Sie so zu sehen. Ich hatte mir große Sorgen gemacht.«

Die Tür öffnete sich, und Tillmann kam herein.

»So, einmal Kaffee mit Milch und zwei Löffel Zucker und zwei Tafeln weiße Schokolade.« Er drückte seinem Vater den Becher in die Hand und legte die Schokolade auf den Nachttisch.

Hofstätter roch am Becher und lächelte. »Endlich ein Kaffee. Danke, Tillmann.«

»Herr Hofstätter, ich will Sie nicht lange behelligen. Sie sollen sich ausruhen, aber ich brauche ein paar Informationen von Ihnen.«

Hofstätter nickte, nahm den Deckel vom Becher und pustete vorsichtig hinein. Dann setzte er an. Da ging erneut die Zimmertür auf, und die Schwester mit den langen dunklen Haaren erschien. Sie machte einen sehr resoluten Eindruck, erfasste die Situation mit einem Blick, der Stresser fast verächtlich streifte, und ging schnell zum Bett.

»Na, na, na! Keinen Kaffee für Sie, Herr Hofstätter, das ist noch ein bisschen früh.«

Hofstätter sah hilflos zu, wie die Schwester ihm den Becher aus der Hand nahm.

»Aber der Professor sagte, ich dürfe essen und trinken …«

»Professor Bieler muss sich auch nicht um Ihre Pflege oder Wundheilung kümmern. Der operiert, und der Rest kann ihm egal sein. Sie haben viel Blut verloren und sind frisch operiert. Sie trinken Tee. Das ist eine nicht verhandelbare Anweisung.«

»Dann trink ich ihn eben«, sagte Tillmann und nahm den Becher. Die Schwester sah ihn durchdringend an.

»*Sie* trinken ihn. Nicht dem Papa geben, verstanden?«

»Jawohl«, sagte Tillmann leise.

Die Schwester prüfte die Infusion und stellte sie etwas schneller ein.

»Bis nachher, die Herren«, sagte sie und ließ die drei allein.

»Gib mir den Kaffee wieder«, sagte Hofstätter drei Sekunden, nachdem sie aus der Tür war.

»Aber, Papa …«

»Ja, ich weiß, aber der Professor hat gesagt, ich darf, also darf ich auch. *Sie* haben es gehört.« Er zeigte mit dem Finger auf Stresser.

»Äh, ja, schon, aber …«

»Also. Meinen Kaffee bitte.«

Tillmann gab ihm den Becher zurück.

»Und bitte mach die Schokolade auf.«

Tillmann gehorchte.

»Nun, Herr Hofstätter«, begann Stresser von Neuem, »sprechen wir über die gestrige Nacht. Wir haben schon viel herausfinden können, doch wir brauchen Ihre Aussage, um alles verifizieren zu können.«

Hofstätter war nachdenklich geworden. Er blickte in seinen Kaffee. Erst ein weiteres Klopfen riss ihn aus seinen Gedanken.

»Herein!«, sagte er. Es war seine Frau, die in einem beigen Kostüm und einem braunen Mantel wie aus einem Katalog entsprungen in der Tür stand.

»Bernd!«

»Hallo, Schatz.« Er sagte das so, als wäre ihm ihr Besuch nicht wirklich recht.

Sie kam zu ihm ans Bett, und sie küssten sich kurz und kühl. Dann setzte sie sich seitlich aufs Bett und nahm die freie Hand ihres Mannes.

»Ich bin ja so froh, dass es dir besser geht.« Ihr kamen die Tränen, und sie sah zu ihrem Sohn hinüber und tätschelte ihm das Knie. »Tillmann ist nicht von deiner Seite gewichen. Er war die ganze Nacht hier.«

Hofstätter blickte sehnsüchtig in seinen Kaffeebecher.

»Darfst du schon Kaffee trinken?«, fragte sie, nachdem sie geschnuppert hatte.

»Äh, ja.«

»Das ist doch bestimmt nicht gut für dich. Du lagst im Koma.«

»Aber ich …«

Sie nahm ihm den Kaffee aus der Hand.

»Würden Sie das bitte auf den Tisch stellen?«, bat sie Stresser, der den Becher entgegennahm.

»Die Schwester bringt dir lieber einen Tee oder eine Suppe. Hast du eine Klingel?«

»Ja, aber ich will keine Suppe.«

»Ach, Bernd«, seufzte sie.

»Entschuldigung?«, fragte Stresser kleinlaut.

»Ach ja, Herr Stresser, Sie sind ja noch da. Haben Sie die Täter schon identifiziert?«, fragte sie.

Stresser war irritiert über die Selbstverständlichkeit, mit der sie das fragte.

»Nein, noch nicht. Ich brauche noch die Aussage Ihres Mannes. Wir waren gerade dabei ...«

Hofstätter sah mit einem Mal ganz ängstlich aus, und da fiel Stresser ein, dass seine Frau ja noch nichts von der Erpressung und dem Verhältnis mit Sara wusste.

»Frau Hofstätter, dürfte ich vielleicht unter vier Augen mit Ihrem Mann sprechen, das wäre sehr nett.«

»Warum? Er ist mein Mann, ich ... Na, egal. Ich gucke mal, ob ich eine Schwester finde, die dir eine Suppe bringen kann.«

»Tillmann könntest du auch ...«, fragte Stresser.

Die beiden standen auf, und Margot marschierte hinaus, während ihr Sohn zögerlich folgte.

»Geben Sie mir den Kaffee, schnell!«, sagte Hofstätter, als sich die Tür geschlossen hatte, und Stresser reichte ihm den Becher.

»Also jetzt aber. Herr Hofstätter, was ist gestern Abend passiert? Wir wissen, dass Sie erpresst wurden und dass die Geldübergabe dort auf dem Parkplatz stattfinden sollte, nicht wahr? Aber wer war der Täter? Haben Sie ihn erkannt?«

Hofstätter hatte gerade den Becher ansetzen wollen, jetzt ließ er ihn ganz erstaunt wieder sinken.

»Welcher Täter? Ich dachte, ich hatte einen Unfall.«

Stresser wusste einen Moment lang nicht, was er sagen sollte.

»Sie ... einen Unfall? Wie kommen Sie darauf?«

»Na, das hat man mir gesagt. Die Schwester, glaube ich, und Professor Bieler auch. Was meinen Sie mit Täter, Herr Stresser, was ist hier los?«

»An was können Sie sich denn noch erinnern?«

»Ich war mit Ihnen im Büro, und dann ...« Plötzlich sah man, dass er sich erinnerte. »Ah, ja, ich ...«

Er sprach mit gesenkter Stimme weiter. Den Kaffeebecher umklammerte er wie ein Eichhörnchen.

»Ich bin erpresst worden, Herr Stresser.«

»Das wissen wir.«

»Ich war unterwegs zur Geldübergabe. Ich hatte dreihunderttausend Euro bei mir.«

»Aber hatten Sie nicht schon längst bezahlt? Sara Langensalza hat das ausgesagt.«

»Sara? Sie haben mit ihr gesprochen?«

»Ja, sie hat uns über Ihr Verhältnis aufgeklärt.«

»Oh Gott, das darf meine Frau auf keinen Fall erfahren!« Hofstätter verzog das Gesicht. Er hatte sich zu weit vorgebeugt, und nun fuhr ihm ein Schmerz in den Bauch.

»Ganz ruhig, Herr Hofstätter. Das mit Ihrer Frau hat Zeit. Ich muss im Moment nur wissen, ob Sie den Täter erkannt haben.«

»Ich weiß nicht ... das Letzte, an das ich mich erinnere, ist diese Kreuzung. Dann ist alles weg.«

»Sie haben den Wagen in einer Seitenstraße geparkt, sind aber mitten auf einem Feld gefunden worden. Jemand hat auf Sie geschossen.«

Hofstätter blickte erstaunt auf seinen Bauch, der mit einem Verband umwickelt war.

»Angeschossen?«

»Ja! Höchstwahrscheinlich sogar mit Ihrer eigenen Waffe.«

»Tut mir leid, ich weiß das nicht mehr. Ich kann mich an nichts mehr erinnern.« Hilflos saß er da und hielt seinen Kaffeebecher fest.

Stresser seufzte. »Das ... kommt schon noch, Herr Hofstätter. Ruhen Sie sich erst mal aus. Es wird alles gut. Ich werde später wiederkommen.«

»Aber was soll ich jetzt tun?«

»Sie könnten es Ihrer Frau sagen. Früher oder später wird sie es erfahren. Das lässt sich nicht mehr vermeiden.«

Hofstätter schloss die Augen und ließ seinen Kopf ins Kissen fallen.

»Gute Besserung erst mal. Ich schicke Ihren Sohn wieder rein«, sagte Stresser und verließ das Zimmer.

Tillmann wartete im Gang vor der Tür. »Alles in Ordnung?«, fragte er.

»Ich fürchte, Ihr Vater leidet an Amnesie. Er hat keine Erinnerung an den Tathergang. Ich werde gleich mit dem Arzt sprechen. Gehen Sie wieder rein.«

In diesem Augenblick hörte man das Summen des Notrufs. Über Hofstätters Zimmer blinkte eine rote Lampe auf. Stresser und Tillmann stürmten zur Tür und platzten fast gleichzeitig ins Zimmer.

»Was ist?«, rief Tillmann.

Hofstätter saß verzweifelt im Bett.

»Ich hab meinen Kaffee verschüttet«, sagte er und deutete auf die braune Pfütze am Boden, in der der Pappbecher lag.

Vier

Shelly und Sara saßen auf der Couch. Das schöne Essen war ihnen gehörig verdorben worden. Sie schwiegen sich an, und die Zeit wollte und wollte nicht vergehen. Irgendwann brach Sara die Stille.

»Ach, ich hab ja noch ein Geschenk für dich.« Sie sprang auf, lief in ihr Zimmer und kam mit einem kleinen Paket zurück, das in rotes Papier eingeschlagen war. »Hier. Das ist für dich, weil du … na ja, mach's einfach auf. Ist nur 'ne Kleinigkeit.«

Shelly riss das Papier an der Unterseite auf und zog ein großes gebundenes Buch heraus.

»Das farbige Wilhelm Busch Hausbuch« las sie laut, und ihr Blick blieb auf den beiden Figuren haften, die über dem Titel prangten.

»Da ist die Geschichte von Max und Moritz drin, weißt du noch?«

»Ja. Vielen Dank, Sara.« Sie schlug das Buch auf.

»Hier, gleich die erste Geschichte ist es.« Sara deutete auf die Überschrift.

Shelly blätterte weiter und sah sich die Zeichnungen an. Sie lachte an den Stellen, wo Frau Böck das Bügeleisen auf den Bauch ihres Mannes legt und Onkel Fritz gähnend ins Bett geht.

»Oh«, entfuhr es ihr, als sie sah, wie der Müller die beiden Jungen in die Mühle wirft. »Das ist ja ganz schön …«

»Heftig, oder?«, fragte Sara.

»Ja, heftig.«

Shelly fand es fast unheimlich, dass Sara ihr ausgerechnet jetzt dieses Buch schenkte. Es war wie ein Wink des Schicksals.

»Sara?«

»Mmh?«

»Du willst doch deinem Vater helfen, nicht wahr?«

»Sicher.«

Shelly klappte das Buch zu und ließ es auf ihren Beinen liegen. »Vielleicht kann ich etwas tun, aber ich bräuchte deine Unterstützung.«

»Was du willst, ich mach alles«, sagte Sara.

»Dann werd ich dir jetzt etwas sagen, was du auf jeden Fall für dich behalten musst.«

»Shelly, was ist denn?«

»Ich denke, ich weiß, wer hinter allem steckt. Ich kann es nur nicht beweisen.«

»Wieso, wer denn?«

Shelly überlegte ein letztes Mal, ob sie Sara wirklich einweihen sollte. Es barg auch eine Gefahr in sich.

»Ich denke, dass Leif und Lasse es waren.«

Saras Kopf fuhr zurück, so als hätte sie etwas Unangenehmes gerochen. »Leif und Lasse? Niemals. Das ist ein Witz, wegen dem Buch, oder?«

»Nein, Sara, ich mein's ernst. Überleg mal. Wer konnte von eurer Beziehung gewusst haben? Wer konnte euch gefilmt haben? Wo war diese Hütte im Wald?«

»Gleich bei unserer Koppel, ein paar hundert Meter entfernt.«

»Siehst du? Es liegt doch nahe, dass derjenige, der Bernd erpresst hat, von diesem Hof kommt.«

Shelly sah, wie es hinter Saras Stirn arbeitete. Momente, die sie mit Hofstätter verbracht hatte, kamen ihr in den Sinn, Blicke, die sie sich heimlich zugeworfen hatten. Das war immer hier geschehen.

»Und was, wenn es doch ...«

»Dein Vater? Das hab ich vorhin für einen Moment auch gedacht. Aber sei mal ganz ehrlich. Traust du ihm so etwas zu?«

Sara schüttelte den Kopf.

»Siehst du. Außerdem konnte man deutlich sehen, dass er nichts von eurem Verhältnis gewusst hat, als wir ihm davon erzählten. Er hätte seine Überraschung ja vortäuschen müssen.«

»Du hast recht, Shelly.« Sara wirkte jetzt ein bisschen erleichterter als noch fünf Minuten zuvor. »Aber wie kommst du auf Leif und Lasse?«

Shelly berichtete von den Verdachtsmomenten, die sie auch schon Stresser erläutert hatte. Aber so ganz konnte sie auch Sara nicht überzeugen.

»Das klingt alles komisch, ja, aber ich kann mir einfach nicht vorstellen, dass die beiden so etwas Furchtbares tun würden.« Sie sah Shelly ratlos an. »Und wozu brauchst du jetzt meine Hilfe?«

»Ich muss mir Informationen über die beiden beschaffen. Weißt du, wo ihre Eltern wohnen?«

»Sicher, Papa kennt sie doch. Steht alles in seinem Adressbuch.«

»Ich will mit ihnen sprechen, gibst du mir die Adressen? Ich werd ihnen natürlich irgendwas anderes erzählen, damit sie keinen Verdacht schöpfen.«

»Na gut«, sagte Sara, und sie gingen in Simons Büro. Aus einem großen Adressrondell suchte Sara die Anschriften heraus.

»Und ich möchte noch etwas von dir«, meinte Shelly. »Ich will in ihr Zimmer gehen und mich dort einmal umsehen.«

»Im Wohnheim?«

»Ja. Das geht natürlich nur, wenn die beiden hier sind. Ich bräuchte dich, damit du mich anrufst, falls sie früher als erwartet nach Hause fahren sollten.«

»Was, ich soll …«

»Du musst nur einen Anruf machen, mehr nicht.«

Sara war nicht wohl bei der Sache. Sie hatte fürchterliche Angst, und sie war immer noch nicht sicher, ob das, was Shelly vorhatte, richtig war. »Ist gut«, sagte sie schließlich so leise, dass man es kaum hörte.

Shelly streichelte ihr über den Rücken, und da hörten sie, wie die Tür aufgeschlossen wurde.

»Papa!«, rief Sara und lief in den Flur und Simon direkt in die Arme. Er sah müde aus, aber erleichtert. Shelly kam dazu.

»Und?«, fragte sie.

»Hofstätter ist wieder wach. Er kann sich aber an nichts erinnern. Ich bleibe weiterhin verdächtig, weil eine Zeugin meinen Namen gehört haben will und weil ich …« Er lachte zögernd und sah seine Tochter an. »Weil ich ein nachvollziehbares Motiv hätte. Morgen werden hier ein paar Polizisten auftauchen und Fragen stellen. Dir auch.« Er nahm das Gesicht seiner Tochter in beide Hände. »Was hast du dir nur dabei gedacht? Kannst du dich nicht in einen Klassenkameraden verknallen, so wie jedes andere Mädchen auch?«

»Sie ist halt ein besonderes Mädchen«, sagte Shelly.

»Ja, besonders dumm«, entgegnete Simon, aber lächelte dabei liebevoll.

Shelly verabschiedete sich und ging mit ihrem Buch unterm Arm nach Hause. Es war bereits nach Mitternacht. Der Mond leuchtete hinter dünnen, silbrig schimmernden Wolken über den Baumwipfeln des Waldes. Es war kalt. Shelly zog den Reißverschluss ihrer Jacke bis ganz nach oben. Sie hörte das inzwischen vertraute Plätschern des Flusses, als sie sich der Brücke näherte. Sie musste zweimal hinsehen, bevor sie erkannte, dass dort eine Person auf der Brücke stand. Ob es Instinkt war oder eine Ahnung, konnte Shelly nicht sagen, aber sie schlug sich in das Gebüsch, das das Ende von Simons Grundstück markierte. Sie bog einige Zweige nach unten und erkannte, dass die Person auf der Brücke Lasse war. Er stand am Geländer und hatte seinen Rucksack darauf abgestellt. Sein Fahrrad lehnte neben ihm. Er holte einen dunklen Gegenstand, den Shelly nicht erkennen konnte, aus dem Rucksack und warf ihn ins Wasser. Sekunden später hatte er den Rucksack wieder aufgesetzt, schwang sich auf sein Fahrrad und radelte davon.

Shelly kam aus ihrem Versteck und lief zur Uferböschung, um zu sehen, was Lasse in den Fluss geworfen hatte. Es hatte nicht sehr schwer ausgesehen, und sie hatte auch kein lautes Platschen gehört, sodass sie davon ausging, der Gegenstand würde schwimmen. Die Böschung war steil und matschig. Shelly konnte wenig erkennen in der Dunkelheit, und prompt rutschte sie aus und schlitterte auf ihren Stiefelsohlen und ihrem Hintern bis hinunter ins Schilf. Sie spürte das eiskalte Wasser an ihren Füßen und ihrem Hinterteil. Schnell erhob sie sich, ruderte mit den Armen und gewann ihr Gleichgewicht zurück. Allerdings stand sie nun im Fluss und sah, dass tatsächlich ein schwarzes Etwas auf der Oberfläche langsam davontrieb. Sie stieg aus dem Flussbett heraus und lief am Ufer entlang hinter dem Ding her. Sie dachte an Schneider Böck aus dem Buch, das sie noch in der Hand hielt, und an das Bügeleisen, und sie freute sich schon jetzt darauf, zu Hause heißen Tee zu trinken und sich in eine Decke einzukuscheln. Zunächst aber lief sie mit klatschnassen Stiefeln und Hosenbeinen neben der Aller her und verfolgte irgendetwas. Lasse hatte es beseitigen wollen, es musste also etwas Wichtiges sein. Ein Beweisstück.

Die Uferböschung wurde nun etwas flacher, da es in den Wald ging, doch dadurch wurde es auch immer dunkler. Shelly stolperte und fiel auf die Knie, rutschte zur Seite und landete mit dem ganzen Körper im Fluss. Die Kälte war unglaublich. Sie gab einen tiefen Aufschrei von sich und spürte, wie ihr Herz beschleunigte und ihr der Atem wegblieb. Sie hechelte immer schneller nach Luft und versuchte gleichzeitig, mit den Füßen und einer Hand Halt zu finden. Das Buch hielt sie am ausgestreckten anderen Arm hoch, während sie gegen die Kraft der Strömung kämpfte. Dann sah sie im rechten Augenwinkel den Gegenstand. Er trieb auf sie zu, etwa eine Armlänge entfernt. Sie meinte, Haare daran erkennen zu können, und sofort traten die grässlichsten Bilder vor ihr inneres Auge. Wenn sie jetzt zupackte, hätte sie einen abgetrennten Kopf in der Hand. Sie kämpfte gegen ihre Angst und gegen die Kälte an, die ihr fast den Verstand raubte, und langte mit einer Hand nach dem schwimmenden Ding. Sie bekam es zu fassen, zog es zu sich und erkannte mit einem Schaudern, dass es sich um eine Perücke handelte.

Fünf

Shelly fuhr auf der B 188 in Richtung Hannover. Es war ein wolkenloser Tag, und die Sonne hatte mehr Kraft heute als an den vergangenen Tagen und Wochen. Die Eltern von sowohl Leif als auch Lasse wohnten in einer kleinen Ortschaft namens Hänigsen. Shelly passierte eine kleine Tankstelle und Werkstatt am Ortsrand und kam nach einer Kurve auf die Hauptstraße des Ortes. Sie suchte den Mühlenweg und fand ihn bereits nach der ersten Abzweigung. An der Ecke war ein Eisladen, und sie dachte, sie könnte sich später, wenn sie die Gespräche hinter sich gebracht hatte, mit einem schönen Eis belohnen und ein wenig in der Sonne sitzen.

An einer stillgelegten Mühle bog sie rechts ab und fand Lasses Elternhaus nach fünfzig Metern auf der linken Seite. Es war ein großes, mit Holz verkleidetes Einfamilienhaus, mit großflächigen Fenstern und einer sehr schönen Terrasse im oberen Stockwerk. Sie parkte auf der gegenüberliegenden Seite und ging über die Straße. Da entdeckte sie auch schon jemanden im Garten, der nach vorn hin von einer hohen, akkurat geschnittenen Hecke eingerahmt war. Eine Rasenfläche von ungefähr zweihundert Quadratmetern erhob sich leicht zum Haus hin. Vor einer weiteren Terrasse standen inmitten von weiß leuchtenden Kieselsteinen Bonsaibäume und Pampasgras. Ein kleiner Teich schimmerte türkisfarben in der einfallenden Sonne. Eine Frau in Jeans und roséfarbener Bluse beschnitt an den Bäumen die Zweige. Sie hatte die Haare aufwendig hochgesteckt und trug Gartenhandschuhe. Ein schwarzes gusseisernes Eingangstor versperrte Shelly den Weg. Von außen war keine Klinke angebracht, aber an der linken Säule gab es eine Klingel, die Shelly betätigte. Sie hörte ein dumpfes Schellen im Haus und sah, wie sich die Frau zur Tür umdrehte.

»Ja bitte?«, rief sie herüber.

»Hallo, mein Name ist Kutscher, ich bin die Nachbarin von Simon Langensalza«, rief Shelly. Sie hoffte, dass das als Information reichen würde. Mehr wollte sie hier nicht laut rufend verraten. Zum Glück kam die Dame gleich zum Tor geeilt, als sie Simons Namen vernahm.

»Guten Tag, Frau ...«

»Kutscher«, sagte Shelly und nahm ihre Brille ab. Lasses Mutter blieb wie angewurzelt stehen. Mit offenem Mund staunte sie Shelly an.

»Mein Gott, Sie ... Sie sehen aus wie ... jemand aus dem Fernsehen. Kennen Sie zufällig die Serie Marshall Stone?«

»Ja, Frau Wilhelm, ich bin Shelly Kutscher.«

Ihr Mund klappte noch weiter auf, und sie ließ beinah die Rosenschere fallen.

»Josef und Maria! Sie ... was ... ich ...« Sie lachte verlegen und etwas verrückt, und dann öffnete sie hastig die Tür. »Kommen Sie doch bitte herein, Frau Kutscher.«

Sie starrte Shelly weiterhin an wie eine Erscheinung, und Shelly trat in den Garten.

»Das ist so unglaublich! Ich weiß gar nicht, was ich sagen soll.«

»Ich verstehe das, Frau Wilhelm, aber eigentlich ist es nichts Besonderes. Meine Familie stammt ursprünglich aus dieser Gegend, und ich wohne zurzeit in Fischbach.«

»Wie bitte? Sie wohnen hier? Aber das ist ja ... Kommen Sie herein. Ich ... ich weiß gar nicht, was ich sagen soll. Möchten Sie einen Kaffee oder einen Tee?«

»Ein Kaffee wäre schön, danke.«

Frau Wilhelm führte Shelly durch den Garten zur Terrasse und bat sie, Platz zu nehmen.

»Ich hab das von Ihnen in den Nachrichten gehört und war ganz besorgt«, rief sie aus der Küche. Sie kam mit zwei Tassen, Zucker und Milchkännchen auf einem kleinen Tablett zurück. »Ich muss Ihnen sagen, dass ich ein großer Fan Ihrer Serie bin. Ich habe jede Folge gesehen. Und mein Mann hat mir alle Staffeln auf DVD geschenkt.«

»Das freut mich«, sagte Shelly. Lasses Mutter lief wieder hinein und brachte den frischen Kaffee in einer silbernen Thermoskanne mit. Sie goss Shelly und sich ein, setzte sich und legte die Hände zusammengefaltet auf der Tischkante ab.

»So, was führt Sie denn nun zu mir? Ich bin ganz aufgeregt, dass Sie hier vor mir sitzen und Kaffee mit mir trinken.«

»Nun ja, eigentlich geht es um Ihren Sohn«, meinte Shelly und nahm einen Schluck. Das Lächeln von Lasses Mutter verhärtete sich ein wenig, und sie blinzelte irritiert.

»Um Lasse? Ich verstehe nicht …«

»Also, meine Familie besitzt einen alten Hof in Fischbach, den ich von meinem Vater geerbt habe. Dieser Hof liegt direkt neben dem Fischbacher Gestüt.«

»Der alte Kutscher-Hof? Das ist Ihrer?«, fragte sie mit leuchtenden Augen.

»Genau. Herr Langensalza und ich sind also Nachbarn, und da bei mir noch alles etwas chaotisch aussieht, habe ich mein Pferd bei ihm untergebracht.«

»Sie haben ein Pferd? Doch nicht etwa Lonestar, oder?«

»Nein, den reite ich nur in der Serie.«

»Ach, wie schön. Das ist … unglaublich.«

»Tja, und da ich ja nun jeden Tag auf dem Gestüt bin, habe ich natürlich auch Ihren Sohn kennengelernt. Lasse ist wirklich ein netter junger Mann und kennt sich gut mit Pferden aus.«

»Ja, unser Lasse ist mit Pferden groß geworden, und wir haben schon früh sein Talent gefördert. Sein ganzes Zimmer hängt voll mit Auszeichnungen und Pokalen. Wir halten große Stücke auf ihn.«

»Das glaube ich. Frau Wilhelm, es ist so, dass ich eine kleine Auszeit hier in Deutschland nehme.«

»Sie spielen nicht mehr weiter die Marshall Stone?«, fragte Lasses Mutter besorgt.

»Doch, doch, aber ich brauche einen Gegenpol zu dem Filmgeschäft. Sehen Sie, ich besitze nun diesen Hof und möchte daraus gern ein hübsches kleines Gestüt machen.«

»Oh, wie schön. Das ist eine wunderbare Nachricht. Ich bin ganz aufgeregt.«

»Zurzeit wird noch alles umgebaut und erneuert, aber im Sommer brauche ich dann Mitarbeiter, um den Betrieb aufnehmen zu können. Und da ich ja nun gesehen habe, wie Ihr Sohn arbeitet und reitet, und da ich weiß, dass er in ein paar Tagen seine Prüfung macht, die er mit Sicherheit auch bestehen wird, überlege ich, ihm einen Job bei mir anzubieten«, sagte Shelly und ließ diese Information erst mal einen Augenblick wirken.

»Das wäre ja … mein Sohn, bei Ihnen … das wäre ja … ein Traum.« Sie lachte.

Shelly lächelte knapp. »Und wenn Sie sich nun fragen, warum ich hier einfach bei Ihnen auftauche, so hat das nur einen Grund.« Sie sagte das bewusst etwas bedrohlich. Sie wollte sehen, ob sich bei Frau Wilhelm irgendeine Reaktion zeigte, die Shelly etwas über Lasse verriet. Sein Zuhause schien nach außen hin perfekt zu sein. Sauber, geordnet, wohlhabend, eine gut aussehende Mutter mit gepflegter Erscheinung, gebildet, höflich, freundlich. Das alles machte den Eindruck einer intakten Familie und einer behüteten Kindheit. Aber diese Züge, die sie bei Lasse kurz hatte aufblitzen sehen, mussten irgendwo hier ihren Ursprung haben.

»So? Und welchen?«, hakte Frau Wilhelm nach, und eine Falte bildete sich zwischen ihren Augen.

»Ich bin, wie Sie ja wissen, eine recht prominente Schauspielerin. Ich werde auch hier in Deutschland erkannt. Was ich suche, sind Mitarbeiter, die hundertprozentig diskret sind und auf die ich mich voll verlassen kann. Jede Information, die die Presse von mir aufschnappt, kann gleich am nächsten Tag in der Zeitung stehen, und ich möchte hier wie gesagt mein Rückzugsgebiet haben, verstehen Sie?«

»Selbstverständlich. Lasse ist absolut vertrauenswürdig. Er würde niemals …«

»Schön. Das freut mich zu hören. Es wäre nett, wenn Sie mir einfach noch ein bisschen mehr über ihn erzählen könnten, sodass ich mir ein Bild machen kann.«

»Über Lasse? Ja, natürlich. Wo soll ich da nur anfangen?«

Sie überlegte einen Augenblick und strich mit der Hand über den Tisch, als müsste sie Krümel wegfegen, die aber nicht vorhanden waren.

»Er war schon immer ein sehr liebes und aufgewecktes Kind. Immer lustig, immer lachend und immer neue Ideen im Kopf. Er konnte lesen, bevor er in die Schule kam, und hatte dort von Anfang an gute Noten, weil es ihm auch immer Spaß gemacht hat. Er wurde gern gefordert. Und mein Mann und ich, wir waren selbst Reiter in jungen Jahren und besitzen Pferde, und Lasse saß quasi von Anfang an mit uns im Sattel. Ich habe noch Fotos … warten Sie, ich hole sie mal.« Sie lief ins Wohnzimmer und zog ein Fotoalbum aus dem Bücherregal. Am Tisch schlug sie es auf und drehte es so, dass Shelly hineinsehen konnte. »Sehen Sie hier? Da ist er gerade mal zwei Jahre alt.«

Shelly sah einen kleinen flachsblonden Jungen, der mit Reiterstiefelchen und Helm auf einem großen Pferd saß. Herr Wilhelm stand in Reiterkleidung neben ihm und hielt ihn fest. Beide lachten in die Kamera.

»Ist das Ihr Mann?«

»Ja, Helmut, er hat jede freie Minute mit Lasse verbracht und ihn von Kindesbeinen an sportlich gefördert. Der Junge war und ist unser ganzer Stolz. Wir haben so viel Glück mit ihm.«

Shelly blätterte weiter und sah den kleinen Lasse im Stall und auf der Weide, beim Fasching und zu Weihnachten. Auf einem Foto war er im Wohnzimmer mit einer Geige abgebildet.

»Oh, Geige spielt er auch?«

»Ja, wir haben ihn viele Dinge ausprobieren lassen. Klavier, Geige, Klarinette. Aber die Geige hatte es ihm von Anfang an angetan.«

»Wie alt war er da?«

»Das muss so mit vier gewesen sein.«

»Das ist früh, oder?«

»Ja, aber Kinder lernen nun einmal viel leichter und spielerischer als Erwachsene. Es bringt wirklich eine Menge, wenn Kinder sehr früh an die Dinge herangeführt werden.«

»Und wie sieht es mit Freunden aus? Hatte er viele Freunde?«

»Oh ja, er war schon immer sehr kontaktfreudig. War oft Klassensprecher und beliebt in seinem Freundeskreis.«

»Und wann haben er und Leif sich kennengelernt?«

»Leif? Ach, das … Das war so in der Oberschule. Aber es ist im Grunde nichts, was länger Bestand hätte.«

»Wieso? Sie sind doch gute Freunde.«

»Na ja, aber der Junge ist einfach nicht auf demselben … wie soll ich sagen … Niveau wie Lasse. Jetzt sind sie noch in der Ausbildung, aber danach werden sich ihre Wege sicherlich trennen. Lasse hat noch viel vor.«

»Ja, aber mir kommen die beiden geradezu unzertrennlich vor.«

»Unzertrennlich?« Frau Wilhelm lachte laut auf. »Nein, also das ist ja nun wirklich abwegig. Aber ja, natürlich ist Leif ein netter Junge, und sie haben viel unternommen zusammen. Leif hat von Lasse mit Sicherheit ganz viele Dinge abgucken können, aber später im Beruf ... na, Sie wissen doch sicher selbst am Besten, wie das ist.«

Shelly wusste in der Tat, wie das war, wenn der Beruf einen ganz und gar in Beschlag nahm und man sich plötzlich in einer anderen Welt wiederfand, die nichts mehr mit der eigenen Vergangenheit zu tun hatte. Sie war, wie Leif und Lasse schon richtig gesagt hatten, durch die Schauspielerei zu einem Flamingo geworden. Ihr Aufenthalt in Deutschland sollte sie wieder erden und zurück zu ihren Wurzeln bringen.

»Ja, Sie haben recht«, sagte Shelly also, obwohl ihr das auf Lasse bezogen nicht richtig vorkam. Sie trank ihren Kaffee aus und sah sich im Garten um. »Schön haben Sie es hier. Das ist ein wunderschönes Haus.«

»Ja, mein Mann hat es selbst entworfen, er ist Architekt. Da steckt eine Menge Arbeit drin. Aber für Sie muss das doch nur eine kleine Bude sein.«

»Nein, das stimmt nicht. Ich mag die Architektur hier in Deutschland und auch die Art zu bauen. Viel stabiler als bei uns. Wissen Sie, wenn bei uns in Texas ein Tornado wütet, bleibt am Ende nicht viel stehen, wenn man nur mit Holz baut.«

»Ja, das glaube ich. Aber leben Sie denn nicht in Hollywood?«

»Doch, schon, ja. Aber die Ranch meines Vaters steht in Texas. Sagen Sie, dürfte ich vielleicht mal Lasses Zimmer sehen, oder haben Sie es längst umgebaut? Er wohnt ja nicht mehr hier.«

»Natürlich können Sie es sehen, es ist noch genau wie früher, damit er sich wohlfühlt, wenn er nach Hause kommt.«

Frau Wilhelm führte Shelly durch das mit Parkett ausgelegte Wohnzimmer in einen Flur, von dem aus eine Treppe in die obere Etage führte. Es gab viele Fenster hier, kleine und große, und an allen waren elektrische Rollläden angebracht. Oben erreichten sie einen quadratischen Flur mit vier Türen und einer offenen Dachluke, die über eine hölzerne Leiter zu erreichen war.

»Im Dachgeschoss hat Helmut sein Atelier. Lasses Zimmer ist gleich hier.« Sie öffnete eine Tür, hinter der es stockdunkel war. Anstatt den Lichtschalter zu betätigen, fuhr Frau Wilhelm die Fensterläden hoch. Nach und nach drang immer mehr Sonnenlicht in das Zimmer und erhellte den mit einem weißen Teppich ausgelegten Raum. Die Fensterfront maß mindestens vier Meter. Direkt davor stand ein ausladender Schreibtisch aus schwerem, lackiertem Holz. Rechts an der Wand befand sich auf einer kleinen Empore ein Doppelbett. Die linke Wand wurde von einem Einbauschrank mit schwarzen Schiebetüren komplett verdeckt. Eine Regalkonstruktion aus schwarzen Brettern zog sich über die restliche Wandfläche des Zimmers hin, war aber luftig genug, um in Zwischenräumen großformatigen gerahmten Fotos Platz zu bieten. Es waren Bilder von Lasse beim Reitsport und Filmplakate bekannter Hollywoodstreifen. In dem Regal direkt über seinem Bett waren in einer beleuchteten Vitrine seine Auszeichnungen untergebracht.

»Das ist ein wunderschönes Zimmer«, sagte Shelly und machte ein paar Schritte in den Raum hinein. Die Anlage von Bose im Regal und der Mac-Computer auf dem Schreibtisch hatten mit Sicherheit ein kleines Vermögen gekostet, und jetzt entdeckte Shelly hinter der Tür auch noch einen großen schwenkbaren Plasmafernseher an der Wand. »Kann er gut mit Computern umgehen?«, fragte sie.

»Oh ja, selbstverständlich. Er kann alles mit diesem Ding machen, das ist wirklich erstaunlich.«

Shelly sah sich die Fotos an. Eins zeigte ihn auf einem Pferd, mitten im Sprung über ein Hindernis.

»Wie alt war er da?«

»Da muss er gerade zehn oder elf gewesen sein. Das ist Zeus, unser Hengst, der aber leider schon verstorben ist.«

»Haben Sie viele Pferde?«

»Vier zurzeit.«

Shelly musste beim nächsten Foto lachen. Dort beugte sich

ein Pferd über einen Kinderwagen, der von Herrn Wilhelm geschoben wurde.

»Das ist ja klasse!«

»Ja, nicht? Das ist eins meiner Lieblingsfotos. Wir waren so glücklich, als Lasse endlich da war.«

»Hatten Sie sich schon länger Kinder gewünscht?«, fragte Shelly.

»Ja. Nein. Bei Lasse war es etwas kompliziert. Die Schwangerschaft verlief nicht so ideal. Ich war oft und lange im Krankenhaus damals. Musste viel liegen und ... na ja, wir hatten Glück, dass Lasse überlebt hat. Es war eine Zwillingsschwangerschaft. Sein Bruder ... hat es nicht geschafft.«

»Oh, das tut mir leid. Ich hätte nicht fragen sollen.«

»Ach, das können Sie doch nicht ahnen. Es ist lange her, und Lasse ist gesund und munter. Das ist die Hauptsache. Natürlich macht man sich nach so etwas als Mutter doppelt Sorgen, wenn mal was ist. Vor zwei Jahren hat er sich das Bein gebrochen, da bin ich fast durchgedreht. Verstehen Sie das? Haben Sie Kinder?«

»Nein, leider nicht. Ist das beim Reiten passiert?«

»Ja, er hatte gerade erst die Ausbildung begonnen, da hat ihn dieses Pferd abgeworfen.«

»Wie, bei Simon auf dem Hof? Wissen Sie noch, welches Pferd das war?«

»Natürlich. Dieses Killer-Pferd. Cleopatra. Man hätte es einschläfern sollen, dieses Tier. Zwei Wochen später hat es doch die Frau von Herrn Langensalza ...«

»Ja, ich weiß«, sagte Shelly abwesend.

»Tag und Nacht hab ich im Krankenhaus an seinem Bett gesessen. Das war eine furchtbare Zeit.«

»Das glaube ich.«

Die Stimmung war fühlbar umgeschlagen, und Shelly wollte das Gespräch beenden. Frau Wilhelm hatte jetzt ein ganz anderes Gesicht bekommen. Ihre Züge wirkten plötzlich hart, und eine Bitterkeit stand in ihren Augen.

»Ich denke, ich fahre jetzt mal besser zurück. Mit Lasse werde ich wohl nichts falsch machen können. Wenn er denn zu mir kommen möchte.«

»Oh, ich … sicher wird er das.«

Sie verließen den Raum, und Shelly warf über die Schulter noch einen letzten Blick zurück, bevor Frau Wilhelm die Tür schloss. Das Gesicht von Arnold Schwarzenegger, halb Mensch, halb Maschine, starrte Shelly von einem Filmplakat aus an. *»Hasta la vista, baby«*, stand in großen roten Lettern darunter.

Sechs

Die Auszubildenden trafen sich wie jeden Morgen in Jülichs Büro. Anders als sonst war Simon heute ebenfalls anwesend. Anders als sonst waren Leif und Lasse unglaublich nervös. Lasse wusste nicht, ob sein Plan geglückt war. Aber er vermutete stark, dass Simon hier war, weil er sie über Hofstätters Tod aufklären wollte. Leif, der gestern Nacht von Lasse über den Giftanschlag informiert worden war, konnte die Spannung kaum noch aushalten. Die Ungewissheit machte ihn krank. Ihm war übel und schwindelig. Jülich besprach die Einzelheiten des Tagesablaufs und teilte die Teams ein.

»Und jetzt möchte Herr Langensalza noch etwas sagen«, schloss Jülich und übergab an Simon.

»Guten Morgen. Heute wird es ungewohnten Besuch geben. Die Kriminalpolizei wird bei uns auftauchen und euch allen einige Fragen stellen.«

Leif und Lasse hielten den Atem an. Was konnte das bedeuten? War das eine gute oder eine schlechte Nachricht?

»Es geht um den Fall Hofstätter und die Vergiftung von Aladdin. Wie ihr sicher schon gehört habt, ist Herr Hofstätter wieder aus dem Koma erwacht. Leider …« Simon machte eine Pause und blickte nachdenklich zu Boden.

In Lasses Gesicht deutete sich ein Lächeln an. Leif wagte kaum zu atmen. Hatten sie jetzt auch noch einen Mord auf dem Gewissen?

»Leider kann er sich an nichts mehr erinnern. Er hat sein Gedächtnis verloren und weiß nicht, wer ihn angeschossen hat. Aus Gründen, die euch nichts angehen, stehe ich unter Verdacht, darum wird die Polizei euch heute befragen. Beantwortet bitte alles, so gut ihr könnt, und macht auch eure Arbeit, so gut ihr könnt. Das war's. Einen schönen Tag für euch.«

Leif und Lasse warfen sich einen kurzen Blick zu. Das Giftattentat war fehlgeschlagen. Leif fiel ein Stein vom Herzen. Lasse dagegen war enttäuscht, doch das währte nicht allzu lange. Dieser

Gedächtnisverlust wäre ihre Rettung. Wenn er denn anhielt. Fürs Erste jedenfalls waren sie sicher.

***

Stresser, Sander und Piesmeier trafen gegen zehn Uhr auf dem Hof ein und klingelten zunächst im Haus. Sie sprachen kurz mit Simon und schwärmten dann mit Notizblöcken bewaffnet aus und stellten ihre Fragen. Piesmeier begab sich in den Weststall, Sander ging in die Besamungsstation, und Stresser versuchte, im alten Stall Informationen einzuholen. Dort arbeiteten Peter und Geraldine. Durch die Dachbodenluke im hinteren Stall ließ Peter die Strohballen fallen, die Geraldine unten aufschnitt und dann in die Boxen verteilte. Stresser ging an den Boxen vorbei und las die Namen der Pferde. Hin und wieder blieb er stehen und warf einen Blick auf die Tiere. Als er bei Pancake ankam, sah er kein Namensschild und fand das Tier auffällig anders aussehend als die restlichen.

»Was ist das denn für ein Pferd?«, fragte Stresser und deutete auf den Schecken.

Geraldine hatte ihn im Vorbeigehen bereits kurz gegrüßt und war mit ihrer Arbeit fortgefahren. »Ein Pinto«, antwortete sie jetzt. »Ein indianisches Pferd.«

»Indianisch? Nanu, ist das normal?«

»Bei uns ist es nur untergestellt, es gehört Frau Kutscher von nebenan.«

»Frau Kutscher?«, fragte Stresser entsetzt, und sein Bart setzte sich in Bewegung. »Hätt ich mir ja denken können. Und Sie sind?«, fragte er und drückte die Mine seines Kugelschreibers heraus.

»Geraldine Theissen. Ich bin Auszubildende hier.«

»Theißen mit Th und ß?«

»Mit Th und Doppel-s«, sagte sie und steckte die Forke ins Stroh.

»Frau Theissen, wie würden Sie Ihren Chef, Herrn Langensalza, beschreiben?«

»Er ist sehr nett, sehr korrekt. Er achtet auf Kleinigkeiten, aber er ist sehr fair zu uns.«

»Aha, und Herrn Hofstätter, kennen Sie den?«

»Na ja, kennen nicht direkt. Er war ein paarmal hier. Ich kenne ihn vom Sehen, hab aber nie mit ihm gesprochen.«

»Wissen Sie etwas über das Verhältnis der beiden?«

Geraldine war die Frage unangenehm, weil sie auf keinen Fall schlecht über Simon reden wollte.

»Sie ... sind keine Freunde oder so.«

»Gab es Meinungsverschiedenheiten?«

»Ja, also, nichts Weltbewegendes. Als Hofstätter das letzte Mal hier war, da haben sie sich ein bisschen gezofft.«

»So? Haben Sie das selbst mitbekommen?«

»Ja, und gehört vor allem. Hofstätter war sehr laut.«

»Worum ging es?«

»Hofstätters Bezahlung war bei uns nicht eingegangen, und er glaubte wohl, dass Simon ihn zweimal abkassieren wollte.«

»Aha. Und kennen Sie auch Sara, die Tochter von Herrn Langensalza?«

»Ja, natürlich.«

»Gibt es da, wie soll ich sagen ... haben Sie Gerüchte gehört über sie oder ihren Vater?«

»Nein, was meinen Sie?«

»Oh, nichts Bestimmtes, ich meine, manchmal kursieren doch irgendwelche Geschichten über den Chef und dessen Familie.«

»Nein, tut mir leid. Meinen Sie das mit Cleopatra?«

»Mit wem?«, fragte Stresser nach.

»Dem Pferd da.« Geraldine deutete auf Cleos Box.

Ein Pferd. Stresser wusste nicht, ob er den Namen des Tieres notieren sollte oder nicht. »Was haben Sie denn da gehört?«

Geraldine wollte das eigentlich gar nicht erzählen. Sie ärgerte sich über sich selbst, dass sie überhaupt davon angefangen hatte.

»Es ist eigentlich kein Gerücht und hat mit Aladdin und Hofstätter auch nichts zu tun. Es ist einfach nur so, dass neulich ...«

»Ja?«

»Herr Langensalza hat dieses Pferd lange gemieden und in der Box gelassen. Es hat vor zwei Jahren seine Frau tödlich verletzt.«

»Ach?« Stresser drehte sich zu Cleopatra um.

»Ja, und seitdem ist niemand mehr auf ihr geritten. Erst Frau

Kutscher hat es geschafft, das Pferd rauszubringen. Dank ihr hat man festgestellt, dass es eine Nadel im Hüftgelenk hatte.«

»Eine Nadel?«

»Ja, von einer Spritze. Und Frau Kutscher hat neulich indirekt Herrn Langensalza beschuldigt, das getan zu haben.«

»Wie, aus Rache?«

»Ja, wahrscheinlich. Aber wie ich schon sagte, sie hat es nicht *wirklich* gesagt. Es hatte nur den Anschein, dass sie das meinte.«

»Interessant. Vielen Dank, Frau Theissen. Und wer ist da oben?« Stresser blickte zur Luke hinauf, in der es merkwürdig still war.

»Oh, das ist Peter. Er arbeitet auch hier. Peter? Komm doch mal runter!«, rief sie hinauf. »Er ist etwas … beeinträchtigt«, raunte sie Stresser zu.

Ängstlich schob sich Peters Gesicht über die Öffnung, und er schaute zu Geraldine und dem Kommissar herunter. »Warum sind Sie hier?«, fragte er argwöhnisch.

»Ich will ein Verbrechen aufklären und muss ein paar Fragen stellen«, antwortete Stresser.

»Aber das macht doch Marshall Stone!«

Stresser sah Geraldine irritiert an. Sie zuckte nur mit den Schultern.

»Marshall Stone kriegt den Mörder immer.«

»Welchen Mörder?«, fragte Stresser.

»Na, den vom Pferd.«

»Könnten Sie nicht zu mir herunterkommen?«, fragte Stresser. Es dauerte einen Moment, bis plötzlich Peters Beine durch die Luke baumelten. Dann ließ er sich einfach ins Stroh fallen. Geraldine musste lachen.

»Sie kennen also Marshall Stone?«, wollte Stresser wissen, und Peter rappelte sich auf.

»Ja, sie hat ihren Namen auf mein Kissen geschrieben. Und mir gesagt, dass sie den Mörder immer kriegt.«

»Soso. Und seit wann arbeiten Sie hier?«

»Schon seit ich klein bin. Nach der Schule hab ich hier angefangen. Da war ich fünfzehn. Mein Vater war sehr stolz auf mich, aber jetzt ist er tot.«

»Das tut mir leid. Wie würden Sie denn Ihren Chef beschreiben, den Herrn Langensalza?«

Peter dachte nach und guckte dabei nach oben.

»Er ist blond und hat kurzes Haar mit so einem Kreis am Hinterkopf.«

Stresser und Geraldine mussten lachen.

»Sie meinen sein Aussehen. Was ich meinte, war, wie er so zu Ihnen ist, was für ein Mensch er ist.«

»Simon ist ein guter Mensch, er lässt mich hier arbeiten. Ein anderer würde das gar nicht tun. Ich darf ihn nur nicht böse machen, sonst wirft mich Simon raus.«

»Warum sollten Sie ihn böse machen? Ich bin sicher, Sie sind sehr fleißig.«

»Ja, aber ich darf ihn nicht …« Peter sprach nicht weiter, man sah, dass er fürchterliche Angst hatte.

»Frau Theissen, könnten Sie uns bitte kurz allein lassen?«, fragte Stresser, der etwas witterte.

»Sicher«, sagte sie und ging mit besorgter Miene aus dem Stall.

»Peter, wovor haben Sie solche Angst?«

»Das darf ich nicht sagen«, flüsterte Peter und schloss die Augen.

»Haben Sie Angst vor Herrn Langensalza?«

»Ja«, hauchte er.

»Warum, Peter, was könnte er Ihnen tun?«

»Mich rauswerfen, weil ich böse war.«

»Sie waren böse? Das kann ich mir nicht vorstellen.«

»Wenn er es wüsste, würde ich nie wieder eine Arbeit finden. Keiner würde jemanden wie mich nehmen.«

»Wenn er was wüsste?«

Peter sah dem Kommissar in die Augen, als verriete er gerade den Teufel höchstpersönlich.

»Peter, ich bin von der Polizei. Sie müssen mir die Wahrheit sagen.«

»Sie haben sich geküsst und so gemacht.« Er fuhr mit den Händen über seinen Körper, was ein Streicheln darstellen sollte.

»Wer?«

Peter schüttelte den Kopf und atmete schwer.

»Peter, bitte. Sie helfen mir sehr, wenn Sie es sagen, und dann wird alles gut. Ganz bestimmt.«

Peter sah ihn zweifelnd an.

»Wie bei Marshall Stone?«

»Ja, wie bei Marshall Stone.«

Peter kniff die Augen ganz fest zu und bleckte die Zähne.

»Ich hab sie gesehen.«

»Wen?«

»Sara.«

»Und?«

»Na …« Er machte wieder diese Streichelbewegungen.

»Mit wem?«

»Hofstätter«, flüsterte Peter fast tonlos und hielt sich dann den Zeigefinger vor den Mund. Stresser richtete sich langsam auf. Er begriff, wen er hier vielleicht vor sich hatte.

»Ich verstehe. Das haben Sie super gemacht, Peter. Große Klasse.«

»Aber ich hab doch … wenn Simon das rausfindet, wirft er mich raus.«

»Nein, das wird er nicht. Dafür sorge ich schon. Peter, würden Sie bitte mit mir kommen?«

Sieben

Shelly bog an dem Restaurant »Zur alten Deckstation« rechts ab und folgte dem kleinen, leicht ansteigenden Weg etwa zwanzig Meter, bis links ein verwittertes Haus aus rotem Klinker auftauchte, das von zwei knorrigen, moosbedeckten Apfelbäumen verdeckt wurde. Der alte Holzzaun und das Gartentor waren morsch und rissig, und hier und da fehlte ein Stück Holz oder war abgebrochen.

Shelly hatte ihre Sonnenbrille im Auto gelassen. Sie ging durch das offene Tor und stieg eine Treppe aus Kiesbeton hinauf, die einen sehr instabilen Eindruck machte. Sie klingelte und musste eine Weile warten, bis jemand zur Tür kam. Die Mutter von Leif hatte ein hübsches, schmales Gesicht mit tief liegenden Augen und kräftigen Wangen- und Kieferknochen. Ihre Haut schimmerte wächsern, und um die Augen herum waren dunkle Ränder, die sie krank aussehen ließen. Ihr schulterlanges Haar stand glanzlos um ihren Kopf herum. Sie trug einen dunklen Rollkragenpullover, eine schwarze Stoffhose und ausgelatschte Pantoffeln. Der Dodge stand übermächtig vor dem klapprigen Zaun, und sie warf einen prüfenden Blick darauf.

»Sind Sie von der Klempnerei?«, fragte sie ungläubig.

»Nein, ich ... mein Name ist Shelly Kutscher, ich wollte gern mit Ihnen sprechen, Frau Busch.«

Schwarze Augen, in denen man die Pupille nicht von der Iris unterscheiden konnte, musterten sie in Sekundenbruchteilen und flogen wieder hinüber zum Dodge. Offenbar konnte Frau Busch keine Verbindung zwischen Shelly und dem Wagen herstellen.

»Hören Sie, ich warte auf die Handwerker und habe wenig Zeit. Von wo kommen Sie denn?«

»Ich bin privat hier. Es geht um Leif.«

Jetzt schlug sie ihre Augen weit auf und sah Shelly ganz offen an. Es war ihr irgendwie unheimlich, dass diese fremde Frau den Namen ihres Sohnes kannte.

»Was ist mit ihm? Wer sind Sie?«, fragte sie blinzelnd.

»Keine Angst, es geht ihm gut. Ich habe Leif auf dem Gestüt kennengelernt, ich bin die Nachbarin von Simon Langensalza und habe ein Pferd bei ihm stehen.«

Die hochgezogenen Schultern von Frau Busch entspannten sich etwas. »Ach so. Ja, und was ist nun mit ihm?«

»Eigentlich bin ich gekommen, um ihm einen Job anzubieten«, sagte Shelly und lächelte.

»Einen Job?«

»Ja, ich habe den Hof nebenan geerbt und möchte ein Gestüt daraus machen.«

»Ach, den Kutscher-Hof? Wie schön, der könnte einen neuen Anstrich vertragen.«

Dass sie das sagte, irritierte Shelly etwas, in Anbetracht der Tatsache, dass ihr eigenes Grundstück ziemlich zu wünschen übrig ließ.

»Ja, es wird gerade alles saniert und renoviert. Hätten Sie wohl einen Augenblick Zeit für mich?« Shelly wollte das alles nicht hier vor der Tür besprechen.

Frau Busch musterte Shelly erneut, und ihr Blick blieb für zwei Sekunden an ihren Stiefeln haften.

»Eigentlich warte ich auf die Handwerker, aber ... na, kommen Sie rein. Es sieht allerdings etwas chaotisch aus hier.«

Sie ging vor, und Shelly schloss die Tür hinter sich. Das Haus war eigentlich ganz hübsch eingerichtet, fand Shelly. Mit alten Bauernmöbeln, Fliesenboden und bunten Vorhängen, die das Wohnzimmer hell und freundlich aussehen ließen. In der Küche rechts lagen Lappen und Handtücher auf dem Boden, eine Waschmaschine stand etwas abgerückt schief unter der Arbeitsplatte.

»Die Waschmaschine ist mir heute Morgen ausgelaufen. Hab eine Stunde lang die Küche gewischt.«

Stöhnend zog sie für Shelly einen Stuhl unter dem Esszimmertisch hervor.

»Bitte, setzen Sie sich.« Wieder der Blick auf die Stiefel.

Shelly nahm Platz, und Frau Busch ging in die Küche.

»Kann ich Ihnen etwas anbieten?«

»Ein Wasser wäre nett«, sagte Shelly.

»Ja, Wasser haben wir genug«, sagte sie mürrisch. Sie goss Shelly und sich ein kleines Glas ein und strich sich dann ihre Haare zurecht. »Sie möchten Leif also einen Job anbieten.«

»Richtig. Ich habe ihn auf Herrn Langensalzas Hof kennengelernt. Er ist sehr fleißig und versteht etwas von Pferden.«

»Ja, da hat er seine Bestimmung gefunden.«

»Frau Busch, ich weiß nicht, ob Sie vielleicht die Fernsehserie ›Marshall Stone‹ kennen?«

Frau Busch schob die Augenbrauen zusammen und warf einen kurzen Blick in die Programmzeitschrift, die aufgeschlagen auf dem Tisch lag.

»Was hat das mit Leif zu tun?«

»Mit ihm nichts, aber mit mir. Sehen Sie, ich bin die Schauspielerin, die Marshall Stone darstellt.«

Frau Busch zuckte zurück, und jetzt fuhr ihr Blick wie wild über Shellys Körper.

»Wie? Sie wollen sagen, dass Sie … hab ich das richtig verstanden?«

»Ja, ich bin Shelly Ellen Kutscher, die Schauspielerin. Vielleicht kennen Sie die Serie ja überhaupt nicht, das wäre auch nicht weiter schlimm, aber …«

»Moment. Sie sind …«

Frau Busch zog die Zeitung zu sich und blätterte hastig darin, bis sie auf einer Seite auf die Serie stieß. Sie hielt sich das Blatt vor die Augen und verglich Shelly mit dem Foto. Dann stand sie langsam auf, wie von einem unsichtbaren Faden gezogen, und presste die Zeitung an ihre Brust. Sie streckte die rechte Hand aus.

»Frau Kutscher, es tut mir so leid … aber das kann man doch nicht ahnen. Man wartet auf den Klempner, und dann steht plötzlich ein Hollywoodstar vor der Tür.«

Shelly schüttelte ihr die Hand.

»Macht doch nichts, ich versteh Sie ja. Ich erkenn mich selbst kaum wieder, wenn ich mich im Fernsehen sehe.«

»Aber was tun Sie hier?« Sie fragte, als ob das der letzte Ort auf der Welt wäre, den Shelly besuchen könnte.

»Meine Familie stammt aus Deutschland, direkt aus Fischbach. Wie gesagt, es heißt Kutscher-Hof.«

»Kutscher-Hof, ja, ja, aber da denkt man doch nicht, dass Sie … Oh Gott, das ist mir so peinlich, dass ich Sie nicht gleich erkannt habe.«

»Ist doch nicht schlimm, Frau Busch. Machen Sie sich nichts draus.«

»Aber wieso sprechen Sie so gut Deutsch? Wie kommen Sie hierher? Wieso kennen Sie meinen Sohn?«

»Ich habe die Sprache zu Hause in Texas von meinem Vater und meinem Großvater gelernt, bin mit dem Flugzeug nach Deutschland gekommen, und Ihr Sohn arbeitet dort, wo mein Pferd steht, so einfach ist das.«

»Mir ist ganz heiß. Ihnen auch?«

»Nein, alles prima, danke.«

Frau Busch setzte sich, stand auf und setzte sich gleich wieder.

»Und wie es hier aussieht, nein, ich … ach Gott, ist das peinlich. Warum muss ausgerechnet heute diese Waschmaschine den Geist aufgeben?«

Sie weinte fast. Shelly legte ihr beruhigend eine Hand aufs Knie.

»Frau Busch? Es ist alles in Ordnung. Ich möchte gern mit Ihnen über Leif sprechen, ja?«

»Natürlich, gern, ja.«

Shelly erklärte ihr ganz ruhig, was sie mit ihrem Hof vorhatte. Während sie das tat, wusste sie mit einem Mal gar nicht mehr, ob das gelogen oder vielleicht doch die Wahrheit war. Sie endete damit, dass sie Leif sehr lobte und ihm einen Job in Aussicht stellte. Frau Buschs Augen begannen zu leuchten. Auf ihren Wachswangen war jetzt ein zartes Rot zu erkennen.

»Leif wäre bestimmt sehr glücklich, wenn er bei Ihnen arbeiten könnte. Aber ich weiß, dass er Simon Langensalza auch sehr gern hat. Sie müssten ihn natürlich auch selbst fragen.«

»Das werd ich auch. Mir geht's nur darum, dass ich genau darauf achten muss, wen ich einstelle, weil ich so bekannt bin. Glauben Sie mir, Sie wissen gar nicht, wie furchtbar es sein kann, in der Öffentlichkeit zu stehen. Die Paparazzi jagen einen und tauchen überall auf, wo sie eigentlich nicht sein sollten. Und sie schreiben, was sie wollen. Wenn ich heute einen Pickel im Gesicht habe, ist morgen ein Foto davon in der Zeitung, und mir wird eine schwere Hautkrankheit angedichtet.«

»Das muss schrecklich sein.«

»Ja, ist es. In Amerika habe ich keine Minute für mich. Das kann ich nur hier haben. Und deshalb suche ich Leute, die absolut diskret sind. Ich möchte einfach sicher sein, wen ich einstelle. Deshalb fände ich es schön, wenn Sie mir ein wenig über Ihren Sohn erzählen könnten.«

»Aber natürlich, gern. Leif, ja, wo fange ich da an?«

»Vielleicht einfach ganz vorn?«

»Ganz vorn«, wiederholte sie, und eine dunkle Erinnerung schien ihre Stimmung zu trüben. Sie senkte den Kopf, und ihre Schultern rutschten nach unten. »Das war eine schwere Zeit. Ich war noch jung und dachte, das mit der Schwangerschaft würde schon einfach so gehen. Aber das war leider ein Trugschluss. Mein Mann und ich hatten sehr schnell geheiratet, *zu* schnell vielleicht. Da war kaum Zeit gewesen, um sich richtig kennenzulernen. Wir lebten plötzlich in einer Wohnung zusammen, und es krachte immer öfter zwischen uns. Dann wurde ich schwanger, und wir beide wollten wohl nicht richtig hinschauen oder ... ach, ich weiß auch nicht. Jedenfalls bekam ich schon früh Blutungen, und die Ärztin sagte mir, dass sie zwei Fruchtblasen sehen würde.«

Shelly lief es eiskalt über den Rücken. Sie spürte, wie sich ihre Haut zusammenzog und sich eine Gänsehaut breitmachte.

»Allerdings sei die eine nicht ganz rund. Im Ultraschall konnte man sogar zwei kleine Mäuschen erkennen, doch ...« Frau Busch kämpfte jetzt mit den Tränen, ihre Stimme versagte. Sie räusperte sich und fuhr fort: »... doch nur bei einem der beiden schlug noch das Herz. Leifs Brüderchen hatte es nicht geschafft. Wir legten danach alles daran, diese Schwangerschaft zu retten. Ich wurde krankgeschrieben und lag nur noch zu Hause im Bett. Es war furchtbar, aber es hat funktioniert. Tja, Leif ist halt eine Kämpfernatur. Er hat sich durchgekämpft. Ich hab am Ende sogar eine Woche übertragen.«

»Übertragen?«

»Ja, das heißt, dass er eine Woche länger im Bauch blieb, als eigentlich ausgerechnet war.«

Sie wischte sich mit dem Ärmel die Tränen aus den Augen. Shelly musste schlucken und legte ihr eine Hand auf den Arm.

»Schon gut«, sagte Leifs Mutter und versuchte, ihre Trauer abzuschütteln. »Na ja. Jedenfalls, als Leif vier war, hat uns sein Vater verlassen und sich danach auch nicht mehr um ihn gekümmert. Wir waren ganz allein, und … diese erste Zeit war die Hölle. Aber wir haben uns zusammengerauft, und er war wirklich ein sehr hilfsbereites, aufgewecktes Kind.«

»Sie haben viel durchgestanden«, sagte Shelly und lächelte.

»Ja. Leif musste auf einiges verzichten. Aber Pferde haben ihn von Anfang an fasziniert. Er lief immer die Straße runter. Dort gibt es hinter dem Fluss einige Höfe, die Pferde haben. Da ist er oft den ganzen Tag geblieben. Er roch immer nach Stall, wenn er nach Hause kam. Und als er acht Jahre alt war, habe ich meinen zweiten Mann kennengelernt. Stefan. Es war am Anfang komisch für uns alle, aber dann hat es irgendwie funktioniert. Leif hat sich immer mehr auf die Pferde konzentriert. Dank meines Mannes standen wir nun finanziell auch besser da und konnten ihm das ermöglichen.«

»Also versteht sich Leif mit seinem Stiefvater ganz gut?«, fragte Shelly.

»Wir leben inzwischen getrennt.«

»Oh, Entschuldigung.«

Frau Busch schüttelte nur den Kopf.

»Wenn Sie einen verlässlichen Jungen suchen, dann sind Sie bei Leif genau richtig. Sie können ihm zu hundert Prozent vertrauen. Er lässt einen nicht im Stich.«

»Das glaube ich.«

Sie schwiegen einen Moment, und Shelly sah sich im Wohnzimmer um.

»Ich mag Ihr Haus. Wunderschöne Bauernmöbel sind das. Würden Sie mir erlauben, einen Blick nach oben zu werfen?«

Shelly vermutete Leifs Zimmer in der ersten Etage. Frau Busch putzte sich die Nase und steckte das Taschentuch in einen Ärmel. »Sicher. Es ist zwar nichts aufgeräumt, aber kommen Sie.«

Sie gingen eine Wendeltreppe hinauf. Eine antike Kommode

beherrschte den schmalen Flur, und an einer Tür hing ein selbst gemachtes Namensschild.

»Das ist Leifs Zimmer. Es ist noch alles so wie früher. Ins Wohnheim brauchte er ja keine Möbel mitzunehmen.« Sie öffnete Shelly die Tür.

Das Zimmer war nicht sehr groß und mit Kiefernmöbeln bestückt. Überall hingen ungerahmte Fotos und selbst gemalte Bilder von Leif, an den Wänden und auch am großen Kleiderschrank. In einem Regal neben dem Schreibtisch waren seine Auszeichnungen und Urkunden ausgestellt. Die Pokale standen auf einem Bord über dem Bett. Shelly ging auf eine Fotocollage zu, die an der rechten Wand hing. Es war das einzige gerahmte Bild. Eine Zusammenstellung aus Fotos von Leif und Lasse. Die beiden beim Reiten auf Turnieren, Arm in Arm. Die beiden im Urlaub an einem Strand, am Lagerfeuer auf einer Wiese, auf einem Schulfest. Die beiden bei der Abiturfeier auf der Bühne der Aula.

»Das ist Leifs bester Freund Lasse. Er ist auch bei Simon Langensalza in der Ausbildung. Er und Leif haben seit der Oberschule wirklich alles zusammen gemacht.«

»Ja, ich kenne ihn. Die zwei sind unzertrennlich. Auf dem Hof nennt man sie Max und Moritz.«

Frau Busch lachte.

»Sie waren schon immer ein komisches Paar. Ich hab allerdings nie verstanden, was sie aneinander finden.«

»Nein? Wieso?«

»Ach, Lasse und ich sind uns nie richtig grün geworden«, sagte sie, fuhr sich mit einer Hand an den Mund und fügte hinzu: »Das heißt so viel wie, dass wir uns nie richtig mochten.«

»Das ist aber doch ungewöhnlich bei so einer engen Freundschaft zu Ihrem Sohn, oder nicht?«

»Ja, doch. Aber Lasse ist so ganz anders als Leif. Er ist sehr dominant und ... na ja, ich denke, dass er manchmal einen schlechten Einfluss auf Leif hat. Sie haben früher eine Menge Unsinn gemacht Wie Jungs halt so sind. Aber ich hatte immer das Gefühl, dass Leif von Lasse angestachelt wurde.«

»Was haben sie denn so gemacht?«, wollte Shelly wissen.

»Ach, na ja, hier mal was geklaut oder was kaputt gemacht,

Scheiben zerschossen, einen Mülleimer angezündet. Zweimal hatte ich nachts die Polizei hier, die Leif nach Hause gebracht hat.« Sie lachte. Es klang etwas gezwungen, weil sie es erst jetzt, mit einem gewissen Abstand dazu, überhaupt konnte.

»Kennen Sie Lasses Eltern?«

»Nein, gar nicht.«

»Nein? Die Jungs sind doch zusammen auf Turnieren geritten, oder nicht? Und sie waren zusammen im Urlaub.«

»Ja, aber Kontakt zu den Eltern hatte ich nie. Mein Mann auch nicht. Wenn sie auf einem Turnier ritten, standen wir auf der einen Seite des Parcours und die auf der anderen. Natürlich weiß ich, wer die beiden sind. Wenn wir uns hier auf dem Markt begegnen, nicken wir uns zu. Das war's aber auch schon.«

»Komisch.«

»Das sind halt andere Leute als wir. Ich bin hier im Ort groß geworden, wir hatten einen kleinen Hof und Kühe. Die sind hierhergezogen und haben sich ein teures Haus gebaut. Er ist Architekt, glaube ich.«

Shelly blickte aus dem Fenster in den hinteren Garten. Er war recht groß, und es standen noch mehr Apfelbäume darin und ein kleiner Schuppen, der ähnlich schlecht in Schuss war wie der Zaun.

»Es war sehr nett von Ihnen, dass Sie mir so viel erzählt haben«, sagte Shelly und wandte sich zum Gehen.

»In ein paar Tagen hat er ja schon die Prüfung«, sagte Leifs Mutter und rieb sich nervös die Hände.

»Das macht er mit links, keine Sorge, Frau Busch.«

Als sie unten an der Haustür ankamen, klingelte es. Frau Busch öffnete, und ein rundlicher Mann mit gespaltener Nase stand in einer blauen Latzhose vor der Tür.

»Akki, du hast gesagt, du würdest in der nächsten halben Stunde jemanden schicken! Das ist jetzt zwei Stunden her«, beschwerte sich Frau Busch.

»Ach ja, da hat was länger gedauert«, sagte der Mann und nickte Shelly zu. »Also bin ich selbst los. Hast du 'n neues Auto oder was?«

»Nein, das ist meins«, sagte Shelly.

»Wie viel PS hat'n die Kiste?«

»Dreihundertsechsundneunzig.«

Er pfiff durch eine große Zahnlücke und lächelte. »Meine Herren! Wollen wir tauschen?«

Shelly warf einen Blick auf den rostigen Caravan, den man zu einem Lieferwagen umgebaut hatte. Auf der Seite stand »Klempner Knopp«.

»Ich denke, ich behalte meinen«, sagte sie grinsend. Sie bedankte sich noch mal bei Leifs Mutter und ging, während Herr Knopp ins Haus stampfte und seine Werkzeugtasche lautstark in der Küche absetzte.

Als sie die Wagentür hinter sich geschlossen hatte und in dem von nahezu allen Geräuschen der Außenwelt abgetrennten Innenraum ihres Autos saß, fühlte sie wieder eine unheimliche Kälte, die an ihrem Körper hinaufkroch. Diese beiden völlig unterschiedlichen Mütter hatten ihr fast die gleiche Geschichte erzählt. Gestern noch hätte sie das für so gut wie unmöglich gehalten. Leif und Lasse hatten beide Zwillinge, die sie verloren hatten. Beide waren Überlebende aus verschiedenen Elternhäusern, die sich irgendwie gefunden hatten. Schicksal oder Zufall, jetzt waren sie zusammen.

Acht

Shelly fuhr auf den Hof des Gestüts. Sie ging in die Besamungsstation, um Katja zu suchen. Auf dem Weg dorthin kam ihr Lasse entgegen. Sie stockte, denn es hätte durchaus sein können, dass seine Mutter ihn bereits über Shellys Besuch informiert hatte. Dann könnte es jetzt zu einer Auseinandersetzung kommen. Doch Lasse grinste nur, selbstsicher und irgendwie listig.

»Howdy, Marshall«, grüßte er und griff sich an einen imaginären Hut. Er lachte, als er an ihr vorbeigegangen war. Shelly fragte sich, was ihn in so gute Laune versetzt hatte, und betrat die Besamungsstation.

Katja Zinnbacher saß im Labor am Mikroskop.

»Shelly, hallo«, sagte sie und rollte den Stuhl vom Tisch ab. Sie war in weitaus schlechterer Stimmung als Lasse. Ihre Mundwinkel zogen sich auffällig nach unten, als hätte sie etwas Bitteres geschmeckt.

»Was ist los?«, fragte Shelly.

»Die Polizei war hier und hat Fragen gestellt.«

»Sie denken, Simon hätte auf Hofstätter geschossen, wegen dieser komischen Zeugin«, meinte Shelly.

»Ja, schon. Aber dann hat sich wohl alles etwas anders entwickelt. Sie haben Peter mitgenommen.«

»Peter? Wieso das?«

»Wissen wir nicht. Der Kommissar hat mit ihm gesprochen. Geraldine war erst dabei, wurde dann aber weggeschickt. Ich befürchte, er muss sich irgendwie verdächtig gemacht haben.«

»Peter? Das ist doch lächerlich!«

»Ja, aber wir konnten nichts tun. Der arme Kerl war völlig aufgelöst. Jetzt ist er wohl zum Verhör auf dem Revier.«

Shelly machte wütend kehrt. Sie ahnte, wie Peter in den Fokus geraten war. Das war mit Sicherheit der Grund für Lasses gute Laune. Auf dem Hof traf sie Geraldine.

»Wo ist Lasse?«

»Der ist eben zum Reitplatz.«

Shelly beschleunigte ihren Schritt und holte Pancake aus seiner Box. Ohne Sattel, nur mit Zaumzeug, sprang sie auf seinen Rücken und preschte los.

Auf dem Reitplatz waren Hindernisse aufgebaut und einige Schüler sprangen, während Jülich in der Mitte des Parcours stand und Anweisungen gab. Shelly galoppierte einfach dazwischen. Jülich traute seinen Augen kaum.

»Was zum Teufel …«

Shelly holte Lasse ein, der am nördlichen Ende eine große Schleife geritten war und jetzt einen Oxer ansteuerte. Kurz vor dem Sprung schnitt sie ihm mit Pancake den Weg ab, und sein Pferd scheute zurück. Lasse wäre fast aus dem Sattel gefallen, doch er brachte das Tier wieder unter Kontrolle.

»Verdammte Scheiße, was soll das?«, rief er wütend.

»Frau Kutscher!«, schrie auch Jülich von weiter hinten. Shelly ignorierte ihn.

»Das wart ihr, stimmt's? Ihr habt das so arrangiert mit Peter!« Shellys Augen blitzten vor Wut, und Pancake schnaubte laut.

»Ich weiß gar nicht, wovon Sie reden«, sagte Lasse und freute sich über Shellys Wut.

»Du weißt ganz genau, was ich meine!« Shelly ritt noch näher an ihn heran, bis sich die Schultern der Pferde fast berührten. »Ich warne dich, Junge. Du wirst es bitter bereuen, wenn du so weitermachst.«

Jülich rief wieder ihren Namen und kam näher.

»Sie hätten mich verletzen können, Frau Kutscher. Seien Sie froh, wenn ich Sie nicht anzeige wegen versuchter Körperverletzung«, gab Lasse zurück. Er genoss seinen vermeintlichen Sieg über Shelly.

»Ich würde mich nicht zu früh freuen, Lasse. Ich weiß eine ganze Menge über dich. Deine Mutter ist eine sehr auskunftsfreudige Gesprächspartnerin.«

Jetzt verging Lasse schlagartig das Grinsen.

»Verdammt, Frau Kutscher, was machen Sie hier? Sie gefährden meine Schüler!«, rief Jülich erbost und griff Pancake ins Zaumzeug. Mit einem kräftigen Ruck des Kopfes befreite sich das Pferd. Jülich hätte es fast den Arm ausgerissen. Jetzt lächelte

Shelly und ließ Pancake rückwärtsgehen, ohne Lasse dabei aus den Augen zu verlieren. Dann drehte sie um und preschte davon, dass die Erde spritzte.

Auf dem Rückweg traf sie Sara, die gerade von einem Waldritt auf den Hof zurückkehrte. Sara bemerkte sofort, wie wütend Shelly war.

»Shelly, alles in Ordnung?«, fragte sie unsicher. Sie hatte natürlich auch schon von dem Ausgang der Polizeibefragung erfahren. Und auch wenn es ihr Magenschmerzen bereitete, war sie doch ganz erleichtert gewesen, dass nicht ihr Vater hatte mitgehen müssen.

»Wir machen es jetzt gleich«, sagte Shelly nur, ohne ein Wort der Begrüßung.

»Was?«

»Du weißt schon. Worüber wir gestern gesprochen haben.« Shelly blickte auf die Uhr. »Ich hab noch etwa eine Stunde Zeit. Es muss jetzt sein.«

Sara nickte vorsichtig.

»Hast du dein Handy dabei?«, fragte Shelly.

Sara zog es aus ihrer Jackentasche.

»Gut. Ich reite gleich los.«

»Du reitest?«

»Ja, dann sieht's so aus, als wäre ich im Wald unterwegs gewesen. Und ich bin schneller so.« Shelly spornte Pancake an, und schon war sie auf und davon. Sie ritt über die Brücke in den Wald, und dort beschleunigte sie, bis sie aus Saras Sichtfeld verschwunden war. Nur das Schlagen der Hufe konnte Sara noch vernehmen.

***

Lasse hatte Jülich nach Shellys Wegritt erst einmal Rede und Antwort über den Vorfall stehen müssen. Er hatte beteuert, dass er keine Ahnung habe, was in Shelly gefahren sei, und sie hatten die Übungen wieder aufgenommen.

Nach einer halben Stunde ging es für die Lehrlinge wieder

zurück zum Gestüt. Die Pferde mussten gesäubert und gestriegelt werden.

Lasse kratzte gerade die Hufe seines Pferdes aus, als Leif zu ihm kam.

»Na, wie war's? Jülich sieht aus, als hätte er euch gut gescheucht heute.«

Lasse, der mit dem Vorderlauf des Tieres in der Hand gebückt an dessen Flanke stand, flüsterte seinem Freund zu: »Shelly war da.«

»Was? Wo?« Leif beugte sich etwas herunter.

»Auf dem Reitplatz. Sie denkt, dass wir schuld sind, dass Peter ...«

»Scheiße.«

»Ja, es kommt aber noch besser.« Er ließ den Huf los und raunte Leif ins Ohr: »Sie hat mit meiner Mutter gesprochen.«

»Bitte?«

»Zumindest hat sie das gesagt. Sie meinte, sie wisse eine Menge über mich.«

Leif und Lasse erhoben sich.

»Das gefällt mir gar nicht«, meinte Leif.

»Sie braucht einen Denkzettel, damit sie mit dieser Schnüffelei aufhört.«

»Oh nein. Damit machen wir uns nur noch verdächtiger und hinterlassen wieder Spuren. Alles läuft doch gerade so, wie du es geplant hattest ...«

»Wie *wir* es geplant hatten«, sagte Lasse und blickte Leif durchdringend in die Augen.

»Ja. Und das heißt, wir müssen uns so unauffällig und unschuldig wie möglich verhalten.«

»Die bringt mich noch zur Weißglut.«

»Ich weiß. Aber du musst jetzt versuchen, das zu ignorieren.«

***

Shelly hatte Pancake auf einer Weide etwa fünfzig Meter nordöstlich des Wohnheims stehen lassen und war zu Fuß zu dem Haus am Waldrand gegangen. Der Putz an der Außenwand hatte mit den Jahren inmitten von Bäumen, die inzwischen das Dach überragten, eine grüne Farbe angenommen. Sara hatte Shelly Simons Zweitschlüssel überlassen, was ihr Vater kaum bemerken würde, da er den Schlüsselbund für dieses Gebäude mit allen anderen Schlüsseln in einem Schrank im Kellerabgang aufbewahrte, den er höchstens ein- oder zweimal im Jahr überhaupt öffnete.

Shelly marschierte also ohne Probleme durch die Eingangstür und nahm die Treppe nach oben. Hier gab es vier Zimmer und ein Bad. Hinten rechts befand sich Leifs und Lasses Zimmer. Die Schlüssel für hier oben waren nicht nummeriert, sodass sie ein wenig probieren musste, bis der sechste Schlüssel endlich passte. Vorsichtig schob sie die Tür auf, damit sie nicht irgendwo dagegenstieß, was ihr Eindringen hätte verraten können. Sie schloss die Tür hinter sich und sah sich zunächst einmal um. Die beiden Betten waren ungemacht, die Decken zerwühlt. In der kleinen Küchenzeile lagen die Brettchen vom Frühstück schief in der Spüle, und in dem Abtropfsieb standen Teller und Gläser vom Vorabend. Es gab ein Fenster an der Querwand hinter den Betten, das gekippt war und nach Süden, zum Waldweg hin, blickte. Das andere, größere Fenster befand sich in der Mitte der Längsseite über den Schreibtischen der beiden Jungen. Sie hatten die Tische im Neunziggradwinkel zur Wand platziert, sodass sie Rücken an Rücken saßen, wenn sie arbeiteten. Beide besaßen einen PC, und neben den Tastaturen stapelten sich Bücher, Zeitungen und Briefe. Der Fernseher befand sich auf einem niedrigen Regal aus Kiefernholz an der Wand hinter der Tür. Davor stand, so versetzt, dass man von den Betten aus noch gucken konnte, ein quadratischer Esstisch mit zwei Stühlen. Auf dem Boden lagen Klamotten verstreut, und direkt neben der Tür türmten sich auf einer alten Kokosmatte die Schuhe.

Shelly ging zum ersten Schreibtisch und startete den PC. Während er hochfuhr, ging sie die Post durch, die an Lasse adressiert war. Es waren drei Umschläge dabei, die sie stutzen ließen. Im Adressfenster standen in Maschinenschrift der Name einer Firma und eine Straße, die Shelly unbekannt war. Boltec & Co Financial Consulting, Feldbacher Weg 23 hier in Fischbach. Sie entnahm einem der geöffneten Umschläge das Schreiben und erkannte einen Kontoauszug.

***

»Herr Jülich?« Lasse stand im Büro des Stallmeisters.

»Lasse, was ist los?« Er schrieb etwas in eine Akte hinein und klappte sie zu.

»Ich wollte fragen, ob ich heute etwas früher gehen könnte, mir ist irgendwie nicht gut.«

Jülich legte den Kopf leicht schief.

»Wirst du krank? Doch nicht so kurz vor der Prüfung.«

»Nein, nein, ich denke, ich habe einfach nur zu wenig Schlaf gehabt. Ich hab viel gelernt, und jetzt ist mir irgendwie schwindelig.«

»Schwindelig, soso«, sagte Jülich. »Es hat doch nichts mit dem Vorfall vorhin zu tun, oder?«

»Sie meinen das mit Shelly? Nein, nein. Ich weiß wirklich nicht, was in sie gefahren ist. Sie ist manchmal etwas komisch zu mir.«

Jülich legte die Unterarme auf den Tisch und beugte sich interessiert vor. »Was meinst du damit?«

»Na ja, sie ist …« Lasse fand, dass dies ein guter Zeitpunkt war, um Shelly eins auszuwischen. »Sie hat mich öfter zu sich nach Hause eingeladen. Aber ich habe abgelehnt. Sie ist nett und so, aber … mein Gott, sie ist doppelt so alt wie ich …«

»Verstehe«, sagte Jülich ernst und etwas verunsichert. Er sah auf seine Armbanduhr. »Na ja, ist ja nur noch eine Stunde. Also, geh und leg dich ’n bisschen hin. Ich möchte, dass du morgen wieder fit bist. Und wenn nicht, geh bitte gleich zum Arzt.«

»Ja, mach ich. Vielen Dank.«

Lasse verließ das Büro, und schlagartig änderte sich sein Gesichtsausdruck. Seine leidende, kränkliche Miene, die er extra für Jülich aufgesetzt hatte, wich einem konzentrierten, fokussierten Blick, hinter dem Wut lauerte. Eine Menge Wut.

***

Shelly fotografierte den Ausdruck mit ihrem Handy und legte das Blatt zurück in den Umschlag. Jetzt widmete sie sich den Dateien in Lasses Computer. Zumindest wollte sie das, aber ein Passwort hielt sie davon ab. Sie tippte zunächst einfach Leifs Namen in die Maske ein, aber das war falsch. Sie überlegte und versuchte es mit »Schwarzenegger«. Auch ein Fehlschlag. »Terminator« war ihr dritter Versuch, und da sprang das Bild plötzlich um, und Windows öffnete sich mit dem typischen Signalton. Ein Lächeln trat auf ihr Gesicht, und ihr Herzschlag beschleunigte. Jetzt war sie drin in der Höhle des Löwen. Sie suchte zuallererst nach dem Ordner »Videos«, weil sie hier den Film von Sara und Hofstätter vermutete, doch dort waren nur die üblichen Beispielvideos gelistet. Egal, welchen Ordner sie außerdem öffnete, es waren keine verdächtigen Dateien zu finden. Sie pfiff tonlos und wippte auf dem Stuhl auf und ab, was keine Geste der Entspannung, sondern der Nervosität war. Sie musste etwas finden, doch die Zeit lief ihr davon. Wie gefährlich ihr Unterfangen war, darüber wollte sie erst gar nicht nachdenken. Simon, Sara und nun auch Peter brauchten ihre Hilfe.

Sie ging die Ordnernamen erneut durch und fragte sich, wo sie selbst zuletzt suchen würde. Manchmal war es sinnvoll, Dinge an Orten zu verstecken, die einem so vertraut waren, dass man nicht auf die Idee kam, dort zu suchen. Sie klickte auf »Bilder«. Dort waren an die zwanzig Ordner gelistet, die Titel trugen wie »Italien 2008«, »Osterfeuer 2009«, »Turnier Regensburg« und »Turnier Bad Bentheim«. Shelly ging jeden Ordner durch und prüfte, ob sich versteckte Dateien darin befanden. Erfolglos. Dann fiel ihr etwas ein. Wenn man Videos von etwas machte und auf den Computer lud, musste man auch ein Videobearbeitungsprogramm besitzen. Das Einzige, das sie fand, war Windows Movie Maker. Sie öffnete es und wollte gerade in der Liste der Projekte nachschauen, als sie ihr Handy vibrieren spürte. Es war Sara. Shelly ging ran und flüsterte: »Ja?«

»Shelly, du musst da raus, Lasse kommt früher nach Hause. Schnell!«

Kaum dass Shelly aufgelegt hatte, hörte sie auch schon Schritte auf der Treppe. Sie verlor keine Zeit, klickte schnell auf »Herunterfahren« und blickte sich panisch im Zimmer um. Wo konnte sie sich hier verstecken? Der Raum war zu klein. Es gab keine Ecken oder Nischen. Unter das Bett! Aber dann wäre sie dort gefangen. Die Schritte waren jetzt in der oberen Etage angekommen. Sie hörte einen Schlüsselbund klirren. Wohin? Die Schritte wurden lauter, kamen näher. Sie hörte, wie die Sohlen leise auf dem Boden quietschten, hörte jedes Geräusch. Alle ihre Sinne schienen um ein Vielfaches verstärkt. Sie konnte sogar den Geruch der Schuhe auf der Kokosmatte wahrnehmen. Aber was half ihr das? Sie brauchte ein Versteck! Oder eine gute Ausrede, wenn sie einfach stehen blieb. Ein Schlüssel wurde ins Schloss gesteckt. Sie musste hier raus. Jetzt! Ein Vogel zwitscherte draußen. Shelly blickte zum Fenster.

***

Lasse wollte aufschließen, doch das Schloss hakte. Er drückte kräftiger, bis er bemerkte, dass gar nicht abgeschlossen war. Das war ungewöhnlich. Er verriegelte immer die Tür hinter sich. Vor allem, wenn sie dreihunderttausend Euro im Zimmer versteckten. Wahrscheinlich war Leif als Letzter rausgegangen und hatte es vergessen. Als er die Klinke herunterdrückte, meinte er, drinnen das Windows-Geräusch zu hören. Er ging zu den Schreibtischen, doch die Computer waren aus. Er sah sich um. Alles schien so zu sein wie am Morgen, als sie das Zimmer verlassen hatten. Er blickte aus dem Fenster auf den Eingangsbereich, ob er irgendwelche fremden Räder oder Fahrzeuge entdecken konnte, aber auch da war alles normal. Sein Rad war das einzige im Unterstand. Er schüttelte den Kopf und setzte sich an seinen Schreibtisch. Fast alles lief nach Plan, nur diese Shelly kreuzte ihre Wege zu oft. Sie wusste, was gespielt wurde. Wie sie es erfahren hatte, konnte Lasse nur ahnen, doch das war auch völlig egal. So oder so stellte sie eine Gefahr dar, die beseitigt werden musste. Auf Leifs Einwände konnte er jetzt nicht hören. Shelly war das Haar in der Suppe. Er musste etwas gegen sie unternehmen. Er freute sich über den kleinen Hinweis, den er Jülich vorhin in dessen Büro ganz spontan gegeben hatte. Was konnte er mit dieser Lüge wohl noch anfangen? Er nahm einen Stift zur Hand und griff nach einem Stück Papier, um seine Ideen aufzuschreiben, da hörte er, wie das Fenster hinter ihm gegen den Rahmen schlug. Er drehte sich um. Hatten sie auch das Fenster offen stehen lassen?

Lasse erhob sich langsam. Leise schlich er zum Fenster. Wieder schlug es gegen den Rahmen. Er streckte die Hand aus, nahm den Griff und zog das Fenster auf. Fast rechnete er damit, zwei Hände am Sims zu erkennen, die sich dort festklammerten. Aber da war nichts. Er beugte sich vor und erkannte unten auf dem kleinen Weg, der am Haus vorbeiführte, einen alten Mann, der mit seinem Yorkshire Terrier spazieren ging. Die Glatze des Mannes, der mit zusammengekniffenen Augen und offenem Mund zu ihm nach oben starrte, glänzte poliert in der Frühlingssonne.

»Was glotzt'n so, Alter?«, rief Lasse hinunter.

Dem Mann entgleisten die Gesichtszüge. »Also, das ist doch wohl …«, beschwerte er sich lautstark und streckte seinen Zeigefinger drohend nach oben. »Euch sollte man mal so richtig den Hintern versohlen! Flegel wie du gehören tüchtig erzogen! Früher hätte man euch …« Lasse schnitt ihm das Wort ab, indem er einfach das Fenster zuknallte.

»Hast Glück, dass ich keine Zeit habe, mich um dich zu kümmern«, zischte er und stampfte zur Spüle. Er riss die Schranktür darunter auf, zog eine von zwei Flaschen Lenor heraus und drehte die Kappe ab. Er fingerte hinein und zog zwei Fünfzigeuroscheine heraus. Die Flasche war bis obenhin damit gefüllt. Das Versteck war Leifs Idee gewesen. Gar nicht schlecht für ihn, dachte Lasse und grinste.

***

Shelly klammerte sich krampfhaft an das Fallrohr neben Lasses Fenster. Sie war ein Stück nach oben geklettert, und da Lasse nur nach unten geschaut hatte, war sie unentdeckt geblieben. Fast. Der Alte mit seinem Yorkshire Terrier hatte sie gesehen, und nach seinem kleinen verbalen Schlagabtausch mit Lasse stand er immer noch da und glotzte Shelly an. Sie setzte die Stiefelspitzen auf die Schellen des Fallrohrs und kletterte wie an einer Palme daran hinab. Stöhnend und ächzend schaffte sie es bis nach unten. Endlich hatte sie wieder festen Boden unter den Füßen. Ihre Hände und Knie zitterten vor Anstrengung. Der Mann schaute ihr direkt ins Gesicht, ebenso wie sein Hund.

»Ich hab die Regenrinne untersucht. Alles bestens«, sagte Shelly und rieb sich die Hände an ihrer Hose sauber.

»Aha«, sagte der Mann ausdruckslos.

»Diese Jugend heutzutage, was?«, sagte Shelly und schnalzte zweimal mit der Zunge. Pancake kam aus dem Unterholz getrabt. Die Augen des Mannes weiteten sich, und er machte vor Schreck zwei Schritte zurück. Der Hund versteckte sich hinter seinem Herrchen und winselte kläglich. Shelly saß auf und nickte. »Schönen Tag noch.«

Dem Mann stand zwar der Mund weit offen, doch er brachte keinen Ton mehr heraus.

Neun

Stresser, Sander und Piesmeier stiegen in Stressers Dienstwagen. Es war ein VW Passat, dunkelblau und mit der höchsten Motorisierung ausgestattet. Stresser schnallte sich an, warf einen Blick in den Rückspiegel zu Sander und dann einen weiteren zu Piesmeier neben sich auf dem Beifahrersitz.

»Und, was denkt ihr?«, fragte er. Sie hatten gerade die Befragung von Peter beendet. Die hatte fast vier Stunden und zwölf Tassen Kaffee gedauert. Stresser spürte eine unangenehme innere Unruhe, die vielleicht nicht nur auf den Koffeinkonsum zurückzuführen war. Er hatte das Gefühl, nah an der Lösung des Falls zu sein, aber eben nicht nah genug. Es war wie Topfschlagen. Es war heiß, aber der Löffel traf das Blech noch nicht.

»Er ist schwer auszurechnen«, sagte Sander. »Ist er nun geistig behindert oder nur zurückgeblieben? Ich bin mir nicht ganz schlüssig. Manchmal scheint er ganz klar zu sein, aber dann kommen wieder Antworten, da weiß ich nicht, was ich denken soll.«

»Der Junge ist geistig zurückgeblieben. Behinderung würde ich das nicht nennen«, meinte Piesmeier. »Er lebt allein, ist voll zurechnungsfähig …«

»Bist du dir da sicher?«, unterbrach ihn Stresser.

»Doch, schon, er weiß, was richtig und falsch ist.«

»Ja, aber er weiß nicht, dass Frau Kutscher eine Schauspielerin ist. Er kann nicht zwischen einer realen und einer fiktiven Person unterscheiden.« Stresser streckte den Bart vor und zog an beiden Enden seiner Fliege.

»Aber er redet nicht mit uns, weil er weiß, dass er sich dann selbst schadet«, warf Sander ein.

»Nein, nein, ich glaube nicht, dass er Angst vor dem hat, was ihm vonseiten der Polizei droht. Er schien überhaupt keine Ahnung zu haben, was es bedeutet, wenn man jemanden erpresst. Er hat Angst vor Langensalza. Der muss ihm gedroht haben«, meinte Stresser.

»Ja, den Eindruck hatte ich auch. Er schweigt, weil seine

Existenz bedroht ist. Und ich glaube, Langensalza ist in seinen Augen nicht nur eine Bedrohung, er sieht ihn vielmehr als Freund oder Vaterfigur. Ihn zu verraten, ist undenkbar für ihn«, fügte Piesmeier hinzu.

»Er ist loyal, exakt. Und genau das nutzt Langensalza aus«, sagte Stresser. »Diese Aufnahmen mögen auf seinem Handy sein, aber er hat, wenn's nicht gar Zufall war, im Auftrag gehandelt. Simon Langensalza wollte, dass der Junge seine Tochter beobachtet. Die Sache mit dem Videoplayer hat er nie und nimmer allein gemacht, geschweige denn geplant. Ich glaube, er wusste nicht mal, was das ist, als ich ihm das Ding vorlegte. Simon Langensalza hat das Motiv. Peter Sandkühler hat keins. Zumindest keins, das wir kennen. Wenn wir den Durchsuchungsbefehl haben, sind wir schlauer. Ich bin mir sicher, dass wir Hinweise auf Simon Langensalza finden.« Stresser nickte zufrieden, als würde er sich selbst zustimmen, und startete dann den Motor.

»Und die Kutscher?«, fragte Sander von hinten.

»Was soll mit der sein?«

»Glaubst du irgendwas von dem, was sie erzählt?«

»Diese Frau ist impertinent«, zischte Stresser.

»Impertinent? Was heißt das noch mal?«

Stresser verdrehte die Augen und wandte sich an seinen älteren Kollegen. »Erklär du es ihm.«

Piesmeier drehte sich zu Sander um. »Es bedeutet so viel wie kindisch.«

Stresser hielt an einer Ampel. Sein Bart zuckte vor. »Das ist infantil«, sagte er energisch.

»Ach ja. Dann eben überdreht oder ständig mit der Tür ins Haus fallend«, ergänzte Piesmeier.

»Nein, das ist impulsiv!«

»Indiskret?«, fragte Piesmeier.

»Nein, indiskret ist indiskret, Herrgott noch mal«, schimpfte Stresser.

»Unser Sherlock ist heute aber ganz schön …«

»Anmaßend!«, rief Stresser und meinte Shellys Impertinenz.

Piesmeier nickte. »Genau, du bist anmaßend heute«, stellte er fest.

Stresser sah ihn an, als hätte sein Kollege ihm ein Vanilleeis mit Gewürzgurke angeboten.

»Nächstes Mal fahren wir getrennt. Das halt ich nicht mehr aus«, sagte er.

Die Ampel wurde grün, Stresser trat aufs Gas, und die beiden wurden in die Sitze geworfen. Noch während er beschleunigte, klingelte sein Handy. Er drosselte die Geschwindigkeit und schaute auf das Display, bevor er ranging.

»Stresser? Ja, hallo. Gut, stellen Sie durch.« Er blickte in den Rück- und den Seitenspiegel und fuhr rechts ran. Bei laufendem Motor lauschte er einer Stimme, die Piesmeier und Sander nicht erkennen konnten. »Ja, ich erinnere mich«, sagte er. »Ist schon gut. Erzählen Sie mal.« Stresser senkte den Kopf, und seine Fliege schob ein Doppelkinn auf. Sein Bart zuckte nach vorn. »Mmhmh. Ich verstehe. Aber da können wir recht wenig unternehmen. Mmh, ja. Passen Sie auf. Kommen Sie doch bitte morgen früh in mein Büro. Dann sehe ich, was wir tun können, ja? Gut, bis dann.«

Stresser legte auf und drehte sich zu seinen Kollegen um.

»Ratet mal, wer das war.«

Piesmeier und Sander blickten sich mit vorgeschobenen Unterlippen an und zuckten mit den Schultern.

»Lasse Wilhelm.«

»Der vom Hof? Den Shelly Kutscher uns als Täter andrehen wollte?«, fragte Sander.

»Genau der. Und jetzt ratet mal, was er wollte.«

***

Die letzten Sonnenstrahlen, die sich eben noch rosafarben in den Wolkenschlieren gespiegelt hatten, waren verschwunden. Der Himmel sah aus wie eine riesige Glasplatte, auf der Tinte ausgelaufen war. Auf dem Gestüt war es ruhig. Alle waren gegangen. Die Pferde standen in ihren Boxen und fraßen oder dösten vor sich hin. Simon ging durch den alten Stall und blieb vor Cleopatras Box stehen. Er griff in die Gitterstäbe und blickte zu dem Pferd hinein. Cleo stand wie immer mit gesenktem Kopf da. Die Augen waren geöffnet, doch sie schaute ihren Besucher nicht an. Simon legte die Stirn an die Gitterstäbe und schloss verzweifelt die Augen. Cleopatra drehte ihr linkes Ohr zu ihm. Er keuchte, als würde er Gewichte stemmen. Dann öffnete er die Verriegelung der Boxentür und zog sie auf. Sie quietschte auf den letzten Zentimetern. Cleopatra schnaubte unzufrieden durch die Nüstern und sah ihn an. Ganz langsam betrat Simon die Box. Seine Schritte raschelten im Stroh. Cleo trat einmal laut mit dem Hinterbein auf. Wieder ein Schnauben. Simon ging weiter. Cleopatra hob den Kopf. Ihre Augen wurden größer, und sie trat einen Schritt zurück.

»Schon gut«, sagte Simon leise. Es war so dunkel im Stall, dass Cleopatras Fell schwarz schimmerte. Nur das große Pflaster an der Hüfte reflektierte etwas von dem Licht, das durch das schmutzige Fenster fiel. »Ich tu dir nichts.«

Simon streckte seine Hände aus. Cleo riss den Kopf hoch und wieherte ängstlich.

»Schon gut, alles gut. Sieh mal hier.« Simon reichte ihr ein Stück Zucker. Der weiße Würfel blitzte wie ein Kristall in seiner Hand. Cleopatra blickte mit erhobenem Kopf auf das Zuckerstück. Sie trat auf der Stelle, schnaubte und schüttelte ihren Kopf, dass die Mähne flatterte. »Schon gut. Es ist nur Zucker.«

Cleopatra trat noch einmal hart auf, als glaubte sie ihm nicht. Dann hielt sie ihren Kopf still und senkte ihn ganz langsam. Ihre Nüstern weiteten sich und schnupperten in Richtung des Zuckerstückchens.

»Mmmh, lecker«, brummte Simon beruhigend.

Cleo machte den Hals immer länger und länger, und ihre Lippen schnappten einmal. Doch sie war noch zu weit entfernt. Simon kam ihr ein wenig entgegen. Sie schnappte wieder, zuckte aber zurück, als sie Simons Hand berührte. Schließlich versuchte sie es ein drittes Mal, legte den Kopf etwas schief und bekam mit den Lippen den Zucker zu fassen. Laut knackend fraß sie den Würfel.

»Prima. Und schmeckt gut, oder?« Simon hob die Hand, um sie zu streicheln. »Darf ich?«, fragte er. Das Pferd blickte ihn an, hörte für einen Moment auf zu kauen und fraß dann weiter. Simon legte ganz behutsam seine Hand auf ihre Flanke. »Tut mir leid, Cleo. Tut mir leid.«

Simon bemerkte, dass Cleo die Ohren aufstellte und die Muskeln anspannte. Er drehte sich um und sah seine Tochter in der offenen Tür stehen.

»Sara.«

»Papa«, sagte sie mit tränenerstickter Stimme und kam auf ihn zugelaufen. Sie umarmte ihn.

»Sara, was machst du hier?«

»Ich wusste nicht, wo du warst, da bin ich dich suchen gegangen.«

Er küsste sie auf ihr Haar und umarmte sie fester.

»Ich hab nichts damit zu tun, das musst du mir glauben. Nicht mit der Erpressung und auch nicht mit Cleos Verletzung«, sagte Simon. Sara zog den Kopf zurück und sah ihm in die Augen.

»Das weiß ich, Papa.«

Simon atmete mit zitterndem Atem aus. »Was ist nur los gerade? Wer tut so etwas? Und warum?«

Sara, die ihre Wange eng an seine Schulter gepresst hielt, überlegte, ob sie ihm von Shellys Verdacht erzählen sollte. Sie war sich allerdings darüber im Klaren, dass Simon mit Shellys Maßnahmen nicht einverstanden wäre. Sie hatten seine Schlüssel entwendet, um in die Wohnung einzubrechen. Nein, es war ein Geheimnis zwischen ihr und Shelly. Sie durfte nichts verraten. Noch nicht.

Zehn

Shelly lehnte an der Säule des Hoftores. Jülich hatte sie mit seinem Mercedes passiert, und Katja war mit ihrem Golf gekommen. Die Tierärztin hatte angehalten und die Scheibe heruntergekurbelt. Shelly hatte ihr gesagt, dass sie später mit ihr sprechen wolle, neulich sei sie durch die Neuigkeit über Peter davon abgehalten worden.

Es war zwei Minuten vor acht. Jetzt konnte es nicht mehr lange dauern.

Und tatsächlich, nur einen Moment später sah Shelly die beiden Jungen auf ihren Rädern näher kommen. In der Mitte der Brücke entdeckten sie Shelly und traten unwillkürlich leicht in die Bremsen.

»Morgen, Jungs!«, rief sie ihnen entgegen und stemmte sich von der Säule ab.

»Morgen«, sagte Leif, nichts Gutes ahnend. Lasse sagte gar nichts, er hielt nur abwartend an und musterte Shelly mit Argusaugen.

»Schöne Grüße aus Hänigsen. Schöner Ort, wirklich. Und gutes Eis haben sie da. Eure Mütter sind wirklich nett. Ich hab sie neulich getroffen. Wir haben uns lange über euch beide unterhalten. Sie haben mir sogar eure alten Kinderfotos gezeigt. Die beiden sind ja so stolz auf euch. Wusstet du, Leif, dass Lasses Mutter nicht viel von dir hält?«

Leifs Augen klappten auf. Jetzt war er hellwach und aufmerksam.

»Ja, sie denkt, dass du nicht … wie sagt man das bei euch …«

»Lass dich nicht bequatschen von ihr«, sagte Lasse.

»… dass du nicht auf seinem Niveau bist, das hat sie gesagt. Na ja, deine Familie sind Bauern, und Lasses sind Akademiker.«

Leifs Augen verdunkelten sich.

»Warum halten Sie nicht einfach den Mund? Halten Sie sich von uns fern«, rief Lasse drohend.

»Und, Lasse, wusstest du, dass Leifs Mutter dich für keinen

guten Umgang hält? Angeblich hast du einen schlechten Einfluss auf ihn.«

Jetzt ließ Lasse sein Rad fallen und kam näher. Er streckte ihr seinen Zeigefinger entgegen.

»Ich weiß, was Sie hier für eine Nummer abziehen, aber das wird ihnen nicht gelingen.«

»Was für eine Nummer denn? Wie geht's eigentlich deinem Bein, ist alles gut verheilt? So ein Bruch kann das Karriereende bedeuten. Deine Mutter hat sich große Sorgen gemacht.«

»Halten Sie Ihren verdammten Mund!«, keifte Lasse, und sofort legte Leif ihm eine Hand auf die Schulter, um ihn zurückzuhalten.

Shelly grinste Lasse ins Gesicht. »Sei doch nicht so böse auf mich«, meinte sie.

Lasse hob sein Fahrrad auf und ging auf den Hof. Leif folgte ihm. Shelly heftete sich ihnen an die Fersen.

»Komm, ich besorg dir auch eine Autogrammkarte von ... wen könntest du denn mögen? Steven Segal? Bruce Willis? Stallone? Nein, Arnold. Ja, soll ich dir ein Autogramm von Schwarzenegger besorgen, ich hab mal mit ihm in Dallas zusammen Mittag gegessen. Weißt du, was der alles verdrücken kann?«

Sie waren bei den Fahrradständern vor Simons Haus angelangt. Die beiden schlossen ihre Räder an.

»Shelly!«, rief jemand vom Stall her. Die drei drehten sich um. Jülich kam auf die kleine Gruppe zu. »Lassen Sie die beiden in Ruhe.«

»Shelly? Sind wir jetzt auch per Du? Wie war dein Name noch mal?« Shelly reichte Jülich die Hand. Er wollte erst einschlagen, zog dann aber ärgerlich seine Hand wieder zurück.

»Ich warne Sie. Lassen Sie meine Schüler zufrieden. Neulich hätte sich jemand verletzen können.«

»Ach, wir haben uns doch nur unterhalten, Herr Jülich. Oder, Jungs?« Shelly lächelte, blieb damit jedoch die Einzige.

»Los, Treffen in meinem Büro«, sagte Jülich zu Leif und Lasse und ging voraus.

Lasse marschierte an Shelly vorbei und flüsterte ihr dabei ins Ohr: »Passen Sie gut auf Ihr Pferdchen auf. Könnte sein, dass es mal was Falsches frisst. Und eine Frau so ganz allein in einem so großen Haus auf dem Land. Wenn Sie mal überfallen werden, kann Sie bestimmt niemand schreien hören.«

Damit ließ er sie stehen. Shelly blickte ihnen nach. Ihre Augen waren nur noch Schlitze. Und sie funkelten wie die eines Raubtieres.

***

Shelly fuhr mit dem tiefen, satten Brummen des Motors unter der breiten Haube ihres Wagens in Richtung Westen. Der Ostwind hatte zwar abgenommen, doch auf freier Strecke spürte sie, wie der Wind gegen das Heck des Autos drückte und sie anschob. Die Sonne versteckte sich hinter einer dünnen bläulich grauen Wolkenschicht. Im Radio hatte der Wetterbericht vorausgesagt, dass es ab übermorgen wärmer werden sollte. Temperaturen um die zwanzig Grad waren für das kommende Wochenende in Aussicht gestellt. Shelly konnte das noch nicht glauben, zumal sie das Wetter hier in diesem Landstrich noch nicht lesen konnte. In Texas wusste sie, wann ein Gewitter aufkam oder sich ein Tornado zusammenbraute. Hier war alles anders.

Sie hatte noch in der Nacht das Foto des Kontoauszugs auf ihren Laptop übertragen und in der Vergrößerung bequem die Kontobewegungen der Firma Boltec & Co Financial Consulting verfolgen können. Sie fand hochinteressante Eingänge, unter anderem auch recht regelmäßige Zahlungen von einem gewissen Berger.

Der Feldweg 23 lag in einem alten Gewerbegebiet von Fischbach am westlichen Ende des Ortes. Hier hatte einmal die Ölbohrindustrie Einzug gehalten, und es gab immer noch stillgelegte Bohranlagen namhafter Firmen, die hier ansässig gewesen waren. Shelly bog von der Ausfallstraße in einen kleinen unscheinbaren Weg ein, der laut Ausschilderung in das Gewerbegebiet führte. Der Feldweg lag allerdings schon an der Grenze zu einem Wohngebiet. Hier standen vierstöckige Betonhäuser mit schmutzigen Fassaden und verrosteten Balkongeländern. Ein kleines Schild wies die Hausnummern 21, 23, 25 und 27 auf der linken Seite aus. Die Betonklötze standen in Vierergruppen inmitten von ungepflegten Rasenanlagen. Hinter den Häusern waren Wäschegerüste aufgebaut, wo an alten, schlaff gespannten Leinen die Wäsche von älteren Herrschaften und bunte Kinderhosen und Hemden nebeneinander hingen. Shelly ging zu Nummer 23 und las die Klingelschilder. Müller, Schachtrad, Watzke, Lohental, Bogenstock, Radke, Arslan und Boltec & Co. So, wie es dastand, hätte man von einem schwulen englischen Pärchen ausgehen können, das sich inmitten einer kleinbürgerlichen Dorfsiedlung im Dachgeschoss eingerichtet hatte. Shelly rüttelte an der Tür, doch die war verschlossen. Sie klingelte bei Boltec & Co, doch nichts tat sich. Das überraschte sie nicht. Also versuchte sie es ganz unten bei Müller. Nichts. Als sie daraufhin bei den Schachtrads klingelte, knackte es in dem kleinen metallenen Lautsprecher.

»Ja?«, hörte Shelly eine Männerstimme fragen.

»Mein Name ist Kutscher, ich möchte zu der Firma Boltec & Co.«

»Da müssen Sie oben klingeln. Hier ist Schachtrad.«

»Ich weiß. Die machen nicht auf. Ich …«

Shelly wusste nicht weiter. Der Mann klang nicht so, als würde er sie reinlassen oder auch nur ein weiteres Wort mit ihr wechseln.

»Es geht um einen Film. Ich suche einen Drehort.«

Shelly dachte, dass wie so oft vielleicht auch hier die Filmindustrie ein Sesam-öffne-dich wäre.

»Was denn für ein Film?«, fragte die Stimme.

Gar nicht schlecht, dachte Shelly.

»Kennen Sie die Serie Marshall Stone?«

Sie hörte ein rauschendes Lachen in der Leitung.

»Natürlich.« Mehr sagte er nicht. Es knackte erneut, dann ertönte der Summer, und Shelly drückte die Tür auf. Drei Stufen über ihr trat ein älterer Mann auf den Flur, Mitte sechzig, mit grauen, pomadig gekämmten Haaren, einer blauen Trainingshose, braunen Pantoffeln und einem ehemals weißen Unterhemd.

»Herr Schachtrad?«, fragte Shelly und ging auf ihn zu. Der Mann sah zuerst ihre Stiefel, dann ihre Hose, dann ihr Hemd und schließlich ihr Gesicht und die Mütze an. Als er oben fertig war, begann er wieder von unten. »Mein Name ist Kutscher. Sie sagten, Sie kennen die Serie?«

»Mmh?«

»Die Serie«, sagte Shelly, und jetzt blickte er ihr zum ersten Mal in die Augen.

»Ach Schtone, ja«, brummte er. Er sprach es so aus, dass Shelly erst gar nicht begriff, was er gemeint hatte.

»Erkennen Sie mich?« Shelly lächelte.

»Nö. Wer sind Sie denn?«

»Ich bin Marshall Stone.«

Der Mann machte noch einen Schritt auf den Flur hinaus, reckte den Kopf und begutachtete sie wie ein tropisches Riesen-insekt im Naturhistorischen Museum.

»Ich hab meine Brille nich bei«, sagte er. Er betastete seine Taschen. »Moment ...« Er ging schnell in die Wohnung zurück.

»Wer ist es denn?«, hörte Shelly eine Frau rufen. Eine hohe, neugierige Stimme.

»Sie sacht, sie is die Schtone«, antwortete Herr Schachtrad.

»Wer?«

»Na, die Schtone ausm Fernsehen.«

»Ach, so'n Quatsch, Heinz. Und so was glaubst du?«

Jetzt hörte Shelly trippelnde Schrittchen, und das Ehepaar erschien gemeinsam in der Tür. Sie trug einen Blümchenkittel, hautfarbene Strümpfe mit blauen Pantoffeln und hatte stümperhaft gefärbte Haare mit Dauerwelle. Bei Herrn Schachtrad saß nun eine schwere Brille auf der Nase, die seine Augen um das Siebenfache vergrößerte. Im ersten Moment hatte Frau Schachtrad einen spitzfindigen Blick gehabt und einen unzufriedenen, in die Breite gezogenen Mund. Jetzt wurden ihre Augen größer, und ihr Mund klappte weiter und weiter auf. Shelly lächelte tapfer.

»Frau Schtone!«, entfuhr es Frau Schachtrad, und sie legte die Hand an den Mund. Ihr Mann starrte Shelly mit seinen Brillenaugen, so groß wie die eines Riesenkalmars, ins Gesicht.

»Beim Allmächtigen, dat *is* die Schtone«, sagte er laut, dass es durch den Flur hallte.

»Das gibt's doch gar nicht«, piepste sie.

»Du, die is dat wirklich«, sagte er und stupste seine Frau an.

»Das seh ich auch, Heinz. Benimm dich gefälligst«, rügte sie. »Frau Schtone, wir ... was ... möchten Sie ein Stück Kuchen?«

Frau Schachtrad war ganz fahrig, und ihre Hände flatterten um ihre Schürze herum.

»Nein, danke. Ich suche eine Wohnung wie die von der Firma Boltec Consulting. Wir möchten hier in Deutschland eine Folge drehen.«

»Hier bei uns?«, fragte Frau Schachtrad und wurde rot.

»Ja, genau. Und ich suche jetzt eine geeignete Wohnung.«

»Firma Boltec, da is nie jemand da, da ham Se leider Pech.«

»Heinz!«, zischte sie böse und lächelte Shelly dann wieder an. »Mein Mann ist der Hausmeister hier. Er könnte Sie reinlassen, und Sie könnten sich umsehen. Es wäre uns eine Freude … ein Stück Kuchen vielleicht?«

»Nein, aber die Wohnung schaue ich mir gern an«, meinte Shelly.

»Ich kann es nicht glauben«, sagte Frau Schachtrad, während ihr Mann die Schlüssel holte. »Frau Schtone, hier bei uns im Haus. Wir gucken Sie immer, jeden Dienstag. Ich kreuze Sie immer in der Fernsehzeitung an, dass wir Sie nicht verpassen.«

Ihr Mann kam mit einem klirrenden Wust an Schlüsseln zurück und ging voraus.

»Is ganz oben.«

»Ich folge Ihnen.«

Herr Schachtrad zog sich mehr die Stufen hoch, als dass er ging. Shelly befürchtete schon, er würde das Geländer herausreißen, aber wenn er der Hausmeister war, hatte er es sicher gut befestigt. Er keuchte beängstigend, pustete, wollte Shelly aber auch zeigen, wie fit er in seinem Alter noch war, und legte ein anständiges Tempo vor. Als sie oben ankamen, rasselte sein Atem wie Sand. Vor der einen Tür lag eine Fußmatte, auf der unzählige Schuhe gestapelt waren. Man hörte Kinder schreien, und mit einem Mal wurde die Tür aufgerissen, und ein kleiner türkischer Junge mit Spiderman-T-Shirt und Strumpfhosen kam rausgelaufen. Seine Mutter schrie irgendwas hinter ihm her. Als der Junge Shelly sah, blieb er wie angewurzelt stehen und guckte sie aus seinen großen dunklen Augen an. Die Mutter schnappte ihn von hinten, zog ihn rein und warf die Tür zu. Schachtrad blickte zu Shelly.

»Ausländer. Aber tun Se sich nicht dran stören.«

»Ich bin ja selbst Ausländerin.«

»Wie?« Wieder musterte er sie von oben bis unten.

»Ich bin Amerikanerin.«

»Ach so, ja. Sie ham auch 'ne ganz andere Stimme als im Fernsehen.«

»Na ja, Sie sehen ja auch eine Übersetzung, das ist nicht meine Stimme.«

Er überlegte einen Moment und suchte dann den richtigen Schlüssel. Er klingelte, bevor er aufschloss.

»Die sind nie da. Kein Lärm. Gute Mieter.«

Er drückte die Tür auf. Shelly trat ein und fand sich in einer leeren Wohnung wieder. Es gab keine Möbel. Nichts. Hier wohnte niemand, und ein Büro war hier auch nicht eingerichtet.

»Alles sauber. Gute Mieter.«

»*Kein* Mieter. Oder haben Sie hier schon mal jemanden gesehen?«

»Glaub nich.«

Frau Schachtrad erschien im Türrahmen. Sie hatte sich ein taubenblaues Kostüm angezogen und goldene Ohrclips angesteckt. An den Füßen trug sie weiße Sandaletten mit Gummisohle.

»Eine schöne Wohnung, finden Sie nicht?«, fragte sie, als wollte sie sie Shelly verkaufen.

»Ja ... ja, das könnte was für uns sein.« Shelly suchte nach einer Buchse für den Telefonanschluss. Im Wohnzimmer fand sie ihn, aber es war kein Apparat angeschlossen. »Gut, ich denke, das reicht für mich«, sagte sie.

»Jetzt ein Stück Kuchen?«, fragte Frau Schachtrad und strich über ihr Taubenkostüm.

»Nein, vielen Dank. Ich muss jetzt wieder los. Aber es war wirklich sehr nett, dass Sie mir geholfen haben.«

»Wann hat man denn schon mal einen Fernsehschtar im Haus?« Herr Schachtrad grinste breit, und seine Kalmaraugen leuchteten.

»Sagen Sie, der Briefkasten, wird der regelmäßig geleert?«, fragte Shelly.

»Ja, doch, also da ist nie was zu sehen. Nicht dass ich nachgeguckt hätte, aber man sieht ja die Werbung manchmal oben rausstehen«, sagte Frau Schachtrad.

»Aber wer das macht, wissen Sie nicht?«

»Nein, tut mir leid. Ich sehe nie jemanden am Briefkasten oder hier oben. Und wir sind so gut wie immer zu Hause.«

»Freitags bin ich beim Stammtisch«, sagte Herr Schachtrad mit erhobenem Zeigefinger.

»Ja, Heinz, jetzt benimm dich doch mal«, ermahnte ihn seine Frau.

Shelly fürchtete, dass sie ihr gleich wieder ein Stück Kuchen anbieten würde, und reichte beiden die Hand zum Abschied.

»Hören wir dann wieder von Ihnen?«, fragte Frau Schachtrad.

»Ja, sicher. Vielleicht ist ja sogar eine kleine Rolle für Sie drin.«

»Heinz, hast du das gehört?«, schwärmte sie und richtete ihre Haare.

»Die hat mich gemeint«, konterte ihr Mann.

»Ach, Heinz, was sollst du denn für eine Rolle spielen? Da muss man Text auswendig lernen. Du kannst dir nicht mal drei Sachen merken, wenn ich dich in den Supermarkt schicke, nicht drei!«, beschwerte sie sich. Shelly stieg die Stufen wieder hinab und überließ die beiden ihrer Diskussion.

»Wenn's mal nur drei Sachen wären! Immer fällt dir noch was Neues ein, dat kann sich kein Mensch merken, nicht mal Günther Jauch könnte das.«

»Günther Jauch bringt aber mit Sicherheit keinen Dreipfundschinken und eine Packung Nudeln mit, wenn ich ihm Schinkennudeln auf die Liste schreibe«, hallte es durch das Treppenhaus.

Shelly war unten angekommen und warf noch schnell einen Blick in den Briefkasten der Firma. Er war leer.

Shelly ging zu ihrem Wagen. Von hier aus wollte sie direkt ins Landgestüt Celle und danach weiter ins Krankenhaus zu Hofstätter fahren. Über die Auskunft hatte sie eine Firma ausfindig machen können, die der Firma Boltec & Co rund siebentausend Euro überwiesen hatte, und die Sekretärin hatte ihr erzählt, dass Herr Berger, der Inhaber, gerade im Landgestüt zu einer Besprechung sei.

Shelly begab sich zunächst in Dr. Spieß' Büro, von wo aus sie in die Reithalle geschickt wurde. Dort standen Spieß, Berger und von Steinmeier mit den Händen in den Hosentaschen und sahen zu, wie ein junger Mann einen Hengst im leichten Galopp durch die Halle ritt. Die Sonne fiel von links durch die großen Fenster ein und legte weitläufige Lichtrechtecke auf den Boden. Die Männer folgten mit ihren Köpfen simultan dem Weg des Tieres. Shelly schwang ihre Beine über eine kleine Balustrade und schritt über den weichen Boden zu dem Dreiergespann.

»Guten Tag, die Herren«, sagte sie laut. Die Männer fuhren herum.

»Frau Kutscher, Sie schon wieder«, meinte Dr. Spieß. »Was kann ich für Sie tun?«

Berger erkannte sie nicht. Von Steinmeier sehr wohl. Seine Augen begannen zu leuchten.

»Frau Kutscher, sind Sie das wirklich?«, fragte er und streckte seine Hand aus.

»Ja, ich bin's«, sagte sie kurz, und sie schüttelten sich die Hand, gefolgt von einer leichten Verbeugung von von Steinmeier.

»Es ist mir eine Ehre, Sie hier auf dem Gestüt begrüßen zu dürfen. Womit haben wir diesen unerwarteten Besuch verdient? Sie sehen mich recht überrascht.«

»Ich bin nicht Ihretwegen hier. Ich wollte mit Herrn Berger sprechen.« Shelly lächelte Berger offenherzig an.

»Es tut mir leid, aber ich kenne Sie nicht. Worum geht es denn?«, fragte der. Von Steinmeier stieß ihn mit dem Ellbogen an.

»Das ist Shelly Ellen Kutscher! Aus der Serie Marshall Stone.«

»Oh, tatsächlich? Ich schaue nur wenig Fernsehen, aber meine Frau schwärmt immer von Ihnen. Wieso wollen Sie mich sprechen?«

»Nun, vielleicht reden wir unter vier Augen«, schlug Shelly vor. Berger wurde misstrauisch.

»Frau Kutscher, ich verstehe nicht. Was könnten wir beide denn miteinander besprechen?«

»Wir können das auch gerne hier machen, Herr Berger, aber ich dachte, wenn es um die Firma Boltec & Co geht, würden Sie lieber allein mit mir sprechen.« Berger entgleisten schlagartig die Gesichtszüge.

»Aber natürlich«, sagte er und machte gleich einen Schritt nach vorn. Sie begaben sich in eine Ecke der Halle und verschwanden fast im Schatten.

»Was wollen Sie von mir?«, fragte er, und seine Stimme hatte jegliche Höflichkeit verloren.

»Ich möchte gern wissen, welcher Art Ihre Geschäfte mit der Firma Boltec & Co sind. Sie haben erst kürzlich eine recht hohe Summe auf ihr Konto überwiesen, und ich frage mich, welche Dienstleistung Sie dafür erhielten.«

»Ich wüsste nicht, was Sie das anginge. Wie sind Sie überhaupt an diese Information gekommen?«

»Durch Zufall. Herr Berger, es geht mir eigentlich nicht um Sie. Ich möchte wissen, was sich hinter Boltec Consulting verbirgt. Ich weiß, dass die Firma Lasse Wilhelm und Leif Busch gehört.«

Das war eine naheliegende Vermutung von Shelly, und Berger bestätigte sie mit seiner Reaktion. Er drehte sich um und entfernte sich mit wütenden Schritten.

»Herr Berger, ich bitte Sie, mir zu helfen.«

»Gehen Sie!«, schrie er, nachdem er sich wieder zu ihr umgedreht hatte, »Unser Gespräch ist beendet. Ich weiß nicht, wovon Sie sprechen.«

Spieß und von Steinmeier waren erschrocken über Bergers plötzlichen Wutausbruch.

»Alles in Ordnung?«, fragte von Steinmeier. Berger brummte etwas Unverständliches und holte sein Handy heraus. Wahrscheinlich ruft er jetzt sofort seinen Anwalt an, vermutete Shelly.

»Ich komme wieder«, rief sie fröhlich und winkte.

»Raus!«, schrie Berger, und seine Stimme hallte durch die gesamte Halle.

***

In der Celler Klinik erfuhr Shelly zu ihrer großen Verwunderung ganz schnell und problemlos die Zimmernummer von Hofstätter. Eigentlich hatte sie damit gerechnet, dass er von der Polizei abgeschirmt würde. Der Täter musste, nachdem Hofstätter den Schuss überlebt hatte, eigentlich damit rechnen, verraten zu werden. Damit schwebte Hofstätter in Lebensgefahr. Shelly nahm den

Lift und fuhr hoch in die dritte Etage. Als sich die Türen öffneten, bemerkte sie, dass sie wohl doch nicht die Einzige war, die das so sah. Sie wurde von zwei Beamten erwartet.

»Sie möchten zu Herrn Hofstätter?«, fragte der rechte. Er hatte seine Hände vor dem Gürtel verschränkt. Der linke hatte eine Hand an die Waffe gelegt.

»Ja.«

»Dann kommen Sie bitte mit uns mit«, befahl der Polizist und deutete an, dass sie vorgehen sollte. Die beiden Männer keilten sie zwischen sich ein und führten sie in ein Zimmer mit der Aufschrift »Behandlungsraum I«. Hier standen ein Schreibtisch und eine Behandlungsliege und eine Waage.

»Können Sie sich ausweisen?«, fragte der eine und streckte seine Hand aus, um den Ausweis in Empfang zu nehmen. Shelly gab ihm ihre ID-Karte. Er wendete sie einmal und diktierte dann seinem Kollegen, der sich mit einem Handy in eine Zimmerecke zurückgezogen hatte: »Shelly Ellen Kutscher. Geboren …« Da schien ihm etwas aufzufallen, und auch sein Kollege ließ das Handy sinken. Sie betrachteten Shelly abschätzend.

»Frau Kutscher?«

»Ja?«

»Es liegt eine Anzeige gegen Sie vor. Ich muss Sie bitten, meinen Kollegen auf das Revier zu begleiten.«

Elf

Man führte Shelly in Stressers Büro. Sie trat ein, nachdem der Beamte geklopft hatte, und sah sich dem Kommissar gegenüber, der vor einer Tafel stand, während Sander und Piesmeier wie Schüler am Tisch saßen.

Shelly erkannte auf dem Tafelbild Simons und Peters Namen und ein paar Pfeile, die von ihnen ausgingen oder zu ihnen hinführten.

»Hallo, die Herren«, grüßte Shelly.

»Frau Kutscher. So trifft man sich wieder«, sagte Stresser. Sein Bart zog sich zu einem Lächeln in die Breite.

»Vielen Dank für den netten Transport hierher, aber ich wäre auch von allein zu Ihnen gekommen. Ich habe wichtige Informationen für Sie. Wenn Sie mich mit Herrn Hofstätter hätten sprechen lassen, wäre vielleicht schon alles aufgeklärt.«

»Ja, natürlich, Frau Kutscher. Sie sind aber gar nicht damit beauftragt worden, mir Informationen zu beschaffen. *Das hier* sind meine Mitarbeiter«, sagte Stresser und deutete auf Sander und Piesmeier.

»Das dürfen sie auch gern bleiben. Kann ich jetzt mit Ihnen sprechen? Es ist wirklich dringend.«

Stresser lachte wenig amüsiert und legte die Kreide beiseite.

»Sie setzen sich zunächst einmal hin und hören zu, was *ich* Ihnen zu sagen habe. Wie Sie vielleicht schon gehört haben, liegt eine Anzeige gegen Sie vor.«

Er setzte sich auf seinen Stuhl, und Shelly nahm zwischen Piesmeier und Sander Platz.

»Das ist doch Unsinn.«

»Frau Kutscher, mir ist nicht als Einzigem aufgefallen, wie verbohrt Sie in dieser Sache … ermitteln, muss man ja schon fast sagen.« Sein Bart wackelte zweimal, und er räusperte sich. »Lasse Wilhelm hat Sie wegen versuchter Körperverletzung und wegen Stalkings angezeigt.«

Shelly lachte laut auf und sah Sander und Piesmeier an.

»Das ist doch'n Witz, oder?«

Die beiden Männer schüttelten den Kopf.

»Herr Wilhelm fühlt sich durch Sie bedroht und verfolgt. Wir wissen, dass Sie seine Mutter aufgesucht haben. Außerdem haben wir mindestens einen Zeugen, der gesehen hat, wie Sie versucht haben, Herrn Wilhelm von seinem Pferd zu stürzen.«, sagte Stresser.

»Ihr Herr Wilhelm ist der verdammte Täter, und er wird nervös, weil ich es weiß!«, rief Shelly wütend.

»Frau Kutscher, die Ermittlungen im Fall Hofstätter sind Sache der Polizei. Sie haben sich da rauszuhalten.«

»Wie soll ich mich raushalten, wenn Sie mir nicht glauben? Ich habe Ihnen längst gesagt, was passiert ist.«

»Frau Kutscher!« Stresser hielt mahnend eine Hand hoch. »Ich hatte es Ihnen bereits gesagt: Was Sie da an Theorien aufgestellt haben, ist ohne Beweise. Und ohne Beweise kann ich niemanden einer Tat verdächtigen.«

»Jetzt habe ich welche«, sagte Shelly und schlug mit der flachen Hand auf den Tisch.

»Sie haben Beweise«, wiederholte Stresser.

»Und ich bin eine Zeugin. Lasse Wilhelm hat mir gegenüber die Taten zugegeben und mir gedroht.«

Stresser atmete lange und müde aus und drückte sich die Fingerspitzen in die Augenwinkel. Er rieb so lange, bis seine Augenlider gerötet waren.

»Er hat also gestanden«, stöhnte er.

»Nicht direkt, aber ich habe ihn beschuldigt und auf Details angesprochen, und er hat so reagiert, wie es eben nur der Täter tun kann. Er wusste, dass Aladdin mit Eibe vergiftet wurde.«

»Das ist in der Tat interessant. Aber *gestanden* hat er demzufolge nicht. Und wo bleiben nun Ihre Beweise?«

»Beweis Nummer eins: Ich habe Lasse neulich Nacht eine Perücke in den Fluss werfen sehen.«

»Was beweist diese Perücke?«, fragte Stresser ermüdet.

»Dass er … na ja, dass er sich verkleidet hat, um nicht erkannt zu werden.«

»Bei was?«

»Na, bei ... der Übergabe vielleicht oder als er das Pferd vergiftet hat.«

»Schön, und weiter?«

»Beweis Nummer zwei: Ein Kontoauszug der Firma Boltec & Co Financial Consulting.« Sie legte einen Ausdruck des Fotos vor ihn auf den Tisch.

Stresser runzelte die Stirn.

»Dort gibt es einige Eingänge, unter anderem auch von einem Herrn Berger, der sehr abweisend reagierte, als ich ihn darauf ansprach. Auf dem Kontoauszug ist auch genau der Betrag aufgeführt, den Bernd Hofstätter an Simon Langensalza gezahlt hat und der verloren ging.«

»Was soll das für eine Firma sein?«

»Dahinter stehen Leif und Lasse.«

»Wie kommen Sie darauf?«

»Ich habe den Ausdruck in ihrem Zimmer gefunden.«

Stresser richtete sich auf, und seine Gesichtsfarbe verdunkelte sich ungesund. Seine linke Bartspitze zuckte.

»Sie waren im Zimmer der beiden? Wie sind Sie dort hineingekommen?«

»Das ist doch unwichtig, wichtig ist, dass diese Firma eine Scheinfirma, Phantomfirma oder ... wie sagt man das bei Ihnen?«

»Briefkastenfirma«, sagte Piesmeier.

»Eine Briefkastenfirma ist.« Shelly nickte. »In der Wohnung steht nichts, kein Tisch, kein Stuhl, es gibt keinen Telefonanschluss, gar nichts. Nur der Briefkasten wird geleert.«

»Wie sind Sie in die Wohnung und in das Büro gekommen?«, fragte Stresser und artikulierte seine Worte überdeutlich.

»Ich ... ich hatte die Nachschlüssel zur Wohnung, und in das Büro hat mich der Hausmeister reingelassen.«

»Wussten Herr Wilhelm und Herr Busch davon?«

»Natürlich nicht, was denken Sie?«

Stresser lehnte sich zurück, und er warf seinen Kollegen einen fast beleidigten Blick zu.

»Frau Kutscher, Sie kommen zu mir, um mir Beweise für die Schuld von zwei jungen Männern zu bringen, die Sie einer Straftat verdächtigen. Was Sie aber eigentlich tun, ist, mir Beweise für *Ihre* Straftaten zu liefern, derer Sie vonseiten der jungen Männer angeklagt werden. Was denken Sie, werde ich jetzt tun?«

»Sie könnten zur Abwechslung mal nachdenken, dann würden Sie schnell merken, dass Sie mit Peter und Simon die Falschen im Visier haben.«

»Frau Kutscher, so langsam werde ich etwas ungehalten. Sie werden jetzt Ihren Mund halten. Sie sind zweier Straftaten bezichtigt worden und haben soeben selbst eine Straftat zugegeben …«

»Herr Stresser, Lasse Wilhelm hat gedroht, mein Pferd zu vergiften oder mich in meinem eigenen Haus zu überfallen, er hat eine Perücke in den Fluss geworfen, er hat sich am Abend vor der Vergiftung des Pferdes schwarze Kleidung gekauft, er hat mir direkt ins Gesicht gesagt, er wisse, was ich vorhabe, ich würde es aber nicht schaffen, er besitzt eine Briefkastenfirma und, das ist jetzt aber neu für Sie, ich bin mir sicher, dass er vor zwei Jahren einer Stute von Simon eine Injektionsnadel in den Hinterlauf gestochen hat, um sie zu quälen, woraufhin das Pferd Simons Frau tottrampelte.«

Stressers Augen verengten sich. Dann schüttelte er den Kopf und hörte nicht mehr damit auf, während er sprach.

»Frau Kutscher, was Sie mir hier vortragen, ist ja ganz unterhaltsam, aber mehr leider auch nicht. Fest steht, dass Sie Hausfriedensbruch, Einbruch und Diebstahl begangen haben. Und auch für das Stalking und die versuchte Körperverletzung habe ich gleich mehrere Zeugen. So weit nur zu Ihrer Person. Jetzt erkläre ich Ihnen mal, was wirkliche Beweise sind. Wir haben heute in der Wohnung und auf dem Grundstück von Peter Sandkühler Eibenzweige, eine nicht geringe Menge Bargeld und auf seinem Computer die Videoaufnahmen von Herrn Hofstätter und Sara Langensalza und vom Todeskampf des Pferdes gefunden.«

Shelly starrte Stresser ungläubig an. Sie konnte gar nichts mehr erwidern, weil sie so überrumpelt war.

»Das ist unmöglich«, sagte sie mit schwacher Stimme.

»Nein, das ist Fakt. Für die Mittäterschaft beziehungsweise die Organisation der Tat durch Herrn Langensalza haben wir noch keine Beweise, aber die werden wir uns beschaffen. Auf *legalem* Wege.«

Shelly dachte verzweifelt nach. Sie hob die Hand. »Nein, nein, nein, da kann etwas nicht stimmen.«

»Frau Kutscher, ich möchte Sie bitten …«

»Wie soll Peter das denn gemacht haben? Zeigen Sie mir mal die Videos oder den Erpresserbrief.«

»Wie bitte?« Stresser lachte ungläubig. »Ich soll Ihnen Beweise aushändigen? Was denken Sie eigentlich …«

»Ich will nur einen Blick drauf werfen, tut doch nicht weh. Vielleicht kann ich Ihnen dann ja auch sagen, ob Simon etwas damit zu tun hat.«

Stresser sah seine Kollegen fragend an. Sie zuckten mit den Schultern und sahen wohl keine Gefahr dabei.

»Na schön, damit Sie endlich Ruhe geben.« Stresser holte aus einem Schrank die Beweisstücke, die alle in Beuteln verpackt waren. Shelly betrachtete die beiden Videoplayer, den Rucksack und ein Geldbündel.

»Wo ist der Rest vom Geld?«

»Das hier könnte sein Anteil sein. Das andere Geld wird Herr Langensalza haben«, erklärte Stresser. Das klang leider zu schlüssig, als dass Shelly dem widersprechen konnte.

»Darf ich die Videoplayer mal sehen? Ich hatte ja schon gesagt, dass die Jungs so was gekauft haben.«

»Das hatten Sie erwähnt, ja.« Stresser nahm sie aus dem Beutel und legte sie vor Shelly auf den Tisch.

»Darf ich das anmachen?«

Stressers Hand schnellte vor, und er winkte mit dem Zeigefinger ab. Er drückte selbst die Play-Taste und startete das Video. Shelly sah aufmerksam zu. Auch beim zweiten Video sagte sie nichts, sondern nahm alles mit wachen Augen auf.

»Das war's. Hofstätter hat inzwischen ausgesagt, er habe das erste Video bekommen und sei daraufhin zur Übergabe gefahren. Er entschied sich aber vor Ort, nur einen leeren Rucksack abzugeben, und behielt sein Geld. Daraufhin wurde sein Pferd getötet, und einen Tag später erhielt er die zweite Nachricht mit der erhöhten Geldforderung, der er dann nachging und dabei angeschossen wurde. Leider hat er sein Gedächtnis verloren und kann nicht mehr sagen, wem er dort draußen begegnet ist«, fasste Stresser den Ablauf zusammen.

»Früher bekam man Erpresserbriefe oder Anrufe, nicht wahr?«, fragte Shelly.

»Ja, und?«

»Na ja, so ein Videoplayer ist eine sehr moderne Art der Erpressung. Das könnte doch für sehr junge Täter sprechen.« Sie lächelte ihn vielsagend an.

»Peter Sandkühler besitzt einen Laptop, und er kann auch damit umgehen, ebenso wie mit seinem Handy«, konterte Stresser.

»Ja, aber da sind noch zwei Dinge, die mir auffallen. Erstens: Da sind keine Rechtschreibfehler drin, oder?«

»Ich weiß, worauf Sie hinauswollen. Aber glauben Sie mir, die hiesige Polizei kann mit solchen Beweisen umgehen. Wir haben den Verdächtigen den Text aufschreiben lassen. Er machte zwölf Fehler. Gehen wir allerdings davon aus, dass Simon Langensalza seine Hände mit im Spiel hat, kann er den Text diktiert oder auch korrigiert haben. Das allein sagt also noch nichts aus.«

»Okay. Dann zweitens: Der Wortlaut des ersten Erpresserschreibens. Ich weiß, dass Sie sich jetzt aufregen werden, aber als ich bei Lasses Mutter war, hat sie mir sein Kinderzimmer gezeigt. Lasse besitzt einige Filmposter, unter anderem auch eins von ›Terminator‹. Kennen Sie den Film?«

»Ist mir bekannt, ja.«

»Er scheint ziemlich auf den Film zu stehen, immer noch. Ich habe …« Shelly überlegte, ob sie das auch noch zugeben sollte, aber jetzt schien ihr das keinen Unterschied mehr zu machen. »Na ja, was soll's. Ich hab versucht, mich in Lasses Computer einzuhacken und sein Passwort rausgefunden. Es war ›Terminator‹. Ist das nicht ein Zufall?«

Wieder tauschten die Kollegen Blicke aus, doch irgendwie schien dieser Hinweis einen Nerv getroffen zu haben.

»Lasse mag also diesen Film ganz besonders. Und nun lese ich diese Nachricht. Unterschrieben mit ›Hasta la vista‹, einem Zitat aus eben diesem Film«, sagte Shelly.

»Es heißt ›Hasta la vista, baby‹«, fügte Sander hinzu.

»Vielen Dank.« Shelly grinste. »Kommt Ihnen das nicht selbst ein bisschen, ähm …«

»Spanisch«, sagte Piesmeier.

»Was?«, fragte Shelly.

»Das Wort, nach dem Sie suchen, ist ›spanisch‹. Kommt Ihnen das nicht selbst ein bisschen spanisch vor?«, erklärte Piesmeier.

»Hasta la vista *ist* spanisch«, sagte Sander.

»Ja, aber ich meinte doch …«

»Leute«, sagte Stresser und hob drohend seinen Zeigefinger. »Ich will davon nichts mehr hören, klar?«

»Gut, dann frage ich eben: Ist das nicht verdammt verdächtig?«

»Um das Ganze mal etwas abzukürzen, Frau Kutscher, wir müssen nämlich mit unserer Arbeit weitermachen: Sie sind bis auf Weiteres in Untersuchungshaft genommen wegen Stalkings, versuchter Körperverletzung, Hausfriedensbruchs, Diebstahls und Einbruchs. Ihr Fall wird so schnell wie möglich dem Haftrichter vorgeführt werden. Es tut mir leid, dass Ihr kleiner Ausflug von Hollywood nach Deutschland so enden muss, aber Sie sind daran maßgeblich selbst schuld.«

»Das war's jetzt? Sie wollen das alles ignorieren?«

»Sie haben nichts vorgelegt, was vor einem deutschen Gericht als Beweis zugelassen werden kann. Ihre Beschaffungsmethoden sind höchst kriminell und illegal. Damit hat sich's. Auf Wiedersehen«, sagte Stresser laut. Seine Halsschlagadern schwollen an, und eine wütende Falte hatte sich zwischen seinen Augen gebildet. Er packte alle Beweisstücke wieder zusammen und sah Shelly nicht mehr an. Piesmeier stand auf und fasste sie vorsichtig am Ellbogen.

»Frau Kutscher?«

Sie riss sich los und fixierte Stresser mit funkelnden Augen.

»Hoffentlich können Sie einen Fehler zugeben, Herr Stresser. Wenn Sie mich nämlich jetzt einsperren und den armen Peter auch, dann läuft der wahre Täter frei da draußen herum. Und das ist Ihre Schuld! Sie haben das … äh … wie heißt das Wort, das ich suche?«, fragte sie Piesmeier.

»Vermasselt?«

»Vermasselt! Sie verschließen die Augen vor der Wahrheit.

Lasse hat das alles genau so gewollt. Sie … Sie sind ein …« Shelly suchte nach dem richtigen Wort, und Stresser sah mit blitzenden Augen auf, weil er ahnte, dass gleich eine derbe Beamtenbeleidigung folgen würde. »… ein Schauspieler! Und Lasse ist der Direktor.«

»Regisseur«, soufflierte Piesmeier.

»Regisseur!«, rief Shelly und zeigte mit ihrem Zeigefinger auf Stresser wie mit einer Waffe.

»Herr Piesmeier, würden Sie Frau Kutscher bitte Handschellen anlegen und sie abführen?«, bat Stresser harsch.

»Schon gut, ich komm ja mit. Gehen wir, Herr Piesmeier.«

Sie hielt ihm ihre Hände hin, und er schloss die Handschellen um ihre Handgelenke.

»Sie werden noch an mich denken.«

Die beiden verließen den Raum. Sander und Stresser saßen etwas benommen am Tisch und schwiegen eine Weile. Stresser starrte entkräftet ins Leere.

»So ganz blöd klingt das im Grunde nicht, was sie sagt«, brach Sander das Schweigen.

»Halt den Mund!«, fuhr Stresser ihn an. Wieder saßen sie schweigend da. »Ich weiß, das ärgert mich ja gerade«, gestand er dann. »Aber keiner ihrer sogenannten Beweise wäre zulässig. Glaubst du, ich verhafte gern so einen Kerl wie Sandkühler? Was ist das überhaupt für ein Film?«

»Welcher? Terminator? Du kennst den Terminator nicht? Aber du hast doch gesagt … Wie geht das denn? Sag mal, wo lebst du denn?«

»Sander! Bitte.«

»Ja, aber, Mann, das kennt doch jedes Kind. Der Terminator ist eine Killermaschine, die aus der Zukunft zurück in die Vergangenheit geschickt wird, um einen Jungen zu töten. Und Schwarzenegger ist diese Maschine.«

»Besorg mir den Film«, sagte Stresser. »Und finde raus, was es mit dieser Firma auf sich hat.« Er schob Sander die Kopie des Kontoauszugs hinüber.

Zwölf

Simon stand vor versammelter Mannschaft in der Kantine. Er hatte vor zehn Minuten einen Anruf von Shelly bekommen und seinen Anwalt eingeschaltet, um sie und Peter zu unterstützen. Jetzt musste er versuchen, das Tagesgeschäft auf seinem Hof so gut es ging aufrecht zu erhalten.

»Ich hab euch hier zusammenkommen lassen, weil ich euch einige Mitteilungen zu machen habe. Keine Angst, es wird nicht lange dauern, und dann könnt ihr auch alle in euern wohlverdienten Feierabend gehen. Ihr wisst von dem Fall Hofstätter. Die Polizei war hier und hat euch befragt und unseren Peter mitgenommen. Leider muss ich euch mitteilen, dass er inzwischen in Untersuchungshaft genommen wurde.«

Ein Raunen ging durch die Reihen, und Blicke flogen umher. In Lasses Gesicht machte sich Entspannung breit. Leifs Augen blieben fest auf Simon gerichtet. Er spürte, wie Geraldine besorgt ihre Hand in seine gleiten ließ.

»Ja, das ist ein Schock für uns alle. Ich würde für Peter meine Hand ins Feuer legen, aber wie ihr wisst, werde ich ebenfalls verdächtigt, mit der Sache zu tun zu haben. Damit nicht genug, wie ich eben erfahren habe, ist noch etwas passiert. Shelly Kutscher ist wegen einer anderen Sache ebenfalls in Untersuchungshaft.«

Wieder ging ein Raunen durch die Gruppe, und Sara, die neben ihm am Tisch saß, blickte erschrocken zu ihm auf.

»Die Beteiligten wissen davon, und ich hätte mir gewünscht, dass man mich vorher davon in Kenntnis gesetzt hätte«, sagte Simon, blickte aber absichtlich niemanden direkt an. »Ich möchte diejenigen bitten, im Anschluss noch einen Augenblick hierzubleiben. Dennoch geht hier auf dem Hof alles seinen gewohnten Lauf. Übermorgen stehen die großen Abschlussprüfungen an. Wir alle müssen uns jetzt darauf konzentrieren und dürfen uns nicht von den Umständen ablenken lassen. Für euch Prüflinge steht nicht weniger als eure Zukunft auf dem Spiel, also lernt und reitet, so gut ihr könnt. Das war's. Einen guten Nachhauseweg.«

Simon setzte sich, und die Auszubildenden und Mitarbeiter standen auf und gingen unter leisem Tuscheln hinaus. Jülich, Leif und Lasse blieben sitzen. Geraldine sah Leif besorgt an, doch er nickte nur aufmunternd und schickte sie hinaus. Sara blieb auch sitzen.

»Schatz, würdest du uns kurz allein lassen?«

»Auf keinen Fall. Es geht um Shelly, ich werde hierbleiben. Was ist eigentlich los?« Sie war wütend und geschockt.

Simon atmete einmal tief durch. »Na gut, warum nicht. Herr Jülich, dürfte ich Sie bitten, als Erster dazu Stellung zu nehmen?«

Jülich warf einen kurzen Blick zu Lasse, der seinen Opfer-Blick aufgesetzt hatte.

»Simon, es tut mir leid. Aber diese Shelly ist durchgedreht. Sie kam mitten in einer Übung aufs Feld geritten und hat Lasse angegriffen. Er konnte sich gerade noch so auf dem Pferd halten. Sie hat ihn beschimpft und angeschrien, und im Anschluss daran habe ich ihn gefragt, was da vor sich ginge. Er sagte mir, dass Shelly ihn schon seit Längerem verfolgt, sich öfter mit ihm treffen wollte und er das aber abgelehnt hat.«

»Das ist nicht wahr!«, schrie Sara erregt.

»Ich habe am nächsten Tag selbst beobachten können, wie sie hinter ihm und Leif hergerannt ist. Auch andere haben das schon beobachtet. Lasse wusste nicht, was er tun sollte, und hat sich daher mit Kommissar Stresser in Verbindung gesetzt.«

»Das ist doch alles Quatsch. Was redet ihr da?«, rief Sara, doch ihr Vater legte ihr eine Hand auf den Arm.

»Lasse, ich würde gern mal deine Version hören. Wie gesagt, hätte ich es besser gefunden, wenn du zuerst zu mir gekommen wärst. Vielleicht hätte man das anders lösen können.«

»Aber, Herr Langensalza, ich wusste einfach nicht mehr weiter. Shelly hat mich von Anfang an verfolgt. Zuerst hab ich mir nichts dabei gedacht, aber dann wurde sie immer fordernder und übte Druck auf mich aus. Sie kam zu mir ins Wohnheim, besuchte heimlich meine Mutter und schnüffelte in meinem Zimmer rum.«

»Aber, Lasse, Shelly geht bei uns ein und aus. Ich kenne sie noch nicht sehr lange, aber doch so gut, denke ich, dass ich vermute, es muss sich um ein Missverständnis handeln.«

»Das weiß ich ja, und genau deshalb hab ich mich nicht getraut, Sie anzusprechen. Doch Leif kann bezeugen, was sie alles angestellt hat. Sie war auch bei seinen Eltern. Keine Ahnung, was diese Frau vorhat. Aber ich hatte Angst, und da habe ich mich an Kommissar Stresser gewendet, und er hat mir zu der Anzeige geraten.«

»Was wollte sie denn von euren Eltern?«

»Meine Mutter rief mich an und sagte mir, sie habe sie um Informationen gebeten. Sie wollte auch mein altes Zimmer sehen und hat sich Fotos von mir zeigen lassen. Bei Leif war es das Gleiche.«

Das erstaunte Simon. Er war zutiefst verunsichert.

»Woher kennt sie die Adresse eurer Eltern?«

»Keine Ahnung«, sagte Lasse verzweifelt.

Simon rieb sich die Hände. Sie waren warm und trocken. Konnte er sich in Shelly so sehr getäuscht haben?

»Ich versteh das nicht«, gab er zu. »Ich verstehe diese ganze Geschichte nicht, die sich hier gerade abspielt. Leif, was sagst du denn dazu?«

»Es ist, wie Lasse gesagt hat. Shelly hat uns verfolgt, kann man sagen.«

»Und sie wollte sich mit Lasse treffen? Aus welchem Grund?«

Leif senkte den Blick und zuckte mit den Schultern. Diese Andeutung hatte einen sehr unangenehmen Beigeschmack. Er wollte es nicht aussprechen. Gerade als die Stille in dem großen Raum kaum noch auszuhalten war, klopfte es an der Tür.

»Nein, jetzt nicht«, rief Simon. Doch die Tür wurde trotzdem geöffnet. Stresser und Sander traten ein.

»Guten Abend«, grüßte Stresser. »Herr Langensalza, wir hätten da noch einige Fragen an Sie.«

Sara, Jülich, Leif und Lasse verließen die Kantine, während die beiden Polizisten mit Simon sprachen. Auf dem Hof wartete Geraldine. Sie stand am Fahrradständer, auf ihr rostiges Hollandrad gelehnt. Sara, der Leif und Lasses Nähe nach Shellys Anschuldigungen unheimlich war, lief ohne ein weiteres Wort ins Haus und warf die Tür zu. Jülich verabschiedete sich und ging zu seinem Mercedes.

»Was ist?«, fragte Lasse Geraldine.

»Ich warte auf Leif.«

»Ach ja? Der hat jetzt aber keine Zeit.«

»Vielleicht kann er mir das auch selbst sagen? Leif?« Sie sah ihn auffordernd an.

Leif blickte unsicher zu seinem Freund und wieder zu Geraldine. »Wir können doch alle zusammen fahren, wir haben doch denselben Weg.«

Die beiden nickten nur, und jeder nahm sich sein Fahrrad zur Hand. Sie fuhren durch den Wald, an Shellys Haus vorbei, das unbeleuchtet auf der anderen Seite der Straße lag.

»Komische Sache, das mit Shelly. Erklärt ihr mir, was da vorgefallen ist, oder bleibt das ein Geheimnis?«, fragte Geraldine während der Fahrt durch den im Dämmerlicht verdunkelten Wald.

»Ich wollte das nicht an die große Glocke hängen. Aber ich habe Shelly wegen Stalkings und versuchter Körperverletzung angezeigt«, sagte Lasse.

»Was? Wieso das denn?«

»Sie verfolgt uns, mich insbesondere, und neulich hat sie mich mit ihrem Pferd attackiert. Als wir dann auch noch erfahren haben, dass sie unsere Eltern besucht hat, um ihnen Fragen über uns zu stellen, mussten wir was unternehmen.«

»Aber warum sollte sie so was tun, sie musste doch damit rechnen, dass eure Eltern sich daraufhin melden würden? Und die Sache auf dem Reitplatz haben auch alle sehen können.«

»Weißt du, wie diese Stars ticken? Die haben doch alle eine kleine Psychose. Sie ist ja auch so holterdipolter nach Deutschland gekommen«, sagte Lasse.

»Ja, mag sein. Ich hab sie nur ganz anders eingeschätzt.«

Sie fuhren weiter und ließen den Kutscher-Hof hinter sich. Im Wohnheim ging Leif mit Lasse in ihr Zimmer, nachdem er Geraldine gesagt hatte, dass er gleich noch mal zu ihr rüberkommen würde. Als die Tür hinter den beiden ins Schloss fiel, drehte Lasse sich um und ballte beide Fäuste zum Sieg.

»Alter, wir haben es geschafft! Peter *und* Shelly in U-Haft! Besser kann's nicht laufen für uns.«

»Sieht so aus«, sagte Leif und lächelte.

»Sieht so aus? Warum musst du immer so ein Spaßverderber sein? Mann, freu dich doch mal! Alles läuft wie geplant.«

»Ja, du hast ja recht.«

»Oh Mann, diese Shelly haben wir eiskalt abserviert. Die wird sich so dermaßen ärgern, sich mit uns angelegt zu haben. Und wenn die Presse davon erfährt, ist sie richtig geliefert.«

»Willst du das etwa auch noch ...«

»Warum nicht? So ein Skandal wird sie Zeit und Kraft kosten. Die wird nie wieder auch nur ein Wort mit uns sprechen wollen.« Lasse grinste breit.

»Ich geh jetzt rüber zu Geraldine«, sagte Leif.

»Leif?« Lasse sah seinen Freund ernst an. »Besser, du machst gleich mit ihr Schluss, bevor es richtig anfängt. Nur noch zwei Tage, dann sind wir hier fertig. Für immer fertig, verstanden?«

Leif nickte und ging mit hängendem Kopf hinaus und rüber in das Zimmer nebenan.

***

»Herr Langensalza«, begann Stresser und legte seine Unterarme parallel zueinander auf den riesigen Tisch der Kantine. »Wie Sie wissen, haben wir heute Ihren Angestellten Herrn Peter Sandkühler wegen Tatverdachts und Verdunklungsgefahr in Untersuchungshaft genommen.«

»Was heißt das?«, fragte Simon unsicher. Stresser korrigierte den Sitz seiner Fliege.

»Eine Hausdurchsuchung hat mehrere Beweisstücke im Fall Hofstätter ans Licht gebracht, und nun ist davon auszugehen, dass Herr Sandkühler diese Straftat verschleiern und einen etwaigen Komplizen schützen oder warnen möchte.«

»Ach, jetzt verstehe ich«, sagte Simon und ließ sich gegen die Lehne des Stuhls fallen. »Sie denken, ich bin der Komplize.«

»Herr Langensalza, wie schon in unserem letzten Gespräch angedeutet, sind Sie der Einzige mit einem realen Motiv. Sie sind der Vorgesetzte von Herrn Sandkühler, und ausgerechnet bei ihm finden wir Beweise, die in direktem Zusammenhang mit der

Erpressung stehen. Herr Sandkühler hat Sie zwar nicht verraten, aber er hat ungeheure Angst vor Ihnen.«

»Vor mir? Angst? Ich kenne Peter seit fünfzehn Jahren oder länger. Er hat, seit er ein junger Kerl war, bei uns gearbeitet, wie schon sein Vater. Ich habe ihn immer gut behandelt und ihm geholfen, wenn er Hilfe brauchte. Sie wissen, wie er ist. Ganz allein kommt er nicht klar.«

»Ganz genau. Ganz allein kommt er nicht klar. Und ganz allein kann er auch niemals diese Tat begangen haben. Da sind wir uns einig, denke ich.«

»Und das heißt automatisch, dass ich ...«

»Herr Langensalza, ich möchte Ihnen eine Chance geben, diesen Fall ein für alle Mal aufzuklären. Sagen Sie uns, wie es gewesen ist. Glauben Sie mir, es ist besser für Sie, für Ihre Tochter und natürlich auch für Peter. Sie verlieren in jedem Fall, wenn Sie weiterhin schweigen.«

Simon warf hilflos seine Hände in die Luft und lachte verzweifelt. »Was soll ich denn tun? Herr Stresser, ich kann doch nicht etwas zugeben, dass ich nicht getan habe. Ich weiß nicht, was hier gespielt wird. Glauben Sie mir, ich war es nicht und weiß auch nicht, wie Peter da reingeraten konnte. Er ist jedenfalls kein Erpresser. Er hat ein schlichtes Gemüt, ja, aber er ist doch kein Verbrecher.«

»Leider sprechen die Beweise eine andere Sprache.«

»Herr Stresser, bitte. Das alles ist ein kompletter Alptraum. Ich habe mit der Erpressung nichts zu tun, und ich glaube, dass auch Peter unschuldig ist. Und das mit Shelly ...«

»Das ist eine andere Sache«, erklärte Stresser abweisend.

»Ja, aber da kann doch auch etwas nicht stimmen. Hier stimmt nichts mehr, alles läuft schief ...« Er vergrub den Kopf in seinen Händen und fuhr sich verzweifelt durch die Haare.

»Herr Langensalza, würden Sie uns freiwillig Ihren Computer und Ihr Handy zur Durchsicht Ihrer Daten überlassen? So könnten wir schnell herausfinden, ob die Videos sich auch auf Ihren Geräten befinden.«

»Natürlich, sofort«, sagte Simon, und im selben Moment dachte er, dass das ein Fehler gewesen war. Plötzlich kam eine schreckliche Angst in ihm auf, dass diese Dateien doch, auf welche Art auch immer, auf seinen Computer gelangt waren. Die Möglichkeit, dass jemand das alles hier manipulierte, kam ihm in den Sinn. Ja, genau. Sie alle waren Schachfiguren in einem Spiel, von dem sie selbst nichts wussten. Jemand schob sie auf einem Spielbrett hin und her und gelangte dabei unerkannt immer weiter nach vorn. Dieser schwarze König würde sie alle schachmatt setzen. Nicht mehr lange, und jeder Einzelne von ihnen hatte das Spiel verloren. »Es stimmt, dass Bernd und ich uns nicht mögen. Es stimmt, dass er mich beschuldigt hat, ihn zu betrügen. Wieso, kann ich mir aber nicht erklären. Wir haben keine Gelder unterschlagen. Und das von ihm und meiner Tochter habe ich erst neulich Abend von Shelly erfahren, als Sie mich abgeholt haben. Das habe ich Ihnen doch alles schon gesagt.«

Stresser musterte Simon. Er sah ehrlich aus. Er hatte viele Menschen lügen sehen, wusste, was sie dabei taten, welche Hinweise sie unbewusst über ihre Mimik aussendeten, aber Simon sah ehrlich aus.

»Herr Langensalza, ich möchte Ihnen eigentlich glauben. Aber da bleiben viele Fragezeichen. Die Zeugin, die kurz vor dem Schuss Ihren Namen gehört hat, zum Beispiel. Aber das reicht noch nicht aus, um Sie festzunehmen. Wir werden nun Ihren Computer durchsuchen. Peter Sandkühler wird noch heute Abend vor den Haftrichter kommen. Ich appelliere zum letzten Mal an Sie: Wenn Sie ein Geständnis ablegen wollen, tun Sie es jetzt. Sie erleichtern sich selbst das Leben und das einiger anderer.«

»Ich kann nichts zugeben«, sagte Simon ganz ruhig.

»In Ordnung. Würden Sie meinem Kollegen bitte alles übergeben?«

***

Leif klopfte an und betrat gleich darauf Geraldines Zimmer. Allein ihr Geruch, der den gesamten Raum zu erfüllen schien, ließ ihn sich schon wieder besser fühlen. Er konnte nicht einmal sagen, ob das gut oder schlecht war. Auf der einen Seite machte es ihn glücklich und ließ ihn vergessen und auch hoffen. Auf der anderen Seite war dieses Empfinden gefährlich. Es ließ ihn Fehler machen. Aber vielleicht wollte er genau das.

»Hallo, Leif«, sagte sie. Sie kam aus dem Schlafzimmer und hatte sich ihre Haare gekämmt. Leif spürte, wie ihm ihr Anblick die Sinne vernebelte. Gerade als er einen Schritt auf sie zu machen wollte, um sie zu küssen, hörte er eine Tür schlagen. Seine Tür. Lasse verließ das Haus.

»Kleinen Moment, ja?«, sagte er und schlüpfte noch mal hinaus. Im Flur holte er Lasse gerade noch ein, bevor der die Treppe hinuntergelaufen war.

»Wo gehst du hin?«

»Muss ich dir immer alles sagen? Du erzählst mir auch nicht, was in ihrem Zimmer vor sich geht.«

»Was hast du vor, Lasse?« Leifs Stimme klang fordernder, als er es selbst für möglich gehalten hätte. Lasse zog kurz sein Hemd hoch, sodass Leif die Waffe sehen konnte, die in seinem Gürtel steckte.

»Ich mache den letzten Schachzug«, sagte Lasse und sah ihn ernst an. Leif ahnte, wem er die Tatwaffe unterschieben wollte. Die Polizei hatte ihnen eine Vorlage geliefert, die Lasse nicht ungenutzt lassen würde. Er nickte kaum merklich und zog sich langsam zurück. Als er in Geraldines Zimmer kam, saß sie auf der Couch und wartete auf ihn.

»Willst du mir was erzählen?«, fragte sie.

Leif stockte.

»Nein, ich will jetzt nicht reden.«

***

Lasse fuhr den Waldweg zurück zum Gestüt. Er fuhr schnell und ohne Licht, aber er kannte den Weg auswendig. Die Pistole drückte sich kalt gegen seinen Bauch. Er schwitzte und atmete laut. Auf Höhe der Brücke erkannte er, dass die Polizei immer noch auf dem Gestüt war. Durch das beleuchtete Wohnzimmerfenster konnte er Simon, Stresser und Sander erkennen. Lasse ließ sein Fahrrad an der Böschung im hohen Gras liegen und schlich zu Fuß über die Brücke und auf den Hof. Der Passat der beiden Beamten parkte direkt hinter Simons Wagen. Lasse wusste, dass dies eine einmalige Chance war, Simon das Beweisstück unterzujubeln. Wenn die Polizei die Tatwaffe bei ihm finden würde, wäre das Konstrukt von Simon als Drahtzieher und Peter als Handlanger perfekt. Es gab nur ein Problem: Ins Haus konnte er nicht. Er sah, wie Simon Sander seinen Laptop übergab. Was sollte er machen? Er konnte die Knarre schlecht direkt auf die Eingangsstufen legen, das wäre etwas zu einfach gewesen. Er duckte sich hinter Simons Wagen und sah plötzlich, dass die Scheibe ein Stück heruntergekurbelt war. Er reagierte sofort und zog die Waffe aus seiner Hose. Mit dem T-Shirt wischte er seine Fingerabdrücke ab und schob die Pistole durch die Fensteröffnung in den Wagen. Dann lief er rüber zum alten Stall, in den Schatten des Daches. Von hier schlich er sich zur Toreinfahrt und huschte über die Straße zur Brücke. Die Haustür wurde geöffnet. Licht fiel auf die Treppe und den Hof.

»Sie sind im Wagen.« Simon deutete auf das Auto, und Sander nickte.

»Ich bringe schon mal den Laptop weg.«

»Wie viele Handys besitzen Sie, Herr Langensalza?«, fragte Stresser und rückte seine Fliege zurecht. Er stand eine Stufe über Simon.

»Zwei. Ein privates und ein geschäftliches. Sie kriegen natürlich beide. Ich will das so schnell wie möglich aus der Welt geräumt haben.«

Stresser schob seinen Bart vor und brummte zustimmend. Simon schloss den Wagen auf und beugte sich hinein. Am Armaturenbrett steckte ein Handy in der Halterung, ein weiteres lag in der Mittelkonsole.

»Sehen Sie? Ich hab sogar eine Freisprechanlage. Ich telefoniere nicht mal illegal«, sagte Simon aus dem Wagen heraus. Stresser stieg die letzte Stufe hinab und machte drei Schritte, bis er die Pistole entdeckte. Der gelbe Lichtschein der Flurbeleuchtung wurde von dem blanken Metall reflektiert. Seine Augen verengten sich.

»Was ist das?«

»Mmh?« Simon drehte sich um und richtete sich auf. Stresser deutete mit dem Zeigefinger auf die Waffe und ging darauf zu. Mit Daumen und Zeigefinger fasste er den Lauf der Waffe und hob sie hoch. Er legte den Kopf schief, damit er die Aufschrift besser lesen konnte.

»Eine Sig Sauer, 9mm.«

Dreizehn

Shelly saß in einem kahlen klassenzimmergroßen Raum hinter einem massiven Buchenholztisch neben Dr. Franke, ihrem Anwalt, den Simon ihr geschickt hatte. Franke, ein Mann Ende fünfzig, mit drahtigen grauschwarzen Haaren und einer zigarrenfarbenen Haut, hatte eine Viertelstunde Zeit gehabt, um Shelly über den Sachverhalt aufzuklären, bevor es vor den Haftrichter ging. Eine Uhr über der Tür zeigte zwanzig Uhr dreiundfünfzig an. Der Richter, ein schmaler, großer Mann mit schlohweißen Haaren und einem schlecht sitzenden dunklen Anzug, blätterte sich hinter seinem Pult durch eine Akte. Er hatte Shelly bis jetzt keines Blickes gewürdigt. Franke, der seine Hände über seiner schwarzen Aktentasche gefaltet hatte, lächelte Shelly aufmunternd zu. Er hatte ihr geraten, alles zuzugeben und sich reuig zu zeigen. Was Richter niemals sehen wollten, waren halsstarrige Kriminelle, die ihre Taten verteidigten. Anscheinend vermutete er, dass Shelly genau das vorgehabt hatte, womit er wohl nicht ganz falschlag. Doch gegenüber Stresser seine Meinung zu verteidigen war eine Sache, jetzt stand sie vor einer Instanz, die sie ins Gefängnis befördern konnte.

»Shelly Ellen Kutscher, Sie sind Amerikanerin. Aus welchem Grund befinden Sie sich in Deutschland?«, fragte der Richter gelangweilt.

»Ich … ich möchte mich erholen«, stammelte sie, etwas überrascht von der Frage. Der Richter blätterte vor und zurück. Seine Augen blieben auf das Papier gerichtet.

»Haben Sie ein gültiges Visum?«, fragte er. Seine Stimme lag etwa eine Tonlage über einem Flüstern.

»Ja, habe ich.«

»Sie machen also Urlaub hier.«

»Nein, nicht direkt. Ich habe einen Hof geerbt und möchte ihn instand setzen.«

»Mit welchem Ziel?«

»Nun, ich weiß es noch nicht genau. Vielleicht eröffne ich ein kleines Gestüt … Ich weiß es noch nicht.«

»Wie stehen Sie zu Herrn, äh … Simon Langensalza?«, fragte der Richter und beugte sich weiter vor, als er von der Akte ablas.

»Ich habe bei ihm mein Pferd untergestellt.«

»Und wie ist es zu erklären, dass Sie von dem Auszubildenden Wilhelm angezeigt worden sind?«

Jetzt war der Zeitpunkt gekommen, ihre Gründe zu nennen.

»Das ist so: Ich denke, nein, ich bin mir sicher, dass Herr Wilhelm der Erpresser im Fall Bernd Hofstätter ist.«

Der Richter suchte seinen Tisch ab.

»Wieso kommt mir der Name so bekannt vor?«

»In dieser Sache war heute schon ein junger Mann namens Peter Sandkühler bei Ihnen«, informierte Shelly ihn.

Ein kurzes Lächeln huschte über sein Gesicht.

»Herr Sandkühler, ah ja. Weiter bitte.«

»Ich hatte also diesen Verdacht und habe Herrn Wilhelm öfter darauf angesprochen, um seine Reaktion zu testen und ihm zu zeigen, dass er mir nichts vormachen kann. Aus *diesem* Grund bin ich ihm manchmal gefolgt.«

»Nicht um sich, wie Herr Wilhelm behauptet, privat in Ihrem Haus zu treffen?«, fragte der Richter und klang so desinteressiert, als redeten sie gerade über das Wetter in Südostaustralien.

»Nein. Herr Wilhelm war verständlicherweise nicht gerade erfreut über meine Fragerei. Sie hat ihn nervös und wütend gemacht.«

Der Richter schrieb etwas auf.

»Und gestern, als Sie Herrn Wilhelm auf dem Reitplatz mit Ihrem Pferd angegriffen haben, was war da Ihre Absicht?«

»Ich habe ihn nicht *wirklich* angreifen wollen. Ich war wütend. Weil ich gehört hatte, dass die Polizei Peter Sandkühler mitgenommen hatte. Ich dachte mir gleich, dass Lasse, also Herr Wilhelm, etwas damit zu tun haben musste.«

»In welcher Form?«

»Na, dass er dem armen Peter die Schuld …«

»In die Schuhe«, flüsterte Dr. Franke.

»In die Schuhe stecken …«

»Schieben.«

»Schieben wollte.«

»Sie wollten ihn also nicht verletzen?«

»Nein, ich wollte ihm meine Meinung sagen.«

Wieder notierte der Richter etwas.

»Laut des Protokolls haben Sie zugegeben, in die Wohnung von Herrn Wilhelm eingedrungen zu sein und dort Dokumente entwendet zu haben.«

»Das ist richtig. Es war *ein* Dokument. Das heißt, eigentlich habe ich es nur fotografiert. Ist das auch strafbar?«

Der Richter hielt kurz inne, so als wäre er in seinen Gedanken von einem Geräusch gestört worden.

»Wie stehen Sie zu Ihren Taten?«

Dr. Franke blickte Shelly von der Seite an. Das schien wohl die entscheidende Frage zu sein, auch wenn der Richter so gelangweilt dreinblickte wie zuvor.

»Ich … ich weiß, dass ich einen Fehler gemacht habe.« Shelly begann plötzlich zu schluchzen und sprach mit gebrochener Stimme weiter. »Ich habe gegen das Gesetz verstoßen, obwohl ich erst seit zwei Wochen als Gast in diesem Land bin. Ich hätte beinah einen jungen Mann und sein Pferd verletzt und schäme mich dafür.«

Franke verfolgte völlig irritiert, wie die Tränen über Shellys Wangen rollten.

Fast wie in Zeitlupe lenkte der Richter seinen Blick von der Akte auf Shelly. Eine unzufriedene Falte grub sich links neben seinem Mundwinkel in die Wange. »Frau Kutscher. Ihre schauspielerischen Leistungen in allen Ehren, aber vor Gericht möchte ich keine derartigen Ausbrüche sehen. Sie missachten und disrespektieren mein Amt.« Er sah Shelly lange und wie versteinert an. Shelly schluckte und wischte sich die Tränen weg. »Da in Ihrem Fall eine besondere Wahrscheinlichkeit zur Flucht besteht, setze ich die Kaution auf fünfzehntausend Euro fest.« Er schlug mit seinem Holzhämmerchen auf den Tisch und klappte fast ebenso lautstark die Akte zu.

»Ich muss also nur fünfzehntausend Euro zahlen«, sagte Shelly, »und kann nach Hause?« Franke wandte sich ihr lächelnd zu.

»Das ist doch gut. Somit sind Sie zunächst einmal auf freiem

Fuß bis zur Hauptverhandlung.« Sie gaben sich die Hand und erhoben sich. Gemeinsam verließen sie den Saal und traten hinaus auf einen grell erleuchteten Flur. Dort warteten bereits drei Männer auf sie. Stresser, Sander und Piesmeier. Stresser trat vor und begrüßte sie.

Shelly sah ihn unschlüssig an.

»Finden Sie mich so interessant, dass Sie hier Ihren Feierabend verbringen?«, fragte sie keck.

»Ich bin im Dienst, Frau Kutscher. Und leider habe ich eine schlechte Nachricht. Wir haben eben die Tatwaffe bei Simon Langensalza gefunden.«

»Was?«, entfuhr es Franke.

»Sie haben richtig gehört. Herr Langensalza hatte uns seinen Computer gerade freiwillig zur Prüfung überlassen, da entdeckten wir die Waffe in seinem Wagen. Sie fiel uns sozusagen entgegen.« Stresser wartete eine Reaktion ab. Sein Bart stand vollkommen still.

»In seinem Wagen? Und sie lag da einfach so rum?«, fragte Shelly ungehalten.

Stresser nickte.

»Wie dumm wäre das denn?«, wollte sie wissen und lächelte sogar dabei.

»Das wäre in der Tat ziemlich unumsichtig von Herrn Langensalza gewesen«, sagte Stresser.

»Was wollen Sie jetzt von mir?«, fragte Shelly.

»Raten Sie mal.«

***

Am nächsten Morgen wachte Shelly in Simons Wohnzimmer auf. Sie saß zusammengekauert auf dem Sessel, eine Decke übergelegt, während Sara ihr gegenüber auf dem Sofa schlief. Shelly war nach ihrer Freilassung gleich hergekommen und hatte sich um das Mädchen gekümmert. Sie blinzelte auf die Uhr. Es war kurz vor sieben. Die Sonne schien, und auf dem Hof war schon Betrieb. Shelly stand auf, kniete sich neben die Couch und berührte Sara leicht an der Schulter. Die schreckte augenblicklich hoch.

»Schon gut, ich bin's. Alles in Ordnung. Sara, ich muss kurz weg. Schlaf noch ein bisschen oder nimm eine heiße Dusche. In einer Stunde bin ich wieder hier, und wir frühstücken zusammen. Okay?«

Sara nickte verschlafen und schloss ihre Augen wieder. Shelly ging nach draußen und fand Jülich in seinem Büro.

»Was wollen Sie hier? Ich denke, Sie sind festgenommen worden?«, fragte Jülich erschrocken.

»Jetzt bin ich wieder frei. Hören Sie, es hat sich eine neue Situation ergeben. Man hat Simon gestern Abend festgenommen, weil die Tatwaffe bei ihm gefunden wurde.«

»Wie? Das ist doch ... die Pistole, mit der man auf Hofstätter ...«, stammelte er entsetzt.

»Ja. Bitte hören Sie mir genau zu, Herr Jülich. Ich will Simon helfen, aber dafür brauche ich Ihre Unterstützung.«

»Was ist mit Peter?«, fragte er.

»Der bleibt in Haft.«

Jülich rieb sich die Stirn.

»Herr Jülich, ich möchte, dass Sie Lasse anrufen und ihn bitten, früher hier zu sein als sonst. Aber nur Lasse, nicht Leif.«

»Was wollen Sie von dem Jungen? Sie ...«

»Er war's«, sagte Shelly nur und legte ihre Kopie vom Kontoauszug auf den Tisch.

»Was? Was ist das?«

»Das ist der Beweis, dass Lasse bei Hofstätters Spermabestellung den Betrag auf das Konto einer Scheinfirma umgeleitet hat. Diese Firma gehört Leif und Lasse.«

Jülich nahm das Dokument zur Hand und überflog mit scharfen Augen die Aufstellung. Er setzte sich an seinen Schreibtisch und schaltete seinen Computer an.

»Simon, Katja und ich haben alles hundertmal überprüft. Der Betrag war einfach nicht mehr auffindbar. Die Bank konnte einen Überweisungsfehler ausschließen. Aber das hier ...«, sagte er abwesend.

»Es gibt auch Firmen, die mehr als nur einmal überwiesen haben.« Sie tippte auf einen der Einträge. »Kennen Sie die? Der Inhaber heißt Berger. Ich habe versucht, mit ihm zu sprechen, aber ohne Erfolg. Das heißt, er hat so reagiert, wie man reagiert, wenn man etwas zu verbergen hat.«

»Ich kenne Berger«, sagte Jülich und verglich die Daten auf dem Zettel mit denen in seiner Datei.

»Verdammt, das glaub ich nicht … Der Betrag und das Datum stimmen überein.«

»Glauben Sie's. Aber das ist noch nicht alles. Leif und Lasse sind die Erpresser. Und Peter und Simon sind unschuldig.«

Jülichs Augen zuckten hin und her bei dem Versuch, die Zusammenhänge zu erfassen.

»Diese beiden Jungs sind ganz anders, als Sie glauben. Und deshalb bitte ich Sie: Rufen Sie Lasse an und bestellen Sie ihn hierher. Sagen Sie ihm, Sie bräuchten ihn für die Vorbereitung der Prüfung. Das wäre doch noch nicht mal gelogen.«

Jülich war immer noch ganz verstört. Shelly hob für ihn den Telefonhörer ab und reichte ihn ihm. Der Stallmeister griff langsam danach, während er Shelly in die Augen schaute. Dann tippte er die Nummer ein.

»Lasse? Hier ist Herr Jülich. Ich brauche hier noch einen Mann, könntest du bitte gleich kommen? Nein, nur du. Das reicht. Bis gleich.« Er legte auf.

»Danke«, sagte Shelly und machte sich auf den Weg.

***

Leif zog sich gerade ein T-Shirt über, als es klopfte.

»Ja?«

Die Tür öffnete sich, und Geraldine lugte ins Zimmer.

»Ist er weg?«, fragte sie.

»Ja, vor ein paar Minuten hat Jülich angerufen und gefragt, ob er früher kommen kann.«

»Dann sind wir also ganz allein?«, fragte sie, lächelte und schloss die Tür hinter sich.

»Ja, aber wir müssen auch gleich los«, meinte Leif.

»Dann kommen wir halt fünf Minuten zu spät. Du sagst einfach, du hättest verschlafen.« Geraldine kam auf ihn zu und legte ihre Arme um seine Hüften.

»Du schlägst also vor, dass ich die Schuld auf mich nehme und damit zugebe, dass wir beide …?«

»Warum nicht? Dafür biete ich dir was ganz Besonderes an …«

»Klingt vielversprechend«, sagte Leif und zog sie fest an sich. Ihre Lippen berührten sich zu einem Kuss. »Sehr vielversprechend.« Er lächelte.

Sie küssten sich erneut, und Leif öffnete die obersten Knöpfe von Geraldines Shirt. Da hörten sie plötzlich Schritte auf der Treppe und horchten auf.

»Scheiße, Lasse!«, flüsterte Leif. Geraldine war zwar erschrocken, fand es auf der anderen Seite aber auch ganz aufregend. Sie musste kichern.

»Los, versteck dich, der tickt aus, wenn wir hier …« Die Schritte kamen immer näher, und Geraldine kroch unter Leifs Bett. Leif richtete seine Klamotten und tat so, als wäre er beschäftigt. Zu seiner Überraschung klopfte es aber.

»Ja?«, fragte er.

»Ich bin's, Shelly. Kann ich reinkommen?«

Leif war so verdattert, dass er sie hereinbat.

»Hallo, Leif. Ist Lasse nicht da?«

»Nein, der ist schon auf dem Hof.«

»Gut, ich wollte sowieso allein mit dir sprechen«, sagte Shelly und kam näher. Sie griff sich einen der Esszimmerstühle. »Darf ich mich setzen?«

»Klar, bitte.« Leif ließ sich vorsichtig auf seinem Bett nieder.

»Tja, Leif. Bis jetzt sind alle eure Rechnungen aufgegangen. Simon ist verhaftet worden, Peter auch. Ich bin nur auf Kaution wieder frei«, sagte Shelly und lächelte traurig. Leif brach der kalte Schweiß aus. Er wurde unruhig. Was sie hier einfach so rausposaunte, durfte Geraldine auf keinen Fall hören.

»Ich muss jetzt leider los …«, sagte er hastig.

»Nein, du wartest, bis ich fertig bin«, sagte Shelly. Ihre Stimme klang plötzlich hart und unerbittlich. »So kann das nicht weitergehen. Und das weißt du auch. Du kannst nicht im Ernst glauben, dass ihr damit durchkommt. Du weißt, dass irgendwann alles rauskommt.«

»Shelly, ich …«

»Nein, du hörst mir jetzt zu. Ich verliere langsam meine Geduld. Ich werde nicht länger zusehen, wie ihr mich und andere unschuldige Leute, die ich sehr gern habe, in den Schmutz zieht. Das ist kein Spiel, Leif. Ihr zerstört Leben. Du weißt, dass ich weiß, dass ihr Hofstätter erpresst habt. Ich war damals in der Umkleidekabine. Ich war auch hier in eurem Zimmer und habe interessante Dinge gefunden.«

Leif blickte entsetzt und völlig unbewusst auf den Schrank unter der Spüle, wo das Geld versteckt lag.

»Ich weiß nicht, wovon du sprichst. Du bist völlig verrückt geworden. Wir waren es nicht«, sagte Leif laut. »Wir waren hier, als das alles passierte.« Das konnte ihn vielleicht noch retten.

»Wir beide wissen, dass dem nicht so ist. Leif, ich war bei euren Eltern. Ich glaube, ich verstehe, was das mit euch beiden ist, was euch verbindet. Aber du musst deinem Freund nicht ins Verderben folgen, hörst du? Du musst das nicht tun. Du bist frei. Du kannst entscheiden. Richtig oder falsch. Lasse ist dein bester Freund, er ist wie ein Bruder für dich, stimmt's? Aber das heißt nicht, dass du dich für ihn opfern musst. Niemand muss sich für irgendwen opfern. Du bist nur für dich allein verantwortlich.«

Leif versuchte, das mit einem Lächeln abzutun, doch innerlich rang er um Fassung.

»Ihr habt es mit dieser Sache zu weit getrieben. Dabei solltet ihr am besten wissen, dass ein kleiner Fehler weitreichende Wirkungen haben kann. Ich weiß, dass auch der Tod von Simons Frau auf euer Konto geht.«

Das war ein mutiger Versuch von Shelly. Sie hatte mit Katja über Lasses Reitunfall gesprochen, und die Schilderungen legten eine derartige Vermutung nahe. Leifs Reaktion darauf zeigte ihr, dass sie richtiglag. Er wurde fast durchscheinend blass.

»Seine Mutter hat mir erzählt, dass Lasse auf Cleopatra geritten ist und sie ihn abgeworfen hat. Dabei brach er sich sein Bein. Sehr schmerzhaft so was. Ich kenne das. Das war genau zwei Wochen, bevor Simons Frau starb. Lasse war bis dahin schon wieder entlassen und musste sich jeden Tag selbst ein Mittel gegen Thrombose spritzen. Und nun haben wir diese Nadel gefunden. Eine Thrombose-Nadel. Lasse hält sich selbst für unfehlbar, also war er bestimmt richtig wütend auf Cleopatra. Er hat dem Pferd die Spritze aus Rache reingerammt und sie absichtlich abgebrochen, richtig? Was war mit Simons Frau? War die zufällig in der Box, oder hatte er mit ihr auch noch eine Rechnung offen? Das Pferd hat sie totgetrampelt, Leif. Saras Mutter. Zweiundvierzig Jahre alt.«

Leif war nachdenklich geworden. Völlig in Gedanken versunken, rief er sich die Erinnerungen an den Tag zurück.

»Das war Lasse, stimmt's? Nicht du. Er ist es immer, und du hängst mit dran. Aber es ist außer Kontrolle geraten.«

Leif schüttelte den Kopf.

»Das Pferd zu vergiften, traue ich dir auch nicht zu. Dazu bist du zu schwach. Schwach im positiven Sinn.«

»Das stimmt alles nicht«, wehrte sich Leif. Es klang verzweifelt.

»Nein? Das ist alles nur Zufall? Ich weiß von der Firma Boltec & Co, ich weiß, wen ihr alles betrogen habt, wie viel Geld ihr kassiert habt, ich weiß, dass ihr Peter und Simon zu euren Sündenböcken machen wollt, ich weiß alles, Leif, den ganzen Plan. Und ich war bereits bei der Polizei. Die wissen auch alles. Also lüg mich nicht an, Junge! Du bist ein verdammtes Kind und zerstörst dein ganzes Leben und das vieler anderer. Du bist schuldig. Lasse ist schuldig. Und jetzt will ich, dass du reinen Tisch machst. Du musst zeigen, was du wirklich für ein Mensch bist. Du musst alles aufklären. Sag es endlich der Polizei.«

»Niemals. Niemals.«

»Du willst ihn schützen, das verstehe ich. Aber weißt du, ob er dich genauso schützen würde? Nein. Er würde nur sich selbst schützen, er würde dich ohne zu zögern verraten. *Das* würde er tun.«

»Niemals!«, schrie Leif und sprang auf.

»Ja, werd nur wütend. Du solltest wütend sein. Damit du endlich zur Polizei gehst und alles gestehst. Glaub mir, du wirst merken, dass es das einzig Richtige ist. Du entscheidest. Du musst dich selbst retten. Tu es, bevor er dich verrät.«

»Du kennst ihn überhaupt nicht.«

»Nein, aber ich weiß, was er getan hat. Und dass es *schlecht* ist. Dass *er* schlecht ist. Denk darüber nach. Ich lass dich jetzt allein.« Shelly erhob sich.

Leif stand in sich zusammengesunken da, starrte ins Nichts und sagte kein Wort mehr. Er hatte sogar Geraldine vergessen, die in ihrem Unterschlupf unfreiwillig Zeugin des Gesprächs geworden war.

»Shelly?«, hörte er Geraldine plötzlich in seinem Rücken fragen. Shelly, die die Türklinke noch in der Hand hielt, drehte sich überrascht um, als sie die fremde weibliche Stimme vernahm.

Geraldine kam unter dem Bett hervor. Ihre Augen waren rot und geschwollen und ihre Wangen nass von Tränen.

»Leif war die ganze Nacht bei mir«, sagte sie mit zitternder Stimme.

Shelly begriff nur langsam, was hier passierte. Und was zwischen den beiden war. Ihre Augen sprangen von Geraldine zu Leif. Sie sah zwei endlos traurige Kinder, die sich soeben in einer Sackgasse des Lebens wiedergefunden hatten.

»Ihr seid ein Paar? Leif?«

Leif blickte zu Boden. Er konnte Geraldine nicht in die Augen schauen. Aber er nickte.

»Tut mir leid für dich, Geraldine, aber alles, was ich gesagt habe, ist wahr.«

Damit ließ Shelly die beiden allein. Ihre Schritte auf dem Flur und im Treppenhaus wurden leiser, und man hörte die Haustür zuschlagen. Vor dem Fenster entfernte sich das Hufgetrappel von Pancake. Leif stand immer noch wie versteinert mit hängenden Schultern und gesenktem Kopf vor seinem Bett. Geraldine trat hinter ihn und starrte auf seinen Hinterkopf. Sie versuchte zu verstehen, was sie gerade gehört hatte, versuchte es zu verarbeiten. Sie war entsetzt und verstört. Ihre Tränen flossen jetzt ungehindert und tropften von ihrem Kinn auf die Bettdecke. Es vergingen Minuten, ohne dass sich einer der beiden bewegte oder etwas sagte.

»Stimmt das, Leif?«, fragte Geraldine schließlich, und eine unangenehme Kälte schwang in ihrer Stimme mit. Leif rührte sich nicht. So bewegungslos er nach außen hin auch war, in ihm tobte ein brodelnder Sturm von Gedanken. Dieser Orkan hatte

Leifs und Lasses gemeinsames Leben mit sich gerissen und ließ es nun trümmerweise in Hochgeschwindigkeit durch seinen Kopf fliegen.

»Leif. Antworte mir«, forderte Geraldine. Jeder Muskel ihres Körpers war jetzt angespannt. Die Sehnen an ihren Handgelenken traten hervor, und eine bläuliche Ader auf ihrer Stirn blähte sich auf.

Sie machte zwei Schritte um das Bett herum und stieß Leif mit beiden Händen, sodass er nach vorn fiel und sich auffangen musste. Jetzt drehte er sich zwar zu ihr um, doch ansehen konnte er sie immer noch nicht.

»Ist das wahr, was Shelly gesagt hat? Wie kann das sein, du warst doch bei mir! Wir haben …« Geraldine dachte an den Abend zurück, und da fiel ihr etwas auf. »Moment. Ich hatte doch diesen Filmriss. Aber ich hab nur ein Glas Wein getrunken. Leif, was ist an dem Abend passiert?« Eine schreckliche Ahnung kam in ihr auf. Sie ging auf ihn zu. »Hast du mir etwas in den Wein getan? Hast du …«

Sie dachte nach, versuchte das Puzzle zusammenzusetzen und starrte in Leifs Gesicht, als stünde die Wahrheit dort irgendwo in mikroskopisch kleiner Schrift geschrieben.

»Du hast mich nur benutzt. Das war geplant, oder? Du hast mich …« Sie konnte nicht weitersprechen. Stattdessen schlug sie ihm klatschend ins Gesicht. Leif ließ es einfach geschehen. »Was bist du nur für ein Mensch? Du wusstest, dass ich mich in dich verliebt hatte, du wusstest das!« Ihre Augen sprühten wütende Funken. »Ich werde zur Polizei gehen. Ihr beide werdet dafür büßen müssen, glaub mir.« Sie wandte sich von ihm ab, lief zur Tür und riss sie auf.

»Warte!«, rief Leif plötzlich. »Warte!«

***

Die Sonne stand fast senkrecht über dem Hof. Die Dächer der Ställe warfen schmale schwarze Schatten. Es war angenehm warm, in der Luft sirrten Insekten, und zwei Zitronenfalter tanzten umeinander. Aus den Ställen drang hohles Hufgetrappel, Stroh raschelte. Irgendwo hörte man einen Trecker. Ansonsten war es still auf dem Hof. Man hörte keine Stimmen. Zehn Pferde standen angebunden im Sonnenschein und wurden für den morgigen Tag zurechtgemacht. Sie mussten abgespritzt und gestriegelt, gebürstet und ihre Mähnen geflochten werden. Zwei Auszubildende flankierten jeweils ein Pferd. Sie arbeiteten in T-Shirt und Reitweste. Die Reithalle wurde von Lasse gewässert und von Torben geharkt. Jülich und Katja hatten die Organisation übernommen und eilten von einer Stelle zur anderen, weil noch so viel zu erledigen war. Sara war seit knapp einer Stunde im alten Stall. Alle, die ihr begegnet waren, hatten ihr versichert, wie leid es ihnen tue, dass ihr Vater nun in Haft war und dass sie fest an seine Unschuld glaubten. Sara hatte freundlich und gefasst reagiert und gleichzeitig gespürt, wie viel Angst in der Luft lag. Die Zukunft aller hier stand auf dem Spiel. Die Stille auf dem riesigen Grundstück hatte fast etwas Unheimliches, obwohl der Anschein ein anderer war. Nach außen hin sah alles friedlich und idyllisch aus.

Es war kurz vor ein Uhr mittags. Gleich würden sich alle zum Mittagessen in der Kantine treffen. Lasse stellte das Wasser ab und legte den Schlauch wie ein Lasso zusammen. Gemeinsam mit Torben trat er aus der Reithalle auf den Hof. Jülich kam ihnen mit einer kleinen Mappe in der Hand entgegen. Kurz bevor er sie erreichte, hörten sie hinter sich die Hufe eines Pferdes und das leise Tuscheln mehrerer Stimmen. Sie drehten ihre Köpfe dem Geräusch zu. Sara führte Cleopatra aus dem alten Stall. Sie ging langsam und bedächtig vor dem Pferd her, das ihr mit hängendem Kopf folgte. Hinter ihnen trat Shelly aus dem Schatten. Sie trug einen Sattel vor sich.

Jülich zog besorgt seinen Mund in die Breite. »Sie wird doch nicht ...«

Sara führte Cleo in die Mitte des Hofes. Es war jetzt vollkommen still. Cleopatra wedelte die Fliegen mit ihrem Schweif von ihren Hinterläufen. Ein kleines Pflaster erinnerte noch an die Operation. Shelly ging an die linke Seite des Pferdes und streichelte das Tier, bevor sie ihm ganz langsam den Sattel auf den Rücken legte. Cleopatra nickte tief und prustete durch ihre

Nüstern. Shelly bückte sich und griff unter Cleos Bauch hindurch nach dem Riemen.

»Das überlebt sie nicht«, sagte Jülich. Doch Cleopatra ließ es geschehen. Ihre Flanken zuckten. Shelly führte den Riemen in die Schnalle und zog ihn fest.

»Zehn Euro, dass der Gaul sie abwirft«, raunte Lasse dem Stallmeister und Torben zu. Jülich wartete ein paar Sekunden mit seiner Antwort.

»Zwanzig dagegen.«

Lasse schaute ihn erstaunt an. Sara stellte inzwischen die Steigbügel ein, die in der Sonne blitzten. Dann umarmte sie Cleopatra und flüsterte ihr etwas ins Ohr. Shelly machte vier Schritte rückwärts und sah zu, wie Sara ihren Fuß in den Steigbügel setzte.

»Scheiße, *Sara* will da rauf?« Jülich setzte sich in Bewegung, um die beiden Frauen von ihrem Vorhaben abzubringen, doch da schwang Sara sich auch schon in den Sattel. Cleopatra tänzelte zwei Schritte zurück und warf ihren Kopf nach oben. Die Mähne flog. Das Pferd schnaubte.

»Schschsch«, machte Shelly, und Sara presste ihre Beine fester gegen den Körper des Tieres. Cleopatras Hals bog sich. Jülich streckte eine Hand aus und wollte etwas rufen, da atmete Cleo ganz tief aus und entspannte ihren Körper. Sie sank förmlich einige Zentimeter nach unten und ließ ihre Reiterin gewähren.

»Gut, feines Tier«, lobte Sara und streichelte ihren Hals. Jülich blieb stehen. Der ganze Hof blickte gebannt auf das Pferd und seine Reiterin. Sara übte leichten Druck mit ihren Stiefeln aus, und Cleopatra ging. Ruhig und majestätisch stolzierte die Stute über den Hof. Sara lenkte sie auf die Reithalle zu. Sie gingen direkt an Lasse und Torben vorbei. Und dann konnten die Schüler ihre Begeisterung nicht mehr zurückhalten. Sie applaudierten. Niemand hatte mehr damit gerechnet, dass dieses Pferd sich jemals wieder würde reiten lassen.

Shelly steckte die Hände in die Hosentaschen und lächelte stolz ihren beiden Schützlingen hinterher. Jetzt purzelten die Stimmen durcheinander, jeder sprach mit jedem, und es wurde wieder gelacht. Die Pferde wurden in die Ställe zurückgebracht.

Shelly beobachtete das alles von der Mitte des Hofes aus. Lasse warf ihr einen abschätzenden Blick zu.

»Lasse?«, hörte er sie plötzlich rufen.

»Was ist?«, rief er zurück.

»Komm bitte mal.«

Lasse überlegte kurz und fand, dass hier in der Öffentlichkeit keine Gefahr bestand, mit Shelly zu reden. Er ging langsam auf sie zu. Sie stand da und wartete. So wie sie aussah, mit ihren Cowboystiefeln, der engen Jeans und dem Westernhemd, bekam er das Gefühl, sie beide wären die Protagonisten eines Westerns. Sie trafen sich in der Mitte der Straße zum Duell. Wer zuerst zog, hatte gewonnen. Gut gegen Böse. Schwarz gegen Weiß. Mit vier Metern Abstand zwischen ihnen blieb Lasse stehen.

»Komm her«, sagte Shelly und nahm eine Hand aus der Hosentasche. Lasse trat näher. Ihre Augen trafen sich, und sie tauschten einen langen und abschätzenden Blick. Dann sah Lasse, wie Shellys Züge weicher wurden und sich ein Lächeln auf ihrem Gesicht zeigte. »Herzlichen Glückwunsch.« Sie streckte die Hand aus.

»Was soll das?«, fragte er.

»Ich will dir gratulieren. Herzlichen Glückwunsch«, wiederholte sie.

Lasse schob unsicher seine Hand in ihre. Er wusste immer noch nicht, was hier gespielt wurde.

»Du hast gewonnen. Ihr habt gewonnen.«

Sie schüttelte seine Hand wie nach einem Wettkampf.

»Wie meinen Sie das?«

»Es ist, wie es ist. Ich habe alles versucht, aber es hat nichts genützt. Ihr habt gewonnen. Euer Plan ist aufgegangen.«

»Das ist eine Falle.«

»Nein, Lasse, leider nicht. Dafür ist es zu spät. Die Polizei glaubt mir nicht. Peter und Simon bleiben in Haft. Es wird Anklage gegen sie erhoben. Die Beweise waren zu, ähm …«

»Sie wiegen zu schwer«, half Lasse ihr aus.

»Ja, genau. Ich habe alles versucht, aber mich hast du ebenfalls erfolgreich ausgeschaltet. Ich habe heute Morgen sogar versucht, Leif zu überreden, dich zu verraten.«

Lasses Mundwinkel fielen herab. Er starrte sie aus Augen an, die unheimlich und düster glänzten. Eine tiefe, abgründige Schwärze lag darin.

»Aber was soll ich sagen? Leif würde sich lieber umbringen, als dich zu verraten. Keine Sorge, er hat nichts gesagt.«

Lasse entspannte sich etwas und atmete aus.

»Bei der Gelegenheit habe ich erfahren, dass Leif eine Freundin hat. Geraldine. Dank ihr weiß die Polizei jetzt auch, dass ihr ein Alibi habt. Sie hat inzwischen sicher alles zu Protokoll gegeben. Ihr habt's geschafft.«

Lasse lächelte überrascht.

»Deshalb kamen die beiden heute zu spät?«

»Ja, du brauchst deinem Freund nicht böse sein. Auch wenn er vielleicht das Mädchen liebt. Du bist sein Freund. Du kannst ihm vertrauen.«

»Wow«, sagte Lasse, »ich hätte nie gedacht, so etwas mal aus Ihrem Mund zu hören.«

»Das denke ich mir. Ich bin schrecklich wütend auf euch beide, aber ich weiß, wann ich verloren habe. Also dann.«

»Es war mir ein Vergnügen, Marshall Stone.« Lasse lächelte breit. Shelly griff sich an einen imaginären Hut und ging. Lasse blieb stehen und sah ihr hinterher. Dann lief er in die Kantine. Alle saßen bereits am Tisch und aßen. Er nahm sich auch etwas vom Büfett und setzte sich dann Leif und Geraldine gegenüber. Sie sahen beide nicht richtig glücklich aus. Bei ihr ist das verständlich, dachte Lasse, man macht ja nicht jeden Tag eine Aussage bei der Polizei, aber Leif hätte erleichtert sein müssen. Hatte Shelly ihm doch eine Falle gestellt?

»Geraldine, wie war denn dein Morgen so?«

Sie sah ihn an und blickte dann zu Leif.

»Ich war bei der Polizei. Die hat mich über euch ausgefragt. Aber ich … ich hab gesagt, wie es gewesen ist«, flüsterte sie konspirativ.

»Gut«, lächelte Lasse. »Sehr gut. Lasst es euch schmecken.« Er stach mit der Gabel in das Fleisch und begann zu essen.

Vierzehn

Es war vier Uhr fünfundzwanzig, als der erste Vogel anfing zu singen. Die Luft war kühl, knappe sieben Grad. Tau lag auf dem Gras. Dünne Schleierwolken hingen wie Daunen am Himmel. Shelly erwachte aus einem merkwürdigen Traum. Als sie sich blinzelnd in Simons Wohnzimmer umsah, konnte sie sich nicht mehr an den Inhalt erinnern, nur an eine unglaublich schnelle Abfolge von Bildern, die zuckend vor ihrem inneren Auge vorbeigehuscht war.

Sara schlief noch oben in ihrem Zimmer. Shelly hingegen stand auf und zog sich an. Katja und Jülich hatten sich früh angekündigt.

Die Prüfungen begannen um acht Uhr. Es wurde eine Prüfungskommission von acht Personen erwartet. Jeder hier auf dem Hof machte sich Sorgen, dass Simons Verhaftung das Gestüt ruinieren könnte. Dieser Tag, so schön er auch begann, bedeutete viel für dieses Gestüt und lag wie eine schwere Last auf den Schultern aller Mitarbeiter.

Jülich war die Anspannung ins Gesicht geschrieben. Als er gegen sechs Uhr dreißig vor der Tür stand, zeigten bräunliche Ringe unter seinen Augen, dass er kaum geschlafen haben konnte. Sara öffnete und ließ ihn ein. Am Wohnzimmertisch gingen sie zusammen mit Katja, die schon eine halbe Stunde früher eingetroffen war, den Ablaufplan für diesen Tag durch. Jeder Lehrling bekam eine praktische Aufgabe gestellt, die er in einer vorgegebenen Zeit lösen musste.

Um sieben Uhr rollten die Wagen der Mitglieder der Prüfungskommission auf den Hof. Sie alle hatten von Simons Verhaftung erfahren und schüttelten Jülich und Sara mit betretenen Mienen die Hand. Im Unterrichtsraum mit einer Tasse Kaffee in der Hand versammelt, sprachen alle fast ausschließlich von dem Erpressungsfall. Die Prüfung war, zumindest für sie, in den Hintergrund gerückt.

Ein Lehrling nach dem anderen wurde schließlich ins Zimmer

gerufen und bekam seine Aufgabe zugeteilt, die er oder sie umgehend zu absolvieren hatte. Leif und Lasse standen als Vorletzte auf der Liste, Geraldine würde die letzte Prüfung absolvieren müssen. Das hieß, dass die drei noch bis zum frühen Nachmittag Zeit hatten.

Leif und Lasse sahen zunächst in ihrer normalen Reitkleidung den Prüfungen ihrer Mitstreiter zu, bis sie sich in den Stall begaben und sich Sattel, Zaumzeug, Longe und ihre Reituniform zurechtlegten. Kurz nach dem Mittagessen machten sie sich und ihre Pferde warm, striegelten sie ein letztes Mal und stellten sie dann zurück in die Box. Spannung lag in der nach frischem Stroh duftenden Luft. Keiner der Prüflinge wusste, in welchem Gebiet er geprüft werden würde. Sie mussten alles beherrschen. Leif und Lasse zogen sich zusammen um. Im Umkleideraum trennte ein Sonnenbalken, der durch ein rechteckiges hohes Fenster einfiel, die Luft wie ein leuchtendes Schwert, und in seinem Schein schwebten Staubpartikel träge vor sich hin. Die Jungen standen Seite an Seite und zogen sich zunächst die Reithosen und dann ihre Reitjacken über. Sie knöpften die goldenen Knöpfe zu und schnappten sich ihre Helme und Reitgerten. Fast gleichzeitig schlossen sie ihren Spind und sahen sich an.

»Gut siehst du aus«, sagte Lasse und grinste.

»Gleichfalls.«

»Ich bin stolz auf dich«, meinte Lasse und klopfte Leif auf die Brust.

»Noch hab ich nicht bestanden.«

»Das mein ich nicht. So, wie wir das alles hingekriegt haben, das war gute Arbeit. Jetzt machen wir noch unsere Prüfung, und dann hauen wir hier ab.«

»Hoffentlich geht alles gut«, sagte Leif.

»Es kann nichts mehr passieren, Mann. Die Prüfung machst du mit links. Die Polizei kann uns auch nichts mehr anhaben. Wir haben das Alibi. Das ist dein Verdienst. Und alle anderen Beweise deuten auf Peter und Simon hin. Das ist Gold wert. Leif, wir sind raus aus dem Schneider. In zwei Stunden sind wir freie Männer.«

Leif versuchte zu lächeln.

»Du hast recht.«

»Und jetzt komm, du bist gleich dran«, forderte Lasse ihn auf.

»Lasse?«

»Mmh?«

»Ich liebe dich.« Leif sah seinen Freund ernst an. Der Satz hing ein paar Sekunden fast zerbrechlich in der Luft.

»Ich dich auch.« Lasse umarmte Leif, und sie klopften sich mit den Fäusten auf den Rücken.

»Und jetzt mach sie fertig«, spornte Lasse Leif an.

Wenig später sah er zu, wie Leif, nachdem er seine Aufgabe bekommen hatte, in Gesellschaft zweier Prüfer mit seinem Pferd am Zügel in die Reithalle ging, wo der Rest der Kommission wartete. Lasse betrat das Schulgebäude. Er wollte nicht zusehen, sondern sich etwas konzentrieren und allein sein. Er setzte sich auf einen Stuhl vor dem Unterrichtsraum und schloss die Augen. Es war herrlich ruhig hier. Kein Mensch war mehr hier. Sie waren entweder in der Reithalle oder feierten schon in der Kantine. Lasse atmete tief durch. Das war ein unglaublich schöner Moment für ihn. Zum ersten Mal seit ein paar Wochen sah er keine Probleme vor sich. Die Zukunft sah so sonnig aus, wie dieser Tag war. Vor der Prüfung hatte er keine Angst, im Gegenteil. Er freute sich darauf, diesen Anzugträgern zu zeigen, was Reiten bedeutete. Sie würden mit feuchten Augen nach Hause fahren. Ab heute würde dieses undankbare Dasein als Lehrling endlich beendet sein. Danach konnte er durchstarten. Es warteten große Aufgaben auf ihn, die großen Turniere, die großen Gestüte, die großen Pferde. Und das große Geld. Ein Teil davon wartete bereits zu Hause in einer Flasche Lenor auf ihn. Er musste grinsen, als er daran dachte.

»Lasse.«

Er schreckte hoch, weil er niemanden hatte kommen hören. Geraldine stand neben ihm. Sie trug weiße Reithosen und eine rote Jacke mit silbernen Knöpfen. Ihre Haare hatte sie zu einem Zopf geflochten. Ihren Helm trug sie unter dem Arm. Lasse fand, dass sie ganz hübsch aussah, und konnte Leif ein wenig besser verstehen.

»Mann, hast du mich erschreckt.«

»Tut mir leid. Nervös?«, fragte sie.

»Nein, du?«

»Ein bisschen.«

»Wird schon«, sagte er und überlegte, ob er sich für ihre Aussage bei der Polizei bedanken sollte. Aber das hätte nur verdächtig geklungen, also schluckte er die Bemerkung hinunter.

»Leif ist gleich fertig«, sagte Geraldine. »Ich wünsch dir viel Glück.«

»Ja, ich dir auch.«

Stimmen erklangen hinter ihr, und sie drehte sich um. Die Kommission kam zurück. Jülich blieb bei ihnen stehen.

»So, Lasse, jetzt bist du dran. Komm bitte rein.« Er deutete mit einer Armbewegung in den Unterrichtsraum. »Wir sehen uns gleich«, fügte er an Geraldine adressiert hinzu.

Jülich schloss die Tür und überholte Lasse, der vor einer Tischreihe, hinter der die Prüfer Platz genommen hatten, stehen blieb. Jülich setzte sich, und in der Mitte der Reihe schlug der Vorsitzende des Reitverbandes Niedersachsen, Herr Gregor, eine Akte auf.

»So, herzlich willkommen, Herr Wilhelm, zu Ihrer Abschlussprüfung zum Pferdewirt in der klassischen Reitausbildung«, begann er. »Sie sind, wie mir Herr Jülich und auch Herr Simon bestätigt haben, einer der Hoffnungsträger dieses Jahrgangs. Ihre Leistung in der Zwischenprüfung spricht für sich. Für heute hoffe ich, dass Sie sich zum einen gut vorbereitet haben, und dass wir eine geeignete Prüfung für Sie ausgesucht haben. Wir alle wünschen Ihnen viel Erfolg.« Er blickte nach links und rechts, und dann übergab er Lasse eine schwarze Mappe mit der Prüfungsaufgabe. »Das ist Ihre Aufgabe. Bitte lesen Sie sie gut und aufmerksam durch. Wir treffen uns dann bitte vor der Reithalle. Bis gleich.«

Lasse klemmte sich die Mappe unter den Arm und ging hinaus. Geraldine saß jetzt auf dem Stuhl, den Helm auf ihrem Schoß. Neben ihr stand Leif, der gleich sein Ergebnis gesagt bekommen würde.

»Und?«, flüsterte er.

»Wie bei der Bundeswehr. Ich hätte beinah salutiert.«

Lasse warf einen Blick in die Aufgabe und klappte die Mappe wieder zu.

»Das lässt sich machen.«

»Viel Glück«, wünschte Geraldine, und Leif zwinkerte ihm zu. Lasse ging hinaus, um sein Pferd aus der Box zu holen.

Die Prüfung dauerte über eine Stunde. Der Schwerpunkt lag auf der Dressur, obwohl Lasse lieber gesprungen wäre. Aber nichts konnte ihn heute aus der Fassung bringen, und sein Ehrgeiz tat ein Übriges. Er wollte allen beweisen, was für ein Talent er war. Sein Pferd ging geschmeidig und reagierte auf seine Befehle wie ein hochempfindlicher Sensor. Sie waren eine Einheit, und Lasse spürte während des Ritts, wie begeistert die Augen der Kommission auf ihnen lagen. Gegen Ende der Prüfung war dem Pferd die Anstrengung deutlich anzumerken. Das Fell glänzte vor Schweiß, und weißer, flockiger Schaum stand ihm vor dem Maul. Aber Lasse ließ kein Nachlassen zu und hielt es auf Niveau bis zum letzten Schritt. Als er sich verbeugte und in die Gesichter der Männer sah, die alle mit ihren Notenblättern vor der Brust in einer Reihe standen, beschloss er, unbedingt noch einen kleinen, aber feinen Akzent zu setzen. So einfach wollte er diese alten Kerle nicht entlassen.

»Herr Wilhelm, vielen Dank. Wir sehen uns gleich im Unterrichtszimmer wieder«, rief Herr Gregor ihm zu. Lasse lächelte und gab seinem Pferd die Sporen, dass es aus dem Stand lossprang und in einen schnellen Galopp kam. Der Ausgang der Halle war wie immer mit einer bauchhohen Bande verschlossen. Lasse hielt direkt darauf zu. Der Durchgang war nicht sehr breit, und so, wie Lasse auf das Hindernis zupreschte, sah es aus, als würde gleich ein schwerer Unfall passieren. Alle hielten den Atem an. Gregor machte sogar zwei Schritte nach vorn, als könnte er noch irgendetwas ausrichten, aber das war natürlich utopisch. Lasse stemmte seine Beine in die Bügel, stand auf und beugte sich über den Hals des springenden Pferdes. Mit gut einem halben Meter Platz über der Bande setzten sie über das Hindernis und verschwanden im hellen Sonnenlicht vor der Halle.

»Himmelherrgott!«, rief Gregor und drehte sich zu Jülich um. Der lächelte verlegen.

»Herr Wilhelm ist auch ein sehr guter Springer.«

»Was Sie nicht sagen.« Gregor keuchte und pustete aus dicken Backen die Luft heraus.

Als Lasse wenig später vor der Kommission stand, um seine Benotung in Empfang zu nehmen, musterte Gregor ihn gründlich.

»Herr Wilhelm, eine Reitausbildung ist auch immer dazu da, dem Menschen den angemessenen Umgang mit dem Tier beizubringen. Wir haben es als Reiter mit einem sensiblen und auch fragilen Tier als Partner zu tun, und wir tragen die Verantwortung für dieses Tier.«

Lasse spürte eine Unsicherheit in sich aufkommen. Hatte sein kleiner Streich ihn etwa die Prüfung gekostet? Es hatte doch nur ein kleiner Scherz sein sollen.

»Es tut mir leid, da ist wohl vor lauter Freude das Temperament mit mir durchgegangen«, entschuldigte er sich.

»Zum Glück war es nur Ihr Temperament und nicht Ihr Pferd. Das haben Sie ohne Frage unter Kontrolle. Die Prüfung war hervorragend, wir alle waren sehr beeindruckt von Ihrer Leistung. So etwas wie am Ende dürfen Sie sich jedoch nicht wieder erlauben. Haben wir uns da verstanden?«

»Ja, natürlich«, sagte Lasse kleinlaut, konnte sich ein Lächeln aber nicht verkneifen.

»Sie und Ihr Freund Leif Busch sind, wie mir berichtet wurde, ein so unzertrennliches Pärchen wie Max und Moritz. Da wird es Sie freuen, dass die Kommission Ihnen beiden heute die beste Prüfung bescheinigen muss. Sie haben mit Auszeichnung abgeschlossen. Herzlichen Glückwunsch.«

Herr Gregor reichte Lasse die Hand und stand auf.

»Wir sehen uns in gut einer Stunde mit allen Prüflingen wieder hier. Bitte bleiben Sie in Uniform. Und jetzt kümmern Sie sich um Ihr Pferd.«

»Mach ich. Danke.«

Lasse verließ den Raum und lief hinüber in den Stall. Die anderen waren alle in der Kantine, wo wahrscheinlich schon der erste Sekt geöffnet wurde. Lasses Pferd stand vor seiner Box und drehte den Kopf zu ihm hin, als wollte es fragen, wie es gelaufen war. Lasse klopfte ihm den Hals und streichelte es.

»Wir haben's geschafft, Alter! Wir haben die Typen fertiggemacht. Die hatten richtig die Hosen voll nach unserem Sprung. Gut gemacht, Alter.« Lasse klopfte ihm erneut auf den Hals. »So, jetzt kommt der Sattel ab, und du kannst was trinken, ich werde mir auch gleich den Schampus reintun.«

Lasse bückte sich unter das Pferd und löste die Schnalle. Das metallische Klingen hallte durch den langen Flur. Warme Sonnenstrahlen fielen durch die Fenster und wärmten den Steinboden. Dumpf hörte Lasse die Stimmen und das Lachen der anderen in der Kantine. Er hievte den Sattel vom Rücken des Pferdes auf den Bügel vor der Box.

»Darf man gratulieren, ja?«, fragte jemand dicht hinter ihm. Lasse zuckte vor Schreck zusammen und fuhr herum.

Er traute seinen Augen nicht.

»Da staunst du, was?«

Lasse konnte nichts erwidern. Er starrte Hofstätter mit weit aufgerissenen Augen an. Das Sonnenlicht fiel direkt in seinen Rücken, sodass sein Gesicht im Schatten lag, aber Lasse erkannte ihn sofort. Er machte einen Schritt hinaus auf den Gang. In seinem Körper spannten sich alle Muskeln.

»Wer nichts wird, wird Pferdewirt«, sagte Hofstätter und lächelte. »Oder Erpresser.« Er kam näher. »Schmerzhaft, so ein Bauchschuss. Man denkt immer, die im Krankenhaus haben Schmerzmittel gegen alles, aber irgendwie stimmt das nicht. Da hilft auch keine Amnesie. Nein, die hilft nur, wenn man die Polizei loswerden will. Dann ist Amnesie was Tolles. Tja, und da ich nun entlassen wurde, dachte ich, ich statte euch beiden mal einen kleinen Besuch ab. Hier an eurer Wirkungsstätte.«

Lasse machte einen vorsichtigen Schritt zurück. Hofstätter griff wie nebenbei in seine Jackentasche und holte eine Pistole heraus. Sofort beschleunigte sich Lasses Puls, und Adrenalin schoss in seine Adern. Er war hellwach und jederzeit zur Flucht bereit. Wenn da nicht seine weichen Knie wären. Und wo konnte er jetzt schon hinlaufen? Der Gang hatte noch gut fünfzehn Meter bis zur nächsten Tür. Bis er dort wäre, hätte Hofstätter das ganze Magazin auf ihn abgefeuert. Er war hier drin gefangen. Gefangen mit seinem Opfer. Es gab keine andere Möglichkeit, er musste irgendwie an die Waffe kommen oder Hofstätter unschädlich machen. Lasses Augen rollten nach links und rechts, um nach Gegenständen zu suchen, mit denen er Hofstätter überwältigen konnte. Da war nur die Schaufel für die Pferdeäpfel und der Besen dazu. Sie standen in etwa ein Meter fünfzig Entfernung rechts von ihm.

»Tja, da bin ich nun. Und rate mal, was ich hier will.«

»Herr Hofstätter, ich … wenn Sie das Geld wollen, wir haben es noch, es ist noch alles da …«

»Ja, das Geld ist auch gut, aber ich will eigentlich noch was anderes.«

»Ich … was denn, eine Entschuldigung?«

»Eine Entschuldigung?« Hofstätter lachte laut auf und verbot sich dann selbst den Mund. »Ich bin zu laut, wir wollen doch unter uns bleiben. Eine Entschuldigung, ja, das ist niedlich. Glaubst du, dass es reicht, sich zu entschuldigen, wenn jemand ein unschuldiges Mädchen heimlich filmt, einen Familienvater erpresst, dreihunderttausend Euro verlangt, ein Pferd vergiftet, das siebenhunderttausend Euro wert ist, auf den Familienvater schießt und hinterher unschuldigen anderen Personen, die ihm nie was Böses wollten, alle Schuld in die Schuhe schiebt? Meinst du im Ernst, dass dann eine Entschuldigung ausreicht, du kleiner Dreckskerl? Du wolltest mein Leben zerstören und hättest mich fast umgebracht. Doch dank meiner Amnesie kann ich nun tun, was ich schon in der Nacht auf dem Feld hätte tun sollen.«

»Sie können mich nicht erschießen. Das wäre doch viel zu offensichtlich. Die Polizei wüsste sofort, dass Sie es waren.«

»Unsinn, ich kann mich doch nicht erinnern. Wieso sollte ich dich also erschießen? Das macht keinen Sinn. Ich hatte geglaubt, Simon wäre es gewesen. Zumindest soll ich seinen Namen gerufen haben. Und allem Anschein nach *ist* er es ja auch gewesen, dafür habt ihr gesorgt. Wenn du hier also gleich tot im Stroh liegst, wird mich niemand mit der Tat in Verbindung bringen. Jetzt wird abgerechnet, Kleiner.« Hofstätter hob die Pistole und zielte auf Lasses Stirn.

»Nein, nein, bitte, lassen Sie mich gehen. Es war Leif. Alles war seine Idee, er ist derjenige, der Ihr Pferd vergiftet hat, er hat es auch gefilmt. Das mit dem Schuss, das wollte ich doch nicht, wir haben gekämpft, es war ein Unfall! Soll ich Ihnen Leif servieren? Ich kann ihn herlocken. Wie wollen Sie ihn sonst erwischen? Ich schicke ihn zu Ihnen, und dann hole ich das Geld. Wenn Sie mich jetzt erschießen, werden Sie nie erfahren, wo es ist.«

Hofstätter sah Lasse lange an und überlegte. Dann ließ er die Waffe sinken.

»In Ordnung, bring ihn her.«

Lasse atmete erleichtert aus. Er überlegte noch, die Schaufel zu packen und zuzuschlagen, doch Leif zu holen, schien ihm die bessere Option. Was er natürlich nicht tun würde. Er würde abhauen. Mit oder ohne Leif.

»Okay, ich hol ihn.« Lasse ging in Richtung Ausgang, traute sich aber nicht, die Augen von Hofstätter und der Waffe zu lassen. Nachdem er zwei Boxen passiert hatte, trat aus der dritten plötzlich Leif auf den Gang und stand nun direkt in seinem Weg. Beinah wäre er mit ihm kollidiert.

»Leif! Was machst du hier?«, rief Lasse erschrocken.

»Was tust *du* hier?«, fragte Leif.

»Ich … Hofstätter, ich … er will das Geld!«

Traurig blickte Leif zu Boden. Lasse wurde erst langsam klar, dass er alles gehört haben musste.

»Hey, das hab ich doch nur gesagt, um ihn abzulenken. Was hätte ich denn machen sollen? Der wollte mich umlegen!«

»Das kann ich gar nicht«, sagte Hofstätter und kam auf die beiden zu.

»Was?«

»Diese Pistole ist gar nicht geladen.« Hofstätter drückte den Abzug, und es klickte nur. Lasse lachte auf. Doch als nun auch noch Stresser, Sander und Shelly aus ihren Verstecken in den anderen Boxen kamen, verging ihm das Lachen. Er blickte entsetzt von einem zum anderen.

»Was ist hier los?«

»Ich hatte mit Leif gewettet, dass du ihn verraten würdest. Er wollte es nicht glauben. Ich denke, jetzt sieht die Sache etwas anders aus. Leif wird wohl eine Aussage machen wollen«, sagte Shelly.

»Du hast da mitgespielt?«, fragte Lasse seinen Freund, und in seinen Augen spiegelte sich blanker Hass.

»Tu nicht so selbstgerecht. Du hättest mich eiskalt abserviert. Alles meine Idee, was?«

»Dann erinnern Sie sich wieder an alles?«, fragte Lasse Hofstätter.

»Ich erinnere mich nicht. Wir haben dich reingelegt. Ich leide immer noch unter Gedächtnisverlust. Diesmal warst du nicht so schlau, wie du dachtest«, sagte Hofstätter ernst. Lasse konnte das nicht glauben. Er war in eine Falle getappt. Alle steckten unter einer Decke.

»Herr Wilhelm«, begann Stresser mit fester Stimme, »ich habe den Vermutungen von Frau Kutscher lange keinen Glauben schenken wollen, doch bei näherem Überlegen kamen mir die von ihr vorgebrachten Verdachtsmomente trotz aller Beweise recht schlüssig vor. Eigentlich sogar *wegen* aller Beweise. Drei volle Tage nach der Tat die Tatwaffe bei unserem ahnungslosen Hauptverdächtigen im nicht vollständig verschlossenen Auto offen herumliegen zu sehen, brachte mich ins Grübeln. Also ließ ich mich auf dieses kleine Spiel ein. Sie haben verloren, Herr Wilhelm. Ich nehme Sie wegen des dringenden Tatverdachts der Erpressung und des versuchten Totschlags und der Tötung eines Wirbeltieres fest.« Sein Bart rutschte missmutig nach unten, und seine Augen blickten stählern unter seinen buschigen Augenbrauen.

Lasse suchte verzweifelt nach einem Ausweg. Flucht war jetzt das einzig Vernünftige, entschied er. Er durfte sich auf keinen Fall ergeben, er musste sich dieser Situation entziehen. Die Waffe von Hofstätter war nicht geladen, damit schied er als Gefahr also aus. Shelly war er körperlich überlegen. Blieben noch Stresser und Sander. Stresser hielt er für zu alt und nicht schnell genug. Wahrscheinlich trug er noch nicht mal eine Waffe. Sander war das größte Problem. Und Leif? Was war mit seinem Freund? Würde er ihn aufhalten? Würde er es wagen, sich ihm in den Weg zu stellen? Lasse ließ seine Schultern und seinen Kopf sinken.

»Ich hab das doch nicht gewollt …«, sagte er, beobachtete aber mit blitzenden Augen, wie die anderen reagierten. Als Stresser ein

Paar Handschellen zückte und einen Schritt auf ihn zu machte, um sie ihm anzulegen, sprang Lasse nach vorn und stieß Leif mit einer Schulter und angelegtem Arm gegen den Brustkorb. Der flog förmlich zurück und prallte gegen Sander, sodass beide nach hinten stürzten. Lasse nutzte den Schwung und stieß mit der anderen Schulter gegen Stresser, der krachend mit dem Rücken gegen die Boxentür fiel. Jetzt war der Weg frei. Er hörte ein Stöhnen und Keuchen hinter sich. Vielleicht versuchten die beiden Beamten, ihre Dienstwaffen zu ziehen, aber das war jetzt egal, denn er hatte schon den Ausgang erreicht und lief auf den Hof. Hier parkten zwei Streifenwagen quer vor der Hofausfahrt und vier Beamte lehnten an ihren Fahrzeugen. Als ihn einer der Männer entdeckte, wurden sie wach. Lasse sah drüben am anderen Stall einen Hengst stehen. Er sprintete zu ihm, packte die Zügel und schwang sich auf seinen Rücken. Dann stieß er seine Fersen in die Seiten des Hengstes, und es ging im Galopp direkt auf die beiden Polizeiwagen zu. Die Männer zogen ihre Waffen. Gleichzeitig kamen Sander und Stresser aus dem Stall geeilt. Lasse ritt unverdrossen auf die Barriere zu und setzte mit einem Riesensprung über die Motorhauben. Es fiel ein Schuss, dann ein zweiter, doch Lasse blieb geduckt im Sattel sitzen und stürmte über die Brücke davon.

Sander und Stresser standen auf dem Hof und sahen dem Flüchtenden hinterher. Da kam Shelly auf dem Rücken von Pancake aus dem Stall geritten. An ihrem Sattel hing ein Lasso. Sie drückte ihre Westernstiefel in die Seiten des Pferdes, und sie preschten vorwärts.

»Nicht schießen!«, rief Stresser.

Pancake flog über die Polizeiwagen hinweg und streckte sich zum Galopp. Shelly kam an die Weggabelung, wo Lasse entweder in Richtung Wohnheim oder tiefer in den Wald Richtung Süden geritten war. Sie entschied sich, in Richtung Süden zu reiten, und wurde durch die aufgesprengten Hufabdrücke im Waldboden bestätigt. Pancake lief und lief, und bald konnte sie Lasse vor sich erkennen. Sein Hengst war größer und ein besserer Springer, doch hier im Wald zählte Wendigkeit, und da machte Pancake eine Menge Boden gut.

Lasse blickte über seine Schulter und sah mit Entsetzen, dass er verfolgt wurde. Er trieb sein Pferd an und schrie es vorwärts.

Die Äste und Zweige der Bäume zischten nur so an Shellys Kopf vorbei, als sie die Kurven immer enger nahm. Erde spritzte auf. Pancake schnaufte und keuchte, aber er holte auf. Sie waren bis auf zehn Meter an Lasse herangekommen. Jetzt kam eine Gerade, auf der der Weg breiter wurde. Shelly nahm das Lasso zur Hand und öffnete es. Sie ritt jetzt freihändig. Pancakes Hufe hämmerten über den Boden. Der Gegenwind rauschte in ihren Ohren. Dann war sie fünf Meter hinter Lasse. Er blickte sich erneut um und machte große Augen, als er Shelly die Lassoschlaufe schwingen sah. Verbissen kämpfte er um jeden Meter. Eine Kurve kam in Sicht. Shelly musste es vorher schaffen, sonst würden sie zusammenprallen und beide stürzen. Sie warf die Schlaufe mit voller Kraft nach vorn. Das Lasso zischte durch die Luft, die Schlaufe schwebte für Bruchteile von Sekunden waagerecht über Lasses Kopf und senkte sich dann über ihn. Shelly riss am Seil, und das Lasso zog sich zu, gleichzeitig bremste sie Pancake ab und schlang das Seilende um den Sattelknauf. Lasses Arme wurden an seinen Körper gedrückt, und als das Lasso sich spannte, wurde er wie eine Puppe aus seinem Sattel nach hinten gerissen. Der Hengst lief ohne ihn weiter, und er kam mit einem dumpfen Krachen auf dem Boden auf.

Shelly glitt von ihrem Pferd und zog sich am Lasso Stück für Stück näher an Lasse heran. Der lag stöhnend und nach Luft ringend seitlich im Dreck. Shelly zog mit aller Kraft an dem Seil, sodass Lasse auf den Bauch gedreht wurde. Dann warf sie sich mit den Knien auf ihn und fesselte blitzschnell seine Hände auf dem Rücken. Sie beugte sich neben sein Ohr. »Siehst du, ich hatte dir gesagt, dass ich das kann. Nächstes Mal glaubst du einer Texas-Lady besser.«

Sie stand auf und stellte einen Fuß auf Lasses Rücken, der aussah wie die erlegte Beute eines Großwildjägers. Es dauerte fünf Minuten, bis endlich die ersten Polizisten kamen.

»Herr Stresser«, rief sie dem Kommissar entgegen, als der völlig außer Atem zu ihr stieß, »ich hab hier ein kleines Geschenk für Sie!«

»Vielen Dank, Frau Kutscher, meine Kollegen werden sich jetzt um ihn kümmern«, meinte Stresser und wies die Beamten an, Lasse in Gewahrsam zu nehmen.

»Stopp, stopp!«, sagte Shelly mit einem Mal und hielt mit erhobener Hand die Polizisten auf Distanz. »Eine Sache will ich noch wissen.« Sie wandte sich an den unter ihrem Fuß liegenden Lasse. »Wozu hast du eigentlich die Perücke gebraucht? Hattest du die bei der Übergabe auf? Ihr konntet doch nicht wissen, dass Hofstätter euch sehen und erkennen würde?«

Stresser fand das eine berechtigte Frage und blickte neugierig auf Lasse.

»'n Scheißdreck werd ich Ihnen erzählen, verdammt!«, schrie der, so gut er in seiner Zwangslage konnte.

Shelly lächelte und zog das Lasso straffer, sodass seine Arme nach oben gerissen wurden. Er schrie auf.

»Okay, okay, ich sag's ja. Hören Sie auf, hören Sie auf!«

Shelly grinste noch breiter.

»Ich war im Krankenhaus und wollte zu Hofstätter. Da hatte ich die Perücke auf. Ich stand mit Tillmann im Fahrstuhl und hab den Kaffee für Hofstätter vergiftet.«

Jetzt fing Stresser an zu lachen.

»Was ist?«, fragte Shelly.

»Das ist wohl schiefgelaufen. Hofstätter hat den Kaffee verschüttet.«

Fünfzehn

Das Fischbacher Gestüt erstrahlte in neuem Glanz. Zumindest hatte es den Anschein, als man an diesem Sonntag in die Gesichter der Menschen blickte und den mit großen Blumenkübeln geschmückten Hof sah. Über der Toreinfahrt hing ein Banner mit der Aufschrift »Spargelfest«. Zwei blau-weiß gestreifte Zelte standen links und rechts neben dem Wohnhaus, und in der Mitte des Hofes waren Biertische aufgebaut, die mit weißen Rosensträußen verziert waren. Auf dem kleinen Platz vor der Reithalle spielte eine Dixie-Band auf einer kleinen Holzbühne, und aus den Fenstern der Ställe schauten die Pferde neugierig auf das Treiben.

Shelly hatte die Musik schon von ihrem Haus aus hören können. Jetzt bog sie zu Fuß in die Hofeinfahrt ein. An die siebzig Gäste tummelten sich bereits an dem Büfett und dem Bierausschank. Mit zwei großen Tüten in der Hand ging sie auf den alten Stall zu, wo Simon und Sara standen und gerade einem Pärchen die Hand schüttelten. Unter den Gästen erkannte Shelly viele bekannte Gesichter. Ludger Oppermann war da, ebenso Herr Daniel von der Baufirma, ihr Rechtsanwalt Dr. Franke, Dr. Spieß, Jülich, Katja und sogar Tillmann Hofstätter. Als Shelly näher kam und Simons Blick auf sie fiel, musste er ein zweites Mal hinschauen. Shelly trug heute ein hellblaues Westernhemd mit rosafarbenen Blumenranken auf der Brust, eine hellblaue Jeans, sandfarbene Westernstiefel aus Schlangenleder und einen weißen Stetson. Sie sah aus wie eine leuchtende Erscheinung, und alle drehten sich nach ihr um.

»Shelly. Wow!«, sagte Simon nur, und das Pärchen machte ihr staunend Platz.

»Du siehst toll aus, Shelly«, sagte Sara strahlend.

»Danke, ihr aber auch.«

Das Pärchen begann hinter vorgehaltener Hand zu tuscheln, weil es Shelly erkannt hatte.

»Simon, es sieht wirklich wunderschön aus hier.«

»Dank dir können wir überhaupt feiern. Wenn du nicht gewesen wärst, säßen Peter und ich noch immer im Gefängnis.«

Wie aufs Stichwort kam Peter aus dem alten Stall. Er trug eine neue Jeans und ein kariertes Oberhemd. Sogar neues Schuhwerk hatte er sich geleistet. An seinen Füßen leuchtete ein Paar weiße Sportschuhe.

»Marshall Stone!«, rief er erfreut und fiel Shelly um den Hals.

»Hallo, Peter. Wie geht's dir?«

»Ich fühl mich wie ein Kaktus in der texanischen Wüste, ich bin da, wo ich hingehöre, und meine Wurzeln sitzen tief in Mutters sandiger Erde«, zitierte er, und alle mussten lachen. »Zweite Staffel, fünfte Folge«, fügte er hinzu.

»Du bist unglaublich«, sagte Shelly.

»Danke, dass Sie mich aus dem Gefängnis geholt haben, da war es nicht so schön wie zu Hause«, meinte er.

»Ich hab doch gesagt, dass ich den Fall löse, stimmt's?«

»Ja, Sie sind besser als dieser Polizist mit dem Schmetterling am Hals.«

Simon lachte. »Das nennt man Fliege.«

»Egal, ich will jetzt was essen, bevor die anderen den Spargel wegmopsen«, sagte Peter und schlug sich zu den Zelten durch.

»Wollen wir uns setzen?«, fragte Simon Shelly.

»Gern.«

Er suchte einen Platz aus. »Du setzt dich hin, ich hole dir was zu essen. Möchtest du lieber Schnitzel oder Schinken zum Spargel?«

»Schnitzel.«

»Und ein Bier?«

»Ja, bitte.«

Simon und Sara drängten sich durch die Reihen und stellten sich bei den Zelten an den Schlangen an. Die Leute um sie herum beäugten Shelly vorsichtig, manche grüßten mit einem schüchternen Lächeln, andere starrten sie ganz unverhohlen an, wie einen, tja, wie einen Flamingo unter Graugänsen.

Simon kam mit drei Tellern zurück, Sara trug zwei Biere und ein Weinglas.

»So, bitte schön. Das ist eine der großen Spezialitäten in Niedersachsen. Frischer Spargel.«

Shelly blickte auf ihren Teller, und ein Lächeln umspielte ihre Mundwinkel.

»Esst ihr eigentlich auch noch was anderes als Sachen, die aussehen wie ein …« Shelly beendete den Satz nicht. Sara musste kichern, und Simon fiel erst jetzt auf, dass der Spargel einem gewissen Körperteil glich.

»Das ist nur deine schmutzige Phantasie, und jetzt iss bitte.«

Shelly probierte ein Stück und kaute nachdenklich.

»Und?«, wollte Simon wissen.

»Ist gut. Schmeckt mir.«

»Na also«, freute er sich und hob sein Bierglas. »Auf dich, Shelly. Du warst unsere Rettung. Prost!«

»Ja, auf dich«, sagte auch Sara und stieß mit ihrem Weinglas an. Sie genossen den ersten Schluck, und Simon und Shelly leckten sich den Schaum von den Lippen.

»Stresser hab ich übrigens auch eingeladen«, sagte Simon. »Aber ich weiß nicht, ob er kommt. Du hast ihm, glaube ich, wirklich den letzten Nerv geraubt.«

»Aber ich hatte recht.«

»Allerdings. Ich hätte dir auch nicht geglaubt, wenn ich ehrlich bin. Den beiden hätte ich so was nicht zugetraut. Und das mit Cleo …« Simon stockte und sprach nicht weiter. Sein Gesicht verdunkelte sich.

Es war tatsächlich so gewesen, wie Shelly vermutet hatte. Leif hatte jedoch ausgesagt, Lasse habe nicht gewusst, dass Simons Frau in der Box war, als er die Nadel in den Hinterlauf des Pferdes stach. Er war so wütend auf die Stute gewesen, dass er ihr einen Teil seiner ertragenen Schmerzen zufügen wollte. Nur hatte er dabei Frau Langensalza nicht bemerkt, die, für ihn unsichtbar, in einer Ecke der Box gearbeitet hatte.

Das alles hatte alte Wunden wieder aufgebrochen, man sah es Simon an, aber Shelly wollte nicht, dass er an diesem Tag traurig war. Also griff sie unter den Tisch und holte eine der beiden Tüten hervor.

»Ich wollte mich auch bei euch bedanken. Ihr habt mich hier aufgenommen und habt mir geholfen. Ich fühle mich sehr wohl bei euch, und darum möchte ich euch ein kleines Geschenk machen. Lieber Simon, das hier ist für dich.« Shelly holte ein rechteckiges Paket, das in hellblaues glänzendes Papier eingeschlagen war, aus der Tüte und übergab es ihm.

»Ach, Shelly, das ist doch nicht nötig.«

»Doch, doch, pack's ruhig aus.«

Simon lächelte verlegen. Er entfernte das Geschenkpapier und hielt einen schwarzbraunen Karton in der Hand.

»Was ist das?«, fragte er.

»Nun mach schon auf, Papa«, forderte ihn Sara ungeduldig auf.

Er klappte den Deckel auf, schob ein weißes, hauchdünnes Seidenpapier zur Seite und blickte auf ein Paar Westernstiefel. Sie waren rotbraun und schwarz und aufwendig verziert. Sie rochen herrlich nach Leder, und vorn auf dem Schienbein stand etwas geschrieben. »Simon« prangte dort in weißen ledernen Lettern, und darunter war ein Hufeisen zu sehen.

»Das gibt's doch nicht«, rief er und drehte einen Stiefel bewundernd in der Hand hin und her. »Ich weiß zwar nicht, ob mir so was steht, aber sie sehen fabelhaft aus. Danke, Shelly.«

»Anziehen!«, rief jemand vom Nachbartisch, weil inzwischen alle Umsitzenden beobachteten, was hier am Tisch passierte.

»Ja, los, Papa, probier sie an«, sagte Sara.

Simon zog seine Schuhe aus und schlüpfte in die Stiefel. Erstaunt blickte er zu Shelly.

»Die passen! Und sind bequem.«

»Tja, Maßarbeit. Sara hat dir eine Sohle geklaut«, sagte sie und zwinkerte ihr zu.

»Zeig doch mal, wir sehen ja gar nichts«, rief wieder jemand.

»Steig mal auf den Tisch!«, schlug Shelly vor.

»Ach was!«

»Doch, steig schon rauf.«

»Auf den Tisch, auf den Tisch!«, riefen alle. Simon bekam einen roten Kopf, aber er stieg von der Bank auf den Tisch und drehte sich für alle um die eigene Achse. Die Menge jubelte. Als er wieder saß, wandte sich Shelly an Sara.

»Und nun zu dir, Sara. Eine Kleinigkeit hab ich auch für dich.« Shelly zog aus der zweiten, größeren Tüte ein Geschenk hervor, das zwar auch eingepackt, an der Form jedoch schnell zu erkennen war.

»Shelly, das ist eine Gitarre!«, rief Sara mit großen Augen.

»Das glaube ich nicht«, sagte Shelly und grinste.

Sara riss das Papier auf, und zum Vorschein kam eine wunderschöne Westerngitarre, rotbraun mit blitzenden Messingbeschlägen und einem eingebrannten Schriftzug auf dem Korpus. Es war Saras Name. Dem Mädchen standen die Tränen in den Augen.

»Ich denke, die wird besser passen. Der Hals ist schmaler.«

»Oh mein Gott, Shelly, die ist unglaublich.« Sara staunte ihr neues Instrument an. »Wo hast du die her?«

»Hab ich selbst gemacht.«

»Was?«

»Im Ernst?«, fragte Simon und beugte sich ungläubig nach vorn.

»Ja, ich hab doch gesagt: Vielleicht mache ich eine Gitarrenwerkstatt auf.«

Sara konnte nichts mehr sagen, sie lehnte sich über den Tisch und umarmte Shelly.

»Spielen, spielen!«, riefen die Gäste und klatschten in die Hände. Jetzt wurde Sara rot.

»Na los«, meinte Shelly.

Sara nahm die Gitarre zur Hand. Es wurde still. Und dann fing sie an zu spielen. Ein sauberer, klarer Klang ertönte. Sara spielte nur drei Akkorde, dann tobte die Menge und klatschte begeistert.

Als sich alle wieder beruhigt hatten und jeder einen Gesprächspartner am eigenen Tisch gefunden hatte, räusperte sich Simon und lächelte Shelly an.

»Was ist?«, fragte sie.

»Shelly, ich weiß, dass du ein Mensch bist, der Luxus und die High Society gewohnt ist. Du bist Schauspielerin, und alle kennen und lieben dich. Aber du bist auch jemand, der sehr gut mit Pferden umgehen kann, und wenn du tatsächlich in Betracht ziehst, für längere Zeit hierzubleiben, wollte ich dich fragen, ob du vielleicht Interesse hättest, als Reitlehrerin für den Westernstil bei uns anzufangen. Das wäre doch eine Idee, oder?«

Shelly blickte Simon erstaunt an. Damit hatte sie nicht gerechnet.

»Ups«, sagte sie nur. »Ich weiß es noch nicht. Das kommt etwas überraschend für mich.«

»Denk darüber nach.«

»Das mach ich.«

Das Fest dauerte noch bis in die späten Abendstunden. Gegen halb elf spazierte Shelly durch die warme Abendluft nach Hause. Die Linden dufteten süßlich, und der Mond schien hell an einem sternenübersäten Himmel. Als sie an ihrem Hof ankam und das Haus mit der fast fertigen Veranda im silbrigen Licht liegen sah, dachte sie, dass dies kein schlechter Ort war. Nein, selbst wenn der Mesquite-Baum, den Oppermann besorgt und im Garten eingepflanzt hatte, nicht hierhergehörte, vielleicht konnte er sich an seine Umgebung gewöhnen. Vielleicht würde er Wurzeln schlagen.

Kurz, im ganzen Ort herum
Ging ein freudiges Gebrumm:
„Gott sei Dank! Nun ist's vorbei
Mit der Übeltäterei!!“

Bent Ohle
INSELBLUT
Broschur, 272 Seiten
ISBN 978-3-95451-098-6

»Ein Inselkrimi, den man gar nicht beiseite legen will. Ein toller Spannungsbogen mit überraschendem – kaum zu ahnendem – Ende. Echt lesenswert.« Leuchttuerme.de

»Ohle ist es erneut gelungen, einen sehr geschickt aufgebauten Roman zu schreiben.« ekz Bibliotheksservice